이 원 열

서울대학교 경제학부를 졸업했다. 현재 전문 번역가이자 록큰롤 뮤지션으로 활동하고 있다. 번역한 책으로 '헝거 게임' 시리즈, 『움직이지 마』, 『내 어둠의 근원』, 『뉴욕을 털어라』, '스콧 필그림' 시리즈 등이 있다.

TOO MANY COOKS
by Rex Stout

This Korean edition was published by Elixir-an Imprint of Munhakdongne Publishing Group.
in 2013 by arrangement with Curtis Brown Group Ltd (UK), London through KCC(Korea Copyright Center Inc.), Seoul.

/

이 책의 한국어판 저작권은 KCC를 통해
Curtis Brown Group Ltd (UK)와 독점 계약한 '엘릭시르, (주)문학동네'에 있습니다.
저작권법에 의하여 한국 내에서 보호를 받는 저작물이므로 무단 전재와 무단 복제를 금합니다.

이 도서의 국립중앙도서관 출판시도서목록(CIP)은 e-CIP 홈페이지(http://www.nl.go.kr/ecip)와
국가자료공동목록시스템(http://www.nl.go.kr/kolisnet)에서 이용하실 수 있습니다.
CIP제어번호 : CIP2013000186

요리사가
너무 많다

렉스 스타우트

이원열 옮김

요리사가 너무 많으면 접시가 깨진다!

엘릭시르

차
례

/

Too Many Cooks

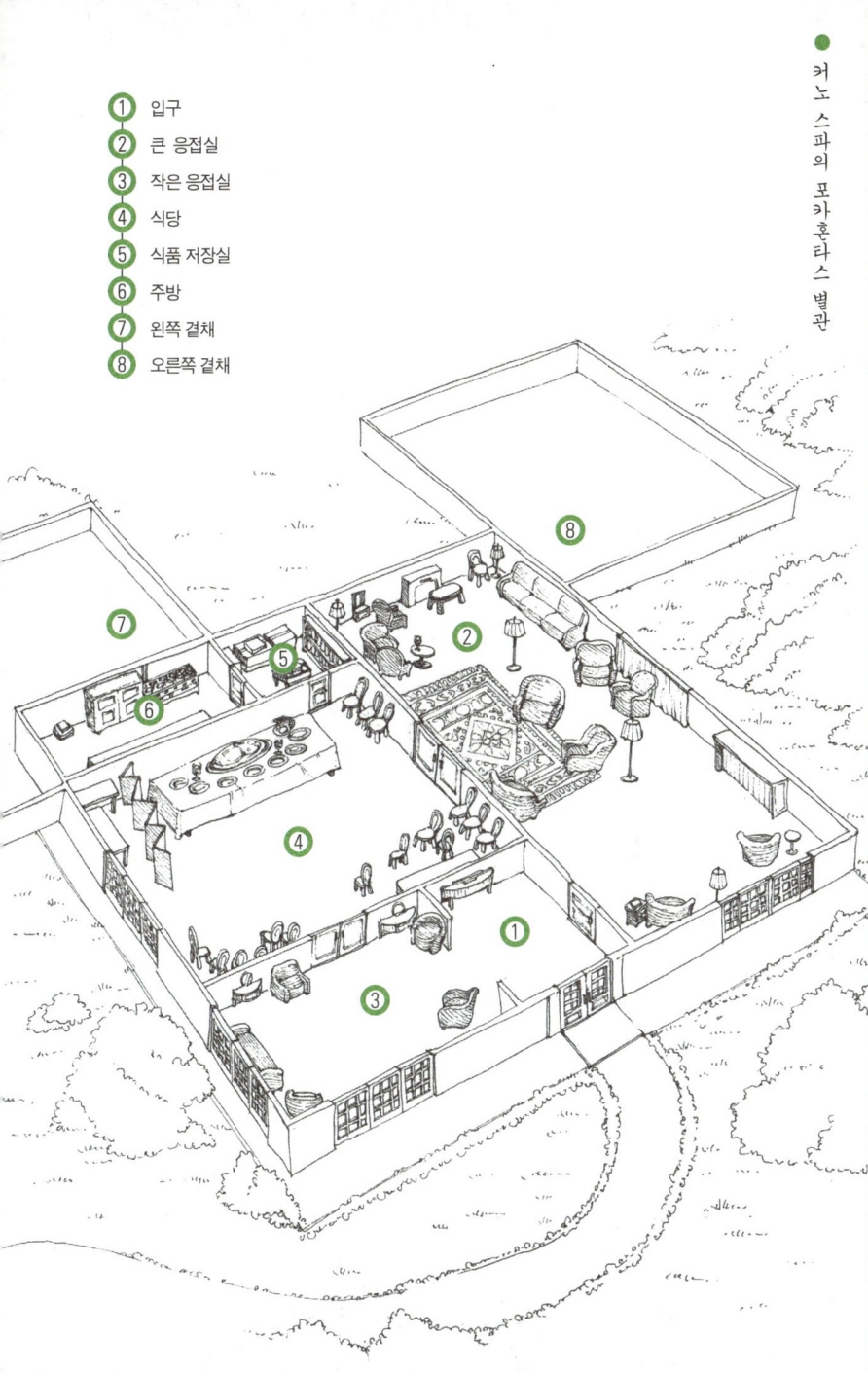

1 입구
2 큰 응접실
3 작은 응접실
4 식당
5 식품 저장실
6 주방
7 왼쪽 곁채
8 오른쪽 곁채

커노 스파의 포카혼타스 별관

/

나는 네로 울프의 이번 모험을 기록하면서 프랑스어와 이런저런 복잡한 어휘를 최대한 적게

사용했지만, 관련된 사람들의 특성상 완전히 배제할 수는 없었다. 철자가 틀린 것은 내 책임

이 아니니 편지는 보내지 말아 달라. 울프가 도와주기를 거절한 탓에, 나는 하이네만 외국어

대학교에 가서 교수에게 삼십 달러를 지불하고 검토와 수정을 맡겨야 했다. 이 사건들이 벌어

지는 동안 사람들이 한 말을 기록하면서, 소음으로밖에 들리지 않는 말은 중요하지 않으면 그

대로 두었고, 그렇지 않은 경우에는 어찌어찌하여 간신히 우리말로 옮겼다.

/

아치 굿윈

/

일러두기

1. 본문의 모든 주는 옮긴이 주입니다.

2. 본문에 등장하는 요리에 대한 설명은 앞표지 후면에 있습니다.

Too Many Cooks

Rex Stout

나는 이마에서 땀을 닦아 낸 다음 기차를 따라 나 있는 펜실베이니아 역의 플랫폼을 이리저리 걸어 다니며 담배에 불을 붙였다. 이제까지 겪은 일들을 생각하니, 담배를 피워 마음을 좀 가라앉히고 나면 이집트 쿠푸 왕의 피라미드를 엠파이어 스테이트 빌딩 꼭대기까지 수영복 차림을 하고 맨손으로 옮기는 계약에도 입찰할 수 있을 것 같았다. 겨우 세 모금째 빨고 있는데 내 옆의 창문을 두드리는 소리가 났다. 걸음을 멈추고 유리창 안을 들여다보니 네로 울프가 애타는 눈으로 나를 쳐다보고 있었다. 그는 내가 천신만고 끝에 태워 넣은 신형 침대차 좌석에 앉아서 닫힌 창문에 대고 내게 소리 질렀다.

"아치! 이 빌어먹을 놈아! 얼른 타! 기차가 곧 출발할 거야! 표가 너한테 있잖아!"

나도 맞받아 고함을 쳤다.

"그 안은 담배 피우기엔 너무 답답할 것 같다면서요! 이제 겨우 9시 32분이에요! 전 안 가기로 했어요! 좋은 꿈 꿔요!"

나는 느긋하게 계속 걸어갔다. 표는 무슨 표. 울프는 표 때문에 저러는 것이 아니었다. 혼자 타 있는데 기차가 움직일까 봐 겁이 나서 제정신이 아닌 것이다. 그는 움직이는 물건을 싫어했다. 울프는 다른 곳으로 이동해 봤자 십중팔구 원래 있던 곳보다 나을 것이 없다고 항상 우기곤 했다. 그러나 놀랍게도 나는 그를 출발 시간 이십 분 전에 기차역에 데려다 놓을 수 있었다. 사월에 떠나는 나흘 동안의 일정에 가방 세 개, 여행 가방 두 개, 외투 두 벌을 가져가는데도, 우리가 집을 나설 때 프리츠 브레너가 눈물을 머금고 현관에 서 있었는데도, 울프를 세단에 밀어 넣은 뒤에 시어도어 호스트먼이 뛰어나와 난초에 대해 수십 가지 질문을 더 하려고 했는데도, 심지어 냉정한 솔 팬저까지도 우리를 역에 내려 주고는 목이 메어 떨리는 목소리로 작별 인사를 했는데도 불구하고 나는 그를 출발 이십 분 전에 기차역에 데려다 놓을 수 있었다. 어찌나 법석을 떨었는지 누가 보면 우리가 달에 광을 내고 야생 별을 따러 우주에라도 가는 줄 알았을 것이다.

그런데 기차와 플랫폼 사이에 담배꽁초를 던져 넣는 순간, 바로 그 자리에 정말 별이 나타났다. 손을 뻗으면 닿는 거리였다. 희미한 향기를 맡을 수 있을 정도로 아주 가까이에서 지나갔다. 아마 향수였겠지만 그 당시에는 체취로 느껴졌다. 주변에서 그녀의 얼굴만 선명하게 도드라져 보였다. 애초부터 완전했기에 손을 댈 필요가 전혀 없는 얼굴이었다. 딱 한 번 본 것만으로도 그녀가 어디서나 볼 수 있는 인물이 아니라 개성이 넘치는 인물이라는 것을 알 수 있었다. 그녀는 갈색 망토, 축 늘어진 갈색 모자 차림의 덩치 큰 사내의 팔을 잡고 걸어가다 팔을 놓고는 남자보다 앞장서서 승무원을 따라 우리 객차 뒤 칸에 올라탔다. 나는 중얼거렸다.

"내가 가진 것은 마음뿐이었는데 이제 그것마저 빼앗겼네. 젠장, 눈가리개라도 하고 있을걸."

무심한 척 어깨를 으쓱하고는, 모두 탑승하라는 안내를 들으며 열차 내 통로에 들어섰다.

우리 객실에서는 울프가 창가의 넓은 자리에 앉아 두 팔에 힘을 주어 몸을 버티고 있었다. 그렇게 했는데도 그는 출발 시점을 예측하지 못해서, 기차가 갑자기 흔들리자 앞뒤로 기우뚱했다. 곁눈질해 보니 머리끝까지 화가 나 있었다. 나는 현실을 무시하는 편이 낫겠다고 결정하고는 가방에서 잡지를 꺼내 구석의 소형 의자에 걸터앉았다. 그는 여전히 양손으로 몸을 지탱한 채 나에게 소리쳤다.

"우린 내일 오전 11시 25분까지 커노 스파에 도착해야 해! 열네 시간 남았다고! 이 객차는 피츠버그에서 다른 기관차에 연결될 거고! 연착되면 우리는 오후 기차를 기다려야 돼! 이 기차 엔진에 무슨 일이라도 생기면……."

내가 싸늘하게 끼어들었다.

"저 귀 안 먹었어요. 선생님 호흡이니까 낭비하고 싶으시면 맘껏 불평하셔도 좋지만, 비참한 꼴이 된 게 조금이라도 제 탓이라고는 하지 마세요. 이런 이야기를 하게 될 것 같아서 어젯밤에 준비해 뒀죠. 이번 여행은 선생님 생각이었잖아요. 적어도 커노 스파에는 가 보고 싶어 하셨고 부칙에게 4월 6일에 가겠다고 여섯 달 전에 말씀하셨잖아요. 그런데 이제 와서 후회하시는군요. 저도 후회해요. 그리고 엔진으로 말할 것 같으면, 이런 특급 열차에는 최신, 최고만 사용해요. 어린아이조차……."

강 밑에 있던 우리는 지상으로 올라와, 뉴저지의 들판을 덜컹거리며 속도를 높이고 있었다. 울프가 외쳤다.

"기차 하나에는 움직이는 부품이 2,309개가 들어 있다고!"

나는 잡지를 내려놓고 그에게 씩 웃어 보였다. 울프에겐 탈것 공포증이 있기 때문에 그 생각을 계속하도록 내버려 두는 것은 우리 둘 다에게 더 좋지 않을 것 같았다. 다른 생각을 하도록 해야 했다. 하지만 유쾌한 대화 주제를 떠올리기도 전에 누군가 방해를 했다. 내가 플랫폼에서 담배를 피우는 동안 울프가 겁에 질려 제정신이 아니긴 했어도, 기가 꺾이지는 않았음을 알려 주는 인물이었다. 문을 두드리는 소리가 나더니 잔 하나와 맥주 세 병이 얹힌 쟁반을

든 승무원이 들어왔다. 그는 휴대용 받침대를 꺼내 잔을 얹고 맥주를 한 병 따서 놓았다. 그러고는 다른 두 병과 병따개를 그물 선반에 두더니 내게 현금으로 맥주 값을 받아 갔다. 기차가 커브를 돌며 한쪽으로 휘청거리자 울프는 분노한 표정을 지었다. 다시 직진하자 그는 잔을 들고 한 모금, 두 모금, 다섯 모금을 삼키고는 빈 잔을 내려놓았다. 그는 입술에 남아 있는 거품을 핥고 손수건으로 닦아 낸 뒤 히스테리의 징후는 전혀 없는 기색으로 말했다.

"훌륭하군. 프리츠에게 첫 번째 병의 온도가 아주 정확했다고 잊지 않고 말해 줘야겠어."

"필라델피아에서 전보 치시면 돼요."

"고맙네. 내가 지금 고문받는 기분이란 건 자네도 알지? 굿윈 군, 내 가방에서 책을 꺼내 주는 걸로 자네 월급 값을 좀 하면 안 되겠나? 존 건서가 쓴 『유럽 기행』일세."

나는 가방에서 책을 꺼냈다.

삼십 분 후 두 번째 방해꾼이 찾아왔을 때, 우리는 밤의 뉴저지 중부를 부드럽게 질주하고 있었고 맥주 세 병은 비어 있었다. 울프는 책을 향해 얼굴을 찡그리고 있었지만 책장을 넘기는 것을 보니 정말로 읽고 있다는 걸 알 수 있었다. 나는 《범죄학 저널》에 실린 증거 대조에 대한 기사를 거의 다 읽은 참이었다. 내 머리는 네로 울프의 옷을 벗길 생각으로 가득했기 때문에 증거 대조를 걱정할 상태가 아니라서 기사에서 얻은 것은 별로 없었다. 물론 집에서는 울프가 스스로 옷을 벗는다. 내가 비서, 경호원, 사무실 관리인, 탐정 보조, 희생양이기는 하지만 그의 하인으로서 계약하고 일하는 것은 아니다. 그러나 두 시간 후면 자정이 된다는 사실엔 변함이 없다. 울프는 지금 바지를 입고 있는데, 기차를 뒤집지 않고 바지를 벗길 방법을 생각해 내야 한다. 울프의 동작이 굼뜬 것은 아니지만 그는 움직이는 탈것에서 균형을 잡아 본 경험이 없다. 체중은 115킬로그램에서 일 톤 사이이기 때문에 앉은 채 몸 아래로 바지를 끌어내리는 것은 불가능하다. 내가 아는 바로 그는 단 한 번도 체중계에 올라간 적이 없기 때문에 정확한 수치는 그저 짐작만 할 뿐이다. 나는 그날 밤 직면한 문제를 고민하며 그의 체중을 높게 책정하고 있었다. 140킬로그램이라고 가정하려던 차에 노크 소리가 들렸다. 나는 들어오라고 소리를 질렀다.

마르코 부칙이었다. 울프와 그가 일주일 전 통화하는 것을 들었기 때문에 우리와 같은 차량에 탈 거라는 사실을 알고 있었다. 내가 그를 마지막으로 본 것은 삼월 초에 울프의 집에서 같이 식사를 했을 때였다. 그는 매달 한 번씩 울프의 집에서 식사한다. 울프가 성이 아니라 이름으로 부르는 사람은 자기 고용인을 제외하면 딱 두 명뿐인데, 그중 한 사람이 그였다. 부칙이 들어와서 문을 닫았다. 뚱뚱하지는 않았지만 몸집이 마치 뒷다리로 선 사자처럼 거대했다. 숱 많은 곱슬머리에 모자는 쓰고 있지 않았다.

울프가 그를 향해 외쳤다.

"마르코! 의자나 침대를 예약하지 않은 거야? 대체 왜 괴물의 배 속을 돌아다니는 거야?"

부칙은 씩 웃으며 멋진 흰 이를 드러냈다.

"네로, 이 빌어먹을 은둔자 같으니! 난 자네처럼 아스픽 속에 틀어박힌 거북이가 아니야. 어쨌거나, 자네가 정말로 기차에 탔군. 대성공이야! 나는 자네와 다음 객실에 있는 오 년 동안 만나지 못했던 동료를 찾아왔지. 그 동료랑 이야기하다가 그에게 자네를 만나 보라고 제안했어. 자네가 자기 객실에 찾아온다면 대환영이라고 하더군."

울프는 입술을 오므렸다.

"그거 우습군. 난 곡예사가 아니야. 기차가 멈추고 엔진이 꺼지기 전에는 일어서지 않을 생각이네."

"그렇다면 어떻게……."

부칙은 웃으며 수화물 더미를 힐끗 보았다.

"충분한 장비를 갖추고 온 것 같군. 자네가 정말로 움직일 거라곤 생각하지 않았어. 괜찮다면 내가 그를 데리고 오도록 하지. 사실 이 말을 하러 온 거였다네."

"지금?"

"당장."

울프는 고개를 가로저었다.

"난 싫다네, 마르코. 날 좀 봐. 예의를 갖추고 대화를 할 상태가 아니라고."

"그럼 잠깐 인사만 나누게나. 소개시켜 주겠다고 했거든."

"아니, 안 되겠어. 이 물건이 장애물에 부딪히거나 갑자기 몹쓸 변덕을 부려서 멈추기라도 하면 우리는 모두 시속 130킬로미터로 쭉 직진하게 될 거라는 걸 모르나? 지금이 사교적인 격식을 차릴 상황인가?"

그는 다시 입술을 오므리더니 단호하게 말했다.

"내일."

부칙도 울프만큼이나 자기 좋을 대로 행동하는 습관이 몸에 밴 사람이라서 더 우겨 보았지만 소용이 없었다. 농담으로 꾀어 보려 했지만 그것 역시 통하지 않았다. 나는 하품을 했다. 마침내 부칙은 어깨를 으쓱하며 포기했다.

"그럼 내일 소개시켜 주지. 장애물에 부딪히지 않고 우리 모두 살아남는다면 말이야. 베린 씨에게는 자네가 이미 잠자리에 들었다고 할 테니……."

"베린? 제로메 베린은 아니겠지?"

울프는 자세를 바로 하고, 팔걸이를 잡은 손의 힘을 빼기까지 했다.

"물론 제로메 베린이지. 그 역시 열다섯 명 중 한 명이네."

"데려와. 좋고말고. 베린 씨라면 만나고 싶네. 대체 왜 베린 씨라고 말을 안 한 거야?"

울프는 눈을 반쯤 감았다.

부칙이 손을 흔들고 사라졌다. 그는 삼 분 후에 돌아와 자기 동료가 들어갈 수 있도록 문을 열어 주었다. 그런데 동료가 두 명 온 것 같았다. 내 시점에서 가장 중요한 사람이 먼저 들어왔다. 그녀는 망토는 벗었지만 모자는 아직도 쓰고 있었고, 희미하고 매혹적인 향내는 역 플랫폼에서 내 옆을 지나갈 때와 똑같았다. 이제 그녀를 찬찬히 관찰할 기회가 생겼다. 살펴보니 그녀는 내가 꿈꾸는 사랑처럼 청순했고, 조명 아래서의 눈동자는 짙은 보라색이었다. 입술은 미소를 타고 났지만 아무 때나 웃지는 않는다는 것을 알 수 있었다. 울프는 깜짝 놀라며 잠시 그녀를 보았다가 곧 그녀 뒤의 덩치 큰 사내에게 관심을 옮겼다. 갈색 망토와 축 늘어진 모자가 없어도 아까 그녀와 같이 있던 남자임을 알아볼 수 있었다.

부칙이 살짝 돌아 들어왔다.

"네로 울프 씨입니다. 이쪽은 굿윈 군. 제로메 베린 씨입니다. 따님인 콘스탄자 베린 양입니다."

나는 고개를 꾸벅 숙이고, 그들이 서로 인사를 주고받는 동안 내가 원하는 대로 자리를 배치했다. 덩치 큰 남자 세 명이 좌석에, 내가 꿈꾸는 사랑이 소형 의자에, 나는 그 옆의 여행 가방 위에 앉았다. 하지만 내가 앉은 자리가 좋지 않다는 사실을 곧바로 깨달았다. 나는 그녀가 잘 보이는 반대편으로 자리를 옮겨 벽을 등지고 앉았다. 그녀는 내게 친절하고 순수한 미소를 지어 주었다. 부칙이 시가를 피우고, 제로메 베린이 크고 낡은 검은 파이프에 담배를 채워 불을 붙이고 연기를 뿜자, 울프가 얼굴을 찡그리는 것이 언뜻 보였다. 베린이 그녀의 아버지라는 것을 알게 된 이후, 나는 그에게 우호적인 마음만 들었다. 그의 흑발엔 흰머리가 꽤 섞여 있었고, 잘 다듬은 수염에는 흰 털이 더욱 많았다. 깊은 두 눈은 밝고 검었다.

그는 울프에게 이야기하고 있었다.

"미국엔 이번이 처음입니다. 벌써 미국의 천재성을 보았습니다. 이 기차는 외풍이 없네요! 정말 하나도 없어요! 갈매기가 날듯이 부드럽게 움직여요! 놀라워요!"

울프는 몸을 부르르 떨었지만 베린은 보지 못했다. 그는 계속 이야기했는데, '미국엔 처음'이라는 이야기에 놀랐다. 나는 몸을 앞으로 굽히고 꿈의 별에게 작게 말했다.

"영어 할 줄 아세요?"

그녀는 내게 미소를 지었다.

"아, 네. 잘해요. 우린 런던에서 삼 년 살았어요. 아버지가 탈러턴에서 일하셨거든요."

"그렇군요."

난 고개를 끄덕이고 더 잘 집중할 수 있도록 등을 뒤에 기댔다. 생각해 보니 유혹에 끌려 네로를 혼자 두고 떠나지 않았던 것은 현명한 처사였다. 만약 그랬다면 지금 이를 부득부득 갈고 있을 것이다. 내가 해야 할 일은 이가 닳아서 더 이상 갈 수 없게 될 때까지 모든 걸 평소처럼 유지하는 것이다. 하지만 쳐다봐선 안 된다는 법은 없다.

그녀의 아버지가 말하고 있었다.

"부칙 씨에게 듣자니 세르반 씨께서 초청하신 손님이시라고요. 그렇다면 마지막 날 저녁 행사는 당신이 맡으시겠군요. 그 영예가 미국인에게 돌아간 것은 이번이 처음이오. 아르망 플뢰리가 우리 모임의 회장을 맡고 있었던 1932년 파리 행사에서는 프랑스 수상이 연설을 했습니다. 1927년에는 페리드 칼다였는데, 그때는 미식 전문가가 아니었지요. 부칙 씨 말로는 당신은 형사라더군요. 정말인가요?"

그는 울프 쪽을 살폈다.

울프는 고개를 끄덕였다.

"비슷하지만 다릅니다. 경찰은 아닙니다. 사립 탐정이지요. 범죄자들을 함정에 빠뜨리기도 하고, 감옥에 넣거나 사형시킬 증거를 찾는 일을 하고 돈을 받습니다."

"대단하군요! 참 궂은일을 하시네요."

울프는 어깨를 으쓱하려고 일 센티미터 정도 들어 올렸지만 기차가 흔들려서 잘되지 않았다. 울프는 베린이 아니라 기차를 향해 찡그린 표정을 지었다.

"어쩌면 궂은일일지도 모르죠. 각자 감당할 수 있는 일이 따로 있으니까요. 유모차 생산 공장의 사장을 생각해 보죠. 그는 자본주의 시스템의 거미줄에 붙잡혀 있습니다. 특별히 탐욕스러운 것도 아닌데 필요에 의해 노동자들을 옭아매게 됩니다. 장두長頭 애국자와 단두短頭 애국자는 서로를 죽이고, 그들을 기리는 조각상이 세워지기도 전에 그들의 뇌는 썩어 버립니다. 음식물 쓰레기를 모아서 수거하는 사람이 있는 반면 상원 의원은 고위 공직자의 부패를 입증할 증거를 모읍니다. 음식물 쓰레기를 참아 내는 일이 그나마 덜 궂은 일일까요? 그러나 쓰레기를 치우는 사람은 돈을 적게 받는다는 것, 그것이 요점입니다. 전 적은 돈을 받아가며 손을 더럽히지 않습니다. 비싼 수임료를 받지요."

베린은 키득거리며 그 말을 웃어넘겼다.

"설마 우리에게 음식물 쓰레기에 대한 강연을 하지는 않으시겠지요?"

"아닙니다. 세르반 씨가 제게 연설을 하라고 초청하시면서 주제를 직접 정하셨지요. '오트 퀴진(최고급 요리)에 대한 미국의 기여'입니다."

"푸하! 미국이 기여한 건 전혀 없소."

베린은 코웃음을 쳤다.

울프는 눈썹을 치켜 올렸다.

"없다고요?"

"없어요. 미국 가정 요리는 훌륭하다고 들었어요. 먹어 보진 않았지만요. 고기와 채소를 한데 넣어 푹 끓인 뉴잉글랜드식 찜 요리,

옥수수 빵, 클램 차우더, 밀크 그레이비 이야기도 들었어요. 이것들은 일반 대중이 먹는 음식이고, 맛이 있다면 무턱대고 깔볼 수는 없지요. 하지만 요리장들이 만들 요리는 아니에요. 오트 퀴진이 베토벤, 바그너라면 그런 음식은 감상적인 유행가예요."

그는 다시 코웃음을 쳤다.

"과연 그럴까요. 버터, 닭 육수, 셰리주를 넣은 테라핀 스튜는 드셔 보셨나요?"

울프는 그에게 손가락을 까닥거려 보였다.

"아니요."

"나무 판에 올려 구운 포터하우스 스테이크는 어떻습니까? 오 센티미터 두께에 칼로 베면 뜨겁고 빨간 육즙이 배어 나오지요. 파슬리와 신선한 라임 조각을 곁들여 혀 위에서 녹는 으깬 감자와 함께 먹습니다. 거기에 아주 살짝만 익힌 두툼하고 신선한 버섯도 함께 내죠. 드셔 보셨나요?"

"아니요."

"그러면 뉴올리언스식 내장 요리인 크리올 트라이프는요? 아니면 식초, 당밀, 우스터소스, 달콤한 사과주와 허브를 넣고 구운 미주리 주 분 군의 햄은요? 머랭고식 닭 요리는요? 건포도, 양파, 아몬드, 멕시코 소시지와 셰리주에 달걀을 풀어 넣어 엉기게 한 소스를 끼얹은 닭 요리는 어떻습니까? 테네시 주 주머니쥐 요리는요? 뉴버그식 랍스터는요? 필라델피아식 도미 수프는요? 모두 안 드셔

테라핀 Terrapin

/

북아메리카의 민물에서 사는

작은 식용 거북.

보신 것 같군요."

울프는 손가락으로 그를 가리켰다.

"물론 프랑스는 미식가의 천국입니다. 하지만 프랑스로 가는 미식가라면 잠깐 샛길로 빠져 미국에도 들르는 게 좋을 겁니다. 전 파리의 파라몽 레스토랑에서 트리프 아 라 모드 드 캉을 먹어 봤습니다. 정말 맛있었지만 크리올 트라이프보다 훌륭하지는 않았습니다. 크리올 트라이프는 와인을 곁들이지 않아도 목으로 술술 잘 넘어갑니다. 저는 지금보다 잘 움직일 수 있었던 젊은 시절에 부야베스의 발상지이자 성지인 마르세유에서 부야베스를 먹어 보았습니다. 뉴올리언스의 부야베스에 비하면 부두 일꾼들이 배 채우기 위해 먹는 음식에 불과하더군요! 만약 붉돔이 없다면……."

베린은 화가 치밀어 목에서 끅 소리를 냈는데 그 순간 그가 울프에게 침을 뱉으려고 한다고 생각했다. 나는 두 사람은 내버려 두고 콘스탄자 쪽으로 몸을 기울였다.

"아버님이 훌륭한 요리사시라더군요."

보라색 눈이 나를 향했고 눈썹이 아주 조금 올라갔다. 그녀는 갸르릉거리는 소리를 냈다.

"아버지는 산레모에 있는 코리도나의 주방장이세요. 모르셨어요?"

나는 고개를 끄덕였다.

"알고 있어요. 열다섯 명 명단을 봤거든요. 어제 《타임스》 일요판에서요. 그냥 당신에게 말을 걸고 싶어서요. 당신도 직접 요리를 하시나요?"

"아뇨, 전 요리하기 싫어해요. 커피는 잘 만들지만."

그녀는 내 넥타이까지 시선을 내렸다가 다시 올렸다. 나는 짙은 갈색 물방울무늬 넥타이와 황갈색 세로 줄무늬 셔츠 차림이었다.

"부칙 씨께서 소개해 주셨을 때 이름을 못 들었어요. 당신도 형사인가요?"

"제 이름은 아치 굿윈입니다. 아치볼드는 신성하고 선량하다는 뜻입니다. 제 이름이 아치볼드는 아니지만요. 전 프랑스 여자가 '아치'를 발음하는 걸 한 번도 못 들어 봤어요. 한번 말해 보세요."

"전 프랑스 사람이 아닌데요."

그녀가 얼굴을 찌푸렸다. 그녀의 피부가 어찌나 매끈한지 찡그림이 새 테니스공의 흰 주름 같았다.

"전 카탈루냐 사람이에요. 물론 아치를 발음할 수 있죠. 아치아치아치. 잘했어요?"

"훌륭하군요."

"당신 형사예요?"

"물론이죠."

나는 지갑을 꺼내 지난 여름에 메인 주에서 받은 낚시 허가증을 끄집어냈다.

"봐요. 여기 내 이름이 있죠?"

그녀는 허가증을 읽어 보았다.

"낚······시?"

그녀는 의심스럽다는 표정으로 허가증을 돌려주었다.

"메인이란 건 뭐죠? 당신이 담당하는 행정 구역 이름인가요?"

"아뇨, 담당 구역 같은 건 없어요. 미국에는 두 종류의 탐정, 힘을 쓰는 탐정과 머리를 쓰는 탐정이 있어요. 전 머리를 쓰는 탐정인 거죠. 그건 즉 말들에게 물을 준다든지, 죄수를 총으로 쏜다든지, 컨베이어에 기름칠을 한다든지 하는 힘든 일은 거의 안 한다는 뜻입니다. 제가 주로 하는 일은 생각입니다. 다음에 어떻게 해야 할지 생각할 사람이 필요한 경우에요. 울프 씨는 힘을 쓰는 탐정이에요. 딱 봐도 크고 힘이 세 보이잖아요. 그렇지만 뛸 때는 마치 사슴 같답니다."

"그런데······ 말에게 물을 왜 줘요?"

나는 참을성 있게 설명했다.

"이 나라에는 상대에게서 말을 빼앗지 못하면 죽일 수 없다는 법이 있어요. 남자들이 두 명 이상 모여서 주사위로 술 내기를 할 때면 '너 말 한 마리', '나 말 한 마리'라고 말하는 걸 흔히 들을 수 있죠. 상대방보다 먼저 그 이야기를 하지 않으면 상대를 죽일 수가 없어요. 그리고 어느 일이 거짓말에 불과했다는 걸 알게 되면, 그럴 때 사람들은 '암말 둥지'라고 해요. 수말은 없고 암말밖에 없는 거니까요. 또 골치인 것은 말 깃털이죠. 말에 깃털이 있는 경우•에는······."

● **말** _ 주사위 다섯 개로 하는 게임 중 점수를 '말'이라고 부르는 것이 있다. '대단해 보이지만 별 볼일 없는 발견'을 암말 둥지라고 부른다. 말 깃털은 '허튼소리'를 의미하는 숙어이다. 모두 아치가 외국인에게 하는 말장난이다.

"암말이 뭐예요?"

나는 헛기침을 했다.

"수말의 반대죠. 알다시피 모든 것엔 반대되는 것이 있어야 하거든요. 왼쪽이 없으면 오른쪽도 있을 수 없고, 바닥이 없으면 꼭대기도 없고, 최하가 없으면 최상도 없죠. 마찬가지로 수말이 없으면 암말은 있을 수 없고, 암말 없이 수말도 없어요. 만약 예를 들어, 수말 천만 마리가 있다면······."

울프가 나에게 말을 멈추라는 몸짓을 슬쩍 보냈다. 카탈루냐 아가씨와의 대화에 너무 빠진 나머지, 나는 다른 사람들이 하는 이야기를 듣지 못하고 있었다. 덩치 큰 부칙이 몸을 일으키며 베린 양에게 식당차에 함께 가자고 한 것이었다. 울프가 베린 양의 아버지와 둘이서만 이야기를 나누고 싶은 욕망을 표출한 모양이었다. 나는 울프를 보며 이번엔 무슨 수작을 꾸미는 걸까 생각했다. 한 손가락으로 무릎을 톡톡 두드리고 있는 걸 보니 중대한 일이라는 걸 알 수 있었다. 콘스탄자가 일어나자 나도 따라 일어났다.

나는 고개를 숙이고 울프에게 말했다.

"저도 베린 양과 함께 가도 될까요? 제가 필요하면 식당차로 승무원을 보내세요. 암말에 대한 설명을 아직 다 못 했거든요."

"암말?"

울프가 수상쩍다는 듯이 나를 보았다.

"베린 양께서 혹시라도 암말에 대한 정보가 필요하다면 마르코가 전부 알려 드릴 걸세. 이제부터 자네 수첩이 필요하게 될 거야. 제발 그랬으면 좋겠네만. 앉아."

부칙은 그녀를 데리고 가 버렸다. 다시 소형 의자에 앉은 나는 하루 근무 시간은 여덟 시간이라고 최후통첩을 날리고 싶었지만, 움직이는 열차 속은 그런 말을 하기에 가장 부적절한 곳이라는 것을 알았다. 부칙은 분명히 말에 대한 이야기의 환상을 깰 테고, 어쩌면 내 품위에 지워지지 않을 손상을 입힐지도 모른다.

베린은 다시 파이프를 채웠다. 울프는 무심한 말투로 이야기를 꺼냈다. 세찬 공격에 대비할 때 쓰는 말투였다.

"둘만의 대화를 나누고 싶었던 이유 중 하나는 이십오 년 전 제 경험을 들려 드리고 싶기 때문이죠. 지루하지는 않을 겁니다."

베린은 끙 소리를 냈다. 울프는 말을 이었다.

"전쟁 전의 일이었습니다. 카탈루냐의 피게레스에서요."

베린은 입에서 파이프를 뗐다.

"하! 그렇소?"

"네. 젊은 날의 저는 오스트리아 정부에서 비밀 임무를 받고 스페인에 가 있었죠. 어떤 남자의 흔적을 따라가다 보니 피게레스까지 가게 되었고, 저녁 식사도 못 한 채 밤 10시에 어느 광장 구석의 작은 여관에 들어가 음식을 달라고 했습니다. 여주인은 별 음식이 없다고 하며, 하우스 와인, 빵, 소시지 한 접시를 내오더군요."

울프는 몸을 앞으로 내밀었다.

"선생님, 로마 장군 루클루스도 그런 소시지는 맛보지 못했습니다. 『미식 예찬』이라는 책을 쓴 브리야사바랭도요. 니콜라스 푸케의 요리사였던 바텔이나 요리의 제왕이라는 에스코피에 역시 그런 것은 절대 만들지 못했습니다. 저는 여주인에게 어디서 구했느냐고 물었죠. 아들이 만들었다고 하더군요. 제발 아들을 만나게 해 달라고 빌었습니다. 집에 없다더군요. 조리법을 물어보니 아들 말고는 아무도 모른다고 합니다. 아들의 이름을 물었습니다. 제로메 베린이라더군요. 저는 소시지를 세 접시 더 먹고, 다음 날 아침 그 여관에서 아들을 만나기로 약속을 잡았습니다. 그런데 제가 뒤쫓던 자가 한 시간 후에 잽싸게 포트 벵드레●로 넘어가 알제리 수도로 가는 배를 탔기 때문에, 그를 따라가야 했습니다. 추적하다 보니 결국 이집트의 카이로까지 가게 되었고, 다른 임무들 때문에 결국 다시는 스페인에 가지 못했어요. 하지만 아직도 눈을 감으면 그 소시지 맛을 느낄 수 있어요."

울프는 의자에 등을 기대고 한숨을 쉬었다.

베린은 찡그린 표정으로 고개를 끄덕였다.

"듣기 좋은 이야기군요, 울프 씨. 진정한 찬사입니다. 감사합니다. 하지만 물론 소시스 미뉘이(한밤의 소시지)는……."

"그때는 소시스 미뉘이라는 이름이 아니었습니다. 그저 스페인의 작은 마을의 작은 여관에서 직접 만든 소시지 요리에 불과했죠. 제가 말하려는 요점, 베린 씨께 깊은 인상을 드리려는 점이 바로 그

겁니다. 저는 어렸습니다. 그땐 고급 요리가 어떤 것인지 잘 몰랐고
요. 당시 어려운 상황에 처해 있었고, 찾아갔던 그 식당은 전혀 이
름 없는 곳이었죠. 그런데도 저는 그 소시지가 진정한 예술이라는
것을 알았습니다. 선명히 기억합니다. 처음 한 개를 먹었을 때는 혹
시 재료들을 대충 뒤섞다가 우연히 이런 소시지가 한 개 나온 것은
아닐까 하고 의심하면서 걱정했어요. 하지만 다른 소시지들도 다
똑같았고, 추가로 먹은 세 접시의 소시지 모두 마찬가지였습니다.
천재적이었어요. 그곳에서 제 미각은 소시지에 환호했습니다. 저는
제로메 베린이 유명하고 소시스 미뉘이가 그의 걸작이기 때문에 니
스나 몬테카를로에서 산레모의 코리도나까지 차를 몰고 점심을 먹
으러 가는 사람은 아닙니다. 위대한 음식이라는 걸 알아차리기 위
해 명성에 기댈 필요가 없죠. 제가 만약 그렇게 먼 거리를 간다면,
그건 잘난 체하기 위해서가 아니라 먹기 위해서일 겁니다."

베린은 아직도 찡그린 채로 으르렁거리듯 말했다.

"난 소시지 말고 다른 것도 만들어요."

"그러시겠죠. 요리장이시니까요."

울프는 한 손가락을 까닥여 보였다.

"어쩐지 제가 언짢게 만든 모양입니다. 부탁을 하기 위해서 한
이야기인데 솜씨가 서툴렀나 봅니다. 이십 년간 소시지 조리법을
공개해 달라는 요청을 계속 거절하셨던 것은 압니다. 주방장은 전
인류보다는 자기 자신을 먼저 생각해야 하니까요. 많은 요리사들이

그 소시지를 따라 만들기 위해 애썼다는 걸 알고 있습니다. 전부 실패했죠. 저는…….”

“실패? 모욕이지! 범죄야!”

베린이 코웃음 쳤다.

“그건 분명합니다. 저도 동의해요. 만약 그 조리법을 책으로 낼 경우에 전 세계 레스토랑 십만 곳의 주방에서 저질러질 잔혹 행위를 막아야 한다고 생각합니다. 위대한 요리사는 몇 명 없고, 그나마 괜찮은 요리사들은 간간이 찾을 수 있을 뿐입니다. 그런데 나쁜 요리사들은 전염병 숙주만큼이나 있지요. 저는 집에 괜찮은 요리사를 한 명 데리고 있습니다. 프리츠 브레너입니다. 선천적으로 뛰어나다고는 할 수 없지만 유능한데다 안목도 있지요. 입이 무거운 사람이에요. 저도 그렇습니다. 부탁이 있습니다. 이제까지 하려던 부탁이 이겁니다. 소시스 미뉘이의 조리법을 알려 주세요.”

“놀랄 노 자군!”

베린은 파이프를 떨어뜨릴 뻔했다가 움켜잡고 노려보았다. 그러고는 웃음을 터뜨렸다. 양손을 들고 휘저으며, 마치 다시는 농담을 듣지 못할 것 같아 이번에 다 웃어 버리려는 듯이 온몸을 떨며 웃었다. 마침내 웃음을 그친 그는 경멸을 담아 노려보았다.

“당신에게?”

왜 너인지 말해 보라는 고약한 어조였다. 콘스탄자의 아버지 목소리라는 걸 생각하면 더욱 고약했다.

울프는 조용히 말했다.

"네, 그렇습니다. 제게요. 저는 당신의 신뢰를 악용하지 않을 겁니다. 아무에게도 발설하지 않겠습니다. 오직 굿윈 군과 저만 먹게 될 겁니다. 남들에게 보여 주고 싶어서 알려는 게 아닙니다. 먹고 싶은 겁니다. 저는…….."

"정말 웃기는군! 경악스러워. 당신 설마 진심으로 내가 알려 줄 거라 생각……."

"아뇨, 그렇게 생각하지 않기 때문에 부탁하는 겁니다. 베린 씨는 제가 어떤 인물인지 물론 검증하고 싶으시죠. 그 조사 비용을 제가 부담하겠습니다. 저는 제가 한 말을 어긴 적이 없어요. 조사비 외에 추가로 삼천 달러를 드리겠습니다. 최근에 상당한 액수의 수임료를 받았거든요."

"하! 난 오십만 프랑을 제의받은 적도 있소."

"그건 상업용이었지요. 이건 제가 사적으로만 사용한다고 보장하며 드리는 금액입니다. 저희 집의 지붕 아래서, 굿윈 군이 사 오는 재료를 가지고 조리할 겁니다. 굿윈 군은 부패와 전혀 관련이 없다고 제가 보증합니다. 한 가지 고백하겠습니다. 베린 씨께서 탈러턴에 계시던 1928년부터 1930년까지, 네 번에 걸쳐 런던에 있는 사람을 시켜 탈러턴에서 소시스 미뉘이를 주문한 다음 주머니에 조금 넣어 와 제게 보내게 했습니다. 스스로도 분석해 보고, 음식 전문가, 요리사, 화학자에게도 분석을 의뢰했습니다. 결과물은 전혀 만족스럽지 않더군요. 분명 재료와 기법의 조합에 달려 있을 텐데요. 저는······."

베린은 으르렁거리며 따져 물었다.

"라스지오였소?"

"라스지오?"

"필립 라스지오. 요리사에게 분석을 맡겼다고 했잖······."

베린은 그 이름이 욕설이라도 되는 듯이 말했다.

"아, 라스지오는 아닙니다. 전 그런 사람을 모릅니다. 그런 시도를 했다고 고백한 까닭은 제가 베린 씨의 비밀을 밝혀내려고 그렇게나 애썼다는 것을 보여 드리기 위해서입니다. 하지만 베린 씨의 비밀을 지키겠다는 약속을 어길 수는 없지요. 또 하나 고백할 것이 있습니다. 제가 터무니없는 이번 여행에 참석하기로 한 까닭은 초대를 받았기 때문만은 아닙니다. 제 주목적은 베린 씨를 만나기 위해서였습니다. 저에게 남아 있는 시간은 제한되어 있죠. 읽을 수 있는 책도, 곰곰이 생각해 볼 수 있는 아이러니도, 먹을 수 있는 끼니도 제한되어 있습니다."

그는 한숨을 내쉬고 눈을 반쯤 감았다가 다시 떴다.

"오천 달러. 저는 흥정을 아주 싫어합니다."

"안 돼요. 부칙 씨도 이걸 알고 있나요? 이것 때문에 부칙 씨가 당신을 데려온 건······."

베린은 거칠었다.

"선생님! 어찌 그런 말씀을. 제가 신뢰에 대해 말씀드렸죠. 이 일은 누구에게도 말한 적이 없습니다. 처음 시작할 때 부탁드렸습니다. 다시 한번 부탁합니다. 제 이야기대로 해 주시겠습니까?"

"안 돼요."

"어떤 조건으로도?"

"안 돼요."

울프는 배가 꺼질 정도로 한숨을 내쉬고 고개를 절레절레 흔들었다.

"난 바보야. 기차에서 시도하는 게 아니었는데. 나답지 못했군."

그는 창틀의 버튼에 손을 뻗으며 베린에게 물었다.

"맥주 좀 드시겠습니까?"

"안 돼요."

베린은 코웃음을 쳤다.

"아, 그게 아니군. 네, 맥주 좋지요."

"잘됐네요."

울프는 등을 기대고 눈을 감았다. 베린은 파이프에 불을 붙였다. 열차는 선로 변환기에서는 덜컹거리고 커브에서는 한쪽으로 기울어서, 울프는 자기 좌석 팔걸이를 더듬어 찾아 꽉 잡았다. 승무원이 와서 주문을 받아 갔고, 곧 잔과 병을 들고 나타났다. 또 내가 돈을 지불했다. 두 사람이 맥주를 마시는 동안 나는 장부의 빈 페이지에 소시지를 그렸다.

울프가 말했다.

"맥주를 받아 주셔서 감사합니다. 우리가 잘 지내지 못할 이유는 없죠. 제가 첫 단추를 잘못 끼운 모양입니다. 부탁을 하기 전에, 베린 씨께서는 칭찬인 이야기를 할 때부터도 적대적인 눈을 하고 거친 말투로 말씀하셨죠. 제가 어떤 실수를 했나요?"

베린은 빈 잔을 내려놓으며 입술을 닦았다. 그의 손은 자신도 모르게 있지도 않은 앞치마 자락을 잡으려 내려갔다. 그는 손수건을 꺼내 사용하고는, 몸을 앞으로 내밀고 손가락으로 울프의 무릎을 툭툭 치며 강하게 말했다.

"당신이 사는 나라가 잘못됐습니다."

울프는 눈썹을 치켜 올렸다.

"그런가요? 메릴랜드식 테라핀 요리를 드시고 나서 이야기해 보시죠. 아니면, 제가 이런 말까지 해도 될지는 모르겠지만, 프리츠 브레너가 요리한 네로 울프식 굴 파이를 맛보시든지요. 미국산 굴에 비하면, 유럽 굴은 구릿빛 원형질 덩어리에 불과하죠."

"굴 이야기를 하는 게 아닙니다. 울프 씨는 필립 라스지오의 존재를 허용하는 나라에 살고 계시잖소."

"그런가요 전 그 사람을 모릅니다."

"하지만 그는 당신이 사는 도시의 처칠 호텔에서 개밥을 만들잖소! 그건 아실 텐데요."

"물론 그런 사람이 있다는 거야 알지요. 당신과 같은……."

"나와 같은? 푸하!"

베린의 양손이 크고 빠르게 움직여 가상의 필립 라스지오를 창 밖으로 던져버렸다.

"나와 같은 급이 아니오!"

"실례합니다만, 당신과 마찬가지로 그는 '르 캉즈 메트르(15인 의 요리장)' 중 한 명입니다. 라스지오는 그럴 만한 인물이 못 된다는 이야기인가요?"

울프는 머리를 가우뚱했다.

베린은 울프의 무릎을 다시 두드렸다. 원래는 누가 만지는 것을 싫어하지만, 소시지 때문에 불편한 내색을 못 하고 있는 울프를 보 며 나는 씩 웃었다. 베린은 이를 악문 채 천천히 말했다.

"라스지오는 작게 토막 쳐서 돼지 먹이로 써야 합니다! 아니 그 것도 안 되겠군, 햄을 못 먹게 되겠어. 그냥 토막 치는 것까지만 합 시다."

그는 손가락으로 바닥의 구덩이를 가리켰다.

"그리고 묻어야죠. 사실 나는 라스지오와 오래 알고 지냈어요. 라스지오가 혹시 터키인인가? 아무도 몰라요. 그놈 이름을 아는 사 람은 아무도 없습니다. 그는 1920년에 카탈루냐의 타라고나의 내 친구 젤러타에게서 로농 조 몽타뉴라는 요리의 조리법을 훔쳐서 자 기가 만들었다고 우겼지요. 젤러타는 라스지오를 죽여 버릴 거요. 자기 입으로 그렇게 말했어요. 그는 그 밖에도 훔친 게 많지요. 내가 강력하게 항의했는데도 라스지오는 1927년에 르 캉즈 메트르 중 하나로 뽑혔어요. 그의 젊은 아내를 본 적 있나요? 디나예요. 런던 의 엠파이어 카페의 도메니코 로시의 딸이죠. 내가 디나를 무릎에 앉힌 것이 몇 번인데!"

그는 자기 무릎을 찰싹 때렸다.

"잘 알고 계시겠지만, 당신 친구 부칙 씨가 디나와 결혼했는데 라스지오가 훔쳐 간 겁니다. 부칙 씨는 그를 죽이기 전에 잠시 기다 리고 있는 것 뿐입니다!"

베린은 양 주먹을 흔들어 보였다.

"그자는 개자식에다 뱀 새끼, 더러운 점액을 기어 다니는 놈입 니다! 레옹 블랑을 아시나요? 우리가 사랑하는 레옹, 한때 위대했 던 레옹을? 지금 그가 보스턴이라는 동네의 전혀 유명하지 않은 윌 로 클럽이라는 곳에서 썩고 있다는 것도 아십니까? 당신이 사는 뉴 욕의 처칠 호텔이 그가 주방장이라는 이유로 성공을 거두었다는 것 은 아시나요? 라스지오가 아첨을 하고 거짓말을 하고 교묘한 속임 수를 써서 자리를 훔쳤다는 것도 아시나요? 친애하는 우리 레옹은 그놈을 죽여 버릴 거요! 분명 그럴 겁니다. 그렇게 하는 것이 정의 예요."

울프가 웅얼거렸다.

"라스지오는 벌써 세 번이나 죽었군요. 그를 기다리고 있는 죽 음이 더 있나요?"

베린은 의자에 몸을 묻고 조용히 으르렁거렸다.

"있지요. 나 역시 그를 죽여 버릴 겁니다."

"그렇군요. 당신 것도 훔쳤나요?"

"그는 누구한테서든 훔쳤어요. 신께서는 도둑질을 하라고 그놈을 만드신 모양입니다. 신의 가호나 빌어야 할 거요."

베린이 몸을 곧추 세웠다.

"나는 토요일에 렉스 호를 타고 뉴욕에 도착했소. 그날 저녁에 참을 수 없는 증오에 이끌려 딸과 함께 처칠 호텔에 식사를 하러 갔습니다. 우리는 라스지오가 리조트 룸이라고 부르는 살롱으로 갔소. 그 아이디어는 어디서 훔친 건지 모르겠소. 웨이터들은 세계적으로 유명한 리조트들의 제복을 입고 있더군. 저마다 다른 제복을 입고 있었어요. 카이로의 셰퍼즈, 장르팽의 르 피기에르, 비아리츠의 콘티넨털, 당신네 캘리포니아의 델 몬테, 우리가 지금 이 기차를 타고 가고 있는 커노 스파 등 많았소. 수십 곳의 제복이 있더군. 여기선 모든 것들이 다 거창해. 우리가 테이블에 앉았을 때 내가 뭘 봤을 것 같소? 라스지오의 개밥을 들고 가는 웨이터가 나의 코리도나 제복을 입고 있는 게 아니겠소! 상상해 봐요! 난 당장 달려가 그 옷을 벗으라고 하려고 했지요. 내 손으로 찢어 버리려고요."

그는 양손을 울프의 얼굴 앞에 대고 거칠게 흔들었다.

"하지만 딸이 말리더군. 자기에게 망신을 줘선 안 된다는 거요. 하지만 내가 당한 망신은? 그건 상관없는 거요?"

울프는 확실히 알아볼 수 있는 공감의 표시로 고개를 가로젓고는 맥주를 따랐다. 베린은 계속 이야기했다.

"다행히 그 웨이터가 맡은 테이블은 우리 자리에선 멀었고, 난 등을 돌렸지요. 하지만 좀 더 들어 봐요. 메뉴를 봤는데 코스의 네 번째로 나오는 앙트레가 뭐였을 것 같소? 응?"

"소시스 미뉘이만은 아니었길 바랍니다."

"아니긴! 바로 그거였소! 소시스 미뉘이가 나와 있더군. 물론 전에 그 이야기를 전해 들은 바는 있소. 라스지오가 여러 해 전부터 다진 가죽에 정체 모를 양념을 섞어서 소시스 미뉘이랍시고 팔아 왔다는 건 알고 있었어요. 하지만 내가 들고 있는 메뉴에 인쇄되어 있는 것을 보게 되다니! 식당 전체, 테이블과 의자, 모든 제복이 눈 앞에서 춤을 추는 듯했소. 바로 그 순간에 라스지오가 내 앞에 나타났더라면, 이 손으로 그를 죽였을 거요. 하지만 나타나지 않더군요. 웨이터에게 소시스 미뉘이 2인분을 주문했지요. 주문을 하는 내 목소리는 떨리고 있었소. 뭔가가 도자기 그릇에 담겨 나오더군요. 흥! 그 모습이 무엇을 닮았느냐 하면…… 차마 입에 담지 못하겠소. 이번만큼은 딸에게 말릴 기회를 주지 않았지. 나는 그릇을 양손에 하나씩 들고 의자에서 일어나, 침착하고 신중하게 손목을 돌려서 그 용납할 수 없는 쓰레기를 카펫 한가운데에 쏟아 부었소! 물론 그들은 항의했지. 내 담당 웨이터가 달려왔소. 나는 딸의 팔을 잡고 살롱을 나갔지. 견습 요리사가 우리를 막기에 찍소리 못 하게 해 줬습니다! 알아들을 만한 어조로 이렇게 말했소.

'난 산레모 코리도나의 제로메 베린이다! 필립 라스지오를 데려와서 내가 방금 한 일을 보여 주되, 그놈 목이 내 손에 닿지 않도록 해!'

그 이상은 말하지 않았고, 그럴 필요도 없었지요. 그러고 나서 딸을 데리고 러스터맨스에 가서 부칙을 만났소. 부칙은 자기가 만든 굴라시 한 접시와 샤토 라투르 한 병으로 나를 누그러뜨려 주었습니다. 1929년산이었지."

울프는 고개를 끄덕였다.

"그거라면 호랑이라도 누그러뜨렸겠군요."

"그래요. 나는 푹 잤다오. 하지만 다음 날, 그러니까 어제 아침에 무슨 일이 있었는지 아시오? 한 사내가 필립 라스지오가 나를 점심 식사에 초대한다는 전갈을 가지고 내가 묵고 있던 호텔을 찾아왔소! 그렇게 뻔뻔스러울 수 있다는 게 믿어져요? 하지만 잠깐, 그게 다가 아니었소. 내게 그 전갈을 가지고 온 사람이 알베르토 말피였다고!"

"그렇군요. 제가 알 만한 사람입니까?"

"지금은 아니에요. 이제 그는 알베르토가 아니고 앨버트가 되어 있소. 앨버트 말피, 코르시카 섬의 아작시오에 있는 카페에서 과일을 자르던 사람인데 내가 발견했소. 그땐 내가 프로방스에 있었습니다. 그를 파리로 데리고 가서 훈련을 시키고 가르쳐서, 훌륭한 앙트레 요리사로 만들었지. 그는 이제 처칠 호텔에서 라스지오의 일 등 조수가 되어 있어요. 라스지오는 1930년에 내게서 그를 훔쳐갔지. 내 수제자를 훔쳐가 놓고 나를 비웃었어! 그런데 이제 뻔뻔한 개구리 놈이 그 자식에게 점심 식사 초대장을 들려서 나한테 보내다니! 알베르토가 예복을 입고 내 앞에 나타나 절을 하고, 마치 아무 일도 없었다는 양 완벽한 영어로 전갈을 전했소!"

"가지 않았겠군요."

"흥! 내가 독을 먹겠소? 알베르토를 발로 차서 방에서 내쫓았지."

베린은 몸을 부르르 떨었다.

"절대 잊지 않을 거요. 1926년에 내가 아파서 일할 수 없었을 때, 이만큼이나 가까워졌었지."

베린은 엄지와 검지를 일 센티미터 정도 떼어보였다.

"알베르토에게 소시스 미뉘이 조리법을 알려 줄 뻔했단 말이오. 큰일 날 뻔했지! 만약 그때 알려 줬다면 지금 알베르토가 라스지오를 위해서 그걸 만들고 있었을 것 아니오! 소름끼치는 일이야!"

울프는 맞장구를 쳤다. 맥주 한 병을 더 비운 그는 공감과 이해를 담은 버지르르한 이야기를 시작했다. 나는 가슴이 아팠다. 울프 역시 노력해 봤자 소용없다는 것을, 자신이 원하는 것을 얻을 기회가 없다는 것을 벌써 깨달았을 것이다. 눈을 이글이글거리는 소시지 요리사에게 부탁을 들어 달라며 굽실거리는 울프를 보고 있자니 화가 났다. 게다가 기차에 앉아 있으니 너무 졸려서 눈을 뜨고 있을 수가 없었다. 나는 일어섰다.

울프는 나를 보았다.

"왜 그러나, 아치?"

"식당차로 갑니다."

나는 확고한 목소리로 말하며 문을 열고 휙 나와 버렸다.

밤 11시가 넘은 시각이라 식당차의 의자는 반 이상 비어 있었다. 포마드 광고 모델을 할 법한 건강한 젊은이 두 명이 하이볼을 마시고 있었고, 삼십 년 넘게 승무원은 흑인이나 하는 직업이라고 생각해 왔을 대머리, 희끗희끗한 머리의 남자들이 여기저기 앉아 있었다. 부칙과 베린 양은 빈 잔을 앞에 놓고 앉아 있었는데, 생기 있거나 즐거워 보이지 않았다. 그녀의 다른 옆자리에는 사각턱과 푸른 눈의 운동선수 같은 남자가 앉아 있었다. 차분한 회색 양복을 입은 그는 앞으로 십 년 뒤에 분명 자수성가할 인상이었다. 내가 친구들 앞에 서서 인사를 건네자 그들은 대답을 했다. 읽고 있던 책에서 시선을 든 푸른 눈의 운동선수는 일어나서 내게 자리를 양보하려고 했다.

하지만 먼저 일어난 것은 부칙이었다.

"내 자리에 앉게, 굿윈 군. 베린 양은 개의치 않을 거야. 난 어젯밤에 잠을 거의 못 잤거든."

부칙은 잘 자라는 인사를 건네고 자리를 떴다. 나는 자리에 앉아 손을 흔들어 승무원을 불렀다. 베린 양은 미국의 진저에일과 사랑에 빠진 모양이었고, 나는 우유 한 잔을 주문했다. 우리는 주문한 음료를 받아 들고 홀짝거렸다.

그녀가 보랏빛 눈으로 나를 돌아보았다. 눈은 이제까지보다도 더 짙어 보였다. 햇빛 아래서 보지 않는다면 그녀의 정확한 눈 색깔을 알 수 없을 것이다.

"정말 탐정 맞으시죠? 부칙 씨께서 이야기하고 계셨어요. 부칙 씨는 매달 울프 씨 댁에서 식사를 하시는데, 당신도 거기 사신다면서요. 굉장히 용감해서 울프 씨의 생명을 세 번이나 구해 주셨다고 하던데요."

그녀는 고개를 가로젓더니 질책하는 눈빛이 되었다.

"하지만 말에게 물 먹이는 이야기는 하지 않으셨어야 해요. 제가 다른 분께 물어보고 사실을 알아낼 거라는 건 아셨어야죠."

나는 단호하게 말했다.

"부칙 씨는 이 나라에 온 지 팔 년 밖에 안돼서 탐정업에 대해 거의 아는 게 없어요."

"전 그렇게 바보 같이 속을 만큼 어리지 않아요. 졸업한 지 삼 년이나 되었는걸요."

그녀는 까르륵 웃었다.

"알았어요."

나는 손을 내저었다.

"말 이야기는 잊어버리세요. 그 동네 아가씨들은 어떤 학교에 다니나요?"

"수녀원에 딸린 학교요. 저는 툴루즈에 있는 학교에 다녔어요."

"당신은 제가 본 어떤 수녀와도 다른데요."

그녀는 진저에일 한 모금을 삼키고는 웃었다.

"전 전혀 수녀 같지 않아요. 신앙심이 조금도 없고 세속적인 걸 좋아해요. 세실리아 수녀님은 남을 섬기는 삶이 가장 순수하고 즐겁다고 말씀하셨지만, 제가 생각해 본 바로는 뚱뚱해지거나, 아파지거나, 대가족이 생길 때까지 인생을 즐긴 다음에 남을 섬기는 게 제일 좋을 것 같아요. 당신도 그렇게 생각하지 않으세요?"

나는 미심쩍어서 고개를 가로저었다.

"모르겠습니다. 전 다른 사람을 섬기는 걸 꽤 잘하거든요. 물론 지나치게 섬겨서는 안 되지만요. 지금까지는 인생을 즐기셨나요?"

그녀는 고개를 끄덕였다.

"가끔은요. 어머니는 어렸을 때 돌아가셨고, 아버지는 제가 지켜야 할 규칙을 잔뜩 만들어 놓으셨어요. 산레모에 온 미국 여자애들이 어떻게 행동하는지 보고 저도 그렇게 해야겠다고 생각했지만 어떻게 하면 그렇게 할 수 있는지 모르겠더라고요. 그리고 얼마 뒤에 제가 보호자 없이 걸리 경의 배를 몰고 곶을 한 바퀴 돌고 왔다는 소식을 아버지도 전해 들으셨으니, 그 후론 별 도리가 없으셨죠."

"걸리 경도 같이 갔나요?"

"네, 같이 갔지만 걸리 경은 아무것도 안 했어요. 잠이 들어서 배에서 떨어지는 바람에, 다시 태우느라 제가 배 방향을 세 번이나 바꿔야 했어요. 당신은 영국 사람을 좋아하시나요?"

나는 한쪽 눈썹을 치켜 올렸다.

"글쎄요……. 상황이 마침맞게 돌아간다면 좋아할 수도 있을 것 같네요. 예를 들어, 무인도에서 사흘 동안 아무것도 먹지 못했는데 영국 사람이 토끼 한 마리를 잡는다면, 혹은 토끼가 없는 경우 멧돼지나 바다코끼리라도 말이죠. 당신은 미국인을 좋아하시나요?"

"잘 모르겠어요! 어른이 된 이후에 만나 본 미국인은 산레모와 여기에서 만난 몇 명이 전부인데, 제가 보기엔 미국인들은 말하는 게 이상하고 잘난 척하는 것 같았어요. 남자들 말이에요. 런던에서 알았던 사람은 괜찮았어요. 탈러턴에 묵었던 부자였는데, 위장이 좋지 않은 사람이라 아버지는 그 사람을 위해 특별식을 만드셨어요. 떠날 때 제게 근사한 선물들을 주었죠. 뉴욕에 온 뒤로 본 남자들 중엔 아주 잘생긴 사람들이 많았어요. 어제 호텔에서는 상당한 미남을 한 명 봤어요. 코는 당신이랑 닮았는데, 그 사람 머리색이 더 밝았어요. 그렇지만 전 사람들을 잘 알게 되기 전에는 좋다 싫다를 말할 수가 없네요……."

그녀는 웃었다.

베린 양은 계속 이야기했지만, 나는 세세한 것들을 관찰하느라 바빴다. 그녀가 홀짝이던 진저에일을 내려놓을 무렵 내 시선은 그녀의 얼굴에서 다른 곳으로 흘러가 있었다. 그녀는 미국 여자처럼 치마 길이에 주의하지 않고 다리를 꼬고 있었다. 예쁜 발과 주문 제 작한 듯한 발목 위로 펼쳐진 풍경은 내가 이제까지 본 어떤 모습 못 지않게 만족스러웠다. 지금까지는 괜찮았다. 문제는 그녀 옆에 앉 은 운동선수의 한쪽 눈이 책 귀퉁이 너머를 보고 있다는 것을 내가 눈치챈 것이었다. 그 시선이 향하는 곳은 내가 살피고 있는 흥미로 운 대상임이 뻔했다. 나의 내면에서 비사교적이고 걱정스러운 반응 이 나타났다. 이런 기분 좋은 장면을 나와 공유하는 동료가 있다는 사실에 기뻐하는 대신에 두 가지 일을 동시에 하고 싶은, 통제 불가 능한 충동을 느끼게 되었다. 운동선수를 노려보는 것, 그녀에게 치 마를 내리라고 말하는 것!

나는 속으로 마음을 추스리고 논리적으로 고려해 보았다. 그가 다리를 보아서 내가 분개하는 것, 그가 다리를 못 보게 하고 싶은 것을 해명할 수 있는 이론은 하나뿐이었다. 나는 그녀의 다리가 내 것이라고 생각하고 있었다. 고로, 그 다리가 나의 재산이라고 느끼 기 시작했거나, 다리를 내 손에 넣겠다는 생각이 급속도로 커지는 것이 분명하다. 다리는 내 재산이 아니니 첫 번째 생각은 말도 안 된다. 두 번째 생각은 위험했다. 이 상황을 전체적으로 놓고 볼 때, 내가 저 다리를 손에 넣을 수 있는 현실적이고 윤리적인 방법은 한 가지밖에 없기 때문이다.

그녀는 아직도 이야기하고 있었다. 나는 평소 버릇과는 달리 남은 우유를 한 번에 들이켰다. 나는 이야기에 끼어들 기회를 기다리면서 짙은 보랏빛 눈에 빠져들 위험을 피해 그녀를 쳐다보았다.

"물론이죠. 사람을 알게 되는 데는 긴 시간이 걸립니다. 알게 되기 전에 어떻게 그 사람에 대한 이야기를 하겠어요? 예를 들어 첫눈에 반하는 사랑이라는 걸 보세요, 말도 안 되지요. 그건 사랑이 아니고, 서로 알고 싶은 강렬한 욕구에 불과합니다. 롱 아일랜드에서 아내를 처음 만났을 때가 기억나네요. 저는 2인승 차를 몰고 가다가 아내를 치었어요. 아내는 별로 다치지 않았지만, 제 차에 태워서 집까지 데려다 주었지요. 아내가 피해 보상금 이만 달러를 달라며 저를 고소하기 전에는 사랑이라 할 만한 감정을 느끼지 못했어요. 그다음엔 피할 수 없는 일이 일어났고, 아이들이 줄줄이 태어났죠. 클래런스, 머턴, 이저벨, 멀린다, 퍼트리샤, 그리고……."

"부칙 씨께선 당신이 미혼이라고 하셨던 것 같은데요."

나는 한 손을 내저었다.

"전 부칙 씨와 가까운 사이가 아니에요. 서로 절대 가족 이야기는 하지 않지요. 일본에서는 남자가 다른 남자에게 자기 아내 이야기를 하거나, 상대방 아내의 안부를 묻는 게 예의 없는 행동이란 걸 아시나요? 마치 상대에게 당신이 대머리가 되고 있다고 하거나, 아직 스스로 양말은 신을 수 있느냐고 묻는 거나 같은 거예요."

"정말 결혼하셨군요."

"물론이죠. 결혼 생활이 아주 행복하답니다."

"다른 아이들 이름은 뭔데요?"

"음……. 중요한 아이들 이름은 다 말씀드린 것 같네요. 다른 아이들은 아직 아기예요."

나와 그녀는 계속 수다를 떨었다. 분위기는 바뀌어 있었다. 나는 위험한 벼랑 끝에서 겨우 끌려 올라온 남자 같은 느낌이 들어 약간 슬퍼졌다. 곧 사건이 일어났다. 뭐라 우겨 댈 생각은 없으며 그것이 사고였을 가능성을 받아들일 수도 있다. 하지만 내가 할 수 있는 것은 그저 본 대로 묘사하는 것뿐이다. 그녀는 앉아서 내게 이야기하면서 오른팔을 푸른 눈의 운동선수 옆에 있는 의자의 팔걸이에 걸치고 있었고, 그쪽 손에는 진저에일이 반쯤 든 잔을 들고 있었다. 잔이 눈에 띄지 않게 서서히 움직였기 때문에 기울어지는 것을 보지 못했다. 정말 그녀는 나를 보고 있었다. 내가 눈치챘을 때는 이미 늦었다. 진저에일은 운동선수의 차분한 회색 바지에 떨어지고 있었다. 나는 그녀의 말을 끊고 팔을 뻗어 잔을 잡았다. 그녀는 돌아보고 헉 하는 소리를 냈다. 운동선수는 얼굴이 붉어지며 손수건을 찾았다. 말했듯이 나는 뭐라 우길 생각은 없지만, 한 남자가 유부남이라는 걸 알게 된 지 사 분 후에 다른 남자에게 진저에일을 흘렸다는 것은 상당한 우연의 일치가 아닐 수 없다.

"아, 저는…… 얼룩이 남을까요? 바지 왼쪽이! 정말 죄송해요! 아무 생각 없이…… 못 보고 그만…….."

운동선수가 대답했다.

"아니 괜찮습니다……. 정말…… 정말…… 아니 괜찮…… 가니 왠찮…… 얼럭은 넘지…….'

이런 대화가 좀 더 오갔다. 나는 즐거웠다. 하지만 그는 회복이 빠른 남자였다. 곧 외계어로 지껄이기를 그만두고 제정신을 차린 다음 자기 모국어로 말했으니 말이다.

"보시는 바와 같이 바지는 괜찮습니다. 정말입니다. 실례합니다. 제 이름은 톨먼입니다. 웨스트 버지니아 주 말린 군의 지방 검사 배리 톨먼이라고 합니다."

알고 보니 남의 불행을 이용해 먹는 정치인 같은 자였다. 이제까지 내가 지방 검사들을 만나 보았던 경험 중 그들의 사진을 내 서랍장 위에 놓아두고 싶었던 적은 없었지만, 무례하게 굴 이유는 없었다. 나는 그에게 내가 누구인지 설명하고 그를 콘스탄자에게 소개한 뒤, 우리가 음료를 쏟은 데 대한 사과로 한 잔 사겠다고 제의했다.

나는 취침 시간까지의 할당량인 마지막 우유를 한 잔 더 주문했다. 우유가 오자 홀짝이며 오른쪽에서 진전되고 있는 새로운 우정에 끼어들고 싶은 것을 꾹 참았다. 내가 삐친 것이 아니라는 것을 보여 주기 위해 가끔 툴툴거리는 소리를 내는 것만 빼고 말이다. 내 잔이 반쯤 비었을 무렵 배리 톨먼은 이렇게 말하고 있었다.

"말씀 나누시는 걸 들었습니다. 죄송합니다만 듣지 않을 수가 없었습니다. 산레모를 언급하셨지요. 전 가 본 적이 없습니다.

1931년에 니스와 몬테카를로에는 가 보았지만요. 누구였는지 기억은 안 나지만 산레모가 리비에라의 그 어느 곳보다 아름다우니 꼭 가 보라고 했지만 가지 않았어요. 이젠…… 음…… 그 말이 믿어지는군요."

"아, 가셨어야죠! 언덕과 포도밭이랑 바다!"

그녀의 목소리에 콧소리가 돌아왔고, 그 소리를 들으니 행복해졌다.

"네, 물론이죠. 저는 경치 보는 것을 아주 좋아합니다. 굿윈 씨는 어떠세요? 좋아하시지……."

바로 옆 선로의 기차를 스쳐 지나가자 바람이 멈추고 다른 모든 소리를 지우는 요란한 소음이 갑자기 터져 나왔다. 그의 문장은 "경치 구경을 좋아하시지 않나요?"로 끝났다.

"물론 좋아하죠."

나는 고개를 끄덕이고 우유를 홀짝였다.

콘스탄자가 말했다.

"밤이라서 아쉬워요. 경치를 구경하며 미국을 볼 수도 있었는데. 저게 로키인가요? 아니, 제 말은, 저게 로키 산맥인가요?"

톨먼은 웃지 않았다. 나는 그가 보랏빛 눈을 보고 있는지 굳이 확인하지도 않았다. 웃지 않는 이유는 그것일 수밖에 없다는 걸 알고 있었다. 그는 '아니다, 로키 산맥은 2,400킬로미터 떨어져 있다. 하지만 지금 우리가 지나는 곳도 근사한 곳이다'라고 했다. 자기는 유럽에 세 번 가 봤지만 역사적인 것을 제외하면 미국에 비할 만한 것은 아무것도 없더라고 했다. 그가 사는 곳인 웨스트 버지니아에는 산이 있는데, 그 산과 스위스를 나란히 놓고 어느 곳이 더 나은지 누구에게든 골라 보라고 할 자신이 있다고도 했다. 자신이 태어난 계곡만큼 아름다운 곳은 어디에서도 본 적이 없는데, 유명한 리조트인 커노 스파 자리가 특히 아름답다고 했다. 그가 사는 군에 있는 곳이라고 했다.

콘스탄자가 소리쳤다.

"저희가 가는 곳이 바로 거긴데요! 거기에요! 커노 스파!"

"그……그렇길 바랍니다. 왜냐하면, 이 열차의 세 량은 커노 스파로 갑니다. 전 아마도…… 어쩌면 당신을 만날 기회가 또 있을지도 모른다고 생각했거든요, 물론 제가 거기서 사교계의 중심 인물은 아닙니다만…….'

그의 뺨에 붉은 기가 떠올랐다.

"우리는 이미 기차에서 만났잖아요. 물론 전 거기 오래 있지는 않을 거예요. 하지만 당신이 그곳이 유럽보다 좋다고 생각하신다니, 당장이라도 보고 싶어요. 하지만 전 산레모와 바다를 사랑한다는 말씀을 미리 드려야겠네요. 유럽에 여행 가실 때 아내와 아이들도 함께 데리고 가셨겠지요?"

"아니, 세상에! 어떻게 그런! 제가 처자식이 있을 만큼 늙어 보이나요?"

그의 정신이 혼미해졌다.

나는 '너 이 자식, 입 닥치지 못해!'라고 생각했다. 우유 잔은 비어 있었다. 나는 일어섰다.

"실례해도 괜찮다면, 제 상사가 기차에서 떨어지지는 않았나 가서 확인을 해 보겠습니다. 베린 양, 곧 돌아와서 아버님께 모셔다 드리겠습니다. 첫날부터 미국 여자처럼 행동하는 법을 배우기란 무리니까요."

내가 떠나는 모습을 보며 둘 중 누구도 슬퍼하지 않았다.

그 바로 앞 차량에서 복도를 성큼성큼 걸어오는 제로메 베린을 만났다. 그는 멈춰 섰고 나 역시 걸음을 멈출 수밖에 없었다.

그는 으르렁거렸다.

"내 딸은? 부칙이 버려 뒀다면서!"

"아주 잘 있습니다."

나는 엄지손가락으로 뒤 차량을 가리켰다.

"식당차에서 제가 소개해 준 제 친구와 이야기 나누고 있어요. 울프 씨는 괜찮으신가요?"

"괜찮으냐고? 난 몰라. 그냥 버려 두고 왔다네."

그는 나를 제치고 지나갔고, 나도 걸음을 옮겼다.

울프는 혼자 의자에 앉아 있었다. 절망 그 자체의 모습을 한 채, 두 손으로 팔걸이를 꽉 잡고 눈을 휘둥그레지게 뜨고 있었다. 나는 그를 살폈다.

내가 말했다.

"우선 미국을 여행하세요.* 휴양지로 와서 우리 같이 놀아요! 기차에는 외풍도 들어오지 않고 갈매기처럼 거침없이 나아간답니다!"

"닥쳐!"

그가 밤새도록 거기 앉아 있을 수는 없었다. 할 일을 해야 할 때가 되었다. 나는 벨을 울려 승무원에게 잠자리를 준비하도록 했다. 그리고 나는 울프에게 가서…… 안 된다. 어디선가 주워 든 옛 소설에서, 젊고 사랑스러운 아가씨가 밤에 침실로 가 귀여운 손가락을 자기 드레스 맨 위 단추에 얹는 것을 묘사하는 대목을 읽은 기억이 난다. 그에 이어 이런 말이 나왔다.

'하지만 이제 우리는 그녀를 떠나야 한다. 친애하는 독자 제위여, 우리가 감히 침범해서는 안 될 은밀함, 추악한 시선 앞에 드러나지 않아야 할 소녀다운 비밀이 있는 법이다. 밤이 병풍을 드리웠으니, 우리도 우리의 병풍을 드리우도록 하자!'

나는 이의 없다.

내가 말했다.

"애들이 돌 던지지 못하게 감시하는 게 경비원의 일이라곤 생각 못했는데. 특히 자네 같은 고급 경비원의 일은 아니잖아."

거숌 오렐은 우리가 앉아 있는 잔디밭에서 삼 미터 떨어진 커다란 고사리를 향해 이 사이로 침을 뱉었다.

"아니지. 하지만 내가 말했잖아. 저 치들은 이 여관에 묵으면서 커노 스파 편지지에다 편지를 쓰려고 하루에 십오에서 오십 달러를 내기 때문에 승마하는 동안 흑인들이 와서 돌 던지는 건 싫어해. 난 아이라고 안 했어, 흑인이라고 했지. 스파 쪽에선 한 달 전에 차고에서 해고된 놈이 아닌가 하고 의심하고 있어."

● **우선 미국을 여행하세요** _ See America First. 해외여행 전에 먼저 미국을 보라는 관광 표어이다.

나무의 구멍 사이로 따스한 햇살이 비쳤고, 나는 하품을 했다. 지루해하는 게 아니라는 걸 보여 주려고 물었다.

"이 근처에서 있었던 일이라고?"

그는 손가락으로 가리켰다.

"저 너머, 길 반대편에서. 두 번 다 크리슬러가 맞았어. 만년필 크리슬러 알지? 그 사람 딸이 윌레츠 대사랑 결혼했지."

길 아래쪽에서 뭔가 소리가 들려왔다. 말발굽 소리는 곧 선명해졌고, 잠시 후 점잔을 빼는 잘생긴 말 두 마리가 커브를 돌아 빠른 걸음으로 우리 옆을 지나갔다. 내가 낚싯대로 발을 걸 수도 있을 만큼 가까웠다. 말에 탄 사람 중 하나는 요란한 체크무늬 셔츠를 입은 잘생긴 남자였고, 다른 사람은 마음만 내키면 언제든 다른 사람을 섬겨도 될 정도로 나이 들고 뚱뚱한 숙녀였다.

오델이 말했다.

"제임스 프랭크 오스본 부인이야. 조선과 철강 사업을 하는 볼티모어 오스본의 그 오스본 말이야. 그 옆의 데일 챗원은 돈이 걸린 브리지 게임을 잘하지. 말 다루는 것 봤어? 승마 실력은 형편없어."

"그래? 난 몰랐어. 자네 사교계 사람이라면 좍 꿰고 있구만."

"이 일을 하다 보면 그럴 수밖에 없어."

그는 다시 고사리에 침을 뱉고 뒤통수를 긁더니 풀잎 한 가닥을 뽑아 입에 물었다.

"난 여기 오는 사람들 중 열에 아홉은 누구인지 이름을 듣지 않아도 알아볼 수 있을 것 같아. 물론 가끔 낯선 사람들도 있지. 예를 들어 자네 일행 같은 경우. 그 사람들은 대체 누구야? 주방장이 초대한 솜씨 좋은 요리사 떼거리라는 건 알겠어. 내가 보기엔 우스워. 언제부터 커노 스파가 가정학 학교가 된 거야?"

나는 고개를 가로저었다.

"내 일행은 아니야, 친구."

"자네 그 사람들이랑 같이 왔잖아."

"난 네로 울프 선생님이랑 온 거야."

"네로 울프는 그 사람들이랑 같이 있잖아."

난 씩 웃었다.

"지금은 아니야. 스위트룸 60호의 침대에 누워 곤히 잠들어 있지. 목요일에 네로 울프 씨를 집에 가는 기차에 태우려면 클로로포름 마취라도 해야 할 것 같아. 요리사들이 온 것보다 안 좋은 일이 있다고."

나는 햇살 속에서 기지개를 폈다.

"그런가 보네."

오델도 인정했다.

"그건 그렇고 다 어디서 온 사람들이야?"

나는 일요판 《타임스》에서 잘라 낸 페이지를 주머니에서 꺼내 펼친 다음 한 번 더 훑어보고서 오델에게 건넸다.

르 캉즈 메트르 LES QUINZE MAITRES

제로메 베린, 코리도나(산레모)

레옹 블랑, 윌로 클럽(보스턴)

램지 키스, 헤이스팅스 호텔(캘커타)

필립 라스지오, 처칠 호텔(뉴욕)

도메니코 로시, 엠파이어 카페(런던)

피에르 몬도, 몬도스(파리)

마르코 부칙, 러스터맨스 레스토랑(뉴욕)

세르게이 발렌코, 샤토 몽캉(퀘벡)

로렌스 코인, 라탄(샌프란시스코)

루이스 세르반, 커노 스파(웨스트 버지니아)

페리드 칼다, 카페 드 류로프(이스탄불)

앙리 타송, 셰퍼즈 호텔(카이로)

고인이 된 회원:

아르망 플뢰리, 플뢰리스(파리)

파스칼 도노프리오, 엘도라도(마드리드)

자크 발렌, 에메랄드 호텔(더블린)

오델은 기사 내용을 흘끗 보더니 읽으려고도 하지 않다가 고개를 천천히 앞뒤로 움직이며 이름과 주소를 다시 한번 읽었다. 그는 끙 소리를 냈다.

"거참 괴상한 이름들이군. 누가 보면 노트르담 대학교 미식축구 팀 선수 목록인 줄 알겠어. 이 사람들이 왜 신문에 난 거지? 제일 위에 있는 말은 뭐야, 루캥즈 어쩌고 하는 말?"

"아, 그건 프랑스어야."

나는 올바르게 발음해 주었다.

"이 말은 '열다섯 명의 요리장'이란 뜻이야. 유명한 사람들이지. 이 중 한 요리사가 만드는 소시지를 놓고 사람들이 결투를 벌이기도 한다고. 꼭 그 요리사를 만나서 탐정이라고 하면서 소시지 요리법을 알려 달라고 해. 기꺼이 알려 줄 거야. 그들은 오 년마다 한 번씩 회원 중 최고령자가 있는 곳에서 모여. 그래서 커노 스파로 온 거지. 각자 손님을 한 명씩 데려올 수 있어. 기사를 읽어 보면 다 나오는 이야기야. 네로 울프 선생님은 세르반 씨의 손님이고, 울프 선생님과 함께 올 수 있도록 부칙 씨가 나를 초대해 줬어. 울프 선생님은 이번 모임의 주빈이야. 요리장 열다섯 명 중 열 명만 여기 와 있어. 목록 마지막에 나와 있는 세 명은 1932년 이후에 죽었고, 칼다와 타송은 올 수가 없었지. 이 사람들은 엄청나게 요리하고, 먹고, 마셔 댈 거고, 서로 거짓말을 잔뜩 하고, 세 명의 회원을 새로 선출하고, 네로 울프 선생님의 연설을 듣고…… 아, 응, 그리고 그중 한 명은 아마 살해당할 거야."

"재밌겠군. 누구?"

오델은 또 이 사이로 침을 뱉었다.

"뉴욕의 처칠 호텔에 있는 필립 라스지오. 기사에 보니까 그 사람 연봉이 육만 달러라더라."

"죽일 만도 하겠군. 누가 죽이는데?"

"돌아가며 죽일 거야. 만약 자네가 시합 입장권을 구한다면 기꺼이 링 바로 앞의 표를 구해 줄게. 프런트에다 라스지오 씨의 방값을 미리 받아 두라고 말하는 게 좋을 거야. 살인이라는 게 시간이 얼마나 걸리는지는 자네도 알지……. 오, 맙소사! 어이가 없군! 고작 진저에일 몇 방울로!"

보통 속도로 말을 몰고 있는 남녀 한 쌍이 길에 나타났다. 고개를 돌려 서로를 바라보며 이를 드러내고 웃고 있었다. 둘 다 얼굴이 상기되어 있었다. 그들이 일으키는 먼지가 우리 쪽으로 떠오자 나는 오델에게 물었다.

"저 행복한 한 쌍은 누구야?"

그는 끙 소리를 냈다.

"이 군의 지방 검사 배리 톨먼이야. 언젠가는 대통령이라도 될 기세야. 저 아가씨는 자네 일행과 함께 오지 않았어? 참 예쁜 이기 씨군. 진저에일 어쩌고는 무슨 소리야?"

"아, 아무것도 아니야."

나는 손을 내저었다.

"초서의 글을 인용한 것뿐이야. 저 사람들에겐 돌을 던져도 아무 소용없겠군. 산사태 정도가 아니면 눈치도 못 챌 테니 말이야. 그나저나, 돌을 던진다는 웃기는 소리가 뭐야?"

"웃기는 소리가 아니야. 하루 일과의 하나일 뿐이지."

"이게 일과라고? 난 탐정이야. 우선, 자네랑 내가 이렇게 훤히 트인 곳에 앉아 있는데 누가 포격을 시도라도 할 것 같아? 그리고 이 구불구불한 오솔길은 길이가 십 킬로미터 가까이 되잖아. 돌 던지는 자가 다른 곳을 고르면 어떻게 해야 하나? 둘째, 차고에서 해고된 깜둥이가 경영진을 열 받게 하려고 하는 짓일 거라 의심하고 있다고 했지? 하지만 만약 그렇다면 두 번이나 만년필 크리슬러를 목표로 삼은 게 그저 우연일까? 자네는 거짓말을 하는 거야. 자네는 나한테 이야기를 다 털어놓은 게 아니야. 나랑은 아무 상관없는 일이지만 내가 일요일과 공휴일에만 멍청하다는 걸 보여 줄까 해서 하는 말이야."

그는 한쪽 눈으로만 나를 보았다가 두 눈으로 보더니 씩 웃었다.

"자네는 좋은 사람 같군."

나는 따뜻하게 말해 주었다.

"맞아."

그는 여전히 웃는 얼굴이었다.

"맹세컨대, 도저히 자네에게 들려 주지 않을 수가 없을 만큼 재미있는 이야기야. 자네가 크리슬러를 알았다면 더 재미있어했을 텐데. 하지만 문제는 크리슬러만이 아니야. 다른 문제는 내가 여기서 혼자 지낼 수 있는 시간이 전혀 없다는 거야. 난 하루에 열여섯 시간이나 일하게 되어 있다고! 조수는 한 명뿐인데, 자네도 보면 알겠지만 힘 있는 사람의 조카야. 나는 해 뜰 때부터 잠자리에 들 때까지 일을 해야 해. 그리고 크리슬러는 사람을 정말 열 받게 하는 작자야. 크리슬러의 기사가 차고에서 윤활유를 훔치다가 나한테 걸렸기 때문에 크리슬러는 내게 앙심을 품었어. 기사를 잡는 걸 도와줬던 흑인은 크리슬러 때문에 잘렸어. 나도 자르려고 하고 있더군. 그래서 내 나름대로 계획을 세웠고, 성공했지."

오델은 먼 곳을 가리켰다.

"저기 절벽에 툭 튀어나온 바위 보여? 아니, 저 너머, 전나무들 반대쪽에. 저기 올라가서 크리슬러한테 돌을 던졌어. 두 번 다 맞혔지."

"그렇군. 많이 다쳤어?"

"좀 부족했어. 어깨를 맞았을 땐 꽤 아파하더군. 의심을 받을까 봐 그럴싸한 알리바이를 미리 준비했지. 크리슬러는 내 알리바이를 확인했어. 그게 나한테는 유리한 점이었지. 또 하나의 장점은 아무 때나 내가 내킬 때면 돌 던지는 놈 잡으러 간다고 하고 숲에 와서 한두 시간 동안 혼자 있으면서 침도 뱉고, 구경도 하고 할 수 있는 거지. 가끔 오솔길에서 보이는 곳에 있을 때도 있어. 그러면 사람들은 자기들이 보호받고 있다고 생각하니까 그건 그것대로 좋은 거 아니겠어."

"제법 좋은 생각이야. 하지만 오래 못 갈 텐데. 자네는 조만간 범인을 잡거나 포기하거나 해야 할 거야. 아니면 돌을 좀 더 던지거나."

그는 씩 웃었다.

"내가 크리슬러 어깨에 돌을 맞힌 게 빗맞은 거라고 생각하는 모양인데! 저 바위가 얼마나 먼지 보여? 다시 던질지 어쩔지는 모르겠지만, 만일 또 하게 된다면 이번엔 누굴 노릴지 이미 정해 뒀어. 나중에 누군지 알려 줄게."

그는 손목을 흘끗 보았다.

"이런 맙소사, 벌써 5시가 다 됐네. 돌아가야 돼."

그는 허둥지둥 일어나 황급히 달려갔다. 나는 급할 것이 없었기에 그를 먼저 보내고 느긋하게 어슬렁어슬렁 뒤처져 걸어갔다. 커노 스파 안에서는 어디를 가든, 정원에서 산책하는 것과 마찬가지라는 것을 이미 알고 있었다. 사 제곱킬로미터에 육박할 이 숲을 누가 쓸고 나무의 먼지를 누가 터는지 모르지만 분명 모범적인 살림 솜씨였다. 호텔 본관과 근처에 드문드문 있는 별관들, 그리고 온천이 있는 건물 주위에는 잔디밭, 관목, 꽃 들이 있었다. 정문에서 삼십 미터 떨어진 곳에는 근사한 분수가 세 개 있었다. 웨스트 버지니아 주에 있는 군의 이름을 딴 별관에는 자체의 주방도 딸려 있고 크기로 보면 결코 가볍게 볼 수 없는 건물이었다. 내가 파악한 바로 별관은 적절한 가격에 더 철저한 사생활을 누릴 수 있는 곳이었다.

별관 중 포카혼타스 관과 업셔 관 두 채가 열다섯 명의…… 아니, 열 명의 요리장들에게 제공되었다. 두 별관은 겨우 백 미터 거리였고 나무와 관목 사이의 몇 개의 오솔길로 연결되어 있었다. 울프와 내가 배정받은 스위트룸 60호실은 업셔 관에 있었다.

나는 태평하게 거닐었다. 혹시라도 관심이 있는 사람이라면 구경할 잡다한 것들은 많았다. 오델이 칼미아라고 했던 무리지어 피어 있는 핑크빛 꽃송이들, 힘차게 흐르는 개울과 그 위 여기저기에 놓인 작은 다리들, 꽃이 활짝 핀 이름 모를 야생 나무들, 새와 상록수 등등이었다. 이런 것들은 좋은 것이니 나 역시 아무 반감은 없다. 그리고 이런 시골에서는 뭔가 키우지 않으면 넓은 땅을 가지고 할 일이 없을 것이다. 확실히 여기는 신 나는 일은 찾기 힘든 곳이라는 것을 인정해야겠다. 예를 들어 이곳을 타임스 스퀘어나 양키 스타디움과 비교해 보라.

별관들, 특히 본관과 온천이 있는 중심부에 다가갈수록 더욱 활기가 있었다. 딱히 재미난 사람은 없었지만 차나 말을 타고 오고 가는 사람들이 많았고, 걸어 다니는 사람도 가끔 눈에 띄었다. 걸어 다니는 사람들은 대부분 검은 반바지, 크고 검은 단추가 달린 밝은 녹색 재킷이 커노 스파 유니폼을 입은 흑인이었다. 흑인이 백 있는 모습은 종종 보였지만, 탁 트인 곳에서 그들은 말할 수 없는 무언가에 억눌려 있는 듯한 모습이었다.

내가 업셔 별관 입구에 도착해 들어갔을 때는 5시가 조금 지나 있었다. 스위트룸 60호실은 별관의 별채 뒤쪽에 있다. 나는 문을 열고 아기를 깨우지 않도록 살금살금 거실을 걸어갔고, 더욱 조심하며 다른 문을 열었는데 울프의 방이 비어 있었다. 내가 조금 열어둔 창문 세 개는 닫혀 있었다. 침대 가운데가 움푹 파인 것을 보면 누가 누워 있었는지에 의심의 여지는 없었다. 내가 울프에게 덮어주었던 담요는 침대 발치에 매달려 있었다. 거실 쪽을 흘끗 보니 울프의 모자도 사라져 있었다. 나는 화장실로 가서 비누로 손을 씻기 시작했다. 마음이 상했다. 십 년간, 네로 울프의 집이 불타지 않는 이상 내가 그를 둔 곳에 가면 그를 찾을 수 있다고 믿어 의심치 않았고 거기에 익숙해져 있었다. 그는 자유의 여신상이나 마찬가지였다. 그런데 울프가 카탈루냐 소시지 요리사 놈의 신발을 핥을 기회를 찾아 벌새마냥 싸돌아다니다니, 모욕적인 것은 말할 것도 없고 무척 언짢았다.

씻고 셔츠를 갈아입고 나니 호텔을 돌아다니며 구경을 하고 싶어졌다. 하지만 울프를 멀쩡한 상태로 데리고 돌아가지 않으면 프리츠와 시어도어가 나를 죽일 것을 알았기에 옆문으로 나와서 포카혼타스 별관으로 가는 샛길을 따라 걸었다.

포카혼타스 관은 업셔 관보다 훨씬 거창했다. 1층 중앙에는 커다란 라운지가 있었다. 스위트룸이 건물마다 있고 위층에도 있었다. 문을 열기 전부터 시끄러운 소리가 들려왔다. 들어가 보니 요리장들이 즐거운 시간을 보내고 있었다. 나는 아까 별관에서 요리한 점심을 먹으며 일행 모두를 만났다. 호텔 요리사 다섯 명이 각자 한 가지씩을 요리했는데, 나름대로 먹을 만했다. 나는 십 년간 네로 울프의 지휘 아래 프리츠 브레너가 요리한 음식을 꾸준히 먹었으니, 이 말은 누구에게라도 칭찬이다.

녹색 제복을 입은 종업원이 나를 위해 문을 열어 주었다. 나는 모자를 현관에 있는 다른 종업원에게 맡기고 잃어버린 벌새를 찾아 나섰다. 포카혼타스 관의 가구와 비품들은 모두 인디언풍이었다. 짙은 색의 나무로 된 가구와 알록달록한 깔개로 가득한 오른쪽 응접실에서는 세 쌍이 라디오에 맞춰 춤을 추고 있었다. 어깨까지 내려오는 갈색 머리에 체구가 보통인 내 또래 여자가 있었다. 희고 높은 이마와 졸린 듯한 길쭉한 눈을 지닌 그녀는 금발 머리의 러시아인인 세르게이 발렌코에게 찰싹 붙어 있었다. 쉰 살쯤 된 그의 한쪽 귀 아래에는 흉터가 있었다. 그녀는 도메니코 로시의 딸인 디나 라스지오로, 제로메 베린의 말에 따르면 한때 마르코 부칙의 아내였는데 필립 라스지오가 훔쳐간 여자였다. 오리 같은 몸집의 키 작은 중년 여성도 있었다. 눈이 작고 검으며 윗입술 위에 털이 난 그녀는 마리 몬도였다. 그녀 또래에 그녀만큼 통통하고 얼굴이 둥근 퉁방울 눈의 남자는 남편 피에르 몬도였다. 마리 몬도는 영어를 못했는데, 나로서는 그녀가 영어를 해야 할 이유가 없을 것 같았다. 세 번째 쌍의 남자는 키 작은 스코틀랜드인 램지 키스였다. 적어도 예순은 되었을 램지의 얼굴은 알코올에 절어 있는 붉은 태양 같았다. 키가 작고 늘씬한 검은 눈의 여자는 한정된 경험으로 판단하건대 서른다섯 살 아래 그 어떤 나이라도 될 수 있을 것 같았다. 중국인이었기 때문이다. 점심 식사 때 그녀를 만났을 때, 그녀는 마치 게이샤 그림처럼 얌전하고 신비스러워 보여서 놀랐다. 게이샤는 일본인이겠지만, 내가 보기엔 그게 그거다. 그녀는 리오 코인으로, 로렌스 코인의 네 번째 부인이었다. 로렌스는 일흔이나 먹은데다 눈처럼 흰 백인이니 그로선 쾌재를 부를 일이었다.

외쪽에 있는 더 작은 응접실을 들여다보았다. 그곳은 한산했다. 로렌스 코인은 구석의 긴 의자에 누워 곤히 잠들어 있었고, 레옹 블랑, 우리의 친애하는 레옹은 거울 앞에 서 있었다. 면도를 해야 하나 말아야 하나 고민하는 모습이었다. 나는 천천히 식당을 가로질러 걸었다. 넓은 식당 안은 조금 어질러져 있었다. 긴 테이블과 의자가 잔뜩 있었고, 그 외에도 음식 나르는 테이블 두 개, 비품이 가득한 보관함 하나, 존 스미스의 목숨을 구하는 포카혼타스의 모습 등의 그림이 붙은 거대한 병풍 몇 개와 문이 네 개 있었다. 내가 들어온 문, 큰 응접실로 통하는 이중 문, 옆 테라스에 연결된 이중 유리문, 식품 저장실과 주방으로 통하는 문이었다.

들어가 보니 식당에도 역시 사람들이 있었다. 마르코 부칙은 긴 테이블 옆 의자에 앉아 시가를 입에 문 채 전보를 읽으며 고개를 가로젓고 있었다. 제로메 베린은 와인 잔을 손에 들고 서서, 주름진 얼굴에 회색 콧수염을 기른 위엄 있는 노인과 이야기를 나누고 있었다. 그 노인은 루이스 세르반으로, 열다섯 명의 요리장 모임의 장이자 그들을 커노 스파에 초대한 주최자였다. 네로 울프는 열려 있는 테라스 유리문 앞에서 자기 몸집에 비해 너무 작은 의자에 앉아 있었다. 그는 서서 자기를 내려다보는 사람의 얼굴을 볼 수 있도록 눈을 반쯤 뜨고 몸을 불편하게 뒤로 기대고 있었다. 서서 울프를 내려다보는 사람은 필립 라스지오였다. 땅딸막한데다, 흰머리는 별로 없었으며, 영리한 눈과 매끈한 피부를 지니고 있었다. 머리부터 발끝까지 번지르르한 모습이었다. 울프의 의자 옆에 있는 작은 테이블에는 유리잔과 맥주병 몇 개가 있었는데, 옆에 있는 리젯 푸티는 음식이 담긴 접시를 든 채 그의 무릎 위에 앉아 있다시피 있었다. 리젯 푸티는 굉장히 귀여웠다. 그녀의 신분에 대한 여러 가지 의문이 있음에도 불구하고 이미 친구들을 사귀었다. 그녀는 캘커타에서 여기까지 온 램지 키스의 손님이었는데, 키스는 리젯 푸티가 자신의 조카라고 했다. 그러나 부칙은 마리 몬도가 점심 식사 후에 식식거리면서 리젯은 창녀다, 램지는 마르세유에서 리젯을 만나 데리고 온 것이라고 했다고 이야기해 주었다. 그는 키스라는 성의 남자에게 푸티라는 성의 조카가 있다는 것이 불가능한 일은 아니다, 설령 실제 조카가 아니라 할지라도 어차피 비용을 부담하는 것은 키스다, 라고 했다. 애매한 말 같았지만 내가 상관할 바는 아니었다.

내가 다가가자 라스지오는 울프에게 하던 말을 끝마쳤고, 리젯이 울프에게 프랑스어로 재잘대기 시작했다. 자기 접시 위의 두툼

한 갈색 크래커 같아 보이는 음식에 대한 이야기였다. 그 순간 주방 쪽에서 고함 소리가 들려왔다. 우리 모두 그쪽을 돌아보았다. 여닫이문이 확 열리더니 도메니코 로시가 한 손에는 김이 피어오르는 접시를, 다른 손에는 손잡이가 긴 스푼을 들고 뛰쳐나왔다.

"굳었잖아!"

그는 비명을 지르며 우리 쪽으로 달려와 접시를 라스지오에게 들이밀었다.

"이 더러운 진흙을 봐! 내가 뭐라고 했어? 맙소사, 이걸 보라고! 나한테 백 프랑 빚진 거야! 나보다 나이가 많은 빌어먹을 사위 같으니, 기초 중의 기초도 모르는 놈아!"

라스지오는 조용히 어깨를 으쓱해 보였다.

"우유는 데웠어요?"

"내가? 내가 달걀도 얼려 먹는 사람으로 보여?"

"그럼 아마 달걀이 오래된 건가 보네요."

"루이스!"

로시는 몸을 휙 돌려 스푼으로 세르반을 가리켰다.

"들었어요? 라스지오가 당신 달걀이 오래됐답니다!"

세르반은 킬킬 웃었다.

"그가 하라는 대로 했는데 굳어 버렸다면, 당신은 백 프랑 따는 것 아닙니까. 나쁠 것 없잖아요?"

"재료를 전부 못 쓰게 됐잖아요! 이걸 보세요. 진흙 같은 꼴에요! 현대적인 발상 좋아하시네! 식초는 식초일 뿐이라고!"

로시는 숨을 헉헉거렸다.

라스지오가 조용히 말했다.

"돈은 드리겠소. 어떻게 하는지 내일 가르쳐 드리지요."

그는 불쑥 몸을 돌려 큰 응접실로 통하는 문을 열었다. 라디오 소리가 들려왔다. 로시는 종종걸음으로 테이블을 돌아 세르반과 베린에게 진흙이 담긴 접시를 보여 주었다. 부칙은 전보를 주머니에 넣고 진흙을 보러 갔다. 리젯은 내가 온 것을 깨닫고 접시를 내게 내밀며 무어라 말했다. 나는 그녀에게 씩 웃어 보이며 영국 동요로 대답했다.

"잭 스프랫은 비계를 못 먹어요. 그의 아내는……."

"아치! 그 웨이퍼는 키스 씨가 인도에서 가져온 재료를 이용해서 푸티 양이 직접 만든 거라고 말씀하고 계시네."

울프가 눈을 떴다.

"맛보셨나요?"

"응."

"먹을 만해요?"

"아니."

"그러면 저는 끼니 외에 간식은 절대 안 먹는다고 푸티 양에게 말씀 좀 해 주시겠어요?"

나는 응접실 문으로 어슬렁어슬렁 걸어가, 춤추는 세 쌍을 바라보는 필립 라스지오 옆에 섰다. 그가 실제로 바라보고 있는 것은 단한 쌍임이 분명했다. 몬도 아저씨와 아줌마는 헐떡거리고 있었지만 춤추려는 투지는 확고했고, 램지 키스와 게이샤는 보고 있으면 우스웠지만 그들 자신은 신경 쓰지 않고 있음이 분명했다. 디나 라스지오와 발렌코는 내가 아까 봤을 때부터 지금까지 계속 붙어 있었던 것 같았다. 그들은 곧 떨어졌다. 내 옆에서 무슨 일이 벌어지고 있었다. 라스지오는 아무 말도 하지 않았고, 아무 몸짓도 하지 않았지만 어떤 식으로든 의사소통을 한 것이 분명했다. 춤추던 두 사람이 갑자기 멈추고, 디나가 파트너에게 무어라 중얼거리고는 혼자서 방을 가로질러 남편에게 온 것을 보면 그랬다. 나는 그들에게 공간을 마련해 주려고 옆으로 몇 걸음 물러섰지만 어차피 그 둘은 내게 아무 신경도 쓰지 않았다.

그녀가 물었다.

"여보, 춤추실래요?"

"내가 안 출 거라는 건 당신도 알지 않소. 당신도 춤추던 건 아니었고."

"하지만 그러면 대체……. 이런 걸 춤이라고 하지 않나요?"

그녀는 웃었다.

"그럴지도 모르지. 하지만 당신은 춤추던 게 아니었어."

그는 미소를 지었다. 굳이 따지자면 미소이긴 했지만, 미소를 없애기 위한 미소에 가까웠다.

발렌코가 다가왔다. 그는 두 사람 가까이에 멈춰 서서 라스지오의 얼굴, 디나의 얼굴, 다시 라스지오의 얼굴을 보더니 갑자기 웃음을 터뜨렸다.

"아, 라스지오!"

그는 라스지오의 등을 두드렸다. 부드러운 손길은 아니었다.

"아, 친구여!"

그는 디나에게 절을 했다.

"감사합니다, 부인."

발렌코는 큰 걸음으로 걸어 나갔다.

디나가 남편에게 말했다.

"여보, 내가 당신 동료들과 춤추는 게 싫으면 말씀을 하지 그랬어요. 나도 그렇게 즐거운 것은 아니었……."

그들에게 나의 도움이 필요할 것 같지는 않아서 식당으로 돌아와 앉았다. 나는 삼십 분 동안 그곳에 앉아서 사람 구경을 했다. 작은 응접실에 있던 로렌스 코인이 눈을 부비며, 손가락으로 구레나룻을 빗으면서 식당으로 들어왔다. 그가 식당을 둘러보고 창문이 흔들릴 정도로 크게 "리오!" 하고 으르렁거리자 중국인 아내가 다른 방에서 쪼르르 달려와 그를 의자에 앉히고 무릎에 올라앉았다. 레옹 블랑은 들어오자마자 베린과 로시와 말다툼을 벌이더니 갑자기 다 함께 주방으로 사라졌다. 콘스탄자가 불쑥 들어왔을 때는 6시가 다 되었을 때였다. 승마복이 아닌 옷으로 갈아입은 모습이었다. 그녀는 주변을 둘러보고 인사를 몇 마디 건넸지만 아무도 관심을 보이지 않았다. 나와 부칙을 발견한 그녀가 다가와서 아버지가 어디 계시느냐고 물었다. 나는 주방에서 레몬즙 때문에 싸우고 계시다고 말해 주었다. 햇빛 속에서 보니 보랏빛 눈은 내가 두려워했던 만큼, 아니 그 이상 짙었다.

내가 넌지시 말했다.

"몇 시간 전에 말 타시는 것 봤습니다. 진저에일 한 잔 드시겠어요?"

"아뇨, 괜찮아요. 아버지께 톨먼 씨가 당신 친구라고 말씀하시다니 참 친절하셨어요."

그녀는 너그러운 삼촌을 대하듯 미소를 지었다.

"아무것도 아닙니다. 당신이 어리고 도움이 필요하다는 걸 알 수 있었거든요. 손을 좀 빌려 드려야겠다고 생각했죠. 잘돼 가나요?"

"잘돼요?"

"당신만 행복하다면 상관없어요."

나는 손을 내저었다.

"물론 행복하죠. 전 미국을 '사랑'해요. 진저에일 좀 마실까 봐요. 아뇨, 가만히 계세요. 제가 가져올게요."

그녀는 테이블 옆을 돌아가 종업원을 부르는 버튼을 눌렀다.

바로 옆에 있던 부칙이 이 대화를 들었을 것 같지는 않다. 그는 울프와 대화중인 라스지오, 세르반과 함께 있는 자기 전처만 바라보고 있었기 때문이다. 그의 그런 모습을 나는 점심 때 이미 눈치챘다. 레옹 블랑이 티 나지 않게 라스지오를 피하며 단 한 번도 그에게 말을 걸지 않는다는 것도 눈치챘다. 베린에 따르면 라스지오는 처칠 호텔에서 블랑의 자리를 빼앗았다. 베린은 가까운 곳에서 라스지오를 쏘아볼 기회를 노리며 말을 걸지는 않았다. 몬도 아줌마가 리젯 푸티를 경멸하고, 동료들끼리의 질투가 감돌고, 양상추와 식초를 놓고 말다툼을 벌이고, 모두 뭉쳐서 라스지오를 비난하는 판이니 당연히 분위기가 좋지 않았다. 디나 라스지오 주위를 떠도는 관능적인 안개도 빼놓으면 안 될 것이다. 나는 눈꺼풀을 천천히 세 번 움직이는 것만으로 남자를 나락에 빠뜨리는 마성의 여인에게 넘어가는 남자는 바보밖에 없다는 믿음을 언제나 지녀왔다. 하지만 혼자 있을 때 디나 라스지오가 마음먹고 덤빈다면, 그리고 밖에 비가 내리고 있다면 그때는 장난으로 받아들일 수 없을 것이다. 그녀는 법조인에게 진저에일을 쏟는 단계를 훨씬 뛰어넘은 여자였다.

나는 사람들을 지켜보며 행동하라는 신호를 울프가 보내기를 기다렸다. 6시가 조금 지나자 울프는 일어섰고, 나는 그를 따라 테라스로 나가서 업셔 관으로 가는 길을 걸어갔다. 기차에서 겪었던 끔찍한 곤란을 생각하면 그는 나름대로 잘 움직이고 있었다. 스위트룸 60호실에는 청소부가 다녀간 모양인지, 침대보는 반듯하게 펴져 있었고 담요는 개어서 치워져 있었다. 난 내 방으로 갔다가 잠시 후 울프의 방에서 다시 그와 합류했다. 울프는 그의 몸에 적당한 크기의 창가 의자에 앉아 눈을 감은 채 손은 배 가운데에 올리고 미간을 찌푸리고 있었다. 딱한 모습이었다. 프리츠도 없고, 들여다볼 지도도 없고, 보살필 난초도 없고, 헤아릴 병뚜껑도 없었다! 저녁 식사는 요리장 서너 명이 요리하기로 되어 있었기 때문에, 격식을 차리지 않아도 된다는 점이 아쉬웠다. 야회복에 몸을 끼워 넣어야 했다면 울프는 무척 화가 났을 것이다. 그러면 다른 일들을 잊을 수 있고, 울프의 스트레스를 오히려 크게 덜어 줄 수 있었을 것이다. 내가 서서 지켜보는 가운데 울프는 몸을 떨며 큰 한숨을 내쉬었다. 나는 눈물이 솟는 것을 막으려고 입을 열었다.

"베린 씨가 내일 점심에 소시스 미뉘이를 만든다더군요. 맞죠?"

대답이 없다.

"비행기를 타고 돌아가시는 건 어때요? 바로 근처에 비행장이 있어요. 육십 달러에 뉴욕까지 돌아가는 특별 서비스가 있대요. 네 시간도 안 걸려요."

소용없다.

"어젯밤 오하이오에서 열차 사고가 있었대요. 화물 열차였어요. 돼지가 백 마리 넘게 죽었어요."

그는 눈을 뜨고 몸을 일으키려 했지만, 손이 외국식 의자의 팔걸이 위에서 미끄러지자 다시 뒤로 눕고 말았다. 울프가 선언했다.

"자네는 해고야. 뉴욕의 집에 도착하는 순간부터. 정말 그래야 할 것 같아. 집에 돌아간 다음에 의논해 보지."

바로 이거다. 나는 울프를 향해 히죽 웃었다.

"저는 괜찮아요. 어차피 결혼할까 생각중이었는걸요. 베린 아가
씨 말이에요. 선생님 보시기엔 어때요?"

"내 참!"

"맘대로 비웃으세요. 어젯밤 식당차에서 떠오른 생각이에요. 그
아가씨가 얼마나 괜찮은지 선생님이 깨달으시리라고 생각하지는
않았어요. 선생님은 여자에게 관심이 없으신 것 같으니까요. 아직
그 아가씨한테 말하지는 않았어요. 차마 결혼하자는, 탐정하고 결
혼하잔 말을 할 수는 없었으니까요. 하지만 만약 제가 다른 직업을
구한 다음 그녀의 짝이 될 만하다는 걸 입증한다면…….."

"아치. 자넨 거짓말을 하고 있어. 날 봐."

그는 이제 일어나 앉아서 위협적인 어조로 웅얼거렸다.

나는 내가 할 수 있는 한 똑바로 그를 쳐다보았고, 이제 성공이
구나 생각했다. 그러나 그 순간 그의 눈꺼풀이 다시 처지는 것을 보
았고, 다 소용없다는 것을 알았다. 그러니 내가 할 수 있는 것이라
곤 씩 웃는 것뿐이었다.

"빌어먹을!"

하지만 그는 안도한 듯한 목소리였다.

"자네는 결혼이 무엇인지 제대로 알기나 하나? 서른이 넘은 남
자 구십 퍼센트는 유부남인데, 그 사람들을 보라고! 만약 아내가 있

다면, 아내가 자네에게 요리를 해 주겠다고 우길 거라는 걸 알고 하는 소리야? 여자들이란 모두 음식의 기능은 위장에 들어가고 나서 시작된다고 믿는다는 걸 알고 있나? 여자가 할 수 있는 일이란 오직…… 저건 뭐야?"

스위트룸 바깥 문에서 노크 소리가 두 번 울렸다. 처음에는 희미하게 들려왔다. 아까 나는 울프를 방해하고 싶지 않아서 못 들은 척 했지만 지금은 나가서 거실 끝으로 가서 문을 열었다. 그 결과, 어지간해서는 놀라는 일이 없는 내가 아연실색하고 말았다. 문 밖에는 디나 라스지오가 서 있었다.

그녀의 눈은 어느 때보다 커 보였고 전혀 졸려 보이지 않았다. 그녀는 낮은 목소리로 물었다.

"들어가도 될까요? 울프 씨를 뵙고 싶어요."

나는 물러섰고, 그녀가 지나간 뒤 문을 닫았다. 나는 울프의 방을 가리키며 말했다.

"저 안에 계십니다."

그녀는 나보다 앞장서서 걸어갔다. 그녀가 들어왔음을 느낀 울프는 그녀를 알아보는 듯했지만, 그의 얼굴에 떠오른 다른 표정의 뜻은 읽어 낼 수 없었다.

그는 고개를 까닥했다.

"영광입니다, 부인. 일어나지 않는 것을 용서하세요. 이 정도의 실례는 범하게 해 주십시오. 저 의자를 가져다주겠나, 아치?"

그녀는 불안해하며 주위를 둘러보았다.

"울프 씨와 단둘이서 이야기하면 안 될까요?"

"죄송하지만 그렇게는 안 될 것 같습니다. 굿윈 군은 제가 신임하는 조수입니다."

"하지만…… 울프 씨께조차 말씀드리기 어려운 일인걸요……."

그녀는 앉지 않았다.

"음, 부인, 만약 그렇게 어려우시다면……."

울프는 문장을 끝맺지 않았다.

그녀는 침을 꿀꺽 삼키고 다시 나를 보았다가 울프에게 한 발짝 다가섰다.

"아무 말도 하지 않는다면 더 힘들 거예요……. 누군가에게는 말을 해야 해요. 울프 씨 말씀은 많이 들었어요……. 옛날에 마르코에게서……. 누군가에게는 말을 해야 하는데 울프 씨 외에는 말씀드릴 상대가 없어요. 누가 제 남편을 독살하려 하고 있답니다."

울프의 눈이 살짝 가늘어졌다.

"그런가요. 부디 앉으시지요. 앉아서 말하는 게 더 쉽지요. 안 그런가요, 라스지오 부인?"

마성의 여인은 내가 놓은 의자에 앉았다. 말할 필요도 없이 나는 침대 기둥에 기댔다. 겉으로는 태연한 척했지만 속으로는 그렇지 않았다. 시간을 때울 수 있는 일일 수도 있고, 짐을 쌀 때 가방에 권총과 수첩 몇 개를 던져 넣은 내 선견지명을 정당화해 줄 수 있을 것도 같았다.

그녀가 말했다.

"물론…… 울프 씨께서 마르코와 오랜 친구 사이시라는 건 알아요. 아마 제가 그를…… 떠났을 때 그에게 나쁜 짓을 했다고 생각하시겠지요. 하지만 저는 울프 씨의 정의감…… 인간애를 믿어요……."

"무슨 이야기인지 모르겠군요, 부인. 정의로울 수 있을 만큼 지혜로운 사람이나 인간애를 지닐 만큼 한가로운 사람은 없지요. 마르코 이야기는 왜 하십니까? 마르코가 라스지오 씨를 독살하려 한다는 말씀이신가요?"

울프는 퉁명스러웠다.

"아, 아니에요!"

그녀는 무릎에 얹었던 두 손을 들어 흔들다가 의자 팔걸이에 얹었다.

"울프 씨께서 제 남편과 저에 대한 편견을 가지고 계신다면 유감이라는 것뿐이에요. 전 누군가에게 말을 하겠다고 결심을 했어요. 그런데 말씀드릴 분이 울프 씨밖에 안 계시니까……."

"남편분께는 독살당할 위험이 있다고 말씀드리셨나요?"

그녀는 입술을 조금 비틀며 고개를 가로저었다.

"그이가 제게 말해 주었어요. 오늘요. 아시다시피 점심 식사를 위해 요리장 몇 명이 요리를 준비했고 필립은 샐러드를 만들었어요. 필립은 자기가 개발한 메도브룩 드레싱을 만들 거라고 미리 말했죠. 그가 설탕, 레몬즙, 사워크림을 한 시간 전에 미리 섞어 놓는다는 것, 늘 스푼으로 푹 떠서 맛을 본다는 것은 모두들 알고 있어요. 필립은 주방 구석의 테이블에 레몬, 크림 한 사발, 설탕 통 등 필요한 것들을 준비해 뒀다가 정오에 섞기 시작했죠. 그는 습관대로 설탕을 자기 손바닥에 뿌리고 혀로 맛을 봤어요. 모래 같고 맛이 희미하더래요. 물이 든 냄비에 설탕을 조금 넣었더니 작은 입자들이 물 위에 뜨고 저어도 남는 것이 있었다는군요. 잔에 셰리주를 따르고 설탕을 넣고 저었는데 일부만 녹았다고 해요. 만약 늘 하던 대로 섞은 다음 한두 숟갈 맛을 봤더라면 아마 죽었을 거예요. 통에 든 것은 전부 비소였어요."

울프가 투덜거렸다.

"밀가루였을지도 모르죠."

"남편은 비소라고 했어요. 밀가루 맛은 아니었대요."

울프는 어깨를 으쓱했다.

"염산 조금과 구리선 한 가닥만 있으면 쉽게 판별할 수 있죠. 설탕 통을 가져오신 것 같지는 않군요. 어디 있나요?"

"아마 주방에 있을 거예요."

울프의 눈이 커졌다.

"우리 만찬에 사용될 거란 말입니까, 부인? 인간애를 들먹이시더니……."

"아뇨, 필립은 통에 든 것을 싱크대에 버리고 종업원을 시켜서 다시 채워 오게 했어요. 다시 가져온 통에는 설탕이 들어 있었어요."

"그런가요."

울프가 진정하자 그의 눈은 다시 반쯤 감겼다.

"놀랍습니다. 비소임을 확신했는데도 세르반 씨에게 넘기지 않았다고요? 부인 외에 아무에게도 말하지 않았고, 증거로 남겨 두지도 않고요? 정말 놀랍군요."

"제 남편은 놀라운 사람이에요."

지고 있는 햇살 한 줄기가 창문을 통해 그녀의 얼굴을 비추어, 그녀는 살짝 움직였다.

"자기 친구인 루이스 세르반 씨를 곤란하게 만들고 싶지 않다고 했어요. 제가 이 일을 입에 담는 것도 금지시켰고요. 그는 강한 남자고 남들을 굉장히 업신여겨요. 그게 천성이죠. 자기가 너무나 강하고 능숙하고 영민해서 아무도 자기를 해칠 수 없다고 생각해요."

그녀는 몸을 앞으로 숙이며 손바닥을 위로 해서 한 손을 내밀었다.

"저는 두려워서 울프 씨를 찾아온 거예요!"

"제가 어떻게 하기를 바라십니까? 누가 설탕 통에 비소를 넣었는지 찾아내 달라는 건가요?"

"네."

그랬다가 그녀는 고개를 가로저었다.

"아뇨. 아마 찾아내시지 못할 거라고 생각해요. 찾아내려고 해도 비소는 이미 사라졌는걸요. 대신 제 남편을 보호해 주세요."

"친애하는 부인. 남편을 죽이려는 사람이 멍청이가 아니라면 남편분은 돌아가실 겁니다. 사람을 죽이는 것보다 간단한 일은 없지요. 어려운 일들은 살인에 따르는 결과를 회피하려는 데서 생겨납니다. 죄송하지만 제가 부인께 해 드릴 수 있는 일은 아무것도 없습니다. 특히 본인의 의지에 반해서 사람의 목숨을 구하는 것은 두 배로 어렵지요. 누가 설탕에 독을 넣었는지 부인께선 아십니까?"

울프는 투덜거렸다.

"아뇨. 그렇지만 분명 무언가가 있⋯⋯."

"남편분께서는 누군지 짐작하고 계신가요?"

"아뇨. 그러나 울프 씨께선⋯⋯."

"마르코? 마르코에게 네가 한 짓이냐고 제가 물어봐 드릴까요?"

"아뇨! 마르코는 아니에요! 마르코 이야기는 하지 않겠다고 약속하셨잖⋯⋯."

"저는 그런 약속은 한 적 없습니다. 어떤 약속도 하지 않았지요. 라스지오 부인, 무례하게 들린다면 죄송합니다만, 저는 바보 취급당하는 것을 아주 싫어합니다. 만약 남편분께서 독살당할 위험이 있다고 생각하신다면, 음식을 먼저 맛보는 사람을 고용하셔야 할 텐데 그건 제 직업이 아닙니다. 육체적 폭력이 걱정되신다면 최선의 선택은 경호원을 고용하는 것인데 그것 역시 제 직업은 아니지요. 이제부터는 남편분이 차에 타시기 전에 모든 볼트와 너트로 연결된 부분을 철저히 점검해야 할 겁니다. 거리를 걸을 때면 건물 창문과 옥상에 반드시 경호원을 배치해야 할 테고, 행인들은 일정 거리를 유지하도록 해야겠죠. 극장에 가면⋯⋯."

마성의 여인이 일어섰다.

"이 일을 농담거리로 삼으시는군요. 실례했습니다."

"농담을 시작한 것은 부인이셨잖습니까."

그녀는 울프의 말을 끝까지 듣지 않고 나갔다. 나는 문을 열어 주려고 했지만 그녀가 나보다 먼저 손잡이를 잡았다. 그녀가 그렇게 하고 싶어 하는 만큼 바깥문도 직접 열고 나가도록 두었다. 그녀가 나가고 나서 문이 닫히는 것을 확인한 다음 울프의 방으로 돌아와 짐짓 찡그린 표정을 지어 보였으나 허사였다. 울프가 눈을 감고 있었기 때문이다. 나는 그의 둥글고 큰 얼굴에다 대고 말했다.

"누워서 떡 먹기 사건을 가져온 여성 고객을 그렇게 대하시다니 참 잘하셨네요. 하수구가 흘러 들어가는 강에 가서 비소 맛이 날 때까지 헤엄만 치면 됐을 텐데……."

"비소는 아무 맛이 없어."

"알았어요."

나는 앉았다.

"그녀가 직접 남편을 독살하려고 하면서, 자기는 범인이 아니라는 변론을 준비해 놓고 있는 걸까요? 혹은 그녀는 정직하고 그저 남편을 보호하고 싶어서 저러는 걸까요? 아니면 라스지오 씨가 아내에게 자신의 매력을 과시하려고 이야기를 지어내는 걸까요? 그녀가 발렌코 씨와 춤추고 있을 때 라스지오 씨 표정을 보셨어야 하는데. 부칙 씨가 조명등에 둘러싸인 우리에 갇힌 나방 같은 표정으로 그녀를 바라보는 건 보셨겠죠. 아니면 설탕 통에 비소를 넣어서 우리 모두의 목숨을 위험하게 할 정도로 멍청한 놈이 정말 있는 걸까요? 그나저나 십 분 후면 만찬 시간이니까 머리를 빗고 셔츠를 입으시려면……. 하루에 오 달러를 추가로 내면 호텔 직원 한 명이 붙어서 옷이며 머리를 다 손질해 준다는 것 알고 계셨나요? 저는 반나절 정도 서비스를 받아 볼까 해요. 제가 자기 관리를 좀 잘하면 완전히 다른 사람이 될 거예요."

나는 말을 멈추고 하품을 했다. 잠이 부족했던데다 야외에서 햇볕을 쬐니 잠이 왔다. 울프는 조용히 있다가 입을 열었다.

"아치. 오늘 저녁에 어떤 일이 준비되어 있는지 들었나?"

"아뇨. 특별한 거라도 있나요?"

"응. 세르반 씨와 키스 씨의 내기에서 비롯된 모양일세. 저녁을 소화시키고 나면 시험이 있을 거야. 호텔 요리사가 새끼비둘기구이를 만들고, 라스지오 씨가 프렝탕 소스를 넉넉히 만들겠다고 자원했네. 소스에는 소금 외에 아홉 가지의 양념이 들어가지. 카옌페퍼, 셀러리, 셜롯, 골파, 처빌, 타라곤, 통후추, 타임, 파슬리야. 총 아홉 접시를 준비할 텐데, 각 접시마다 아홉 가지 양념 중 한 가지씩이 빠져 있게 될 걸세. 비둘기구이와 소스 접시들이 식당에 준비되고 라스지오 씨가 주재를 맡을 거야. 다른 사람들은 응접실에 모여 있다가, 서로 의견을 나누지 못하도록 한 사람씩 식당에 가서 각자 비둘기구이와 소스를 맛보고 어떤 접시에 골파가 빠졌는지, 어떤 접시에 통후추가 빠졌는지 등등을 기록하는 거지. 세르반 씨는 정답률이 평균 팔십 퍼센트는 나올 거라고 내기를 거셨네."

"음."

나는 다시 하품을 했다.

"전 새끼비둘기구이가 빠진 접시는 골라낼 수 있는데."

"자네는 시험에 참가하지 않아. 르 캉즈 메트르 회원들과 나만 참여하는 거지. 유익하고 흥미로운 실험이 될 걸세. 가장 어려운 것은 골파와 셜롯이 되겠지만 구별해 낼 수 있을 거라 믿네. 만찬과 함께 와인을 마시게 될 테고 단 것은 먹지 않을 거야. 하지만 이 일과 라스지오 부인의 이상한 제보 사이에 어떤 관계가 있을지 모르겠다는 생각이 드네. 라스지오 씨가 소스를 만든다고 하지 않나. 내가 무서움을 타지 않는다는 건 자네도 알지. 난 유능한 사람들을 만나러 여기 온 거지, 그중 한두 명이 살해당하는 걸 보려고 온 건 아닐세."

"선생님은 소시지 만드는 법 배우러 오셨잖아요. 그건 틀린 것 같으니 잊어버리세요. 하지만 그 두 가지 사이에 무슨 연관이 있겠어요? 죽게 될 사람은 라스지오 씨잖아요? 맛보는 사람들은 안전해요. 선생님이 마지막으로 들어가시는 게 나을지도 모르겠어요. 만약 선생님이 이 정글에서 병에 걸리시면 전 즐거운 시간을 보낼 수 있겠네요."

울프는 눈을 감았다가 곧 다시 떴다.

"난 비소가 든 음식 이야기는 싫어. 지금 몇 시인가?"

자기 주머니를 뒤져 보지도 못할 만큼 게으른 인간 같으니. 내가 시간을 말해 주자 그는 한숨을 쉬고는 똑바로 일어설 준비를 시작했다.

그날 저녁 포카혼타스 별관에서의 만찬은 고상한 음식을 제외하면 다른 면에서는 조금 혼란스러웠다. 루이스 세르반이 요리한 수프는 일반적인 콩소메와 비슷해 보였지만 맛은 그 어느 수프와도 달랐다. 세르반은 많은 노력을 기울였고, 사람들이 건네는 칭찬에 그의 품위 있는 늙은 얼굴이 기쁨으로 붉어지는 것을 보니 나도 즐거웠다. 생선은 레옹 블랑이 맡았다. 길이 십오 센티미터 정도 되는 작은 민물송어가 한 사람당 네 마리씩 나왔고 케이퍼가 든 밝은 갈색 소스가 곁들여져 있었다. 레몬도 아니고 내가 아는 그 어떤 식초의 맛도 아닌 새콤한 맛이 났다. 나는 무엇이 들었는지 알 수 없었다. 사람들이 무엇을 넣었느냐고 물어도 블랑은 씩 웃으며 아직 이름을 붙이지 않았다고만 할 뿐이었다. 리젯 푸티와 나만 빼고 모두 송어의 머리와 뼈까지 전부 먹었다. 내 오른쪽에 앉은 콘스탄자 베린도 다 먹었다. 내가 살을 발라내는 것을 보자 그녀는 미소 지으며 당신은 절대 미식가가 되지 못할 거라고 했다. 내가 물고기의 얼굴을 먹지 않는 것은 애완 금붕어 때문에 감상적이 되기 때문이라고 대답했다. 그녀가 예쁜 이로 송어의 머리와 뼈를 와작와작 씹어 먹는 모습을 바라보자니 다리 때문에 솟은 질투심을 억누르기 잘했다 싶었다.

피에르 몬도가 조리한 앙트레는 내가 다른 사람들을 따라 2인

송어 요리 Brook Trout with Brown Butter and Capers

레옹 블랑이 개발한 요리.
레몬즙과 버터를 섞어 만든
소스를 송어 위에 얹고 케이퍼와
타바스코 소스 약간을 뿌려 먹는다.

분을 먹은 요리였다. 다른 사람들은 모두 잘 아는 몬도의 유명한 창작 요리인 모양이었다. 콘스탄자는 자기 아버지도 이 요리를 아주잘 만들고, 주 재료는 소의 골수, 잘게 부순 크래커, 화이트 와인, 닭 가슴살이라고 했다. 두 번째 접시를 먹던 중 테이블 건너편의 울프와 눈이 마주쳐서 윙크를 해 보였지만, 그는 나를 무시하고 자신의 엄숙한 행복에 집중했다. 울프로서는 지금 교회에 있는 거나 마찬가지였고, 성 베드로가 말하고 있는 셈이었다. 앙트레를 먹다 말고 몬도와 그의 통통한 아내가 아무 예고도 없이 갑자기 소리를 지르며 싸우기 시작했다. 몬도는 깡총깡총 뛰며 주방으로 달려갔고, 그의 아내는 그를 무섭게 뒤쫓았다. 나중에야 몬도가 리젯 푸티에게 앙트레가 마음에 드냐고 묻는 것을 부인이 들었다는 사실을 알게 되었다. 몬도 부인은 프랑스 여자치고는 비정상적으로 도덕적인 모양이다.

리처즈식 새끼오리구이 요리는 마르코 부칙이 맡았다. 울프가 가장 좋아하는 요리 중 하나이지만 나는 프리츠 브레너가 네로 울프 식으로 변형한 요리에 익숙해져 있었다. 오리 요리가 나왔을 때나는 이미 배가 불러서 맛을 평가할 상태가 아니었는데, 다른 남자들은 새로운 식사를 시작하기 위한 아페리티프(식전 주)처럼 부르고뉴 와인을 듬뿍 들이켜더니 식욕을 조금 달래 줄 만한 가벼운 간식거리를 기다리고 있었다는 듯이 오리에 달려들었다. 보아하니 여자들은 조금씩 입에 넣는 것이 고작이었다. 특히 로렌스 코인의 중국인 아내인 리오와 디나 라스지오가 그랬다. 녹색 제복을 입은 웨이터들은 티를 내지 않으려 하고 있었지만, 자기들이 지금 미식 올림픽을 보고 있다는 것을 깨달았다는 것도 알 수 있었다. 올림픽이 끝나기 전에 그들은 오리 아홉 마리를 늘어놓았다. 부칙은 와인을 좀 많이 마셨다. 필립 라스지오가 오리 속을 채우는 것이 리처즈식 요리보다 낫다는 이야기부터 시작해서 처칠 호텔과 러스터맨스 레스토랑의 손님들을 비교하며 차별하기 시작했을 때 부칙이 그렇게 빨리 반응한 것은 아마 와인 때문이었던 것 같다. 나는 부칙의 손님 자격으로 이곳에 온데다 그렇지 않아도 그를 좋아했기 때문에 그가 빵 덩어리로 라스지오의 눈을 정통으로 맞히는 것을 보고 당황했다. 다른 사람들은 대화가 끊겼다는 이유 때문에 화를 내는 듯했고, 라스지오 옆에 있던 세르반은 라스지오를 달랬다. 부칙은 불평하는 사람들을 노려보며 부르고뉴 와인을 더 마셨다. 웨이터 한 명이 바닥에 떨어진 빵을 치우자 사람들은 다시 오리를 먹었다.

도메니코 로시가 만든 샐러드가 나오자 소란이 일었다. 첫 번째로, 샐러드가 나오는 와중에 필립 라스지오가 일어나 주방으로 갔다. 기분이 상한 로시는 세르반에게 라스지오는 시험을 위해 프렝탕 소스를 준비해야 한다는 설명을 들은 뒤에도 계속 툴툴거렸다. 로시는 자기보다 나이가 많은 사위 이야기를 멈추지 않다가 피에르 몬도가 먹는 척조차 하지 않는 것을 보고, 혹시라도 양상추 위에서 꼬물거리는 것이라도 발견했느냐고 물었다. 몬도는 친근하지만 단호한 어조로, 샐러드에 맛을 가미하기 위한 드레싱으로 쓰이는 것 중에 식초는 와인과 어울리지 않기로 악명이 높다면서 자신은 마시던 부르고뉴 와인이나 비우고 싶다고 대답했다.

로시는 험악하게 말했다.

"식초는 안 들었어요. 난 야만인이 아니오."

"맛은 보지 않았어요. 드레싱 냄새가 나서 밀어놓은 겁니다."

"식초는 안 들어갔다니까! 그 샐러드는 신께서 만드신 재료만으로 만든 거요! 겨자 싹, 물냉이 싹, 양상추! 양파즙과 소금! 마늘을 바른 빵 껍질! 이탈리아에서 우린 그 샐러드를 커다란 대접에 담아서 키안티 와인과 함께 먹고 마시면서 신께 감사드린다고!"

몬도는 어깨를 으쓱했다.

"프랑스에서는 그러지 않아요. 친애하는 로시, 당신도 잘 알겠지만 프랑스가 이런 쪽에서는 더 우월하죠. 어떤 말로는……."

"하!"

로시는 벌떡 일어나 있었다.

"우리한테 배웠기 때문에 우월한 거겠지! 16세기에 당신들이 와서 우리 음식을 먹고 베꼈으니까! 글은 읽을 수 있소? 미식의 역사를 알아요? 그 어떤 역사라도 알긴 아나요? 프랑스에는 훌륭한 것이 꽤 많지만 그것들의 원형이 모두 이탈리아에 있다는 건 아시오? 당신은……."

이런 식으로 전쟁이 벌어지나보다 싶었다. 다행히 상황은 흐지

부지되었다. 다른 사람들은 몬도가 폭발하는 것을 막는 동시에 로시에게 본인이 만든 샐러드를 먹게 했다. 우리에겐 평화가 찾아왔다.

두 응접실에서 커피를 마셨다. 로렌스 코인이 다시 작은 응접실의 긴 의자에 누웠고, 키스와 레옹 블랑이 그 옆에 앉아 이야기를 나눴기 때문에 두 군데로 나뉜 것이다. 난 식사 후에는 서 있는 편이 편하기 때문에 이리저리 돌아다녔다. 큰 응접실에 돌아와 보니 울프와 부칙, 베린과 몬도가 구석에 모여 오리 요리에 대한 의견을 나누고 있었다. 몬도 아줌마는 뜨개질거리를 들고 뒤뚱뒤뚱 복도에서 걸어 들어와 전등 아래에 자리를 잡았다. 리오 코인은 무릎을 꿇은 채 큰 의자에 앉아 발렌코의 이야기를 듣고 있었다. 리젯 푸티는 세르반의 컵에 커피를 따르고 있었고, 로시는 소파에 걸쳐놓은 인디언 담요를 보며 저게 프랑스제가 아닐까 의심하는 듯이 얼굴을 찌푸리고 있었다.

디나 라스지오는 어디에도 보이지 않았다. 나는 그녀가 어디선가 독을 섞고 있는 걸까, 아니면 그저 베이킹 소다를 가지러 포카혼타스 서쪽 곁채에 있는 자기 방으로 간 걸까하고 태평하게 생각했다. 아니면 주방에서 남편을 돕고 있으려나? 나는 주방 쪽으로 어슬렁어슬렁 걸어갔다. 가는 길에 식당을 지나가게 되었는데, 사람들이 소스 시험을 준비하고 있었다. 의자를 벽에 붙여 놓고 테이블 앞에 큰 병풍을 쳐 놓았고, 긴 테이블에는 새 식탁보를 깔아 두었다. 웨이터 몇 명을 피해 나는 계속 걸어갔다. 디나는 주방에 없었다. 흰 앞치마를 두른 대여섯 명의 요리사들은 내게 아무런 관심도 보이지 않았다. 최근 열두 시간 동안 낯선 일들이 잔뜩 일어나는 것에 익숙해졌기 때문이다. 역시 앞치마를 두른 라스지오는 커다란 레인지 앞에 서서 냄비에 든 것을 노려보며 젓고 있었다. 그의 양 팔꿈치 옆에는 흑인들이 하나씩 붙어 명령을 기다리고 있었다. 아직 배가 잔뜩 부른 터라 주방에서 나는 냄새는 불필요하게 느껴졌기 때문에 나는 나와서 식품 저장실을 지나 응접실로 돌아왔다. 거기서는 리큐어를 나눠 주고 있어서 나는 코냑 한 잔을 받아 들고 앉아 사람들을 구경했다.

콘스탄자가 보이지 않는다는 사실이 떠오르고 잠시 후 그녀가 복도에서 들어와 방 안을 훑어본 다음 내 옆에 앉아 노골적으로 다리를 꼬았다. 그녀의 얼굴에서 무슨 흔적을 발견한 나는 제대로 확인하기 위해 그녀 쪽으로 몸을 기울였다.

"울었군요."

그녀는 고개를 끄덕였다.

"그래요! 호텔에서 무도회가 있어서, 톨먼 씨가 같이 가자고 했는데 아버지가 못 가게 하셨어요! 우린 미국에 있는데도요! 그래서 제 방에서 울었어요."

그녀는 무릎을 조금 올렸다.

"아버지는 제가 이렇게 앉아 있는 걸 싫어하세요. 그래서 이렇게 앉는 거예요."

나는 끙 소리를 냈다.

"다리 때문에 질투하는 거죠, 부모들이란."

"뭐라고요?"

"아무것도 아닙니다. 아버지가 보고 계신 것도 아닌데 편하게 앉으시죠. 코냑 좀 가져다 드릴까요?"

우리는 즐겁게 시간을 보냈다. 우리의 작은 세상 밖에서 일어나는 여러 가지 움직임이 가끔 우리를 방해했다. 디나 라스지오가 복도에서 들어와서 리큐어를 한 잔 받아들고 잠시 멈춰 몬도 아줌마와 몇 마디를 나눈 뒤 라디오 앞의 작은 스툴에 앉았다. 그녀는 리큐어를 홀짝이며 다이얼을 돌려 보았지만 아무 소리도 나지 않았다. 일이 분 후 부칙이 성큼성큼 방을 가로질러 스툴 옆에 의자를 끌어다 놓고 앉았다. 그가 그녀에게 말을 걸자 그녀가 밝은 미소를 지었는데, 그가 그 미소가 얼마나 밝은지 알아 볼 수 있는 상태일까 궁금했다. 작은 응접실에 있던 코인과 키스, 블랑이 들어왔다. 10시쯤 되자 손님이 찾아왔다. 다름 아닌 커노 스파의 지배인 클레이 애슐리였다. 쉰 살인 그는 흰머리 없는 흑발에 완벽하게 가다듬은 모습이었다. 연설을 하러 온 것이었다. 그는 가장 위대한 예술 중 하나를 대표하는 현존하는 최고의 요리장들이 찾아와 주신 것이 커노 스파로서는 큰 영광임을 알아주었으면 한다며 즐거운 시간을 보내기를 바란다는 등의 이야기를 했다. 세르반은 주빈인 네로 울프가 화답하는 것이 적절하다고 여겨서 울프는 갈 곳도 없는데 의자에서 일어나야 했다. 그는 몇 마디 발언을 하고 애슐리 씨에게 감사를 드렸다. 기차와 소시지에 대한 말은 한마디도 하지 않았다. 애슐리 씨는 아직 소개받지 못한 사람들과 인사를 나눈 뒤 사라졌다.

또 다른 연설을 할 시간이 되었다. 이번에는 루이스 세르반이었다. 그는 시험 준비가 다 되었다며 어떻게 진행할 것인지 설명했다. 식탁 위의 보온기에는 각기 다른 한 가지 양념이 빠진 프렝탕 소스 아홉 접시가 있을 것이다. 새끼비둘기구이와 접시, 다른 도구들도 준비되어 있다. 맛을 보는 사람들은 각자 자기가 먹을 양 만큼의 비둘기구이를 썰도록 되어 있다. 비둘기구이 없이 소스만 맛보는 것은 허용되지 않는다. 입안을 헹구기 위한 물이 준비되어 있다. 각 접시에서는 딱 한 번씩만 맛볼 수 있다. 각 접시 앞에 1부터 9까지 숫자가 적힌 카드가 놓여 있다. 맛을 보는 사람들은 모두 아홉 가지 양념 이름이 적힌 종이 한 장씩을 받게 되고, 이름 옆에 그 양념이 빠져 있는 접시 번호를 적는다. 소스를 마련한 라스지오는 식당에서 시험을 주재하게 된다. 맛을 본 사람들은 시험이 모두 끝날 때까지 아직 맛보지 않은 사람들과 이야기하면 안 된다. 혼란을 막기 위해 맛을 보는 것은 다음과 같은 순서로 진행한다며 세르반이 종이를 들고 읽었다.

몬도

코인

키스

블랑

세르반

베린

부칙

발렌코

로시

울프

곧바로 작은 문제가 생겼다. 종이를 돌리자 자기 종이를 받아든 레옹 블랑은 고개를 가로저었다. 그는 세르반에게 미안한 투로, 그러나 단호하게 말했다.

"루이스, 미안하네. 필립 라스지오에 대한 내 생각 때문에 자네들 중 누구라도 불편하게 되지 않도록 노력했지만, 어떤 상황에서라도 나는 그가 만든 음식은 먹지 않을 거네. 그는…… 자네들 전부 알다시피…… 하지만 아무 말도 않는 것이 좋겠지……."

그는 휙 돌아서더니 방에서 나갔다. 침묵을 깨는 유일한 소리는 종이를 받아든 제로메 베린의 길고 낮게 으르렁거리는 소리뿐이었다.

램지 키스가 말했다.

"정말 안됐군. 친애하는 우리의 레옹. 자네 마음 다 알아. 뭐 어때! 자네가 처음인가, 피에르? 신께 빌건대 자네가 전부 틀렸으면 좋겠군! 저 안에는 준비가 됐습니까, 루이스?"

몬도 아줌마가 배에 뜨개질감을 댄 채 종종걸음으로 남편에게 달려가, 얼굴을 마주 보고는 프랑스어로 무어라 꽥꽥 소리 질렀다. 콘스탄자에게 무슨 뜻이냐고 묻자, 이렇게 간단한 시험에서 한 가지라도 실수를 저지른다면 신도 자신도 용서하지 않을 거라고 했다고 알려 주었다. 몬도는 조바심이 난 듯했지만 안심하라고 그녀의 어깨를 두드려 주고, 빠른 걸음으로 식당으로 통하는 문을 열고 나간 다음 문을 닫았다. 십 분에서 십오 분이 지나자 문이 열리고 그가 나타났다.

이 시험의 계기가 된 내기를 세르반과 했던 키스가 몬도에게 다가가 물었다.

"어때?"

몬도는 진지하게 얼굴을 찌푸렸다.

"의논하면 안 된다고 했잖아. 내가 할 수 있는 말은, 라스지오는 소금을 너무 많이 쓰지 말라는 내 경고를 무시했다는 거야. 어쨌든 내가 하나라도 실수를 했을 리는 없지."

키스는 몸을 돌려 건너편에다 대고 고함을 질렀다.

"리젯, 내가 가장 아끼는 조카야! 요리장들 모두에게 코디얼을 드려! 꼭 드시게 해라! 유혹해!"

세르반은 미소를 지으며 코인을 불렀다.

"자네가 다음일세, 로렌스."

늙은 눈사람 코인이 식당으로 갔다. 시간이 꽤나 걸리겠다는 것을 알 수 있었다. 콘스탄자는 아버지의 부름을 받고 옆에 가 있었다. 나는 마성의 여인과 춤을 추면 어떨까 궁금해서 아직 부칙 옆의 스툴에 앉아 있는 디나 라스지오에게 갔지만 거절당했다. 그녀는 길고 졸린 듯한 눈으로 나를 무관심하게 바라보며 머리가 아프다고 했다. 그러자 나는 고집이 생겨 다른 상대를 찾아 방 안을 둘러보았지만 별 가망이 없어 보였다. 코인의 중국인 아내 리오가 방을 나가는 것을 본 기억은 없었지만 그녀는 방 안에 없었다. 리젯은 키스의 명령을 문자 그대로 받아들여 코디얼 잔들을 얹은 접시를 들고 돌아다니고 있었다. 피에르가 질투할까 봐 걱정되어 몬도 아줌마에게는 청하지 않았다. 콘스탄자는……. 음, 집에 있는 내 아이들을 생각하고, 콘스탄자와 춤추는 것을 생각했다. 감은 눈을 내게 향한 그녀의 몸에 팔을 두르고 희미한 향을 맡는 것. 그 향은 희미해서, 더 잘 맡기 위해서는 반드시 가까이 다가가야 했다. 그러나 콘스탄자와 춤을 추는 것은 내 친구 톨먼에게 있어 공정한 일이 아니라고 결론 내렸다. 나는 아직도 디나 라스지오 옆에 찰싹 붙어 있는 부칙을 못마땅한 눈으로 한 번 본 다음, 리오 코인이 앉았던 큰 의자를 차지하고 앉았다.

웅얼거리는 목소리를 내내 의식하고 있었기 때문에 내가 잠이 들지 않았던 것은 거의 확실하지만, 눈이 잠시 감겨 있었던 것도 확실했다. 나는 이 사람들이 오리 떼를 먹어 치운 지 아직 세 시간도 지나지 않았는데 어떻게 비둘기구이와 소스를 삼킬 수 있을까 자꾸 걱정이 된 것 말고는 너무나 편안했다. 나를 깨운 것은, 아니, 눈을 뜨게 만든 것은 갑자기 터져 나온 라디오 소리였다. 디나 라스지오가 일어서서 몸을 굽힌 채 다이얼을 돌리고 있었고, 부칙은 그녀를 기다리고 있었다. 그녀는 몸을 펴고는 그에게로 녹아들더니 둘은 춤추기 시작했다. 곧 키스와 리젯 푸티도 춤을 추었다. 루이스 세르반은 콘스탄자와 춤을 추었다. 나는 주위를 둘러보았다. 제로메 베린이 없는 것을 보니 그가 맛을 보는 순서가 된 모양이었다. 나는 입을 가린 채 하품을 한 뒤 팔을 뻗지 않고 기지개를 켜고 일어나서 네로 울프가 피에르 몬도, 로렌스 코인과 이야기를 나누고 있는 구석으로 슬금슬금 갔다. 남는 의자가 하나 있어서 거기에 앉았다.

곧 베린이 식당에서 돌아와 우리가 있는 구석으로 걸어왔다. 세르반이 춤을 계속 추면서 부칙에게 다음 차례라고 신호를 보내는 것이 보였다. 부칙은 고개를 끄덕였지만 부둥켜 안고 있는 디나를 놓아줄 생각이 없는 것 같았다. 베린은 부칙을 쏘아보았다. 코인이 베린에게 물었다.

"어땠나요, 제로메? 우린 둘 다 다녀왔잖아요. 3번은 셜롯 아니었나요?"

몬도가 항의했다.

"울프 씨는 아직 맛을 안 보셨잖아. 울프 씨가 마지막이셔."

베린이 으르렁거렸다.

"난 숫자는 기억 안 나요. 내 종이는 루이스에게 줬지. 맙소사, 개 같은 라스지오 놈이 히죽거리고 서 있다 보니 쉬운 일은 아니었소. 나는 그놈을 무시했지. 말을 건네지 않았어."

그는 몸을 부르르 떨었다.

그들은 이야기를 나누었다. 나는 대놓고 벌어지는 연극을 즐기느라 한쪽 귀로만 그들의 대화를 들었다. 세르반은 부칙에게 맛보러 갈 순서라고 두 번 더 재촉했지만 부칙은 계속 춤을 추었다. 디나가 부칙의 얼굴을 보며 미소 짓는 것이 보였다. 몬도 아줌마 역시 그들을 보며 뜨개질에는 점점 흥미를 잃고 있었다. 결국 세르반이 콘스탄자를 놓고 그녀에게 절을 한 뒤 춤추는 다른 쌍에게로 걸어 갔다. 세르반은 누군가를 덥석 잡기에는 너무나 예의 바르고 품위 있는 사람이라, 그들이 멈출 수밖에 없도록 길을 막고 섰다. 두 사람은 서로에게서 떨어졌다.

세르반이 말했다.

"부탁이네. 명단 순서를 지키는 것이 가장 좋으니 말이야. 자네만 괜찮다면."

부칙의 얼굴에서는 더 이상 빛이 나지 않았다. 어쨌든 세르반에게 무례하게 굴지는 않을 것 같았다. 그는 머리를 뒤로 획 젖혀 흘러내린 머리칼을 넘기더니 웃었다.

"저는 시험에는 참가하지 않을까 합니다. 레옹 블랑의 반란에 함께할까 싶은데요."

라디오 소리 때문에 그는 크게 말해야 했다.

"친애하는 부칙! 우린 문명인이 아닌가? 어린아이들이 아니잖
나."

세르반의 목소리는 부드러웠다.

부칙은 어깨를 으쓱하더니 자기와 춤추던 파트너를 돌아보았다.

"해야 할까, 디나?"

그녀는 그를 올려다보며 입술을 달싹였지만 너무 낮은 목소리
라 나에겐 들리지 않았다. 그는 어깨를 으쓱하더니 식당 문을 열
고 들어갔다. 디나는 그의 뒷모습을 바라보았다. 그녀는 라디오 앞
의 스툴로 돌아갔고, 세르반은 다시 콘스탄자와 춤을 추었다. 11시
반이 되자 프로그램이 바뀌며 껌 광고가 나와서 디나는 라디오를
껐다.

그녀가 물었다.

"다른 방송국을 틀어 볼까요?"

다들 춤은 출 만큼 춘 눈치라 그녀는 라디오를 그대로 두었다.
우리가 앉아 있는 구석 자리에서 울프는 눈을 감고 등을 기대고 있
었고, 코인은 베린에게 샌프란시스코 만에 대해 이야기하고 있었
다. 그때 그의 중국인 아내가 현관에서 들어와 방 안을 둘러보더니
우리를 보고 빠른 걸음으로 다가왔다. 오른손 검지를 코인 얼굴에
들이대며, 문에 끼어서 다쳤으니 키스해 달라고 했다.

그는 손가락에 키스했다.

"난 당신이 밖에서 야경을 보는 줄 알고 있었는데."

"그랬죠. 그런데 문에 끼었어요. 봐요! 아파요."

그는 다시 손가락에 키스했다.

"가엾은 내 작은 꽃!"

또 키스.

"내 아시아의 꽃! 우리는 이야기하는 중이니 딴 데 가 있어."

그녀는 뾰로통해져서 다른 곳으로 갔다.

부칙이 식당에서 돌아와 곧장 디나 라스지오에게 갔다. 세르반은 발렌코에게 그가 다음 차례라고 말했다. 부칙이 그를 돌아보았다.

"제 종이는 여기 있어요. 각 접시에서 한 번씩 맛봤죠. 그게 규칙이죠? 라스지오는 없던데요."

세르반은 양 눈썹을 치켜 올렸다.

"거기 없다고? 어디 있지?"

부칙은 어깨를 으쓱했다.

"찾아보지는 않았어요. 주방에 있겠죠."

세르반은 키스를 불렀다.

"램지! 필립이 자기 자리를 떠났네! 이제 발렌코와 로시와 울프 씨만 남았는데 어떻게 할까?"

키스는 세르반이 그들을 믿는다면 자기도 믿는다고 대답했다. 발렌코는 식당에 갔다가 이내 돌아왔고, 로시의 차례가 되었다. 로시는 세 시간 넘게 싸움을 벌이지 않았다. 만약 라스지오가 자리로 돌아와 있다면 로시가 그에 대해 거친 말을 하는 것을 들을 수 있지 않을까 해서 귀를 쫑긋 세웠다. 그러나 방 안에서 떠드는 사람들이 너무 많아 어차피 들리지 않았을 것이다. 로시는 돌아와서 사람들에게 바보가 아니고서야 프렝탕 소스에 소금을 저렇게 많이 넣지는 않을 거라고 선언했지만 아무도 그에게 관심이 없었다. 마지막 순서이자 누구 못지않게 중요한 인물인 네로 울프가 의자에서 몸을 뺐고, 주빈인 만큼 루이스 세르반의 인도를 받으며 문까지 갔다. 나는 마침내 취침 시간이 지평선 너머로 빼꼼히 보이게 된 것 같아 정말 기뻤다.

십 분 후 문이 열리더니 울프가 나타났다. 그는 문간에 서서 말했다.

"세르반 씨! 제가 마지막이니, 굿윈 군과 함께 실험을 해 봐도 되겠습니까?"

세르반은 괜찮다고 했고, 울프는 나를 불렀다. 나는 무슨 일이 일어났다는 것을 눈치채고 이미 일어서 있었다. 울프가 나를 대상으로 할 수 있는 실험은 다양하지만 그중 미식에 관련된 것은 없었다. 내가 방을 가로질러 그를 따라 식당으로 들어가니 울프가 문을 닫았다. 나는 테이블을 보았다. 숫자 카드가 놓인 접시 아홉 개가 있었고 큰 전기 보온기에는 뚜껑이 씌워져 있었다. 물병과 잔, 접시와 포크 등이 있었다.

나는 울프를 보며 씩 웃었다.

"도와 드릴 일이 생겨서 기쁘네요. 어디서 막히셨어요?"

울프는 테이블을 돌아 반대편으로 갔다.

"이리 오게."

그는 오른쪽으로 가서 큰 포카혼타스 병풍 가장자리로 향했고 나는 그 뒤를 따랐다. 울프가 병풍 뒤에서 멈춰 바닥을 가리켰다.

"이 빌어먹을 난장판을 봐."

나는 엄청나게 놀라 한 걸음 물러섰다. 죽이네 어쩌네 하는 이 야기들은 모두 유럽인들의 허풍이라고 생각했다. 마성의 여인의 이 야기를 듣고도 피를 볼 상황을 예측하지는 않았다. 그런데 내 눈 앞 에 피가 있었다. 칼이 자루만 보이게 필립 라스지오의 등 왼쪽에 박 혀 있어서 피가 많지는 않았다. 그는 다리를 펴고 엎드려 있어서, 칼만 없었다면 잠든 사람처럼 보였을 것이다. 나는 다가가 몸을 굽 히고 라스지오의 고개를 뒤틀어 한쪽 눈을 잘 살핀 다음 일어나서 울프를 보았다.

그는 씁쓸하게 말했다.

"즐거운 휴일이로군! 아치, 내가 말해 두는데…… 그건 상관없 는 얘기고. 죽었나?"

"마치 소시지처럼 죽어 있네요."

"알겠네, 아치. 우리는 법 집행을 방해하는 죄를 지은 적은 결코 없지. 집행은 법이 할 일이고 그들이 알아서 하면 돼. 우리가 할 일이 아니야. 최소한 지금으로선. 여기까지 오는 여행길에서 자네 기억나는 것이 있나?"

"기차를 타고 온 건 기억나네요. 제가 떠올릴 수 있는 건 그 정도예요."

울프는 고개를 끄덕였다.

"세르반 씨를 불러."

새벽 3시에 나는 포카혼타스 별관의 작은 응접실에 앉아 있었다. 테이블 건너편에는 내 친구 배리 톨먼이 앉았고, 그의 뒤에는 큰 턱의 사팔눈인 악당 녀석이 튼튼한 모직물로 만들어진 푸른 양복, 빳빳한 흰 옷깃, 붉은 타이, 핑크색 셔츠를 입고 서 있었다. 그의 이름과 직책은 모두 알고 있었다. 그는 말린 군 보안관인 샘 페티그루였다. 별 특징 없는 사람이 두 명 있었는데, 한 명은 속기 수첩을 들고 테이블 끝에 앉아 있었고, 다른 한 명은 의자를 벽에 기대고 앉은 웨스트 버지니아 주 소속 경찰이었다. 식당으로 통하는 문이 열려 있었다. 사진사들이 폭탄처럼 터뜨려 댔던 플래시 냄새가 아직도 희미하게 났고 지문 채취를 비롯한 잡일을 하는 경찰들이 중얼거리는 소리가 들려왔다.

푸른 눈의 운동선수 톨먼은 짜증 난 티를 내지 않으려 애쓰며 말하고 있었다.

"저도 다 압니다, 애슐리 씨. 당신은 커노 스파의 매니저지만 전 이 군의 지방 검사예요. 제가 어쩌길 바라십니까. 그가 실수로 칼 위에 넘어졌다고 할까요? 제가 이목을 끌려고 이러는 거라는 듯이 말씀하시는 건 화가 납니……."

"알았네, 배리 씨. 잊어 주게."

내 옆에 서 있던 클레이 애슐리는 천천히 고개를 가로저었다.

"이렇게도 운이 없을 수가! 자네가 이 일을 덮을 수 없다는 건 물론 알아. 하지만 제발 부탁이니 어서 끝을 내고 이 사람들을 다 여기서 데리고 가 주게. 그래, 자네가 가능한 한 빨리 그렇게 할 거란 건 아네. 언짢은 말을 했다면 양해해 주게. 난 눈을 좀 붙여야 해. 내가 할 수 있는 일이 있다면 전화하게."

그는 사라졌다. 누군가 페티그루에게 무언가 물어보러 식당에서 들어왔다. 톨먼은 몸을 부르르 떨고 충혈된 눈을 손가락으로 문질렀다. 그러더니 그는 나를 보았다.

"굿윈 씨, 제게 들려주셨던 것 외에 추가할 만한 것이 떠오르셨을까 싶어 모셔온 겁니다."

나는 고개를 가로저었다.

"전부 말씀드렸는데요."

"응접실에서든 어디에서든, 어떤 특이한 계획이나 의미 있는 대화도 기억나지 않으신가요?"

나는 기억나지 않는다고 했다.

"예를 들어, 낮에는 아무 일도 없었나요?"

"전혀. 낮에도 밤에도요."

"울프 씨께서 당신을 식당으로 몰래 부르고 병풍 뒤에 있는 라스지오 씨의 시체를 보여 주시면서 뭐라고 하셨나요?"

"몰래 부르지 않으셨는데요. 울프 씨 말씀은 모두가 들었어요."

"음, 당신만 부르셨잖습니까. 왜 그러신 거죠?"

나는 어깨를 치켜 올렸다 떨어뜨렸다.

"울프 씨께 여쭤 보셔야 할 겁니다."

"울프 씨가 뭐라고 하셨나요?"

"벌써 말씀드렸잖아요. 라스지오 씨가 죽었는지 살펴보라고 하시고, 살펴보고서 죽었다고 했더니 세르반 씨를 부르라고 시키셨죠."

"그게 다였습니까?"

"유쾌한 휴일이라든가 뭐라든가 하셨던 게 기억나네요. 울프 씨는 가끔 빈정거리실 때가 있어서요."

"거기다 냉혹하시기도 한 것 같네요. 그분이 라스지오 씨를 냉혹하게 대할 특별한 이유라도 있었습니까?"

나는 방어막을 조금 더 단단히 쌓아 올렸다. 생각 없이 사건과 관계없는 말을 해서 이 똥파리가 우리에게 들러붙게 된다면 울프는 나를 용서하지 않을 것이다. 울프가 왜 굳이 나만 식당으로 불렀는지, 사건을 발표하기 전에 여행에 대해 무얼 기억하는지 물은 이유를 알고 있었다. 살인 사건의 경우 중요 증인은 사건 해결 전까지는 허가 없이 주를 떠날 수 없다는 것, 혹은 재판에서 증언하기 위해 돌아와야 한다는 것을 울프가 떠올렸기 때문이었다. 두 가지 모두 울프가 생각하는 즐거운 삶과는 정반대 상황이었다. 식당차에서 진저에일 장난질에 속아 넘어가는 얼간이를 짐짓 존중하는 척 대하는 것이 쉽지는 않았다. 그러나 웨스트 버지니아에 대해 어떤 반감도 없었음에도 여기에 머물고 싶지 않은 마음, 돌아오고 싶지 않은 마음은 울프 못지않았다.

"전혀 없습니다. 울프 씨는 전에 라스지오 씨를 만난 적이 없어요."

"낮에 울프 씨가 라스지오 씨의…… 안녕에 대해 무관심하게 될 일은 없었습니까?"

"제가 아는 바로는 없습니다."

"누군가 라스지오 씨의 생명을 노린 일이 있었는지 당신이나 울프 씨가 아시는 건 없나요?"

"울프 씨께 물어보셔야겠네요. 제가 아는 건 없습니다."

내 친구 톨먼은 임무를 위해 우정을 저버렸다. 그는 한쪽 팔꿈치를 테이블에 얹고 손가락으로 나를 가리키며 험악한 목소리로 말했다.

"당신은 거짓말을 하고 있어요."

나는 눈을 찌푸리고 있던 보안관이 나를 쏘아보는 표정이 웃어넘길 만한 것이 아니라는 사실, 방 전체의 분위기가 나빠졌다는 사실을 눈치챘다.

나는 양 눈썹을 치켜 올렸다.

"내가 거짓말을 한다고요?"

"네, 당신 말이에요. 라스지오 부인이 어제 오후 당신들 스위트룸을 찾아갔을 때 당신과 울프 씨에게 뭐라고 말씀하셨나요?"

내가 깜짝 놀란 것이 눈에 띄지 않았기를 바랐다. 내 뇌가 움찔하고 놀란 것은 나도 알았지만 그건 한 번뿐이었다. 그가 어떻게 알아냈든, 얼마나 알아냈든 간에 내가 할 일은 하나밖에 없었다.

"저희에게 이렇게 말씀하시더군요. 누군가 남편분을 죽이려고 설탕 통에 비소를 넣었고 남편이 비소를 싱크대에 버렸다고 했다고요. 부인은 울프 씨가 남편을 보호해 주길 원한다고 하셨습니다. 남편이 다른 누구에게도 이 말을 하지 말라고 했다고도 하셨고요."

"또?"

"그게 답니다."

"당신은 방금 제게 이전에 라스지오 씨의 목숨을 노린 일에 대해 전혀 모른다고 하셨죠. 그렇지 않나요?"

"그랬죠."

"그러면?"

그는 아직도 험악했다.

나는 그에게 씩 웃어 보였다.

"톨먼 씨, 들어 봐요. 난 당신을 속여 넘길 수도 없고, 속여 넘길 수 있다고 해도 그러지 않을 겁니다. 하지만 몇 가지를 생각해 보세요. 일단 기분 나쁘게 듣지 마시고요. 당신은 검사 초년차이지 않습니까. 네로 울프 선생님은 당신이 들어 본 어떤 사건들보다도 더 어려운 사건들을 해결했어요. 그분의 명성을 아시니 당신도 아시겠죠. 우리는 당신에게 도움이 될 만한 사실을 몰라요. 만약 안다고 해도 우리를 쥐어짜 본댔자 기분만 상하게 할 뿐 당신에겐 좋을 일이 없을 겁니다. 우린 베테랑이거든요. 전 지금 잘난 척하는 게 아니라 사실을 사실대로 말하는 겁니다. 예를 들어, 라스지오 씨를 죽이려는 시도에 대해 알고 있었다는 이야기를 들자면, 다시 말하는데 저는 알고 있었던 게 아닙니다. 제가 아는 것은 남편이 설탕 통 속에서 설탕이 아닌 것을 발견했다고 하더라고 라스지오 부인이 저희에게 말했다는 것뿐이에요. 라스지오 씨가 그게 비소인지 어떻게 알 수 있었겠어요? 라스지오 씨는 독살당한게 아니라 칼에 찔려 죽었어요. 제 경험상……."

"전 당신 경험에는 관심이 없어요. 제가 여쭤 본 건 이 살인과 관련이 있는 일을 기억하시는 게 있느냐는 것이었죠. 기억하시는 게 있나요?"

여전히 험악하다.

"라스지오 부인께 들은 이야기를 들려 드렸습니……."

"그랬죠. 그건 잠시 미뤄 두죠. 다른 일은 없나요?"

"없어요."

"확실해요?"

"네."

톨먼은 주 소속 경찰에게 말했다.

"오델을 들여보내."

난 무슨 일인지 알아차렸다. 그렇게 된 거였구나. 정겨운 팬핸들 스테이트*에 온 뒤로 나는 훌륭한 친구들을 사귀었다. 팬핸들 스테이트라는 별명을 알려 준 것도 커노 스파의 경비원 거슘 오델이었다. 내 뇌는 다시 한번 놀라고 있었는데, 이번에는 제대로 넘길 수 있을지 확신이 들지 않았다. 경찰을 따라온 내 친구가 들어오는 바람에 놀라려다 말았다. 나는 그를 노려보았는데 그는 내 눈을 보지 않았다. 그가 다가와서 내 옆에 섰다. 일어나지 않고도 한 대 때려 줄 수 있을 만큼 가까웠다.

톨먼이 말했다.

"오델, 이 남자가 어제 오후에 당신에게 뭐라고 말했습니까?"

스파 경비원은 나를 보지 않았다. 그의 목소리는 걸걸했다.

"필립 라스지오 씨가 누군가에게 살해당할 거라고 했습니다. 누가 죽이는 거냐고 물어보니 돌아가면서 죽일 거라고 했습니다."

● **팬핸들 스테이트** _ 다른 주에 길게 비집고 들어간 형태의 행정 구역을 팬핸들이라고 부른다. 더 팬핸들 스테이트 The Panhandle State는 웨스트 버지니아를 의미한다.

"그리고 또?"

"그게 전붑니다."

톨먼은 나를 돌아보았지만 내가 선수를 쳤다. 나는 오델의 갈비뼈를 쿡 쳐서 펄쩍 뛰게 만들었다.

"아, 그 얘기였군!"

나는 웃었다.

"이제 기억나는군, 우리가 오솔길 옆에서 돌을 던지던 때, 자네가 절벽에서 튀어나온 바위를 가리켰을 때 말이지. 그럼! 그런데 톨먼 씨를 보니 자네는 우리가 나눴던 이야기를 전부 들려 드리진 않은 모양이군. 내가 자네한테 저 남유럽과 폴란드 요리사들에 대해서 어떻게 이야기했는지 들려 드렸어? 서로 워낙 질투가 심해서 서로 죽일 것 같다고, 연봉이 육만 달러인 라스지오 씨가 그들 중에서 돈을 제일 많이 받는 요리사라서 분명히 라스지오 씨를 제일 먼저 죽일 거라고, 그래서 라스지오 씨를 제일 먼저 돌아가며 죽인 다음에 다음 사람을 죽일 거라고 했잖아. 그리고 자네가 나한테 절벽의 바위 이야기를 들려주기 시작했지. 어쩌다 아무 때나 호텔을 벗어날 수 있게 됐는지도 말해 줬고……."

나는 톨먼을 돌아보았다.

"그것뿐이었어요. 사내 둘이서 시간을 때우려고 하는 이야기죠. 원한다면 여기서 어떤 중요한 의미를 찾아내세요. 만약 오델이 들려준 절벽의 바위 이야기를 당신에게 한다면……."

나는 웃으며 내 친구의 옆구리를 다시 한번 쳤다.

톨먼은 얼굴을 찌푸리고 있었지만 나를 향한 것은 아니었다.

"그게 무슨 말인가요, 오델? 당신 말이랑은 다른데요. 어떻게 된 겁니까?"

오델이 훌륭하게 포커페이스를 유지했다는 점은 인정해야겠다. 그는 사건에 개인적인 흥미가 없는 척하는 대법원 판사를 그려 놓은 듯한 모습이었다. 그는 여전히 나를 보지 않았고, 조용히 톨먼의 눈을 바라보았다.

"제가 말실수를 한 것 같습니다. 이 사람 말대로 그냥 수다를 떤 것이 맞는 것 같습니다. 하지만 저는 필립 라스지오라는 이름을 기억했고, 탐정이라면 누구나 살인 사건에서 한 건 하려고 덤비기 마련이니까……."

사팔뜨기 악당이 입을 열었다. 그의 가늘고 부드러운 느릿느릿한 목소리에 나는 놀랐다.

"내가 듣기엔 말이 상당히 부정확한데, 오델. '것 같다'는 말을 빼면 어떨까?"

톨먼이 따져 물었다.

"이 사람이 라스지오 씨가 살해당할 거라는 말을 했나요, 안 했나요?"

"음……. 방금 이 사람이 말한 식으로 했습니다. 요리사들은 전부 질투 많은 유럽 사람들이고, 라스지오 씨가 육만 달러를 번다고는 분명히 말했습니다. 그게 전부였던 것 같습니다."

"이건 어떻게 된 건가요, 굿원 씨? 왜 라스지오 씨를 찍어서 말한 거죠?"

나는 손바닥을 펼쳐보였다.

"전 라스지오 씨를 찍은 적 없어요. 그 사람이 최고라는, 적어도 연봉을 제일 많이 받는다는 걸 알았기 때문에 어쩌다 입에 올린 것뿐이죠. 그때 저는 기사를 막 읽은 참이었는데, 기사 보여 드릴까요?"

보안관은 느릿느릿하게 말했다.

"우린 지금 시간 낭비하고 있는 거야. 꺼져, 오델."

내 친구는 내게 눈길 한번 주지 않고 몸을 돌려 문으로 갔다. 톨먼이 경관에게 말했다.

"울프 씨를 데려와."

나는 앉은 채 긴장했다. 실수할 뻔했던 사소한 문제들을 제외하면 이 상황을 즐기고 있었다. 네로 울프가 지방 검사를 언짢게 하고 싶지 않아서 새벽 3시에 시골 마을 염탐꾼들에게 심문을 받는 걸 허락하는 모습을 뉴욕 강력반의 크레이머 총경이 본다면 뭐라고 할까! 울프는 클레어라 폭스가 그의 집에서 내 파자마를 입고 잤던 날 밤 이후로 이렇게 늦게까지 깨어 있었던 적이 없다. 내가 도울 수 있는 부분은 도와야겠다는 생각이 들어, 방 반대편에 있는 큰 안락의자를 가져와 테이블 근처에 두었다.

경관이 내 보스와 함께 돌아왔다. 톨먼이 경관에게 아직 밖에 있는 사람이 있느냐고 물었다. 경관은 대답했다.

"그 부치칙인가 뭔가 하는 사람, 베린 씨, 베린 씨의 따님이 있습니다. 따님을 달래서 자러 가게 하려 했지만 가질 않네요. 계속 여기 들어오겠다고 우깁니다."

톨먼은 입술을 잘근잘근 씹고 있었고, 나는 한쪽 눈으로 가소롭다는 듯 그를 지켜보면서 다른 눈으로는 네로 울프가 가져다 둔 의자에 앉는 것을 보았다. 마침내 톨먼이 말했다.

"다들 방으로 보내요. 아침까지는 쉬는 게 나을지도 모르겠네요. 괜찮아요, 페티그루?"

"그럼요. 일단 접어 두고 한숨 자고 일어나서 다시 합시다."

그는 경관을 향해 눈을 찡그렸다.

"플랭크가 어떤 준비를 해 놨는지 우리가 확인할 때까지 기다리라고 그에게 전해. 누구든 나다니기엔 너무 늦은 시간이니까."

경관은 나갔다. 톨먼은 눈을 비비더니 입술을 씹으며 몸을 뒤로 기대고 울프를 보았다. 울프는 얌전해 보였지만 집게손가락으로 의자 팔걸이를 톡톡 치는 것을 보니 속에서 불길이 이글이글 타오르고 있음을 알 수 있었다. 울프는 정보를 알려 주듯 말했다.

"4시가 다 되어 갑니다, 톨먼 씨."

"고맙습니다."

톨먼은 짜증이 난 듯했다.

"오래 걸리지는 않을 겁니다. 새로 발견한 사실이 한두 개 있어서 다시 모셔온 겁니다."

톨먼과 보안관 둘 다 나를 곁눈질하고 있는 것을 볼 수 있었다. 그들이 우리에게 사기를 치고 있으며 내가 울프에게 뭔가 신호를 보내는 것을 잡아내려고 한다고 맹세라도 할 수 있었다. 나는 졸린 눈을 했다. 어렵지 않은 일이었다.

울프가 말했다.

"한두 개가 넘지 않을까 싶군요. 예를 들면, 라스지오 부인이 어제 오후에 제게 하셨던 이야기를 다시 하셨을 것 같은데요. 그렇지 않습니까?"

"무슨 이야기였습니까?"

"이것 보세요, 톨먼 씨. 저한테 말을 빙빙 돌려 하지 말아요. 라스지오 부인은 이 안에서 당신과 삼십 분 넘게 있었으니 그 이야기를 한 게 분명합니다. 이야기할 거라고 생각했죠. 내가 말하지 않은 건 그것 때문입니다. 당신이 그녀에게 생생하게 듣는 게 더 나을 것 같았습니다."

울프는 팔걸이를 두드리던 손가락을 들어 그에게 까닥거려 보였다.

"이야기할 거라고 생각하셨다는 말씀은 무슨 뜻인가요?"

"그저 가정입니다. 어쨌거나, 전 구경꾼인 반면 부인은 이 비극의 일원이니까……."

울프는 온화했고 악의가 없었다.

"일원이라고요? 부인이 이 사건에 관여했다는 말씀이신가요? 아까는 그런 말씀 없으셨잖습니까."

톨먼은 얼굴을 찡그리고 있었다.

"지금도 그런 뜻으로 말하는 건 아닙니다. 살해당한 사람이 부인의 남편이니, 부인이 불길한 예감 때문에 조금 불안해했던 것 같다는 것뿐이죠. 당신이 직접 심문했으니 저보다 더 잘 아시겠지요. 부인의 남편이 어제 정오에 이곳 주방의 설탕 통에서 자기를 노린 비소를 발견했다고 말했다는 이야기를 했겠죠. 그리고 남편에게 알리거나 허락받지 않고 저에게 와서 그가 다치지 않도록 보호해 달라고 했는데 제가 거절했다고도 했겠죠."

"왜 거절하셨습니까?"

"그럴 능력이 없었기 때문입니다. 그녀에게도 말했듯이, 저는 음식을 미리 먹어 보는 사람이나 경호원이 아닙니다."

울프는 조금 동요했다. 부글부글 끓고 있는 것이다.

"제가 충고를 해도 될까요, 톨먼 씨? 저에게 힘을 낭비하지 마세요. 전 누가, 또는 왜 라스지오 씨를 죽였는지 전혀 모르겠습니다. 혹시 저에 대한 이야기를 들어 보셨기 때문에 이러시는 걸 수도 있죠. 만약 그러셨다면, 비록 겉모습만 봐선 그럴 것 같지 않아도 제가 사건을 맡으면 복잡한 일을 해결할 수 있는 사람이라는 인상을 받으셨겠지요. 하지만 전 이 사건을 맡은 게 아니고, 사건에 조금도 흥미가 없고, 아는 것도 전혀 없기 때문에 제게서 관련된 정보를 얻으실 가능성은 달에 있는 사람에게서 얻을 확률과 같을 겁니다. 저와 이 사건은 세 가지 관련이 있죠. 첫째, 제가 어쩌다 여기 있었다. 이건 그저 제 개인적인 불운입니다. 둘째, 제가 라스지오 씨의 시체를 발견했다. 말씀드렸듯이 저는 그가 유치하게 숨어서 테이블을 감시하고 있는 것은 아닌가 하는 호기심이 생겨 병풍 뒤를 들여다 본 것이었습니다. 셋째, 라스지오 부인이 제게 누군가가 남편을 독살하려 하니 막아 달라고 부탁했다. 여기까지가 알고 계신 사실입니다. 당신의 퍼즐 속에 이 조각을 끼워 맞출 자리가 있다면 맞춰 넣으세요. 신사 여러분, 저는 여러분께 지지를 보내며 성공을 기원합니다."

어린아이나 다를 바 없는 톨먼은 고개를 돌려 중지로 볼을 긁고 있던 보안관을 바라보았다. 페티그루는 톨먼을 돌아보았다가 마침내 울프를 돌아보았다.

"이것 보세요, 선생. 저희를 오해하신 것 같군요. 선생께 어떤 문제나 불편을 드리려는 게 아닙니다. 저희는 선생께서 뭔가 아는 게 있어도 저희에겐 말하려 하지 않는 사람이라고 생각하지 않아요. 저희가 선생 이야기를 들어 봤을지도 모르겠다고 하셨죠. 맞아요. 들어 봤습니다. 선생께서는 아는 게 있어도 말하지 않는 사람들과 같이 계시며 하루 종일 이야기를 나누셨잖아요? 톨먼이 어떻게 생각하는지는 모르겠지만, 제 생각에는 저희가 알아낸 걸 선생께 말씀드리고, 선생 관점을 들어 봐도 나쁠 건 없을 것 같아서요. 이 사건에 전혀 흥미가 없다고 하셨으니 저와는 생각이 다르실 수도 있겠군요. 그렇지 않나요, 배리?"

울프가 말했다.

"시간 낭비만 할 겁니다. 전 마법사가 아니기 때문에 성과를 올릴 때는 힘든 작업을 통합니다. 이 일은 제가 맡은 사건이 아니고, 저는 일을 하고 있지도 않아요."

나는 웃음이 나오는 것을 감추었다. 톨먼이 끼어들었다.

"이 일이 더 빨리 해결될수록 모든 사람들에게 더 좋을 겁니다. 그건 아시지 않습니까. 만약 보안관이……."

울프가 퉁명스럽게 말했다.

"좋습니다. 그럼 내일."

"벌써 내일입니다. 당신은 분명 늦게까지 주무시겠지만 전 못 잘 겁니다. 질문이 하나 있습니다. 이 중에서 조금이라도 잘 아시는 분은 부칙 씨 한 명뿐이라고 저에게 말씀하셨죠. 라스지오 부인은 자신이 부칙 씨와 결혼했다가 몇 년 후에 이혼하고 라스지오 씨와 결혼했단 이야기를 하셨습니다. 그 이후 부칙 씨의 감정이 어땠는지 말씀해 주실 수 있을까요?"

"아뇨. 라스지오 부인이 정보를 충분히 제공한 모양인데요."

"음, 죽은 사람이 그녀의 남편이니까요. 왜 그러시죠? 라스지오 부인께 언짢은 일이라도 있으신가요? 벌써 두 번째로 신랄한 말씀을 하시네요.”

“물론 언짢은 일이 있죠. 전 여자들이 저에게 남편을 보호해 달라고 부탁하는 게 싫습니다. 안전을 위해서든, 구원을 위해서든, 여자의 참견에 의존하는 건 남자의 품위를 떨어뜨리는 일입니다. 쳇!”

물론 울프는 사랑에 빠진 게 아니었다. 나는 톨먼이 그 사실을 깨닫기를 바랐다. 톨먼이 말했다.

“라스지오 씨를 죽일 수 있는 최고의 기회를 잡았던 두 사람 중 한 명이 부칙 씨이기 때문에 제가 그런 질문을 드린 것입니다. 다른 분들과 당신의 증언에 따르면 다른 사람들은 대부분 용의 선상에서 제외됩니다.”

그는 테이블 위의 종이 중 한 장을 흘끗 보았다.

“현재까지의 정보로 파악하기에, 내내 응접실에 있었던 사람들은 라스지오 부인, 몬도 부인, 리젯 푸티 양, 굿윈 씨입니다. 세르반 씨는 자신이 소스들을 맛보러 식당에 들어갔을 때는 라스지오 씨가 살아 있었고 이상한 점은 없었다고 했어요. 그때는 몬도 씨, 코인 씨, 키스 씨는 이미 다녀온 뒤였고, 그들 중 누구도 응접실 밖으로 나간 적이 없다는 데 증언이 일치합니다. 그들 역시 범인이 아닌 것으로 보입니다. 다음 두 사람은 베린 씨와 부칙 씨였습니다. 베린 씨는 자신이 식당에서 나올 때까지도 라스지오 씨가 있었고, 이상한 일은 없었다고 합니다. 부칙 씨는 자신이 조금 지체했기 때문에 그로부터 팔 분 내지 십 분 후에 들어갔다고 하는데 라스지오 씨는 없었으며 이상한 점은 눈치채지 못했다고 합니다. 마지막으로 들어간 세 명인 발렌코 씨와 로시 씨와 당신 역시 범인이 아닌 것으로 보이지만 다른 사람들만큼 결정적인 증거는 없습니다. 라스지오 씨가 테라스로 나갔거나, 화장실에 갔다가 부칙 씨가 식당에서 나간 뒤에 돌아왔을 가능성도 충분히 있으니까요. 요리사들 말에 따르면 라스지오 씨는 주방에는 들어오지 않았다고 하니까 주방에 갔던 것은 아닙니다."

톨먼은 다시 종이를 보았다.

"그러니 개연성 있는 사람은 베린 씨와 부칙 씨 두 명, 가능성 있는 사람이 발렌코 씨와 로시 씨, 당신 세 명입니다. 그 외에도 세 가지 다른 가능성이 있지요. 누군가 테라스에서 식당으로 아무 때나 쉽게 들어올 수 있었습니다. 유리문은 닫혀 있었고 차양이 내려져 있었지만 잠겨 있지는 않았거든요. 그럴 수 있었던 사람은 세 명입니다. 라스지오 씨에 대한 반감 때문에 시험에 참가하기를 거부하고 자리에 없었던 레옹 블랑 씨. 혼자서 거의 한 시간 동안이나 밖에 있었던 코인 부인. 베린 씨와 부칙 씨께서 식당에 다녀왔던 시간대가 그 한 시간 사이입니다. 그리고 베린 양. 블랑 씨는 자기 방으로 들어간 뒤 나오지 않았다고 주장하고 현관의 직원들은 그가 나가는 것을 보지 못했습니다. 하지만 왼쪽 곁채 복도 끝에 작은 테라스로 통하는 문이 있는데 눈에 띄지 않고 사용할 수 있는 곳입니다. 코인 부인은 자리를 비운 내내 길과 잔디밭에 있었다고 하고,

식당 테라스에는 가지 않았고 정문을 통해 다시 들어와 곧바로 응접실로 왔다고 합니다. 베린 양은 소스 시험을 시작하기 전에 방에서 응접실로 돌아왔고, 그 뒤로는 응접실에서 나가지 않았습니다. 여기서 베린 양이 자리를 비운 사실을 언급한 이유는 그저 목록을 완벽하게 하기 위함입니다."

나는 속으로 생각했다. 이 냉혈한 사냥개야! 베린 양이 자리를 비웠던 건 자기 방에서 네 생각을 하며 울고 있었기 때문인데, 넌 그걸 목록의 일부로 만들어 버리다니!

"울프 씨, 당신은 거기 계셨죠. 제가 제대로 파악한 것 맞지요?"

울프는 끙 하는 소리를 냈다. 톨먼은 말을 이었다.

"동기로 말하자면, 충분한 동기가 있었던 사람들이 있어요. 부칙 씨의 경우에는 라스지오 씨가 자기 부인을 빼앗았다는 점. 그리고 부칙 씨가 식당에 들어가기 직전에 라스지오 부인과 이야기를 나누고 그녀를 바라보며 함께 춤을 췄다는 점……."

울프가 날카롭게 말했다.

"그건 여자가 한 말이죠."

"맙소사. 저희가 알아낸 몇 안 되는 사실들에도 화를 내시는군요. 관심이 없다고 하셨던 줄 알았는데요."

보안관이 느릿느릿 말했다.

"부칙은 내 친굽니다. 전 부칙에게 관심이 있고요. 부칙과 아무 상관이 없는 이 살인에는 관심이 없습니다."

"그럴지도 모르죠."

톨먼은 기분이 좋아 보였다. 네로 울프를 발끈하게 만들었기 때문인 것 같았다.

"몬도 부인과의 대화는 제가 처음으로 프랑스어를 제대로 써먹은 기회였습니다. 다음으론 베린 씨가 있습니다. 이 말은 몬도 부인이 아니라 베린 씨에게서 들은 말인데요. 베린 씨는 라스지오 씨는 진작에 살해되었어야 했다고 이야기했고, 자기 손으로 죽였으면 좋았을 거라고도 했습니다. 자기에게 살인자를 보호할 기회가 있다면 그럴 거라고 했습니다."

울프가 중얼거렸다.

"베린 씨는 말이 많군."

"저도 동감입니다. 자그마한 프랑스인 레옹 블랑 씨도 말이 많았지만, 말하는 방식은 다르더군요. 그는 몇 년 전에 라스지오 씨가 속임수를 써서 처칠 호텔의 자기 자리를 빼앗았기 때문에 라스지오 씨를 증오했다고 인정했지만, 자신은 아무도, 어떤 이유로도 살인은 하지 않을 거라고 했습니다. 라스지오 씨가 죽었다는 것이 기쁘지 않다고도 했어요. '죽음은 치유하지 않고 단절할 뿐이나니.' 블랑 씨의 말을 그대로 옮긴 겁니다. 그는 말투가 부드럽고 사람의 심장에 칼을 꽂을 만큼 공격적으로는 보이지 않지만 결코 바보는 아닙니다. 언행을 잘 꾸미는 것일 수도 있죠.

그러니 개연성이 있는 사람이 두 명, 가능성과 동기가 있는 사람이 한 명 있습니다. 살인이 가능한 네 명 중, 당신은 범인이 아니라고 생각합니다. 만약 로시 씨와 발렌코 씨에게 살인을 할 만한 감정이 있었다고 해도 저는 아직 그에 대해 아는 바가 없습니다. 코인 부인은 이제껏 라스지오 씨를 한 번도 본 적이 없고, 라스지오 씨와 한마디라도 나눈 적이 있는지 알 수 없습니다. 그러니 추가 정보가 있을 때까지 우리는 베린 씨, 부칙 씨, 블랑 씨가 유력한 범인이라고 생각하고 있습니다. 셋 중 누구라도 범행을 할 수 있었습니다. 전 셋 중 한 명의 범행이라고 생각합니다. 선생님 생각은 어떻습니까?"

울프는 고개를 가로저었다.

"내 문제가 아니고 내가 생각하지 않아도 된다니 하늘에 감사드립니다."

페티그루는 예의 부드럽고 느릿느릿한 말투로 끼어들었다.

"부칙 씨의 소행일지도 모른다는 의심이 들어서 차라리 생각을 안 하는 것이 낫겠다고 하시는 가능성이 조금이라도 있을까요?"

"가능성? 물론 있지만 희박합니다. 만약 부칙이 한 짓이라면, 당신들이 부칙의 목을 죌 실마리를 하나도 찾지 못했기를 진심으로 빕니다. 저는 실마리에 대한 정보를 모르고, 만약 아는 게 있었다 해도 말하지 않았을 겁니다."

톨먼은 고개를 끄덕였다.

"솔직한 말씀입니다만 별로 도움은 되지 않는군요. 만약 친구인 부칙 씨에게 관심이 있으시다면, 그리고 부칙 씨의 짓이 아니라고 생각하신다면, 누구의 범행인지 밝히는 것이 그의 무죄를 밝히는 가장 빠른 방법이라는 사실은 지적해 드릴 필요가 없겠죠. 당신은 현장에 계셨습니다. 모든 사람을 보았고 모든 대화를 들으셨어요. 그런 상황이니 선생님과 같은 평판과 능력을 가진 분이면 분명 도움을 주실 수 있을 것 같습니다. 그렇게 하지 않으신다면 친구인 부칙 씨에게 더욱 의심이 돌아가게 되지 않겠습니까?"

"모릅니다. 당신들의 의심은 당신들의 일이죠. 내가 어떻게 할 수 있는 게 아닙니다. 젠장, 지금은 새벽 4시라고!"

울프는 한숨을 쉬더니, 입술을 꼭 다물었다. 그는 그런 채 앉아 있다가 마침내 중얼거렸다.

"좋습니다. 십 분 동안 도와 드리죠. 기본적인 것들을 말해 줘요. 칼, 지문, 발견된 것은 없는지……."

"전혀 없습니다. 테이블 위에는 비둘기 고기를 써는 데 사용한 칼이 두 자루 있었는데, 범행에 쓰인 것은 그중 하나였습니다. 저항한 흔적이 전혀 없다는 건 직접 보셨지요. 아무것도 없습니다. 의미가 있는 지문은 없었어요. 칼자루에 묻은 지문들은 전부 뭉개져 있었습니다. 테라스 문손잡이는 표면이 거친 연철로 되어 있습니다. 경관들이 아직 손잡이를 살피고 있지만 그쪽으론 가망이 없어 보입니다."

울프는 끙 소리를 냈다.

"당신이 생략한 가능성이 있네요. 요리사와 웨이터는?"

"그들은 흑인들을 다룰 줄 아는 보안관이 심문했습니다. 식당에 들어간 사람은 아무도 없고, 아무도 보고 들은 게 없어요. 라스지오 씨는 필요한 게 생기면 종을 울려서 부르겠다고 했답니다."

"누가 큰 응접실에서 나가서 작은 응접실로 간 다음에 거기서 식당으로 들어가서 죽였을 수도 있어요. 큰 응접실의 모든 사람들이 방을 비우지 않았는지 의심의 여지없이 철저하게 밝혀야 돼요. 특히 베린이 식당을 나온 시점부터 부칙이 들어가기 전까지를. 당신 말처럼 팔 분에서 십 분 정도였죠."

"확인했습니다. 물론 모두 있었다는 걸 금방 확인했습니다."

"그러면 다시 확인해요. 또 가능성이 있습니다. 누군가 병풍 뒤에 몸을 숨기고 있다가 기회가 생겼을 때 덮쳤을 수도 있죠."

"그래요? 누가요?"

"저는 정말 모르겠군요."

울프는 얼굴을 찡그렸다.

"톨먼 씨, 저는 당신의 주요 용의자인 베린 씨와 부칙의 범행 가능성에 대해서 극히 회의적이라는 말도 해 두는 게 낫겠군요. 이것도 점잖게 표현한 말입니다. 블랑 씨에 대해서는 전 말씀드릴 것이 없습니다. 당신이 지적했듯이, 분명 그가 방에서 나와서 서쪽 곁채 복도 끝으로 나간 다음, 건물을 돌아 테라스를 통해 식당에 들어가서 목적을 이룬 뒤에 왔던 길로 돌아갔을 수도 있죠. 만약 그랬다면, 그때 밖에서 야경을 구경하던 코인 부인의 눈에 띄지 않았을까요?"

톨먼은 고개를 가로저었다.

"코인 부인은 보지 못했다고 합니다. 그녀는 건물 앞에도 있었고 옆에도 있었어요. 그녀는 제복을 입은 흑인 한 명밖에 보지 못했는데, 쏙독새 소리를 듣고는 그를 불러 세워 무슨 소리냐고 물었다는군요. 그 흑인은 찾아냈습니다. 온천에서 밍고 별관으로 가던 남자 직원 중 한 명입니다."

"그렇군요. 베린 씨와 부칙 말인데, 내가 당신이라면 일단은 그 둘은 잠시 미뤄 두죠. 아니면 한 가지 제안이 있는데. 세르반 씨에게서 소스 시험 답지를 받아서……."

"제가 가지고 있습니다."

"좋아요. 세르반 씨에게서 정답 목록도 분명히 받았을 테니……."

"세르반 씨에겐 없었습니다. 라스지오 씨 주머니에 있었습니다."

"아주 좋습니다. 하나하나 비교해 보고, 시식했던 사람들 한 명한 명이 얼마나 정답을 많이 맞혔나 살펴보세요."

페티그루 보안관이 콧방귀를 뀌었다. 톨먼이 냉담하게 물었다.

"선생님은 이런 걸 도움을 준다고 하시나요?"

"그래요. 난 이미 도움이 되고 있소!"

울프는 몸을 조금 폈다.

"만약 라스지오 씨의 주머니에서 꺼내 온 정답 목록을 가지고 있다면 내가 잠깐 봐도 되겠습니까?"

톨먼은 양 눈썹을 치켜 올린 채 자기 앞의 종이들을 뒤지더니 하나를 꺼내 내게 건넸다. 나는 받아서 울프에게 전해 주었다. 울프는 이마에 주름을 잡은 채 목록을 보다가 외쳤다.

"이런 세상에!"

그는 종이를 보더니, 나를 돌아보며 손에 든 종이를 흔들었다.

"아치, 코인 씨가 맞았어! 3번이 셜롯이야!"

톨먼은 비꼬는 투로 물었다.

"유머로 긴장을 풀어 주시는 건가요? 이렇게 도와주시니 정말 감사하군요."

나는 그에게 씩 웃어보였다.

"유머일 리가요. 울프 씨는 앞으로 일주일은 못 주무실 거예요. 짐작이 틀렸으니까."

울프는 나를 꾸짖었다.

"짐작이 아니었어. 신중하게 내린 결론이었는데 틀린 거야."

그는 내게 종이를 건넸다.

"양해하시오, 톨먼 씨. 충격을 받았습니다, 사실 당신이 이해할 수 있을 거라곤 생각하지 않지만. 내가 말했던 것처럼, 난 베린 씨와 부칙을 용의자로 삼는 데 대해선 회의적인 정도가 아닙니다. 난 부칙을 평생 알고 지냈소. 가상의 상황에서라면 그가 사람을 칼로 찌르는 모습을 상상해 볼 수는 있지만. 만약 그가 한 짓이라면 칼을 상대의 등에 꽂지는 않았을 거라고 확신합니다. 베린 씨는 잘 모르지만, 어젯밤에 그가 식당에서 나온 지 일 분도 되지 않았을 때 그를 가까운 곳에서 보았고 그가 말하는 것을 들었습니다. 그가 비겁한 살인을 저지르고 나온 상태가 아니었다는 것에 큰돈을 걸 수도 있습니다. 바로 직전에 라스지오 씨의 등에 칼을 꽂았는데, 그의 자세, 양손, 두 눈, 목소리에서 그런 흔적이 남아 있는 걸 내가 전혀 느끼지 못했다고? 나는 그렇게 생각하지 않아요."

"그 목록 비교에 대해서는⋯⋯."

"그 얘길 하려던 참이오. 세르반 씨가 당신에게 이 시험의 내용은 설명해 주었으리라 믿습니다. 각 소스마다 한 가지씩 서로 다른 양념이 빠져 있다는 것 말이죠. 우리는 각 접시에서 딱 한 번씩밖에 맛볼 수 없었지. 겨우 한 번이라고! 얼마나 예리하고 민감해야 할지 이해가 가요? 자극에 대한 가장 높은 차원의 집중과 이해가 필요하지요. 오케스트라에서 목관 악기 주자 단 한 명이 내는 틀린 음 하나를 찾아내는 것과 마찬가지입니다. 그러니까 그 답지들을 비교해 봐요. 만약 베린 씨와 부칙이 아홉 개 중에서 일고여덟 개 정도로 정답을 맞혔다면 그들은 제외되는 겁니다. 여섯 개만 맞혔다 해도요. 다른 사람을 죽이려는 사람, 혹은 막 죽이고 난 사람이 그런 성적을 낼 수 있을 정도로 신경계를 제어한다는 건 불가능한 일입니다. 유머가 아니라고 장담하지요."

톨먼은 고개를 끄덕였다.

"알겠습니다. 비교하겠습니다."

"당장 해 보는 게 유익할 거요."

"명심하겠습니다. 다른 제안은 없나요?"

"없어요."

울프는 의자 팔걸이를 잡고 발을 뒤로 뺀 다음 몸에 힘을 주어 의자에서 일어났다.

"십 분 다 됐습니다."

그는 특유의 가벼운 절을 했다.

"신사 여러분, 다시 한번 지지를 보내며 성공을 기원합니다."

보안관이 말했다.

"선생은 업셔 관에서 주무시는 걸로 알고 있습니다. 이 근처라면 어디든 원하시는 대로 가셔도 되는 건 아시죠."

"고맙습니다. 아치, 가세."

울프의 목소리는 차가웠다.

수풀 사이를 걸어 업셔 별관까지 가며 길을 막지 않기 위해 울프가 앞장서게 했다. 우리는 어둠이 아닌 새벽 어스름 속을 걸어갔는데 노래하는 새들이 워낙 많아서 못 듣고 지나칠 수 없었다. 별관의 중앙 복도에는 불이 켜져 있었고, 주 경찰 몇 명이 앉아 있었다. 울프는 눈길 한번 주지 않고 그들 옆을 지나갔다.

나는 모든 게 괜찮은지 확실히 하기 위해 울프와 함께 그의 방으로 갔다. 침구는 개켜져 있고 알록달록한 깔개와 물품들로 밝고 쾌적하게 꾸며져 있었다. 방은 크고 세련되어서 여기서 매기는 숙박료 이십 달러의 최소한 절반 값은 할 만했지만 울프는 마치 돼지우리를 보듯 얼굴을 찌푸린 채 둘러보았다.

내가 물었다.

"옷 벗는 걸 도와 드릴까요?"

"아니."

"욕실에서 물 한 주전자 가져올까요?"

"나도 걸을 수 있어. 잘 자게."

"안녕히 주무세요, 보스."

나는 나가려다 그의 목소리에 문간에서 멈춰 섰다.

"아치, 라스지오라는 사람은 성격이 좋지 않았던 모양이야. 그가 자기 동료들을, 그리고 나를 당황하게 만들려고 일부러 목록을 틀리게 만들었을 가능성이 조금이라도 있다고 보나?"

"아뇨. 전혀 없어요. 프로의 윤리라는 게 있잖아요. 물론 그렇게 많이 틀리셨다는 건 저도 유감이지만……."

"두 개야! 셜롯이랑 차이브! 날 내버려 둬! 꺼져!"

그날 밤 울프는 정말 행복한 탐정이었다.

수요일인 다음 날 오후 2시, 나는 나사가 풀린 기분인데다 삶에 대해 불만을 느꼈지만, 한편으로는 익숙한 상태이기도 했다. 잠자리에 너무 늦게 들거나 잠을 심하게 방해받으면 내 생체 리듬은 타격을 입는데, 난 두 가지 모두와 맞서야 했다. 문밖에 표찰을 걸어 놓지 않았더니 바보 같은 종업원 하나가 목욕물을 받아 놓을지, 그 외에 자잘하게 필요한 것은 없는지 물어보러 아침 9시에 우리 스위트룸에 찾아왔기 때문에 문까지 나가야 했다. 나는 해질 무렵에 다시 오라고 말했다. 10시 반에는 전화가 울려서 다시 깼다. 내 친구 배리 톨먼이 울프와 이야기하고 싶어 했다. 나는 울프가 처음으로 햇살에 몸을 드러내는 시간은 본인이 직접 정해야 한다고 설명해 준 다음, 교환수에게 연락해서 따로 이야기를 할 때까지 전화를 연결시키지 말라고 했다. 그런데도 한 시간 후에 전화가 다시 울리더니 멈출 줄을 몰랐다. 톨먼이었는데 무조건 울프와 이야기해야 한다고 했다. 나는 울프가 의식을 되찾았다고 자기 입으로 말하기 전까지는 수색 및 체포 영장 없이는 어림도 없다고 했다. 하지만 그 무렵엔 나는 잠 외에 다른 필수 요소도 인식할 정도로 잠이 깬 상태였기 때문에, 목욕하고 면도하고 옷을 입고 전화를 걸어 아침 식사 룸서비스를 요청했다. 그런 상황에서 내가 직접 가서 가져올 수는 없었기 때문이다. 커피를 세 잔째 마셨을 때 울프가 고함치며 나를 부르는 소리가 들렸다. 뉴욕의 집에서는 그가 소리 지르는 것을 십 년 동안 세 번밖에 듣지 못했으니, 그의 사기가 떨어진 것이 분명했다.

나는 그가 말해 준 아침 식사를 전화로 주문했다. 그가 내리는 지시를 들으니 집에 온 듯 편안한 기분이었다. 그는 그날 오후의 사교적 만남을 오직 나 한 명만으로 좁힐 생각이었다. 사업상 만남은 일절 없다. 문은 잠가 두어야 한다. 마르코 부칙을 제외한 다른 사람에게서 전화가 올 경우, 무슨 일이 있어도 울프는 다른 일에 푹 빠져 있다고 해야 한다. 울프가 아는 것 중 내가 모르는 것은 없으니 통화는 모두 내 담당이라고 했다. 울프가 이 사실을 인정한 것은 처음이었기 때문에, 이 말을 듣자 나는 침착함을 유지하기가 조금 어려웠다. 내가 바보스럽게도 열린 창문을 통해 접할 수 있는 것 이

상의 신선한 공기를 원하는 경우에는 문밖에 '방해하지 마시오' 표찰을 걸어야 하고 열쇠는 내 주머니에 넣고 가야 한다.

나는 오늘 자 조간신문을 있는 대로 가져와 달라고 전화한 뒤, 신문이 오자 울프에게 몇 부를 건네주고는 남은 신문을 들고 소파에 편안히 앉았다. 뉴욕과 피츠버그와 워싱턴에서 온 신문들은 기차로 일찌감치 보내오는 판들이라 라스지오 살인 사건에 대한 언급이 없었지만, 겨우 백 킬로미터도 되지 않는 곳에서 오는 《찰스턴 저널》에는 큰 헤드라인과 짧은 기사가 실려 있었다.

그러나 평화로운 혼자의 시간을 누리겠다는 울프의 계획은 해가 지기도 전에 만신창이가 되었다. 첫 번째이자 가장 덜 중요했던 방해는 그가 신문들을 다 읽기도 전인 2시쯤에 찾아왔다. 바깥문에서 소리가 나서 내가 신중하게 삼십 센티미터 정도 열었더니 이 지역 사람 같지도 않고 전에 본 적도 없는 두 신사가 서 있었다. 한 명은 키가 나보다 작았고 나이가 많아 보였다. 피부가 거무스름하고 말랐으며 체구가 아담했다. 어깨에 패드를 대고 허리 부분이 잘록하게 들어간 단정한 회색 헤링본 양복을 입고 있었다. 다른 사람은 나이와 체구 모두 중간 정도였는데 관자놀이 훨씬 위에서부터 머리카락이 나 있었다. 작은 회색 눈은 이미 몹시 짜증이 난 것 같았기 때문에 누구도 그를 다시 짜증 나게 만들 수 없을 것 같이 보였다. 하지만 그는 공손하게 여기가 네로 울프 씨의 스위트룸이 맞느냐고 물었고, 그렇다는 나의 대답을 공손하게 들었다. 그는 자신은 리겟이고 패드를 댄 생물체는 말피라고 소개하며, 울프 씨를 만나고 싶다고 했다. 울프 씨는 다른 일에 몰두해 계시다고 설명하자 그는 안달 난 표정으로 주머니에서 봉투를 꺼내 내게 건넸다. 나는 세워 두어 미안하다고 사과하고 문을 닫고는 돼지우리로 돌아갔다.

"모르는 남자 두 명이에요. 바닐라와 캐러멜. 선생님을 뵙고 싶대요."

울프는 신문에서 눈을 떼지 않았다.

"둘 중 하나가 부칙이었다면 아마 자네가 알아봤겠지."

"아뇨, 부칙 씨는 아니었지만 편지를 받지 말라는 말씀은 없으셨잖아요. 편지를 한 통 받았어요."

"읽어 봐."

봉투에서 편지를 꺼내보니 화려한 편지지였다. 나는 읽었다.

뉴욕, 1937년 4월 7일

친애하는 울프 씨에게

이 편지는 처칠 호텔의 경영자이자 공동 소유자인 레이먼드 리겟 씨를 소개하기 위한 걸세. 리겟 씨는 자네의 충고와 도움을 얻고자 해서 내게 이 편지를 써 달라고 부탁했다네.

거기서 즐겁게 지내고 있길 비네. 너무 많이 먹지 말고, 뉴욕에서의 우리 삶이 더 즐거워지도록 돌아오는 걸 잊지 말게.

이만 총총.

버크 윌리엄슨

울프는 끙 소리를 냈다.

"4월 7일이라고 했나? 오늘이잖아."

"네. 분명 날아온 걸 거예요. 예전엔 그냥 수사적 표현이었지만, 지금은 항공사를 이용했다는 뜻이죠. 들여보낼까요?"

"빌어먹을."

울프는 신문을 내려놓았다.

"예의를 차리는 건 각자 알아서 하면 되는 거지만, 도리는 인생의 부채야. 안나 피오레 양의 기습 강도 사건 때 윌리엄슨 씨가 친절하게도 우리에게 자기 사유지를 쓰게 해 주었던 건 자네도 기억하지? 들여보내."

그는 한숨을 쉬었다.

나는 그들을 데려오고 모두를 소개한 다음 의자를 늘어놓았다. 울프는 그들을 맞으며 일어나지 않고 앉아 있는 데 대해 습관적으로 양해를 구한 다음, 패드를 댄 사람을 한 번 더 보았다.

"제가 이름을 제대로 알아들었습니까? 말피? 혹시, 앨버트 말피인가요?"

마른 사내는 검은 눈으로 울프를 흘깃 보았다.

"맞습니다. 앨버트라는 걸 어떻게 아셨는지 모르겠네요."

울프는 고개를 끄덕였다.

"예전엔 알베르토였지요. 여기로 오는 기차에서 베린 씨를 만났는데, 베린 씨가 당신 이야기를 했습니다. 훌륭한 앙트레 요리사라면서, 예술가와 견실한 일꾼을 만나는 것은 언제나 기쁜 일이라 했습니다."

리겟이 끼어들었다.

"아, 베린 씨와 기차를 같이 타고 오셨나요?"

"그랬죠. 고난을 함께 겪었습니다. 윌리엄슨 씨 말씀으론 제게 부탁하고 싶은 게 있다고요."

울프는 얼굴을 찡그렸다.

"네. 저희가 왜 왔는지는 아시겠지요. 라스지오 씨 때문입니다. 끔찍한 일이에요. 현장에 계시지 않으셨습니까? 시체를 발견하셨지요."

"그랬습니다. 지체 없이 달려 오셨군요, 리겟 씨."

"정말 그렇습니다. 보통 저는 늦게 자고 늦게 일어나지만, 오늘 아침에는 8시도 되기 전에 말피 군이 전화를 걸었습니다. 기자들이 먼저 찾아왔지만 물론 저를 만나지는 못했습니다. 시내판 신문에는 기사가 실렸습니다. 윌리엄슨 씨가 당신 친구라는 걸 알고 있었기 때문에 소개장을 부탁하고는 뉴어크에서 비행기를 빌렸어요. 말피 군이 따라오겠다고 우겼는데 범인을 찾아내는 순간 그를 감시하는 것이 당신의 일들 중 하나가 되지 않을까 걱정이네요."

리겟은 엷은 미소를 지었다.

"말피 군은 코르시카인입니다. 라스지오 씨가 말피 군이 혈연관계인 것은 아니지만 말피 군은 그에게 꽤나 헌신적이었답니다. 그렇지 않았나, 말피 군?"

패드를 댄 사내는 고개를 힘주어 끄덕였다.

"그랬습니다. 필립 라스지오 씨는 고약한 남자였지만 또한 위대한 남자였어요. 저에게는 고약하게 굴지 않았습니다."

그는 울프에게 양 손바닥을 펼쳐 보였다.

"저를 감시해야 한다는 리겟 씨 말씀은 물론 농담입니다. 세상 사람들은 코르시카인이 모두 칼로 사람을 찌른다고 생각해요. 그건 잘못된 생각이고 나쁜 생각입니다."

"부탁하고 싶은 게 있다고요, 리겟 씨? 제 일들 중 하나라는 말씀을 하셨는데요. 제겐 할 일이 없습니다."

울프의 목소리에는 짜증이 묻어 있었다.

"하실 일들이 생기기를 바라고 있습니다. 먼저, 누가 라스지오 씨를 죽였는지 밝혀내는 겁니다. 신문에 난 내용으로 판단하건대, 웨스트 버지니아 주 보안관이 감당하기엔 어려운 사건 같더군요. 범행을 저지른 자는 프렝탕 소스를 맛보는 것 외에 다른 재간을 부릴 수 있는 자로 보입니다. 제가 여기 있는 말피 군처럼 라스지오 씨에게 헌신적이었다고 말할 수는 없습니다. 어쨌거나 그는 제 호텔의 주방장이었고, 그에게는 아내 외에 다른 가족이 없다는 걸 알기 때문에 이게 제 의무라고 생각합니다. 등 뒤에서 공격한 비열한 살인이었습니다. 범인을 반드시 잡아야겠지요. 저는 당신만이 해결하실 수 있다고 생각합니다. 그래서 왔습니다. 당신의 그, 음, 특이함을 아는 터라 윌리엄슨 씨에게 미리 소개장을 받아 왔지요."

"정말 안됐습니다. 제 말은 당신이 오신 것이 정말 안됐다는 뜻입니다. 뉴욕에서 전화를 하실 수도 있었을 텐데요."

울프는 한숨을 쉬었다.

"윌리엄슨 씨에게 어떻게 생각하느냐고 물어보니, 정말로 당신의 도움을 받고 싶다면 직접 와서 부탁드리는 게 나을 거라고 하더군요."

"윌리엄슨 씨가 왜 어려움이 있을 거라고 생각하셨는지 모르겠군요. 돈을 내면 제 서비스를 받을 수 있는데요. 물론 지금 이 경우에는 안타깝게도 불가능합니다. 그래서 여기까지 오신 것이 정말 안됐다고 말한 겁니다."

"왜 불가능합니까?"

"조건 때문입니다."

"조건요? 저는 조건을 말씀드리지도 않았습니다."

리겟 눈에 담긴 짜증이 더욱 강해졌다.

"당신을 말하는 게 아닙니다. 장소. 지리적 요건 말입니다. 제가 라스지오 씨의 살인범을 찾는 일을 맡는다면, 저는 사건의 해결을 끝까지 지켜보게 될 겁니다. 하루가 걸릴 수도 있고, 일주일이 걸릴 수도 있고, 운이 없으면 이 주일이 걸릴 수도 있습니다. 저는 내일 밤 뉴욕행 기차에 탈 생각입니다."

울프는 얼굴을 찡그렸다.

"윌리엄슨 씨가 경고는 했지만. 맙소사, 이것 보세요! 당신 직업이잖습니까! 당신의……."

리젯은 입술을 앙다물었다.

"부탁이니 그러지 마세요. 저는 듣지 않겠습니다. 제가 퉁명스러운 것이 언짢으시다면 할 수 없습니다. 누구나 화를 낼 준비가 된 사람을 화나게 만들 수가 있습니다. 저는 이 기생충 같은 깡촌에 내일 밤 이후까지 머물게 만들 어떤 약속도 잡지 않겠습니다. 아까 '일들'이라고 하셨죠. 의논하고 싶은 다른 일이 또 있나요?"

"있었죠."

리젯은 파편이나 기관총을 들고 의논하고 싶어 하는 듯한 표정이었다. 그는 앉아서 잠시 울프를 노려보다가 마침내 얼굴을 풀고 말했다.

"사실은, 더 중요한 일은 다른 겁니다. 제가 여기까지 온 가장 중요한 이유입니다. 라스지오 씨는 끔찍한 방식으로 죽게 되었습니다. 인간으로서 제가 이에 대해 적절한 감정을 가지고 있길 바랍니다만, 전 인간인 동시에 사업가이기도 합니다. 처칠 호텔에는 주방장이 없어졌습니다. 처칠 호텔의 세계적인 명성은 아실 테고, 그 명성을 유지해야 합니다. 전 제로메 베린 씨를 데려오고 싶습니다."

울프의 양 눈썹이 올라갔다.

"그렇군요."

"물론이죠. 베린 씨만큼 훌륭한 요리사들이 몇 있긴 하지만 그들은 데려올 수가 없어요. 몬도 씨는 파리에 있는 자기 레스토랑을 떠나지 않을 겁니다. 세르반 씨와 타손 씨는 나이가 너무 많아요. 레옹 블랑 씨를 다시 데려오는 것도 좋지만 역시 나이가 너무 많습니다. 부칙 씨는 러스터맨스에 묶여 있는 상황입니다. 최근 이 년간 베린 씨는 미국에서 다섯 건의 제의를 받았고, 그중 두 건은 뉴욕이었는데 전부 거절했다는 걸 알고 있습니다. 전 그를 갖고 싶습니다. 제가 데려올 수 있고, 또한 데려오고 싶다고 생각하는 유일한 사람이 베린 씨입니다. 만약 제가 그를 데려올 수 없다면, 말피 군이 주방장이 됩니다."

그는 자기 동행을 돌아보았다.

"우리 약속과 일치하나, 앨버트? 나는 자네가 있을 때 처칠 호텔의 주방장 자리가 공석이 된다면, 나는 베린 씨를 영입하려고 해본 다음 불가능하다면 자네에게 맡기겠다고 일 년 전 시카고에서 제의했지. 맞지?"

말피는 고개를 끄덕였다.

"그렇게 합의했죠."

울프가 중얼거렸다.

"아주 흥미로운 이야기군요. 하지만 제 일 이야기를 하시던 중이었는데…….”

“네. 저 대신 베린 씨에게 접근해 주셨으면 좋겠습니다. 그는 전 세계 최고 요리사 일곱 명 중 하나지만 다루기가 어려워요. 지난 토요일에 그는 제 리조트 룸 바닥 카펫 한가운데에 일부러 소시지 두 접시를 쏟았습니다. 윌리엄슨 씨에게 듣자니 당신은 협상가로서 놀라운 능력을 지니고 있는데다 주빈으로서 여기 오셨으니 베린 씨는 당신의 말을 존중할 거라더군요. 저는 당신이 분명히 그의 마음을 돌릴 수 있을 거라고 믿습니다. 일단 그에게 사만 달러를 제의하겠지만, 솔직히 저는 육만 달러까지 지불할 용의가 있습니다. 수수료는…….”

울프는 그에게 한 손바닥을 펴 보였다.

“리겟 씨. 안 됩니다. 절대 불가능한 일이에요.”

“하지 않으시겠다는 말씀인가요?”

“베린 씨를 설득해서 뭔가 하게 만드는 일은 맡지 않겠다는 뜻입니다. 차라리 기린을 설득하겠습니다. 더 자세히 설명할 수도 있겠지만 그래야 할 의무는 없는 것 같군요.”

“시도조차 안 해 보실 겁니까?”

“안 할 겁니다. 사실대로 말하면, 당신은 최근 이십 년간 가장 좋지 않은 순간에 저를 찾아오셨을 뿐 아니라. 흥미를 일으키기보다 저를 성가시게 할 확률이 훨씬 높은 제안을 들고 오셨네요. 당신 새 주방장이 누가 되든 저는 아무런 관심이 없습니다. 돈을 버는 건 언제나 좋아하지만 그건 제 사무실에 돌아갈 때까지 미뤄 두겠습니다. 여기엔 당신을 위해 베린 씨에게 접근해 줄 저보다 훨씬 나은 적임자들이 있어요. 예를 들면 그의 오랜 친구인 세르반 씨나 코인 씨가 있죠."

"그들은 주방장이지 않습니까. 그건 싫어요. 이 일을 해 주실 분은 바로 당신입니다……."

그는 끈질긴 사람이었지만 아무런 소득도 거두지 못했다. 그가 우길수록 울프는 당연히 더욱 퉁명스러워질 뿐이었고, 마침내 리겟은 헛물을 켜고 있다는 것을 깨닫고 포기했다. 그는 의자에서 벌떡 일어나서 말피에게 따라오라고 짧게 말한 다음 아무런 인사도 없이 울프에게 등을 돌렸다. 말피가 종종걸음으로 뒤따르자 나는 문을 잠그려고 그들을 따라 복도로 나갔다.

방에 돌아와 보니 벌써 울프는 다시 신문을 읽고 있었다. 나는 몸이 뻣뻣한 느낌이 들어서 일어선 채로 그에게 말했다.

"있잖아요, 웨로완스, 그것도 나쁜 생각은 아니었을 텐데……."

그는 언제나 자기가 모르는 단어에 걸려든다. 신문이 그의 코 높이까지 내려갔다.

"그게 대체 뭐야? 자네가 만든 말인가?"

"아니에요.《찰스턴 저널》기사에서 읽었어요. 웨로완스는 버지니아와 메릴랜드의 인디언 추장을 가리키던 말이에요. 우리가 이 동네에 있는 동안에는 보스라고 부르는 대신에 웨로완스라고 부를

래요. 아까 말하던 것처럼요. 웨로완스, 요리사와 웨이터를 위한 직업소개소를 시작해 보는 것도 좋을 것 같아요. 나중에는 지점을 내서 일반적인 가사 노동까지 다루는 거죠. 방금 소개소를 차리기에 엄청나게 좋은 제의를 거절하셨다는 건 아마 알고 계시겠죠. 리겟 씨라는 사람은 돈을 잔뜩 가지고 있으니까요. 어느 정도 똑똑하기도 한 모양이던데요. 예를 들어서, 그가 선생님을 보러 온 이유가 뭘까요? 만약 처칠 호텔에 올 수 없도록 베린 씨한테 뭔가를 쑤셔넣으려 했다간 개탄스러운 결과가 생길 거라는 걸 알베르토에게 에둘러 말하기 위해서라는 생각은 안 드세요? 생각이 꼬리를 물고 이어지고, 실업 문제를 해결할 수 있는 이런 저런 생각이 떠오르네요. 만약 공석이 된 자리를 갖고 싶다면, 일단 다른 후보들을 다 죽인 다음에……."

내가 충분히 불쾌하다는 듯이 신문이 울프의 얼굴을 가렸다.

"전 나가서 개울가에서 걷다 올게요. 호텔에 가서 아가씨들 몇 명을 타락시킬지도 몰라요. 이따가 뵈어요."

난 모자를 들고 '방해하지 마시오' 표찰을 건 다음 밖으로 나갔다. 중앙 복도의 문 옆에는 직원이 한 명 있었지만 경찰은 없었다. 경계는 느슨한 모양이었다. 나는 뭐가 있나 보려고 호텔 쪽으로 향했는데 얼마 지나지 않아 그 선택을 후회하게 되었다. 내가 먼저 호텔로 가지 않았다면 끝나기 직전에 도착하는 게 아니라 내 친구 톨먼이 펼치는 쇼를 다 볼 수 있었을 테니 말이다. 호텔로 갔던 나는 입구와 로비 근처에서 시선을 끄는 이런저런 사소한 풍경들을 볼 수 있었다. 지적인 외모의 말이 뚱뚱한 노부인의 발을 무척 세게 밟아서 사람들이 부인을 옮기는 모습을 포함해서 말이다. 잠시 포카혼타스 별관으로 가서 나를 초대해 준 부칙에게 즐거운 시간을 보내게 해 주어 고맙다고 인사를 해야겠다고 생각한 것은 3시 반경이었다. 외딴길에 들어섰을 때 넥타이를 어깨 뒤로 넘기고 면도를 하지 않은 남자가 "어이, 자네 아치 굿윈 맞지? 네로 울프 부하? 들어봐, 형제……"라고 말하며 덤불 뒤에서 뛰쳐나와 내 팔꿈치를 잡았다.

나는 손길을 뿌리쳐 내고 말했다.

"젠장, 사람 놀래는 일 좀 그만해. 내일 아침에 내 서재에서 기자 회견을 열 거야. 난 아무것도 모르고, 뭔가 아는 게 있어서 자네한테 발설했다간 웨로완스가 나를 죽일 거야. 웨로완스가 뭔지 알아?"

그는 내게 지옥에나 가라며 다른 덤불을 찾기 시작했다.

내가 도착했을 때 포카혼타스 별관의 광경은 두 부분으로 나뉘어 있었다. 입구 밖에 서 있는 경찰 둘을 제외하면, 첫째 부분은 중앙 현관이었다. 나를 위해 문을 열어준 호텔 직원은 문을 당겨 열며 눈을 휘둥그레 뜨고 다른 방향을 바라보고 있었다. 큰 응접실로 향하는 문은 닫혀 있었다. 콘스탄자 베린이 팔짱을 단단히 끼고 턱을 들고 오른쪽 벽에 등을 기대선 채 자기를 둘러싼 남자들을 짙은 보라색 눈으로 쏘아보고 있었다. 제복을 입은 주 경관 두 명과 사복을 입고 조끼에 배지를 단 덩치 큰 사내들이 베린을 둘러싸고 있었다. 내가 들어갔을 때는 그들은 콘스탄자를 괴롭히고 있지는 않았지만, 괴롭힌 거나 마찬가지였다. 그녀는 나를 보지 못한 듯했다. 언뜻 보니 작은 응접실 문이 열려 있었고, 안에서 목소리가 들려왔다. 내가 문 쪽으로 걸어가자 경관 하나가 내게 날카롭게 소리쳤지만 직접 와서 막기엔 너무 바빠 보였기 때문에 무시하고 계속 갔다.

작은 응접실 안에도 경관과 사팔뜨기 보안관과 톨먼이 있었다. 경관 두 명 사이에 제로메 베린이 손목에 수갑을 찬 채 서 있었다. 이런 상황에서 베린이 가구를 부수거나 사람들 머리를 깨고 있지 않아서 나는 놀랐다. 그는 그저 노려보면서 숨을 쉬고 있을 뿐이었다. 톨먼이 그에게 말하고 있었다.

"……외국에서 오신 손님이자 외국인이라는 점을 알고 있으니 최대한 배려를 하도록 하겠습니다. 이 나라에서는 살인 혐의를 받은 사람은 보석으로 풀려날 수 없습니다. 물론 당신의 친구분들이 변호사를 준비해 주실 겁니다. 당신의 말이 당신에게 불리하게 적용될 수 있다는 점은 말씀드렸지요. 변호사와 상의하기 전에는 아무 말씀도 하지 않으시는 게 좋을 거라는 충고도 했습니다. 자, 계속들 하게나. 뒤쪽 길로 보안관 차까지 모시고 가."

하지만 경관들은 곧바로 움직이지 않았다. 갑자기 중앙 복도에서 고함과 다른 소리들이 들려왔고, 콘스탄자 베린이 토네이도처럼 문으로 들어왔다. 경관들이 그 뒤를 따랐다. 응접실에 있던 경관 하나가 자기 앞을 지나가는 그녀를 잡으려고 해 보았지만 차라리 엄청난 눈보라를 저지하는 게 쉬웠을 것이다. 나는 그녀가 그대로 테이블 위로 올라가 톨먼을 덮칠 거라고 생각했지만, 그녀는 테이블 앞에 서더니 돌아서서 이글거리는 눈으로 경찰들을 노려보았다. 그리고 톨먼 쪽으로 휙 돌아서더니 고함을 질렀다.

"이 바보야! 멍청한 돼지야! 우리 아버지야! 아버지가 사람을 등 뒤에서 죽이시겠어?"

그녀는 두 주먹으로 테이블을 내려쳤다.

"놔 드려! 놔 드려, 바보야!"

경관 하나가 그녀의 팔을 잡았다. 으르렁거리며 한 걸음 나서는 베린을 경관 두 명이 잡았다. 톨먼은 어디에 쥐구멍이라도 있었으면 좋겠다는 듯한 표정이었다. 콘스탄자가 경관의 손을 뿌리치자 베린이 그녀에게 이탈리아어로 낮고 조용하게 무어라 말했다. 그녀는 그에게 세 걸음 걸어갔고, 그는 한 손을 들려고 했지만 수갑 때문에 들 수가 없었다. 그는 몸을 굽혀 그녀의 정수리에 키스했다. 그녀는 돌아서서 십 초 동안 꼼짝 않고 서서 톨먼을 바라보았다. 그녀의 표정은 내게 보이지 않았지만 아마 쥐구멍이 더욱 간절해지는 표정이었을 것이다. 그녀는 몸을 돌려 방 밖으로 걸어 나갔다.

톨먼은 말을 할 수가 없었다. 적어도 무슨 말을 하지는 않았다. 페티그루 보안관이 몸을 돌리며 말했다.

"다들 움직여. 나도 따라갈 테니."

나는 그들이 나가기를 기다리지 않고 나왔다. 콘스탄자는 중앙 복도에는 없었다. 나는 순간 멈춰 서서 더 많은 정보를 줄 사람을 찾아 큰 응접실을 살펴볼까 생각했다가, 일단 지금까지 파악한 내용을 울프에게 전달하는 게 좋겠다고 결론 내렸다. 그래서 밖으로 나와 부리나케 업서 관으로 돌아왔다.

울프는 신문들을 다 읽고 서랍장 위에 가지런히 쌓아 두고, 보통 사람에게는 크지만 그에게는 작은 의자에 앉아 책을 읽고 있었다. 내가 들어가도 그는 고개를 들지 않았는데, 당분간은 내 존재를 철저히 무시하겠다는 뜻이었다. 나는 그의 뜻대로 신문을 들고 소파에 자리를 잡았다. 신문을 펼치고 바라보았지만 읽지는 않았다. 오 분쯤 후, 울프가 책장을 두 장 넘겼을 때 내가 말했다.

"그나저나, 리겟 씨가 제의한 일을 받아들이지 않으신 게 정말 다행이에요. 마지막으로 제의했던 것 말이에요. 만약 수락하셨다면 지금 아주 난처해지셨을걸요. 현재 상황으로는 베린 씨에게 음료수 가게 주방장을 맡아 달라고 설득하기도 힘들 거예요."

울프도 책도 움직이지 않았지만 그는 대답을 했다.

"말피가 베린 씨를 칼로 찌른 모양이군. 잘됐어."

"아뇨, 안 찔렸고, 앞으로도 안 찌를 거예요. 베린 씨에게 접근할 수가 없으니까요. 베린 씨는 수갑을 차고 감옥으로 가고 있어요. 제 친구 톨먼이 잡아들였어요. 정의의 여신이 횃불을 밝혔죠."

"푸하. 동화를 지어내서 날 귀찮게 하려거든 상상력을 키워 봐."

나는 참을성 있게 말했다.

"톨먼이 베린 씨를 라스지오 씨 살인 혐의로 체포해서 유치장으로 옮겼어요. 보석 불가래요. 제가 두 눈으로 똑똑히 봤어요."

책이 내려갔다.

"아치, 만약 이게 지어낸 말이라면……."

"아니에요. 정말이에요."

"베린 씨를 잡아갔다고?"

"네."

"신이시여, 대체 왜? 그 녀석 바보로군."

"베린 양도 그렇게 말했어요. 멍청한 돼지라고 했죠."

그는 내내 책을 들고 있다가 널찍한 허벅지에 올려놓았다. 잠시 후 그는 다시 책을 들어 읽던 페이지를 펼쳐 뒤집어서 의자 옆 작은 테이블에 얹었다. 울프는 뒤로 기대 눈을 감고 양손을 배 앞에 모았다. 입술이 밀려 나왔다가 들어가는 것이 보였다……. 다시 나왔다가, 또 들어갔다……. 난 놀라기도 하고, 울프가 왜 그렇게 흥분한 걸까 궁금하기도 했다.

잠시 후 울프는 눈을 감은 채 말했다,

"아치, 뉴욕으로 돌아가는 것을 늦추는 일은 내가 꺼린다는 걸 자네도 알지."

"꺼린다고 말할 수 있겠죠. 더 강한 표현도 쓸 수 있지만."

"그래. 한편, 이런 기회를 무시해 버린다면 나도 톨먼만큼이나 큰 바보일 거야. 이 일에서 이득을 얻을 수 있는 유일한 방법은 라스지오 씨를 죽인 사람을 찾아내는 거야. 문제는 우리가 서른한 시간 안에 할 수 있느냐 하는 점이지. 내일 저녁 만찬에서 내가 '최고급 요리에 대한 미국의 기여'를 주제로 연설을 해야 하기 때문에 사실은 스물여덟 시간이지. 스물여덟 시간 안에 할 수 있을까?"

나는 한 손을 흔들어 보이며 대답했다.

"물론 할 수 있죠. 제가 전반적인 계획을 세우고 선생님이 세부 사항을 맡으시면⋯⋯."

"그래. 물론 요리장들은 그 만찬을 할 생각을 접었을지도 모르지. 나는 그렇지 않기를 바라네, 오 년에 한 번 있는 행사니까. 음, 첫 단계는⋯⋯."

"실례할게요."

나는 신문을 바닥에 떨어뜨리고 몸을 쭉 폈다. 혈액 순환이 되는 듯한 따스한 느낌이 들었다.

"리겟 씨한테 연락해서 제의를 받아들이지그래요? 어차피 할 일이라면 수수료도 받으면서 하면 좋잖아요."

"아냐. 만약 내가 그와 계약을 했다가 내일 저녁까지 일을 끝내지 못한다면⋯⋯ 안 돼. 자유는 어떤 수임료를 받아도 내줄 수 없는 소중한 가치야. 그냥 이대로 진행하지. 첫 단계는 명확해. 당장 톨먼을 이리로 데려와."

울프다웠다. 언젠가 그는 내게 상원과 하원을 모두 데려오라고 할 것이다.

내가 말했다.

"톨먼은 선생님이 오늘 아침에 전화를 받지 않아서 삐쳐 있어요. 게다가 그는 자기가 범인을 잡았다고 생각하니까 더 이상 관심이 없어요. 그리고 제 생각에는 분명……."

"아치! 자네가 계획을 맡겠다고 말했잖아. 가는 길에 톨먼을 설득할 계획을 짜서 여기로 데려오게."

나는 모자를 가지러 갔다.

　　나는 톨먼이 사라지기 전에 잡을 수 있을지 모르겠다고 생각하
며 날쌔게 포카혼타스 별관으로 달려갔다. 톨먼을 데려올 묘수를
떠올리려 발보다 뇌를 더 빨리 움직였다. 그렇지만 너무 늦어 버렸
다. 문간에 있던 녹색 재킷을 입은 종업원이 톨먼은 진입로에 있던
차를 타고 서쪽으로 갔다고 말해 주었다. 나는 방향을 돌려 마구 뛰
었다. 그가 본관에 들를 가능성이 있으니까 내가 먼저 도착할 수도
있다. 로비에 들어가서 야자수와 기둥과 종업원, 그리고 승마복부
터 스트리퍼의 마지막 속옷 같아 보이는 것에 이르기까지 온갖 옷
을 입은 고객 들 사이를 쏘아보기 시작하며 나는 조금 헐떡였다. 프
런트에 가서 물어보려고 하는데 팔꿈치께에서 음산한 목소리가 들

렸다.

"안녕, 바퀴벌레."

나는 눈을 가늘게 뜨고 목소리가 난 쪽을 휙 돌아보았다.

"안녕, 쥐새끼. 쥐새끼도 아니지. 지하에 살면서 잡초 뿌리를 먹으니까 이름조차 모르는 생물이지."

거숌 오델은 고개를 가로저었다.

"난 아니야. 잘못 짚었다고. 라스지오가 죽을 거라고 자네가 했던 말을 밤 근무 직원과 수다를 떨며 해 버렸는데 일이 벌어지자 그들은 나를 불러냈지. 내가 뭘 할 수 있었겠어? 하지만 자네가 돌 던지는 이야기를 떠들어 댄 것 말인데, 빌어먹을 보안관이 의심을 하게 될 거라는 생각을 할 정도의 머리도 없나?"

나는 한 손을 흔들었다.

"난 머리 쓰는 일은 안해. 힘을 쓰는 탐정이거든. 어차피 보안관은 딴 데서 다른 일로 바쁜 것 같은데."

"잊어버려. 난 톨먼 씨를 만나고 싶어. 이 근처에 있어?"

오델은 고개를 끄덕였다.

"매니저 사무실에서 애슐리 씨랑 있어. 다른 사람도 몇 명 같이 있어. 뉴욕에서 온 리켓 씨라는 사람도 있고. 그래서 내가 자네 생각이 났지. 자네는 스스로 엄청 똑똑하다고 생각하지. 나는 자네를 납작 눕혀 놓고 깔고 앉고 싶지만, 내 부탁을 하나 들어줬으면 하니까 그냥 넘어가겠어."

"그냥 넘어가. 자네가 나에게 깔리는 일이 없도록 앉아."

"좋아. 난 시골이라면 이제 진절머리가 나. 이 직업도 좋은 점이 있지만 어떤 면에선 아주 형편없다고. 오늘 레이먼드 리겟 씨가 비행기를 타고 왔을 때 그가 제일 먼저 찾은 사람은 네로 울프 씨였어. 자기 방에 가거나 심지어 애슐리 씨에게 인사도 하지 않고 곧장 울프 씨를 찾아가더군. 그는 울프 씨를 꽤 높이 사는 모양이야. 그리고 난 이 나라에서 경비원을 하기 가장 좋은 곳은 처칠 호텔이라는 걸 떠올렸지."

오델의 눈이 빛났다.

"나같이 정직하고 성실한 사람이 있기 딱 좋은 곳 아니겠어! 그러니까 리겟 씨가 여기 있는 동안 자네가 울프 씨에게 내 얘기를 해 주고, 울프 씨가 리겟 씨에게 말을 전하는 거야. 내가 거기 취직이 되지 않을 경우에 대비해서 여기 있는 사람들 몰래 리겟 씨를 만날 수 있는 자리를 만들어 주면……."

나는 우리가 정말로 직업소개소가 되고 있다고 생각했다. 사람을 실망시키기는 싫기 때문에 울프와 레이먼드 리겟 사이의 친분을 잘못 전달하지 않으면서 오델의 말을 받아 주는 동시에 한쪽 눈으로 매니저 사무실의 닫힌 문을 감시했다. 나는 그가 틀에 박힌 생활에 만족하지 않고 진짜 야망을 가졌다니 기쁘다는 둥 늘어놓았지만, 닫힌 문이 열리고 내 친구 배리 톨먼이 혼자 나타나는 것을 보자마자 불쑥 자리를 떴다. 친근하게, 그러나 나를 깔고 앉는 게 얼마나 어려울지 짐작할 수 있도록 충분히 힘을 실어 오델의 어깨를 두들겼다. 그러고는 오델을 버려 두고 기둥과 야자수를 비집고 먹잇감을 추적해서 정문 근처에서 톨먼을 덮쳤다.

그의 푸른 눈에는 근심이 담겨 있었고 얼굴 전체가 단정하지 못했다. 그는 나를 알아보았다.

"아, 원하는 게 뭡니까? 전 지금 급한데요."

"저도 급해요. 오늘 아침 울프 씨가 당신 전화를 받지 않은 것에 대해선 사과하지 않겠습니다. 당신이 선생님에 대해서 조금이라도 아는 게 있다면 그가 괴짜라는 걸 알 테고, 그를 바꾸려고 하지는 않을 테니까요. 어쩌다 당신이 지나가는 걸 보게 됐네요. 월요일 밤에 기차에서 만난 뒤로 마음에 들었습니다. 정직한 사람 같아 보여서요. 얼마 전엔 베린 씨를 살인죄로 체포하는 것도 봤죠. 아마 당신은 알아보지 못했겠지만 나도 거기 있었어요. 스위트룸에 돌아가서 그 얘기를 했는데, 울프 씨가 그 말을 듣고 뭘 했는지 당신도 알아야 할 것 같아요. 자기 코를 꼬집더군요."

"그래서요? 내 코를 꼬집지 않는 이상에야……. 그래서 어쨌다고요?"

톨먼은 얼굴을 찡그리고 있었다.

"아무것도 아닐 수도 있죠. 그저 당신이 나처럼 울프 씨를 잘 알았다면……. 누군가가 엄청난 바보짓을 하고 있다는 확신이 들었을 때가 아니면 선생님이 자기 코를 꼬집는 걸 결코 본 적이 없어요. 당신 좋을 대로 하세요. 당신은 젊으니 아직 실수를 많이 저질러도 되겠죠. 그냥 지나가는 걸 보고 갑자기 친근한 마음이 들었을 뿐이에요. 만약 당신이 지금 당장 나와 같이 스위트룸으로 간다면 내가 울프 씨를 설득해서 당신이랑 이야기를 나눠 보게 할 수 있을 것도 같아요. 암튼 시도해 보려고요. 급하시다니까, 좋을 대로 하세요…….”

나는 한 걸음 물러섰다.

그는 여전히 찡그린 표정이었다. 그가 부질없는 시간낭비를 하지 않기를 바랐다. 그는 나의 정직한 눈을 들여다보며 얼굴을 찡그리고 있다가 갑자기 “가시죠” 하고는 출구로 향했다. 나는 보이 스카우트처럼 밝은 표정으로 그의 뒤를 종종걸음으로 따라갔다.

업셔 관에 도착했을 때도 나는 연극을 계속해야 했다. 그를 사람들이 오가는 복도에 내버려 두고 싶지는 않아서 스위트룸에 데려간 다음 내 방에 들여보내고 문을 닫았다. 그러고는 울프의 방으로 들어가 그 문도 닫고는 소파에 앉아 뚱뚱한 골칫덩이를 향해 씩 웃었다.

“그래서? 못 찾은 건가?”

그가 따졌다.

“물론 찾았죠. 데려왔어요.”

나는 톨먼이 있는 쪽을 엄지로 가리켜 보였다.

“그를 선생님의 관객으로 받아 달라고 설득하기 위해서 일단 먼저 들어온 거예요. 오 분은 걸릴 거예요. 톨먼 씨가 문 앞으로 와서 엿듣고 있을지도 몰라요."

나는 목소리를 높였다.

"정의는 어떻게 하고요? 사회는 어떻게 해요? 인간의 권리는 어떻게 합니까……."

울프는 다른 방법이 없었기 때문에 듣고 있을 수밖에 없었다. 나는 잔뜩 늘어놓았다. 시간이 충분히 지났다 싶었을 때 목소리를 낮추고 내 방으로 가서 의기양양한 표정으로 톨먼에게 비밀 신호를 보낸 뒤 끌고 들어왔다. 그는 워낙 근심에 사로잡혀 있어, 나는 순간 그가 앉을 때 의자에 앉지 못하고 엉덩방아를 찧을 거라고 생각했을 정도였다.

그는 곧장 달려들었다.

"제가 얼간이 짓을 하고 있다고 생각하시는 것 압니다."

울프는 고개를 가로저었다.

"제가 쓰는 표현은 아닙니다, 톨먼 씨. 당신을 움직이게 한 것이 무엇인지 알기 전까지는 정확한 의견을 내놓을 수가 없습니다. 일단은 당신이 성급하지 않았나 하는 우려가 듭니다."

"제 생각은 다릅니다."

톨먼은 턱을 쑥 내밀었다.

"찰스턴에 있는 사람들과 통화했는데 그들도 저와 같은 의견입니다. 남에게 책임을 미루는 건 아닙니다. 책임질 사람은 저죠. 그건 그렇고, 저는 회의 때문에 6시까지 찰스턴에 가야 합니다. 백 킬로미터 거리죠. 고집을 피울 생각은 없습니다. 저는 베린 씨를 풀어 줄 수도 있습니다."

그는 손가락을 튕겼다.

"그럴 이유가 있다면요. 오늘 오전에 전화드렸을 때, 제가 모르는 정보를 알고 계셨다면 정말 감사했을 겁니다. 지금도 마찬가지고요. 시민의 의무는 말할 것도 없고요."

"전 베린 씨의 무죄를 입증할 정보는 갖고 있지 않습니다. 당신이 여기 오게 된 건 굿원 군의 감정이 폭발했기 때문이죠. 제 의견은 어젯밤에 말씀드렸습니다. 무엇에 의해 결정을 내렸는지 비밀 정보를 제외하고 말해 주시면 도움이 될지 모릅니다. 저에겐 어떤 의뢰인도 없다는 걸 아시지요. 저는 누구를 대신해서 이러는 것도 아닙니다."

울프의 어조는 부드러웠다.

"저에게 비밀은 없습니다. 하지만 제가 아는 증거는 베린 씨를 잡아 두고 기소하기에 충분하고, 그의 유죄를 밝히기에도 충분하리라 봅니다. 그럴 기회가 있었다는 점은 선생님도 아시죠. 그는 대여섯 명이 듣는 앞에서 대놓고 라스지오 씨의 목숨을 위협했습니다. 살인자가 누구를 죽이겠다고 예고하고 다니지는 않을 거라고 생각했던 모양입니다만, 좀 과했습니다. 오늘 아침에 모든 사람을 다시 심문했는데, 특히 베린 씨과 부칙 씨에게 집중한 결과 부칙 씨는 아니다 싶었습니다. 그러나 가장 설득력 있는 사실은 선생님의 제안에서 나왔습니다. 라스지오 씨의 주머니에서 발견한 목록과 모두의 목록을 비교해 봤습니다. 두 개 이상 틀린 사람은 베린 씨밖에 없었습니다."

그는 주머니에서 종이들을 꺼내서 하나를 골라냈다.

"부칙 씨를 포함한 다섯 명의 답지는 정답과 일치합니다. 선생님을 포함한 네 명은 두 가지 실수를 했는데 모두 똑같은 것을 틀렸습니다. 그런데 베린 씨는 두 개밖에 못 맞혔어요! 일곱 개를 틀렸습니다!"

그는 종이들을 다시 주머니에 넣고 울프 쪽으로 몸을 기울였다.

침묵 속에서 울프의 눈이 거의 감겼다. 그는 천천히 웅얼거렸다.

"말도 안 됩니다. 당치도 않아요."

"정말 그렇습니다!"

톨먼은 강조의 의미로 고개를 끄덕였다.

"다른 아홉 명이 평균 구십 퍼센트 이상을 맞힌 시험에서 베린 씨만 이십이 퍼센트를 기록하다니 믿을 수가 없습니다. 그가 직전에 저지른 살인 때문에 너무나 혼란스러웠거나, 곧 살인을 저지를 터였기 때문에 맛을 구분할 수 없었다는 것. 혹은 살인을 하느라 바빠 맛을 볼 시간이 없어서 답지를 아무렇게나 적었다는 것. 둘 중 하나가 두말할 나위 없이 사실이라는 결정적인 증거이지요. 전 이게 확실한 증거라고 생각하고, 배심원단도 그렇게 여기리라 생각합니다. 선생님이 현명한 제안을 해 주셔서 굉장히 감사드립니다. 저는 이것이 굉장히 현명한 생각이었다고 생각합니다. 그걸 떠올려 낸 건 바로 선생님이셨습니다."

"고맙습니다. 베린 씨에게 이 이야기를 하고 설명을 해 보라고 하셨나요?"

"네. 무척 놀랐다고 고백하더군요. 그는 설명하지 못했습니다."

"당신은 '두말할 나위 없이 결정적이다'라고 하셨지요. 그건 너무 단정적인 말입니다. 다른 경우도 있을 수 있습니다. 베린 씨의 답지가 위조되었을 수도 있죠."

"그 답지는 베린 씨 스스로 세르반 씨에게 건네준 것입니다. 그의 서명도 있습니다. 세르반 씨가 제게 넘겨주었을 때까지 세르반 씨의 손을 떠난 적이 없습니다. 세르반 씨를 의심하실 건가요?"

"전 아무도 의심하지 않습니다. 접시나 카드에 누가 손을 댔을 수도 있어요."

"카드는 아닙니다. 베린 씨는 자기가 맛을 보았을 때 카드 순서는 1부터 9까지 바르게 되어 있었다고 했어요. 카드 순서는 처음부터 끝까지 바뀌지 않았습니다. 접시가 바뀌었다면, 누가 순서를 바꿨고, 베린 씨가 식당을 나선 뒤에 누가 다시 원래대로 해 놓았을까요?"

다시 침묵이 흐른 다음 울프가 또 완고하게 웅얼거렸다.

"그래도 말이 안 됩니다."

"물론 말도 안 되지요."

톨먼은 아까보다 더 몸을 기울였다.

"이걸 보세요, 선생님. 전 지방 검사고, 경력을 쌓아야 합니다. 이런 자극적인 사건에서 성공을 거두는 게 어떤 의미가 있는지도 알지만, 이렇게 빨리 베린 씨를 범인으로 잡아넣는 것이 조금이라도 제게 즐거움을 준다고 생각하신다면 오산입니다. 즐겁지 않습니다. 전……."

그는 말을 멈추었다. 그는 다시 말해 보려 했다.

"저는…… 음, 즐겁지 않았습니다. 몇몇 이유 때문에 그건 제가 평생 했던 일 중 가장 어려운 일이었어요. 하지만 하나 여쭤겠습니다. 엄격한 질문을 드리고 싶어요. 이 전제들이 입증된 사실이라고 할 때 말입니다. 첫째, 베린 씨가 직접 작성하고 서명한 답지에 일곱 개의 실수가 있었다. 둘째, 그가 시식했을 때 접시와 카드 들은 다른 사람들이 시식했을 때와 같은 조건과 같은 순서로 놓여 있었다. 셋째, 이 사실들에 의심을 드리울 만한 것이 아무것도 발견되지 않았다. 넷째, 당신은 지방 검사로서 취임 선서를 했다. 선생님이라면 베린 씨를 살인죄로 체포해서 유죄 선고를 받도록 노력하겠습니까?"

"나라면 사임하겠소."

톨먼은 양손을 확 들어 올렸다.

"왜죠?"

"왜냐하면 나는 어젯밤 베린 씨가 식당에서 나오고 나서 일 분도 안 되었을 때 그의 얼굴을 보았고 그의 목소리를 들었으니까요."

"선생님은 그랬을지 몰라도 저는 그러지 못했습니다. 만약 우리 입장이 바뀐다면, 선생님이라면 베린 씨의 얼굴과 목소리에 대한 내 말과 판단을 증거로 받아들이시겠습니까?"

"아니요."

"아니면 다른 누구의 의견이라도?"

"아니요."

"베린 씨의 답지에 있는 일곱 개의 실수를 설명할 수 있는, 혹은 설명하는 데 도움이 될 정보를 갖고 계신가요?"

"아니요."

"제게 말씀해 주신 것 외에 그의 무죄를 입증할 수 있는 정보가 있으신가요?"

"아니요."

"알겠습니다."

톨먼은 뒤로 기대앉았다. 그는 분노와 비난의 시선을 내게 보냈는데 나는 그게 부당하다고 생각했다. 그는 다시 울프를 보았다. 톨먼의 턱은 불안한 듯 좌우로 움직이고 있었다. 잠시 후 그는 갑자기 그 사실을 깨달았는지 입을 꼭 다물었다. 그랬다가 다시 입을 열었다.

"솔직히 말해서 선생님에게 그런 정보가 있기를 바랐습니다. 굿윈 씨의 말을 듣고 선생님이 뭔가 알고 계시리라 생각했지요. 선생님이 만약 제 입장이라면 사임하겠다고 하셨습니다. 하지만 그래서 대체 어떤…….”

평화로운 사생활을 누리려던 울프의 오후 계획에 또다시 차질이 생겨, 나머지 말은 듣지 못했다. 바깥 문의 노크 소리는 시끄럽게 오랫동안 이어졌다. 현관으로 가서 문을 열며, 나는 최근에 진척된 상황 때문에 뉴욕에서 온 손님 둘을 다시 보게 되리라 반쯤 예상하고 있었는데 찾아온 것은 다른 삼인조였다. 루이스 세르반, 부칙, 콘스탄자 베린이었다.

부칙은 무뚝뚝했다.

“울프 씨를 만나고 싶소.”

나는 그들에게 들어오라고 했다.

“잠시 여기서 기다려 주시겠습니까?”

나는 내 방을 가리켰다.

“지금은 배리 톨먼 씨와 말씀중이셔서요.”

콘스탄자는 뒤로 물러서다 현관 벽에 부딪혔다.

“아!”

그녀의 표정은 내 주머니에 두꺼비와 뱀과 독도마뱀이 가득 들어 있다고 말했다면 지었을 법한 표정이었다. 그녀는 바깥문 손잡이에 달려들었다. 부칙이 그녀의 팔을 잡았다.

내가 말했다.

"자, 기다려 보세요. 젊고 매력적인 친구가 찾아와 어깨에 기대서 울고 싶다고 하는데 울프 씨가 말릴 수가 있겠어요? 여기, 이쪽으로 오세요, 여러분 모두."

울프의 방 문이 열리고 톨먼이 나타났다. 현관이 어두침침해서 그가 사람들을 알아보는 데는 잠시 시간이 걸렸다. 그녀를 보았을 때 톨먼은 무너졌다. 그녀를 바라보는 그의 얼굴은 탁한 흰색으로 변했고, 입은 세 번 열렸지만 말이 나오다 막혀 버렸다. 그의 상태가 그녀를 조금도 기쁘게 하는 것 같지는 않았다. 그녀는 그를 보지도 않았기 때문이었다. 콘스탄자가 나를 보며 이제 울프 씨를 만날 수 있을 것 같다고 말하자 부칙이 그녀의 팔꿈치를 잡았다. 톨먼은 멍해진 채 그들이 지나갈 수 있도록 옆으로 물러났다. 나는 톨먼을 내보내기 위해 뒤에 남았다. 톨먼은 세르반과 몇 마디 주고받은 뒤 나갔다.

사람들이 새로 몰려든 상황에 울프는 기뻐하지도, 화를 내지도 않았다. 그는 베린 양을 열렬히 환영하지는 않았지만 평소보다 더 예를 갖추어 맞았고, 부칙과 세르반에게는 포카혼타스 별관에 하루 종일 나타나지 않았던 것을 사과했다. 세르반은 불운한 현 상황에서 사과는 할 필요가 없다며 예의 바르게 울프를 안심시켰다. 부칙은 앉아서 모든 손가락으로 숱 많은 자신의 곱슬머리를 쓸어 넘기며 요리장 열다섯 명의 모임에 닥친 불운에 대해 무어라 으르렁거렸다. 울프는 예정된 행사들이 취소될 것인지 물었고, 세르반은 고개를 가로저으며 자신은 비통한 마음이지만 예정대로 진행할 것이라고 했다. 그는 르 캉즈 메트르의 원로로서 요리장들을 손님으로 맞아 접대하는 영광을 누릴 기회를 몇 년 동안이나 고대해 왔다. 이 일은 그의 경력의 절정이 될 예정이었다. 그의 늙은 나이에 잘 어울리는 흐뭇한 행사가 되었어야 하는데 실제로 일어난 일은 믿을 수 없는 재앙이었다. 그럼에도 불구하고 행사는 계속 진행할 예정이었다. 그날 저녁, 그는 회장이자 주최자로서 이 년 동안 준비해 온 '르 미스테르 뒤 구(맛의 미스터리)'에 대한 논문을 발표할 예정이었다. 다음 날 정오에 그들은 세상을 뜬 회원들의 자리를 채울 새 회원들, 이제는 슬프게도 네 명의 회원을 선출할 것이다. 목요일 저녁에는 울프 씨의 '콩트리뷔시옹 아메리캥 아 라 오트 퀴진(최고급 요리에 대한 미국의 기여)' 강연이 있을 예정이다. 이게 무슨 재앙인가, 친밀한 단체가 이렇게 부서지다니!

울프가 말했다.

"세르반 씨, 그런 우울함은 소화에 있어서 가장 좋지 않은 마음가짐입니다. 평온함은 불가능하니, 적극적인 적개심이 낫지 않겠습니까? 책임이 있는 사람에 대한 적개심 말입니다."

세르반의 양 눈썹이 올라갔다.

"베린 씨를 두고 하는 말입니까?"

"맙소사, 아닙니다. 저는 책임이 있는 사람이라고 했습니다. 베린 씨의 소행이라고 생각하지 않습니다."

"아!"

콘스탄자가 외친 소리였다. 의자에서 몸을 곧추세우는 모습과 울프에게 던지는 시선을 보니 껑충 뛰어가 키스를 하거나 최소한 진저에일이라도 쏟을 것 같았지만 그녀는 그저 앉아서 바라만 보았다.

부칙이 으르렁거렸다.

"그들은 증거가 있다고 생각하는 것 같아. 답지에 실수가 일곱 개나 있는 것 말이야. 대체 어쩌다 그렇게 된 거지?"

"나도 모르겠어. 마르코, 자네는 왜 베린 씨가 한 짓이라고 생각하나?"

"아냐. 난 그런 생각은 안 해."

부칙은 다시 손가락으로 머리를 쓸었다.

"정말 지독한 일이야. 그들은 잠시 동안 나를 의심했어. 내가 디나와 춤을 추었기 때문에 달아올랐을 거라 생각했지. 그래, 그랬지!"

그는 반항적인 목소리였다.

"자네는 이해하지 못할 거야, 네로. 그런 여자와 있으면 어떻게 되는지. 그녀는 한때 나를 달아오르게 했던 불길을 가지고 있어. 그 불길이 다가오면 의심의 여지없이 나는 다시 타오를 거야. 이번에도 난 그녀의 불길을 느껴서 다른 생각은 하지 못하고 불 속에 내 자신을 던졌지."

그는 어깨를 으쓱하더니 갑자기 사나워졌다.

"하지만 그 개자식을 등 뒤에서 찌른다니. 나는 그에게 그런 명예로운 죽음을 주지는 않을 거야! 그런 놈에게는 제대로 모욕을 줘야지! 이걸 봐, 네로."

부칙이 고개를 이리저리 돌렸다.

"자네와 만나게 하려고 내가 베린 양과 세르반 씨를 모셔 왔네. 내가 제안했어. 만약 자네가 베린 씨가 유죄라고 생각하고 있었다면 할 수 있는 일이 없었을 거야. 하지만 다행히 자네는 그렇게 생각하지 않는군. 우리는 베린 씨를 위해 돈을 모으기로 했네. 베린 씨로선 낯선 나라에 있는 거니까. 그를 구하는 가장 좋은 방법은 자네가 나서는 거야."

"부탁합니다. 부탁입니다, 울프 씨. 우리도 슬프지만 어쩔 수 없다는 걸 알아주십시오. 울프 씨는 우리의 손님이자 제 손님이고, 이런 상황에서 이런 부탁을 드린다는 것이 용서받을 여지가 없다는 것은 저도 압니다……."

세르반이 진지하게 끼어들었다.

"사실은 말이야, 자네가 수임료를 보통 어느 정도 받는지 얘기해 주었더니, 다들 제법 넉넉한 액수를 내겠다고 나섰다네."

부칙이 말을 받았다.

의자 끝에 걸터앉아 있던 콘스탄자가 끼어들었다.

"제가 약속한 11,000프랑은 니스의 은행에 들어 있기 때문에 가져오려면 시간이 걸릴 거예요."

"이것 참!"

울프는 거의 소리치다시피 해야 했다. 그는 세르반에게 손가락을 까닥여 보였다.

"보아하니 마르코가 제 탐욕스러움에 대해 알려 드린 모양이군요. 그의 말이 맞습니다. 저는 돈이 많이 필요하고, 제 고객들은 돈을 잔뜩 뜯기죠. 하지만 마르코는 제가 구제 불능의 인도주의자라는 것도 말해 줄 수 있었을 텐데요. 저에게 있어 주인과 손님의 관계는 신성합니다. 손님은 아낌없이 대접받아야 하는 보석 같은 존재입니다. 주인은 자기 응접실과 주방에서는 왕이기 때문에 그보다 못한 역할로 자신을 낮추어서는 안 됩니다. 그러니 돈 이야기는 하지 않기로⋯⋯."

"쓸데없는 말은 집어치워! 무슨 소린가, 네로. 베린 씨를 위해 아무것도 하지 않겠다는 거야?"

부칙이 성급한 몸짓을 했다.

"아니, 돈에 대한 이야기를 하지 말자는 뜻이지. 물론 나는 베린 씨를 위해 손을 쓰겠다고 자네가 오기 전부터 이미 마음을 정했다네. 하지만 주인들에게 돈을 받지는 않을 거야. 낭비할 시간이 없어. 난 이제 혼자서 이 일을 생각해 보고 싶네. 하지만 마침 여기 왔으니⋯⋯."

그의 눈이 콘스탄자로 옮겨갔다.

"베린 양. 아버님이 라스지오 씨를 죽이지 않았다고 확신하는 것 같군요. 왜입니까?"

그를 보는 콘스탄자의 눈이 커졌다.

"왜라뇨. 당신도 확신하시잖아요. 그렇게 말씀하셨잖아요. 저희 아버지는 그럴 분이 아니에요."

"저를 두고 말하지 마세요. 우리는 법정을 상대해야 하니까, 법정에서 내놓을 수 있는 증거를 가지고 계십니까? 하나라도?"

"그건…… 정말…… 말도 안 되잖아요! 누구라도……."

"알겠습니다. 아무것도 없으시군요. 누가 라스지오 씨를 죽였을지 짐작이 가거나, 어떤 증거라도 가지고 계신가요?"

"아뇨! 그건 몰라요! 그렇지만 누구라도 알 수 있는 건……."

"베린 양, 부탁입니다. 우리는 짧은 시간 동안 까다로운 일을 해야 합니다. 여기서 나가는 대로 방으로 가서 감정을 가라앉히고 일어났던 일들을 머릿속으로 처음부터 끝까지 떠올려 보기를 권합니다. 커노 스파에 도착한 이후 보고 들었던 모든 것들을 생각해 보세요. 조금이라도 중요하다 싶은 일은 전부 적으세요. 이게 중요한 일이라는 것, 당신이 할 수 있는 것 중 아버님을 도와 드릴 수 있는 유일한 행동이란 걸 기억하세요."

그는 시선을 옮겼다.

"세르반 씨. 먼저, 베린 양에게 했던 것과 같은 질문입니다. 베린 씨의 무죄를 입증할 증거, 또는 다른 사람의 유죄를 입증할 수 있는 추정이나 증거를 하나라도 가지고 계십니까?"

세르반은 천천히 고개를 가로저었다.

"안됐군요. 미리 경고해 드리는데, 베린 씨를 풀려나게 할 유일한 방법은 죄가 있는 사람을 찾아서 붙잡는 것일 가능성이 높습니다. 모두의 무죄를 밝힐 수는 없어요. 어쨌든 라스지오 씨는 죽었으니까요. 의심을 다른 곳에 가게 할 만한 사실을 하나라도 아시는데 그걸 숨기신다면 베린 씨를 돕는다고 할 수는 없습니다."

원로 요리장은 다시 고개를 가로저었다.

"누구를 의심할 만한 사실에 대해 나는 아는 바가 없습니다."

"좋습니다. 베린 씨의 소스 시험 답지 이야기를 하지요. 베린 씨가 직접 건네주었나요?"

"네, 식당을 나오자마자 주었습니다."

"그의 서명이 있던가요?"

"네. 저는 누구 답지인지 확인할 수 있도록 주머니에 넣기 전에 모두 살폈습니다."

"베린 씨가 답지를 건네준 다음, 당신이 그걸 톨먼 씨에게 주기 전에 누군가가 베린 씨의 답지를 바꾸지 않았다는 확신이 있으십니까?"

"물론입니다. 답지들은 내내 제 가슴팍 안쪽 주머니에 들어 있었습니다. 아무에게도 보여 주지 않았죠."

울프는 잠시 그를 보다가 한숨을 쉬고 부칙을 돌아보았다.

"자네, 마르코. 자네는 아는 게 있나?"

"난 아무것도 몰라."

"라스지오 부인에게 춤을 추자고 자네가 청했나?"

"내가…… 그건 무슨 상관이야?"

울프는 그를 물끄러미 바라보며 웅얼거렸다.

"자, 마르코. 그때 나는 무얼 발견하게 될지 전혀 예상하지 못하고 있었어. 모욕이 아닌 이상 나는 어떤 질문이라도 할 수 있어야 하네. 자네가 라스지오 부인에게 춤을 청했나, 아니면 부인이 자네에게 청했나?"

부칙은 이마에 주름을 잡은 채 앉아 있었다. 마침내 그는 으르렁거리며 말했다.

"그녀가 제안했던 것 같아. 그녀가 청하지 않았다면 아마 내가 했을 거야."

"라디오를 켜 달라고 자네가 부탁했나?"

"아니."

"그러면 라디오를 켰는데 하필 그 순간에 춤을 춘 건 부인의 생각이었던 건가?"

"젠장, 도무지 이해할 수 없군, 네로."

부칙은 자신의 오랜 친구를 노려보았다.

"물론 이해가 되지 않겠지. 나도 그래. 얽힌 매듭의 실마리가 어떻게 숨겨지는지 가끔은 놀라울 때가 있다네. 친구를 잃는 확실한 방법 두 가지는 돈을 빌려 주는 것과 친구를 향한 여인의 행동이 순수한지 묻는 거라고들 하지. 나는 자네와의 우정을 잃지 않을 걸세. 라스지오 부인이 자네와 춤을 추고 싶어 했을 가능성이 높지. 아니, 마르코, 자네가 경솔하다는 게 아닐세. 그리고 이제, 괜찮으시다면…… 베린 양? 세르반 씨? 전 이제 이 문제를 고민해 보겠습니다."

그들은 일어났다. 세르반은 우아하게 다시 돈 이야기를 꺼내 보려 했지만 울프가 무시해 버렸다. 콘스탄자는 다가가 울프의 손을 잡고 매력이 넘치는 표정으로 바라보았다. 부칙은 아직 울프를 노려보고 있었지만 다른 사람들과 함께 울프에게 감사하는 마음은 진심인 것 같았다. 나는 문을 열어 주려고 함께 현관까지 갔다.

돌아와 보니 울프는 생각에 잠겨 앉아 있었다. 그는 눈을 감은 채 가장 좋아하는 자세로 뒤에 기대앉아 있었지만, 결코 집에 있는 자기 의자에 앉았을 때만큼 편안하지는 않은 것 같았다. 입술이 미세하게 움직이는 것만 아니었다면 잠든 줄 알았을 것이다. 나는 나름대로 범인을 추리해 보았지만 그리 신통치 않았다. 베린이 범인인 것 같았지만 부칙이나 블랑이 자기 짓이라고 우긴다면 믿을 수도 있었다. 내가 생각하기로는 다른 사람들은 절대 범인이 아니었다. 물론 부칙이 시식하는 동안 라스지오가 잠깐 식당을 비웠다가 나중에 돌아왔고, 발렌코나 로시가 시식 전이나 후에 라스지오를 보고 바늘꽂이로 착각했을 가능성은 있었지만 그럴듯하지 않았다. 나는 그날 저녁 내내 큰 응접실에 있었다. 언제라도 누군가가 작은 응접실에 들어가는 걸 본 적이 있나, 아니면 아무도 들어가지 않았다고 맹세할 수 있을지 기억하려 애썼다. 맹세할 수 있었다. 삼십 분 이상 내 두뇌를 혹사한 뒤에도 역시 베린 같았다. 울프가 수임료를 벌 가능성은 별로 없어 보여서, 돈을 주겠다는 제의 두 건을 거절한 것이 다행이라고 생각했다.

울프가 움직였다. 그는 입을 열었지만 눈은 감은 채였다.

"아치, 어제 저녁 포카혼타스 별관 정문 현관에서 일하던 흑인 두 명. 지금 어디 있는지 알아봐."

내 친구 오델을 찾아 알아보라고 하는 게 가장 빠른 방법이라 생각하고 내 방으로 가서 전화를 걸었다. 십 분도 지나지 않아 답이 왔다.

"오늘 6시에 다시 포카혼타스 관에 갔대요. 어제와 같은 두 명이에요. 지금은 6시 7분이고요. 이름은……."

"아니, 됐네. 이름은 필요 없어."

울프는 몸을 일으키더니 나를 보았다.

"우리의 적은 벽을 쌓고 있어. 그는 자기가 난공불락이라고 생각하는데 정말 그럴지도 몰라. 범인이 쌓은 벽에는 문도 없고 창문도 없어. 범인이 남자가 아니라 여자일 가능성두 고려해야겠지. 작은 틈이 하나 있으니 그 틈을 비집어 열 수 있는지 알아봐야 해."

그는 한숨을 내쉬었다.

"정말 대단한 벽이야, 내가 찾을 수 있는 게 그 틈 하나뿐이니.

만약 그게 실패한다면……."

그는 어깨를 으쓱하더니 비통하게 말했다.

"자네도 알다시피, 오늘 저녁 만찬을 위해 정장을 해야지. 최대한 빨리 별관에 가고 싶네. 혀가 하기로 약속한 일에 몸은 따라야 해."

그는 의자에서 일어나는 작업을 시작했다.

6시 40분도 되기 전에 우리는 포카혼타스 관에 도착했다. 프리츠 브레너가 거의 천오백 킬로미터 떨어진 곳에 있다는 걸 생각하면 울프는 정장을 제법 잘 차려입었고, 나는 마네킹을 대신할 수 있을 정도였다.

당연히 나는 울프가 호텔 직원들에게 관심을 보이는 이유가 궁금했지만 의문을 풀 수는 없었다. 중앙 현관에 들어가 모자를 벗으니 그가 나보고는 응접실에 들어가라고 손짓을 하고 자기는 뒤에 남았다. 오렐의 정보가 맞았다는 것을 알 수 있었다. 두 흑인은 어제 저녁에 일했던 그 사람들이었다.

저녁 만찬 시작까지는 한 시간 이상이 남아 있었다. 큰 응접실에는 뜨개질을 하며 셰리주를 홀짝이는 몬도 아줌마, 리젯 푸티를 사이에 두고 긴 의자에 앉아 불평을 늘어놓는 발렌코와 키스뿐이었다. 나는 인사를 하고 느긋이 걸어가 몬도 아줌마에게 프랑스어로 뜨개질이 뭐냐고 물어보려고 해 봤지만 그녀는 내 손짓을 이해하지 못하고 점점 흥분하기 시작했다. 이러다 싸움이 날 것 같아 그만두었다.

복도에 들어오는 울프의 눈에 비친 표정을 보니 그가 말했던 틈을 놓치지 않았음을 알 수 있었다. 그는 사람들에게 인사를 건네고 질문을 몇 개 던졌다. 루이스 세르반은 주방에서 만찬 준비를 감독하고 있다는 대답을 들었다. 그는 내게 와서 낮은 목소리로 짤막하게 급한 심부름을 시켰다. 수임료도 받지 않는 터에 내가 제일 좋은 옷을 입을 때까지 기다렸다가 땀 흘릴 일을 시키다니 참 뻔뻔하다고 생각했지만, 투덜거리지 않고 모자를 가지러 갔다.

나는 잔디밭을 가로질러 호텔의 본관으로 향하는 큰길로 나갔다. 가는 길에 새 연줄을 만들려고 애쓰지 말고 다시 오렐을 이용하기로 했다. 운 좋게도 이리저리 물어보기 전에 엘리베이터 옆 복도에서 그와 마주쳤다. 오렐은 즐겁고 기대에 찬 표정으로 나를 바라보았다.

"울프 씨에게 말했어? 울프 씨는 리젯 씨를 만났나?"

"아니, 아직. 시간을 좀 주면 안 되겠어? 걱정은 하지 마, 친구. 지금 당장 필요한 물건들이 있어. 좋은 인주가 필요해. 새것이면 더 좋고. 부드러운 흰 종이 오륙십 장도. 반질반질한 종이면 더 좋아. 돋보기도 필요해."

"맙소사. 자네 누구 밑에서 일하나, FBI 국장?"

그는 나를 빤히 바라보았다.

"아니, 별일 아니야. 파티를 하고 있어. 리겟 씨도 올 거야. 서둘러, 알겠지?"

그는 여기서 기다리라고 하고 모퉁이를 돌아 사라지더니, 오 분 후에 내가 부탁한 물건들을 들고 돌아왔다. 내가 받아 들자 그가 말했다.

"인주랑 종이는 계산에 올려야 돼. 돋보기는 빌려 온 거니까 깜빡 잊고 들고 가면 안 되고."

나는 알겠다, 고맙다고 하고 그곳을 떴다. 업셔 관에 들를 수 있는 길을 선택해서, 가는 중에 잠시 스위트룸 60호실에 갔다. 화장실에서 탤컴파우더 병을 주머니에 넣고, 펜과 수첩을 챙겼다. 가져왔던 《범죄학 저널》을 뒤져 지문의 새로운 분류를 묘사한 전면 삽화를 찾았다. 칼로 잡지를 한 페이지 잘라 오델이 준 종이 안에 말아 넣고, 다시 종종걸음으로 포카혼타스 관으로 돌아갔다. 그러는 동안 울프가 이런 물건들로 비틀어 열려고 하는 틈이 어떤 것일까 추측했다.

그때부터는 울프에게 아무 지시도 없었다. 그동안 바빴던 모양이다. 내가 자리를 비운 시간이 십오 분도 되지 않았는데 작은 응접실에서 가장 큰 의자에 앉아 있었고, 옆에는 톨먼이 콘스탄자 베린의 맹공격을 받을 때 방패막이가 되어 주었던 테이블이 있었다. 테이블 맞은편에는 회의적이며 체념한 듯한 모습의 세르게이 발렌코가 앉아 있었다.

울프는 발렌코에게 하던 말을 마치고 나를 돌아보았다.

"가져왔나, 아치 군? 좋아. 인주와 종이는 여기 테이블 위에 놔주게. 세르반 씨에게 만약 내가 이 일을 맡게 된다면 모두에게 질문을 하고 지문을 채취해야 한다고 설명드렸네. 발렌코 씨를 제일 먼저 보내 주셨어. 열 손가락 모두 부탁하네."

황당했다. 네로 울프가 지문을 채취하다니. 특히 경찰들이 식당 전체를 뒤진데다 개방까지 된 지금! 속임수라는 건 뻔히 알 수 있었지만 무슨 속셈인지는 짐작할 수 없었다. 그래서 이번에도 나는 길을 모르는 채로 그의 미등을 따라갈 수밖에 없었다. 나는 종이 두 장에 발렌코의 지문을 찍고 이름을 적었다. 울프는 고맙다고 하며 그를 내보냈다.

나는 둘만 남자 물었다.

"이 신원 조회 놀이는 대체 무슨……."

"지금은 안 돼, 아치. 발렌코 씨 지문에 파우더를 뿌려,"

나는 그를 빤히 바라보았다.

"도대체 이유가 뭐예요? 선생님은 이런 거 안 하시잖……."

"전문적이고 신비해 보일 거야. 얼른 뿌려. 잡지 페이지를 주게.

좋아. 만족스럽군. 우린 위쪽 절반만 쓸 거니까, 잘라서 주머니에 넣어 둬. 돋보기는 테이블에 둬. 아, 마담 몬도? 아세예-부, 실 부 플레(앉으십시오)."

그녀는 뜨개질감을 가지고 왔다. 울프는 질문을 몇 개 했는데 나는 무슨 말인지 통역해 달라고 부탁하지 않았다. 울프는 질문 후 그녀를 내게 넘겼고 나는 그녀의 지문을 채취했다. 새로 찍은 선명한 지문에 탤컴파우더를 뿌릴 때보다 더 바보 같은 적은 평생 한 번도 없었다. 우리의 세 번째 고객은 리젯 푸티였고, 뒤이어 키스, 블랑, 로시, 몬도……. 울프는 질문을 몇 개씩 던졌지만, 그의 목소리와 태도를 잘 아는 나는 그가 하는 역할 역시 내 역할만큼이나 가짜인 것처럼 들렸다. 그 어떤 틈도 비집어 여는 것 같지 않았다.

그때 로렌스 코인의 중국인 아내가 들어왔다. 그녀는 만찬을 위해 붉은 비단옷을 입고, 검은 머리칼에 칼미아 잔가지 하나를 꽂고 있었다. 날씬한 몸매와 작은 얼굴과 가느다란 눈이 세계 일주 유람선 광고 같았다. 다른 사람들이 들어왔을 때와는 달리 날카롭게 수첩을 챙기라고 말하는 걸 보아 울프가 노렸던 것이 그녀임을 알 수 있었다. 하지만 울프는 그녀에게 다른 사람들에게 했던 것과 똑같은 질문을 하고, 지문을 채취하기 전에 설명을 할 뿐이었다. 그러나 아직 남은 것이 있는 모양이었다. 손끝을 닦으라고 이미 더러워진 내 손수건을 그녀에게 건네자 울프는 등을 기대 앉으며 중얼거렸다.

"그나저나 코인 부인, 톨먼 씨에게 듣자니 어제 저녁 밖에 나가

계셨을 때 길에서 직원 한 명을 만난 것 외에는 아무도 못 보셨다고
요. 그 직원에게 새소리에 대해서 물으셨고, 직원은 쏙독새라고 했
다던데요. 전에 쏙독새 소리를 들어 보신 적이 한 번도 없습니까?”

그녀는 아까부터 조금도 생기가 없었다. 지금도 마찬가지였다.

“없어요. 캘리포니아에는 쏙독새가 없어요.”

“그렇군요. 어젯밤에 소스 시험 시작 전에 밖으로 나가셨다가
부칙 씨가 식당에 들어가시고 난 직후에 응접실로 돌아오신 걸로
압니다. 그렇지 않습니까?”

“시작하기 전에 나갔어요. 제가 돌아왔을 때 식당에 누가 있었
는지는 모르겠어요.”

“저는 압니다. 부칙 씨였죠.”

울프의 목소리는 너무나 부드럽고 무심해서, 이제 그녀에게 무
언가 닥칠 것임을 알 수 있었다.

“톨먼 씨에게 내내 밖에 있었다고 말씀하셨죠. 맞나요?”

그녀는 고개를 끄덕였다.

“네.”

“저녁 식사 후 응접실에서 밖으로 나가기 전에 방에 들르지는
않으셨나요?”

“아뇨, 춥지 않아서 겉옷도 필요가 없었고…….”

“그렇군요. 그냥 여쭤 보는 겁니다. 밖에 계시던 동안에 혹시 작
은 테라스를 통해서 왼쪽 곁채 복도로 들어오셔서 방으로 가지는

않으셨습니까?"

"아니요. 내내 밖에 있었어요."

그녀는 차분한 목소리로 지루하다는 듯 이야기했다.

"방에는 아예 안 가셨어요?"

"안 갔어요."

"다른 곳에도?"

"밖에만 있었어요. 제가 밤에 바깥에 나가기 좋아한다는 건 남편이 증명해 줄 수 있어요."

울프는 얼굴을 찡그렸다.

"다시 들어오셨을 때는 중앙 현관을 통해 큰 응접실로 곧장 들어오셨고요?"

"네, 응접실에 당신이 계셨잖아요. 남편이랑 계신 걸 봤어요."

"그러셨지요. 부인 때문에 제가 조금 당황스럽습니다. 아마 부인께서 해결해 주실 수 있을 것 같은데요. 방금 제게 하셨던 말씀은 톨먼 씨에게 하신 말씀과 일치합니다. 그러면 어느 문에 손가락을 다치신 건가요?"

그녀는 훌륭하다고 할 만큼 무표정한 얼굴을 지었다. 눈도 깜빡하지 않았다. 어쩌면 눈이 조금 더 가늘어졌을지도 모르지만 나로선 알 수 없었다. 하지만 시간을 끌지 않을 정도로 솜씨가 좋지는 못했다. 약 십 초 정도 무표정한 얼굴을 지은 다음 그녀가 말했다.

"아, 제 손가락요."

그녀는 손가락을 내려다보다가 다시 고개를 들었다.

"남편에게 손가락에 키스해 달라고 했어요."

울프는 고개를 끄덕였다.

"그 말씀은 저도 들었습니다. 어느 문에서 다치셨나요?"

그녀는 준비가 되어 있었다.

"입구의 큰 문요. 그 문을 밀어서 여는 게 얼마나 힘든지는 아시죠, 그리고 닫힐 때는⋯⋯."

그가 날카롭게 말을 끊었다.

"아닙니다, 코인 부인. 그런 대답은 안 되죠. 도어맨과 현관의 직원들을 심문해서 증언을 받아 두었습니다. 그들은 부인께서 나갔다가 들어오셨던 걸 기억하더군요. 사실 화요일 밤에 톨먼 씨가 심문을 하셨습니다. 그들 모두 도어맨이 부인을 위해서 문을 열어 드렸던 것, 지나가신 후 다시 닫았던 걸 또렷이 기억하고 있습니다. 손가락이 낀 일은 없었습니다. 그리고 현관에서 응접실로 들어오는 문도 아니죠. 그 문으로 들어오시는 모습은 제가 직접 봤으니까요. 어느 문이었습니까?"

그녀의 얼굴은 여전히 표정이 없었다. 그녀는 차분하게 말했다.

"도어맨이 부주의해서 저를 다치게 했기 때문에 거짓말을 하는 거예요."

"제 생각은 다릅니다."

"제가 맞아요. 도어맨이 거짓말을 하는 거예요. 남편에게 말해야겠어요."

그녀가 조용하게 일어나서 빠르게 움직였다.

울프가 소리쳤다.

"아치!"

나는 옆으로 돌아서 그녀와 문 사이를 막고 섰다. 그녀는 나를 피해 가려고 하지 않았다. 그저 멈춰 서서 내 얼굴을 올려다보았다. 울프가 말했다.

"돌아와서 앉으십시오. 결단력이 있는 분이신 건 알겠지만, 저 역시 그렇습니다. 굿윈 군은 당신을 한 손으로도 잡을 수 있어요. 부인께서 소리를 지르실 수 있습니다. 그러면 사람들이 오겠지요. 그들을 돌려보내면 다시 우리끼리 남겨지게 될 겁니다. 부탁이니 앉아 주시죠."

그녀는 앉으며 울프에게 말했다.

"소리 지를 일은 없어요. 그저 남편에게 말하고 싶을 뿐……."

"도어맨이 거짓말을 했다고 하고 싶으시겠죠. 하지만 도어맨은 거짓말을 하지 않았습니다. 부인께 불필요하게 고통을 드릴 필요는 없겠지요. 아치, 식당 문에서 채취한 지문 사진을 주게."

나는 속으로 생각했다.

'젠장, 언젠가 내 재치가 휴가 가고 없을 때 재치를 요구하는 날이 올 거야. 그때가 되면 울프도 나한테 계획을 미리 알려 줘야 한다는 걸 배우게 되겠지.'

하지만 여기에 대한 대답은 물론 한 가지뿐이었다. 나는 잡지에서 오려 낸 사진을 주머니에서 꺼내 건네주었다. 이제야 계획을 알게 된 나는 방금 리오 코인의 손가락에서 채취한 지문 샘플을 울프에게 밀어 주었다. 울프는 돋보기를 들고 비교해 보기 시작했다. 그는 두 지문을 나란히 놓고 시간을 들여 돋보기로 양쪽을 살피며, 적절한 간격을 두고 만족한 듯 고개를 끄덕여 보였다.

울프가 마침내 말했다.

"상당히 비슷한 게 세 개 있군. 이거면 증거로 충분해. 왼쪽 집게손가락이 완벽하게 일치하고 유난히 또렷해. 아치, 보고 자네 생각을 말해 주게."

난 두 종이와 돋보기를 받아 들고 연기를 했다. 잡지에 있던 지문은 하필 손가락이 뭉툭한 기계공의 지문이었고, 나는 이제껏 이렇게 서로 다른 두 지문을 본 적이 없었다. 그래도 나는 일일이 설명까지 하며 비교하는 연기를 잘 해낸 다음 울프에게 돌려주었다.

"네, 그렇습니다. 분명 같은 지문입니다. 누가 봐도 알 수 있어요."

나는 단호하게 말했다.

울프는 코인 부인에게 거의 상냥하기까지 한 부드러운 목소리로 말했다.

"보셨지요, 부인. 설명을 해 드려야겠군요. 물론 다들 지문에 대해 알고는 있지만, 지문을 채취하는 새로운 방법 중엔 널리 알려지지 않은 게 있답니다. 굿윈 군은 전문가입니다. 여러 장소들 중에서도 특히 식당부터 테라스를 돌면서 문을 확인했습니다. 지역 경찰들이 발견할 수 없었던 지문들을 구해 사진을 찍었죠. 보시다시피 증거를 찾는 현대적 기법이 이렇게 성과를 올릴 때가 있습니다. 저희는 이런 기법들을 이용해서 목요일 저녁에 부인께서 손가락을 다쳤던 문이 테라스에서 식당으로 들어가는 문이었다는 결정적 증거를 입수했습니다. 그 전부터도 그렇지 않을까 의심은 했습니다만, 그 이야기를 할 필요는 없겠지요. 설명을 해 달라는 것은 아닙니다. 제가 증거를 경찰에 넘기면 부인은 당연히 경찰에게 설명을 하셔야겠지요. 손가락을 다쳤던 곳은 정문이라고 거짓 증언을 하셨던 이유까지 포함해서 말입니다. 경찰들에게 정중함을 기대하면 안 될 거라는 경고도 미리 드려야겠군요. 부인이 톨먼 씨에게 진실을 말하지 않으셨으니 그들은 별로 좋아하지 않을 겁니다. 산책을 나갔던 것에 대한 질문을 받았을 때, 테라스에서 식당으로 들어갔다고 솔직히 인정하셨더라면 좋았을 텐데요."

그녀는 내내 아무 표정이 없었다. 표정으로 보건대 아무 생각도 하지 않는 것 같았다. 무슨 생각을 하고 있었다면, 젓가락 한 짝을 어디서 잃어버렸을까 하는 것보다 중요하지 않은 생각이었을 것이다. 마침내 코인 부인이 말했다.

"저는 식당에 들어가지 않았어요."

울프는 어깨를 으쓱했다.

"경찰에 가서 그렇게 말씀하시지요. 부인은 톨먼 씨에게 거짓말을 하셨고, 저희에게도 거짓말을 하셨습니다. 저희에게 하신 말은 굿윈 군의 수첩에 기록되어 있죠. 그리고 도어맨에게 책임을 돌리려고 하셨고. 그래도 증거로 지문이 있지만요."

그녀는 한 손을 내밀었다.

"제게 주세요. 저도 보고 싶어요."

"경찰이 보여 드릴 겁니다. 그럴 필요가 있다고 생각되면요. 코인 부인, 용서하십시오. 하지만 이 사진은 중요한 증거이므로 멀쩡한 상태로 경찰에 넘기고 싶습니다."

부인은 조금 동요했지만 표정에는 변화가 없었다. 다시 침묵이 흐른 후 그녀가 말했다.

"왼쪽 곁채 복도로 들어가기는 했어요. 작은 테라스를 통해서요. 제 방에 갔다가 화장실 문에 손가락을 다쳤어요. 라스지오 씨가 살해된 채 발견되었을 때 저는 무서워서 실내에 아예 들어가지 않았다고 말해야겠다 생각했어요."

울프는 고개를 끄덕이며 중얼거렸다.

"그런 식으로 설명하실 수도 있겠죠. 그게 통할 거라고 생각하신다면 얼마든지 그러세요. 물론 그걸로 식당 문에 남은 지문은 설명할 수 없다는 건 아시죠? 아무튼 곤경에 처하셨으니 최선을 다하셔야 할 겁니다."

그는 갑자기 나를 돌아보며 퉁명스럽게 말했다.

"아치, 현관 공중전화에 가서 호텔에 있는 경찰에게 전화해. 당장 오라고 하게."

나는 크게 서두르지 않고 일어섰다. 수첩과 펜을 챙기며 조금 시간을 끌 준비가 되어 있었지만 그럴 필요는 없었다. 코인 부인의 얼굴에 표정이 떠올랐다. 그녀는 나를 올려다보며 눈을 깜빡이고 내게 한 손을 뻗었다. 그리고 울프를 향해 눈을 깜빡이더니 귀엽고 작은 두 손을 그를 향해 뻗었다.

"울프 씨, 제발! 전 아무 해도 끼치지 않았고, 아무 짓도 안 했어요! 제발 경찰은 안 돼요!"

그녀가 애걸했다.

"해를 끼치지 않으셨다고요, 부인? 살인 사건을 수사하는 경찰에게 거짓말을 하고 저에게도 했는데 아무 해도 끼치지 않았다고 하시나요? 아치, 어서 가!"

울프는 단호했다.

"안 돼요! 아무 짓도 안 했다고 하잖아요!"

그녀는 일어섰다.

"부인께서는 라스지오 씨가 살해되던 순간과 몇 분, 어쩌면 몇 초 사이로 식당에 들어가셨습니다. 당신이 죽였나요?"

"아니에요! 전 아무 짓도 안 했어요! 식당에 들어가지 않았어요!"

"문에 손을 대셨습니다. 뭘 하셨나요?"

부인은 그를 바라보며 서 있었고, 나는 경찰을 부르고 싶어 안

달이 난 것처럼 한쪽 발을 내민 채 서 있었다. 그녀가 앉아서 조용하게 울프에게 말을 건넴으로써 그 장면이 끝났다.

"말씀드려야겠군요. 그렇죠?"

"저에게 하시거나 경찰에게 하시거나 둘 중 하나입니다."

"하지만 제가 말씀드리면…… 당신이 경찰에 말하겠죠."

"그럴 수도 있죠. 아닐 수도 있고요. 경우에 따라 다릅니다. 어쨌거나 부인께서 언젠가는 진실을 말씀하셔야 합니다."

"그런 것 같군요."

그녀는 손가락을 단단히 감은 채 허벅지에 양손을 얹었다.

"제가 겁을 먹었다는 걸 아셔야 해요. 경찰은 중국인을 좋아하지 않아요. 저는 중국 여자라고요. 하지만 그것 때문에 겁을 먹은 건 아니에요. 제가 식당에서 본 남자 때문이에요. 분명 그 사람이 라스지오 씨를 죽였을 테니까……."

울프가 부드럽게 물었다.

"누구였나요?"

"누구인지는 모르지만, 그 남자 이야기를 한다면, 그는 제가 자기를 본 걸 알고 있고 제가 이야기했다는 걸 알게 될 테니까……. 아무튼 이제 말씀드릴게요. 울프 씨, 저는 샌프란시스코에서 태어났고 그곳에서 교육받았지만 중국인이기 때문에 결코 미국인 같은 대접을 받을 수 없어요. 절대로요. 아무튼……. 제가 톨먼 씨에게 말한 건 사실이에요. 전 내내 바깥에 있었어요. 전 밤에 밖에 있기를 좋아해요. 나무와 관목 사이의 잔디밭에서 새소리가 들리기에 진입로를 가로질러 분수가 있는 곳으로 갔죠. 그러고는 돌아왔어요. 옆으로요……. 왼쪽 곁채가 아니라 바깥쪽으로요. 창문 커튼을 통해 응접실 안이 어렴풋이 보였지만 유리문에 차양이 쳐져 있어서 식당 안은 보이지 않았어요. 저는 소스 맛을 감정하는 남자들을 구경하면 재미있겠다고 생각했죠. 무척 바보 같은 짓으로 보였거든요. 그래서 테라스에 가서 엿볼 수 있는 틈을 찾았지만 차양이 가리고 있어서 틈이 없었죠. 그때 식당에서 뭐가 넘어진 소리가 났어요. 응접실의 열린 창문에서 라디오 소리가 흘러나와서 정확히 무슨 소리인지는 알 수 없었어요. 거기 얼마나 서 있었는지는 모르지만 더 이상 다른 소리가 나지는 않기에, 만약 남자들 중 하나가 화가 나서 접시를 바닥에 내던졌다면 웃기겠다고 생각해서 문을 살짝 열고 들여다보기로 했죠. 라디오 소리 때문에 제가 내는 소리는 들리지 않을 거라고 생각했어요. 그래서 문을 조금 열었어요. 한 남자가 옆모습을 제 쪽으로 보인 채 병풍 끝 쪽에 서 있어서, 테이블이 보일 만큼은 열지 않았어요. 그는 손가락 하나를 자기 입술에 댔죠. 조용히 하라는 듯이요. 그때 그가 누구를 보고 있는지 알게 됐어요. 식품 저장실 복도로 통하는 문이 한 뼘 정도 열려 있었는데, 그 남자를 보고 있는 흑인 한 명의 얼굴이 보였어요. 병풍 옆의 남자가 내 쪽으로 몸을 돌리려고 해서 저는 급히 문을 닫다가 발이 미끄러졌지요. 넘어지지 않으려고 다른 손으로 잡았는데 문이 닫혀 손가락이 끼고 말았답니다. 식당 안을 훔쳐보다가 들키면 우스울 것 같아서 덤불 사이를 달려서 몇 분 정도 서 있다가 건물 입구로 갔어요. 그리고 제가 응접실에 들어오는 모습을 울프 씨가 보셨죠."

울프가 물었다.

"병풍 옆에 있던 사람은 누구였습니까?"

그녀는 고개를 가로저었다.

"몰라요."

"자, 코인 부인. 또 그러지 마세요. 남자 얼굴을 보셨잖습니까."

"옆얼굴밖에 못 봤어요. 물론 흑인이라는 걸 알기엔 충분했죠."

울프는 눈을 깜빡였다. 나는 두 번 깜빡였다. 울프가 다시 물었다.

"흑인이라고요? 여기 직원 중 하나였나요?"

"네. 제복을 입고 있었어요. 웨이터처럼요."

"이 별관에 있는 웨이터 중 한 명이었습니까?"

"아뇨, 그렇지 않아요. 얼굴색이 더 검었고…… 분명히 아니에요. 제가 알아볼 수 있는 사람은 아니었어요."

"얼굴이 더 검고 또 어땠나요? 무슨 말씀을 하시려던 건가요?"

"그가 바깥으로 나와서 사라졌기 때문에 여기 웨이터일 수는 없다고 하려 했어요. 제가 덤불 사이로 달려 나왔다는 이야기는 했죠. 나와서 몇 초 지나지 않아 식당 문이 열리더니 그가 나와서 뒤쪽으로 가는 길을 돌아서 가더군요. 물론 전 덤불 뒤에 있었기 때문에 잘 볼 수는 없었지만 그 사람이겠거니 했어요."

"그 사람 제복이 보였나요?"

"네, 조금요. 그가 문을 열어서 뒤에서 빛이 비췄을 때요. 그러고 나선 어두워졌어요."

"달려가던가요?"

"아뇨. 걸어갔어요."

울프는 얼굴을 찌푸렸다.

"식품 저장실 문에서 들여다보던 사람은 제복을 입고 있었나요, 아니면 요리사였나요?"

"몰라요. 문이 아주 조금 열려 있어서 제가 본 건 그 사람 눈뿐인걸요. 그 사람 역시 알아볼 수 없었어요."

"라스지오 씨는 보셨나요?"

"아뇨."

"다른 사람은?"

"아뇨. 제가 본 건 전부 말씀드렸어요. 그리고 나서, 나중에 세르반 씨께서 라스지오 씨가 살해당했다고 말씀하실 때 제가 들었던 소리가 뭔지 알았죠. 전 라스지오 씨가 쓰러지는 소리를 듣고, 그를 죽인 사람을 본 거였어요. 전 알 수 있었어요. 분명 그렇다는 걸 알았죠. 하지만 제가 밖에 나갔을 때 일을 물으니 겁이 나서……. 그리고 어차피……."

그녀는 작은 두 손을 가슴까지 들어 올렸다가 다시 내렸다.

"물론 베린 씨를 체포했을 때는 안타까웠죠. 잘못된 일이라는 걸 알고 있으니까요. 저는 샌프란시스코에 있는 집에 돌아갈 때까지 기다렸다가 남편에게 말하고, 남편이 동의하면 이 내용을 전부 적어서 여기로 보내려 했어요."

"그동안에…… 다른 사람에게 이 이야기를 조금이라도 하신 적이 있나요?"

울프는 어깨를 으쓱해 보였다.

"전혀요."

"앞으로도 하지 마십시오."

울프는 자리에 앉았다.

"사실, 부인께서는 현명하게 행동하셨습니다. 제가 듣고 있는데 남편분께 손가락에 키스해 달라고 하신 것 때문에, 부인의 비밀은 안전했고 부인께서도 안전합니다. 라스지오 씨를 죽인 사람은 아마 누가 그 문에서 자기를 봤다는 사실을 알고 있을 테지만, 문을 조금만 여셨고 밖은 어두웠으니 누군지는 모를 겁니다. 만약 자신을 본 사람이 부인이라는 사실을 범인이 알게 된다면, 샌프란시스코도 충분히 먼 곳이라고 할 수는 없습니다. 그가 이 사실을 알게 되거나 의심할 일을 만들지 않도록 하는 것이 가장 바람직합니다. 아무에게도 말하지 마세요. 다른 사람들은 금방 나왔는데 왜 부인은 이렇게 오래 저와 이야기를 나누셨는지 누가 궁금해하면서 물어보거든, 부인께서 인종적으로 지문 채취에 대한 강한 반감이 있기 때문에 제가 크게 고생했다고 하십시오. 마찬가지로, 일단 저는 경찰이 부인을 심문하거나 접근하지도 못하도록 하겠습니다. 의심을 살 수 있으니까요."

"경찰에게 말씀하시지 않겠다는 뜻이군요."

"그렇게 말하지는 않았습니다. 일단 부인께서 제 신중함을 믿으셔야 합니다. 누가 밤에 나갔던 것에 대해 특별히 물어본 적이 있던가요? 여기 계신 손님 중에서?"

"없어요."

"확실합니까? 가볍게 물어본 적도 없어요?"

"아뇨, 그런 기억은 없는데……. 물론 제 남편은……."

부인의 가느다란 두 눈 위의 눈썹이 올라갔다.

문을 가볍게 두드리는 소리가 나서 그녀의 말이 끊겼다. 울프가 내게 고개를 끄덕여서 나는 문을 열었다. 루이스 세르반이었다. 나는 그를 방으로 들였다.

그는 다가와서 울프에게 변명조로 말했다.

"방해하고 싶지는 않지만 만찬이……. 지금이 8시 5분이라……."

"아!"

울프는 평소보다 빨리 일어났다.

"저는 이 만찬을 여섯 달 동안 기대해 왔습니다. 고맙습니다, 코인 부인. 아치 군, 코인 부인을 모시고 가 주겠나? 잠깐 몇 마디만 나눌 수 있을까요, 세르반 씨? 최대한 간략하게 할 테니까요."

오 년마다 한 번씩 열리는 열다섯 명의 요리장 모임에서 회장이 주최하는 만찬은 두 번째 날에 갖는 것이 관습이다. 만찬은 풍성했고 음식에는 매우 공을 들였지만 축제 행사로서는 썩 좋지 못했다. 오르되브르를 먹는 동안의 수다는 불안했고 자꾸 끊겼다. 도메니코 로시가 프랑스어로 무어라 크게 말하자 서너 명이 웃다가 곧 멈췄다. 침묵 속에서 그들은 서로를 바라보았다.

콘스탄자 베린이 참석한 것을 보고 나는 놀랐다. 그녀는 전날 저녁처럼 내 옆에 앉지 않았다. 그녀는 반대편 끝자리의 루이스 세르반과 내가 처음 보는 남자 사이에 앉아 있었다. 콧수염을 제멋대로 기른 우습게 생긴 작은 남자였는데, 내 오른쪽에 있던 레옹 블랑이 프랑스 대사라고 알려 주었다. 손님이 몇 명 더 있었다. 내 친구 오델의 고용주가 될 지도 모를 처칠 호텔의 레이먼드 리겟, 커노 스파의 매니저 클레이 애슐리, 앨버트 말피였다. 말피의 검은 눈은 테이블을 훑으며 요리사와 눈이 마주치면 미소를 지었다. 레옹 블랑은 포크로 그를 가리키며 내게 말했다.

"저 말피라는 친구 보이나? 내일 아침에 르 캥즈 메트르의 일원으로 뽑히고 싶어서 한 표 얻으려는 거지. 하! 그는 요리를 개발한 적이 없어. 상상력이 없지! 그저 베린 씨의 훈련을 받았을 뿐이야!"

그는 경멸조로 포크를 흔들더니 그 포크로 청어알 무스를 한 입 떴다.

이젠 마성의 미망인이 된 마성의 여인은 자리에 없었지만, 베린을 제외한 모든 사람이 참석했다. 로시는 사위가 살해당한 일에 별다른 인상을 받지 않은 것 같았다. 그는 여전히 싸울 준비가 되어 있었고 개인적인 이야기며 국가에 대한 이야기를 잔뜩 늘어놓았다. 몬도는 그에게 아무 관심도 보이지 않았다. 부칙은 울적해하며 십 분 안에 점심을 때워야 하는 것처럼 먹었다. 램지 키스는 만취 상태로 오 분마다 그의 조카가 냈으면 괜찮았을 법한 키득거리는 웃음소리를 냈다. 앙트레를 먹는 중에 레옹 블랑이 내게 말했다.

"저 어린 아가씨는 훌륭해. 당당하게 버티고 있는 것 보이나? 루이스가 그녀를 자기와 대사 사이에 앉힌 건 베린 씨에게 보내는 응원의 메시지야. 그녀가 베린 씨가 옳다는 걸 보여 주고 있어. 용감하게 자기 아버지를 대신하고 있는 거지."

블랑은 한숨을 쉬었다.

"울프 씨가 내게 질문했을 때 내 대답을 자네도 들었지. 필립 라스지오에겐 이런 일이 일어날 만도 했어. 이번 행사에서 그가 이제 껏 저질러 왔던 죄들이 돌아온 거야. 그의 핏속에 악이 흘렀다네. 만약 그가 살아 있다면 내가 죽일 수도 있다네. 다만 나는 살인을 하지 않을 뿐이지. 나는 요리사이지 백정이 될 수는 없으니까."

그는 토끼 스튜를 한 입 삼키고 한숨을 쉬었다.

"루이스를 봐. 이 일은 그에겐 대단한 일이야. 이 시베 드 라팽 은 부케 가르니가 조금 과한 것만 빼면 거의 완벽해. 아마 토끼가 어리고 육질이 부드러워서 그렇겠지. 만찬은 즐거워야 하고 루이스 의 요리에 경의를 표해야 하는데. 루이스는 그럴 자격이 있어. 근데 우리를 보게!"

그는 다시 토끼에게 달려들었다.

내게 있어 그날 저녁의 절정은 커피와 리큐어가 나왔을 때였다. 루이스 세르반이 이 년 동안 준비한 '맛의 미스터리'에 대한 발표를 하기 위해 일어났다. 나는 나른하고 배가 부른 채 코냑을 홀짝였다. 코냑이 목구멍 속으로 흘러내리자 코냑이 증발하여 도망갈 출구를 막기 위해 눈을 감았다. 나는 평온한 즐거움을 느낄 준비가 되어 있었다. 어느 정도는 교육을 받을 수도 있었다. 그때 그가 입을 열 었다.

부케 가르니 Bouquet Garni

재료의 좋지 않은 맛을 없애고
향을 내기 위해 허브 여러 종류를 한데 모아
스튜나 수프에 넣고 함께 끓인다.

"마담 에 메슈, 메 콩프레르 데 캥즈 메트르, 일 이 아 플뤼 크 상 탕 엉 옴므 파뫼, 브리야사바랭 르 그랑(신사 숙녀 여러분, 열다섯 명의 요리장 동료 여러분들, 저명하고 위대한 브리야사바랭이 벌써 백 년도 더 전에)……."

그는 그렇게 계속 말을 이어 갔다. 나는 어찌할 바를 몰랐다. 만약 회장이 어떤 언어로 연설할 의도였는지를 미리 알았더라면 어떻게든 준비를 했을 테지만, 지금 그냥 일어나서 나가 버릴 수는 없었다. 어쨌든 병 속의 코냑은 삼분의 이 정도 남아 있었다. 가장 중요한 것은 눈을 뜨고 있는 것이기 때문에 나는 기대앉아 그의 손짓과 입 모양을 구경했다. 좋은 연설이었던 것 같다. 연설이 진행된 한 시간 반 동안 청중들은 우호적인 반응을 보였다. 그들은 고개를 끄덕이거나 미소를 짓거나 눈썹을 치켜 올렸다. 여기저기서 박수가 터졌다. 어쩌다 한 번씩 로시가 "브라보!"라고 외쳤다. 램지 키스가 웃음을 터뜨렸을 때는 세르반은 연설을 멈추고 리젯 푸티가 그를 조용히 만들 때까지 예의 바르게 기다렸다. 딱 한 번, 적어도 내가 보기에는 민망한 순간이 있었다. 세르반은 어느 한 문장의 끝부분에서 침묵하며 테이블을 천천히 돌아보더니 더 이상 말을 잇지 못했다. 그의 두 눈에서 큰 눈물방울이 맺혀 뺨을 타고 흘러내렸다. 웅얼거리는 소리가 여기저기서 났다. 내 옆의 레옹 블랑은 코를 풀었다. 나는 몇 번 헛기침을 하고 코냑 잔을 집었다. 연설이 끝나자 그들은 전부 일어나서 세르반 주위에 모여 악수를 하거나 세르반에게 키스를 했다.

그들은 삼삼오오 응접실로 향했다. 나는 둘러보며 콘스탄자 베린을 찾았지만, 사라지고 없는 것을 보니 하루 치의 용감함을 다 써버린 모양이었다. 내 팔에 누군가의 손이 닿고 목소리가 들려와 그쪽을 돌아보았다.

"실례합니다, 굿원 씨이신가요? 로시 씨에게 이름을 들었습니다. 오늘 오후에…… 울프 씨와 계신 것을 보았는데요……."

나는 그렇다고 대답했다. 그는 요리를 개발한 적이 없는 앙트레 요리사 앨버트 말피였다. 그는 만찬과 세르반의 연설에 대해 한두 마디 언급하고는 말을 이었다.

"울프 씨가 마음을 바꾸신 걸로 압니다. 이…… 그러니까, 설득당하셔서 살인 사건을 수사하기로 하셨다고요. 베린 씨가 체포되셨기 때문인가 보죠?"

"아뇨, 그런 것 같지 않습니다. 그저 울프 씨가 손님이기 때문이지요. 손님은 아낌없이 대접받아야 하는 보석 같은 존재니까요."

"물론입니다. 당연하죠."

코르시카인의 눈이 바삐 주위를 살폈다가 다시 내게 돌아왔다.

"울프 씨께 말씀드려야 할 것이 있습니다."

"저기 있네요. 가서 말씀하세요."

나는 울프가 요리장 세 명과 수다를 떨고 있는 방향으로 고개를 끄덕여 보였다.

"하지만 방해하고 싶지 않아서요. 르 캉즈 메트르의 주빈이신 걸요."

그의 목소리엔 경외감이 배어 있었다.

"당신께 부탁을 해야겠다는 생각이 들었습니다……. 혹시 제가 아침에 울프 씨를 뵐 수 있을까요? 중요한 일은 아닐지도 모릅니다. 오늘 우리, 그러니까 리겟 씨와 제가 라스지오 부인과 이야기를 했습니다. 제가 이걸 부인께 이야기했더니……."

"그래요? 당신 라스지오 부인 친구예요?"

나는 그를 살폈다.

"친구가 아닙니다. 그런 여자에겐 친구가 없고 노예들만 있을 뿐이죠. 물론 그녀를 알고는 있습니다. 나는 젤러타 씨에 대한 이야기를 하고 있었는데, 그녀와 리겟 씨가 울프 씨도 아셔야 한다고 하더군요. 그건 베린 씨가 체포되기 전이었습니다. 누가 테라스를 통해 식당에 들어가 라스지오 씨를 죽였을지도 모른다고 생각되었던 때죠. 만약 울프 씨가 베린 씨를 풀어 주는 데 관심이 있다면, 이걸 꼭 아셔야 합니다."

말피는 나를 보며 미소를 지었다.

"얼굴을 찡그리시네요, 굿윈 씨. 만약 베린 씨가 풀려나지 않으면 내 야망을 성취할 수 있는데 왜 이렇게 욕심을 부리지 않고 행동하는 걸까 하고 생각하시나요? 전 욕심이 없는 사람이 아닙니다. 처칠 호텔의 주방장이 될 수 있다면 그건 제 인생 최고의 일일 겁니다. 하지만 제로메 베린 선생님은 아작시오의 작은 여관에서 제 재능을 보고 저를 세상으로 데리고 나와 자신의 천재성으로 저를 이끌어 주었어요. 저는 그분의 불운을 이용해 영광을 얻지는 않을 겁니다. 게다가 전 선생님을 알아요. 선생님이라면 라스지오 씨를 그런 식으로 죽이지는 않았을 겁니다. 뒤에서 말이죠. 그러니 울프 씨에게 젤러타 씨 이야기를 꼭 해야겠다고 생각합니다. 라스지오 부인과 리겟 씨도 같은 생각이에요. 리겟 씨는 경찰은 베린 선생님 으로 만족하고 있기 때문에 경찰에 말해 봤자 소용없을 거라고 하십니다."

나는 곰곰이 생각해 보았다. 젤러타라는 이름을 어디서 들었는 지 기억해 내려고 애쓰고 있었는데, 갑자기 떠올랐다.

"으음. 타라고나의 젤러타 씨를 말하는 거군요. 라스지오 씨가 1920년에 그 사람한테서 뭔가 훔쳤죠."

말피는 놀란 표정이었다.

"젤러타 씨를 아세요?"

"아, 조금요. 몇 가지. 요즘은 뭐 하고 지내요? 아니면 아침까지 기다렸다가 울프 선생님에게 말하시겠어요?"

"그럴 필요는 없습니다. 젤러타 씨는 뉴욕에 있어요."

"음, 일행이 많군요."

나는 씩 웃었다.

"뉴욕에 있다는 건 죄가 아니에요. 뉴욕엔 라스지오 씨를 죽이지 않은 사람들이 가득 있죠. 만약 그가 커노 스파에 있었다면 얘기가 달랐겠지만요."

"어쩌면 있을지도 몰라요."

"그가 동시에 두 곳에 있을 수는 없죠. 배심원도 그건 안 믿을걸요."

"하지만 여기 왔을지도 몰라요. 젤러타 씨에 대해서 얼마나 아시는지 모르겠지만, 라스지오 씨에 대한 그의 증오는 누구보다 더 컸으니……."

말피는 어깨를 으쓱해 보였다.

"몹시 증오했어요. 베린 선생님은 저한테 그 이야기를 자주 했죠. 그런데 한 달쯤 전에 젤러타 씨가 뉴욕에 나타났어요. 저를 찾아와서 일자리를 달라더군요. 전 주지 않았습니다. 이제 그는 만신창이에 불과해요. 술 때문에 몰락했죠. 전 베린 씨에게 들은 말이 생각났어요. 처칠 호텔에서 일자리를 구하는 이유가 혹시 라스지오 씨를 덮칠 기회를 얻으려고 하는 것은 아닐까 싶었거든요. 나중에 듣자니 부칙 씨가 러스터맨스에서 수프 요리를 맡겼는데 일주일밖에 버티지 못했다더군요."

그는 또 한 번 어깨를 으쓱했다.

"그게 전부입니다. 라스지오 부인과 리켓 씨에게 이 이야기를 했더니 제가 울프 씨에게 이야기해야 한다더군요. 젤러타 씨에 대해 아는 건 이게 전붑니다."

"아, 이렇게 고마울 데가. 제가 선생님께 전하겠습니다. 아침에도 여기 계실 건가요?"

그는 그렇다고 하고는 눈을 바삐 움직이며 자리를 떴다. 선거 운동을 할 모양이었다. 나는 귀동냥을 할 기회가 없을까 어슬렁거리다가 울프가 손가락을 까닥이는 것을 보고 그에게 갔다. 그는 이제 갈 시간이라고 선언했다.

나는 기뻤다. 난 잘 준비가 되어 있었다. 울프가 잘 자라는 인사를 마치는 동안 복도에 가서 우리 모자를 찾아 들고 하품을 하며 기다렸다. 그가 와서 우리는 나가려고 발걸음을 옮기는데, 울프가 문간에서 멈추더니 말했다.

"그나저나, 아치. 이 사람들에게 일 달러씩 주게. 좋은 기억력에 대한 보답으로 말이야."

나는 경비 뭉치를 꺼내 녹색 재킷을 입은 종업원 두 명에게 거금을 건넸다.

업셔 관에 있는 우리의 스위트룸 60호실에서 불을 켜고, 옷을 벗었다. 그동안 울프의 연약한 피부가 바람에 식지 않도록 창문을 닫은 다음 방 한가운데에 서서 기지개를 펴며 진짜 하품을 즐겼다.

"저에겐 특이한 점이 있어요. 어젯밤 새벽 4시에 잠자리에 들었던 것처럼 한번 늦게 자면, 잠을 보충할 때까지는 상태가 계속 안 좋아요. 선생님이 계속 어슬렁거리면서 수다를 떠실까 봐 걱정하고 있었어요. 지금도 자정이 다 되어 가⋯⋯."

나는 울프의 행동이 수상해서 말을 멈추었다. 그는 조끼 단추조차 풀지 않고 있었다. 그 대신 큰 의자에 앉으려고 했다. 한동안은 앉아 있겠다는 듯한 자세였다. 내가 따져 물었다.

"이 밤중에 머리를 굴리시려고요? 하루 저녁어치는 충분히 하신 것 아닌가요?"

"그렇지. 하지만 할 일이 더 있어. 포카혼타스 별관의 요리사들과 웨이터들을 일이 끝나는 대로 여기로 보내기로 세르반 씨와 약속을 했어. 십오 분 안에 올 거야."

그의 목소리는 단호했다.

"아, 도대체. 언제부터 우리가 야간 근무조가 된 거예요?"

나는 앉았다.

"라스지오 씨가 칼에 찔린 채 발견되었을 때부터. 우리에겐 시간이 조금밖에 없어. 코인 부인의 이야기를 생각해 보면 충분하지 않을지도 몰라."

그의 목소리는 더 단호해졌다.

"검은 새들이 떼를 지어 온다고요? 적어도 열두 명은 될 텐데."

"검은 새라는 말이 피부가 검은 사람이라는 의미라면, 그렇지."

"아프리카인 말이에요."

나는 일어섰다.

"들어 봐요, 보스. 선생님은 방향 감각을 잃은 거예요. 솔직히 말해서요. 아프리카인이든 검은 새든 간에, 그들은 이런 식으로 다룰 수 없어요. 그들은 선생님에게 아무 말도 해 줄 생각이 없어요. 아니었다면 사팔뜨기 보안관이 심문했을 때 이야기했겠죠. 저더러 먼지떨이로 그들 전부를 때리라는 건 아니겠죠? 우리가 할 일은 아침에 제일 먼저 톨먼과 보안관을 불러서 코인 부인 이야기를 듣게 하고, 그다음부터 알아서 하라고 하는 거예요."

울프는 끙 하는 소리를 냈다.

"톨먼과 보안관은 8시에 올 거야. 코인 부인의 이야기를 듣고 믿을 수도 있고 안 믿을 수도 있어. 어쨌거나 부인은 중국인이니까. 부인을 오래 심문하겠지. 부인의 이야기를 믿는다 해도, 그 이야기론 베린 씨의 답지에 있는 실수들을 설명할 수 없으니 베린 씨를 당장 풀어 주지는 않겠지. 정오부터 흑인들을 한 명씩 심문하기 시작할 거야. 그들이 뭘 할지 시간이 얼마나 걸릴지는 아무도 모르지만, 우리가 탈 뉴욕행 기차가 출발하는 목요일 자정에도 흑인들 심문이 끝나지 않을 가능성이 높고, 그때까지 아무것도 알아내지 못할 수도 있어."

"그들이 선생님보다 이런 일에 더 익숙해요. 선생님도 알게 되실 거예요. 저 흑인들은 익숙해서 견딜 수 있다니까요. 선생님은 코인 부인 이야기를 믿으세요?"

"물론, 명백하잖나."

"부인이 손가락을 식당 문에서 다쳤다는 걸 어떻게 아셨는지 설명해 주실 수 있을까요?"

"몰랐어. 코인 부인이 톨먼에게 밖으로 나가서 계속 밖에 있었다가 곧바로 응접실로 돌아왔다고 이야기했다는 건 알았지. 그리고 부인이 손가락을 문에 끼어 다쳤다는 걸 들었고. 정문에서 손가락을 다쳤다고 나에게 말했을 때, 그건 사실이 아니라고 알고 있었으니 그녀가 뭔가를 숨기고 있다는 걸 알게 됐지. 그래서 우리가 준비한 증거물을 사용한 거야."

"제가 준비한 거죠. 언젠가 선생님은 나무에게 허풍을 쳐서 이파리를 떨어뜨리려 하실 거예요. 흑인들 중 하나가 어떤 동기로 라스지오 씨를 죽였는지 말씀해 주실 수 있을까요?"

나는 앉았다.

"돈을 받고 한 게 아닐까 싶어. 내가 살인자들 때문에 먹고살기는 하지만 살인자들을 좋아하지는 않아. 자기가 원하는 죽음을 돈 주고 사는 살인자들은 특히 싫어. 죽이는 사람은 최소한 자기 손에 피를 묻히기라도 하지. 돈을 주고 살인을 시키는 사람들은……. 흥! 그건 대단히 혐오스럽고 불명예스러운 일이야. 난 흑인이 돈을 받고 했다고 생각해. 일이 복잡해지니 우리로선 짜증 나는 일이지."

울프는 얼굴을 찡그렸다.

"그렇게 끔찍하진 않아요."

나는 한 손을 내저었다.

"금방 올 거예요. 제가 한 줄로 세워 놓을게요. 선생님이 시민권과 십계명에 대해 잠깐 이야기하시고, 선불로 받는다 해도 돈을 받고 사람을 죽이는 건 불법이라는 말씀을 하시고, 라스지오 씨를 찌른 사람은 손을 들라고 하시면 바로 손을 들겠죠. 그러면 우리는 누구한테 얼마를 받은 거냐고 물어보기만 하면……."

"그러면 되겠지, 아치."

그는 한숨을 쉬었다.

"내가 이런 참을성과 관대함을 가지고 견디고 있다니 놀랍군. 흑인들이 왔네. 들어오라고 해."

울프 자신이 확실하지 않은 결론을 성급하게 내려 버린 순간이었다. 내가 그런다고 자주 비난하는 그가 말이다. 내가 현관에 나가 문을 열었을 때 서 있었던 사람은 아프리카인이 아닌 디나 라스지오였기 때문이다. 나는 잠시 그녀를 바라보며 놀라움에 적응을 했다. 그녀는 아몬드 모양으로 길쭉한 졸린 눈으로 나를 보며 말했다.

"이렇게 늦은 시간에 방해해서 죄송하지만 울프 씨를 만날 수 있을까요?"

나는 기다리라고 하고는 안쪽의 방으로 돌아왔다.

"피부가 검은 남자들이 아니라 여자 한 명이 왔네요. 필립 라스지오 부인께서 선생님을 만나고 싶으시대요."

"뭐? 그녀가?"

"네. 짙은 망토를 두르고 모자는 쓰지 않고요."

울프는 얼굴을 찡그렸다.

"빌어먹을 여자군! 데리고 와."

009

나는 앉아서 보고 들으며 냉소적인 느낌을 받았다. 울프는 집게손가락으로 자기 뺨을 천천히 규칙적으로 문질렀다. 짜증이 나지만 귀를 기울이고 있다는 뜻이었다. 디나 라스지오는 정면에 놓인 의자에 앉아서 망토를 등받이에 걸고 있었다. 칼라가 없는 수수한 검은 드레스 위로 그녀의 매끄러운 목이 드러났다. 자세는 편해 보였지만 눈에는 짙은 그림자가 드리워져 있었다.

울프가 말했다.

"양해의 말은 필요 없습니다, 부인. 본론으로 바로 들어가세요. 곧 찾아올 사람들이 있어서 시간이 별로 없습니다."

"마르코 때문이에요."

"과연. 마르코가 어째서요?"

"너무 무뚝뚝하시군요. 여자들은 그렇게 딱 부러지게 말할 수 없어요. 우리는 지름길로 가지 않고 빙 돌아가죠. 아시잖아요. 저 같은 여자에 대해서는 얼마나 아시는지가 궁금하네요."

그녀는 살짝 미소를 지었고, 미소는 입 끝에 계속 남았다.

"잘 모르겠군요. 당신은 특별한 종류의 여자인가요?"

그녀는 고개를 끄덕였다.

"그렇다고 생각해요. 네. 그렇다는 걸 알고 있어요. 제가 원해서라든가, 노력해서는 아니지만……."

그녀는 작은 손짓을 해 보였다.

"그 덕에 제 인생이 짜릿해지긴 했지만 별로 편안하지는 않아요. 끝은…… 끝이 어떻게 날지는 모르겠어요. 지금 전 마르코를 걱정하고 있어요. 마르코는 제 남편을 죽인 게 자기라고 당신이 의심한다고 생각하거든요."

울프는 뺨을 문지르던 손을 멈추었다.

"말도 안 됩니다."

"아뇨. 마르코는 그렇게 생각해요."

"왜요? 당신이 그렇게 말했습니까?"

"아니에요. 저는 억울해……."

그녀는 말을 멈추고 몸을 앞으로 기댔다. 고개는 한쪽으로 살짝 기울었고, 입은 벌어져 있었다. 그녀는 울프를 바라보았다. 나는 그녀를 관찰하는 것이 즐거웠다. 그녀가 한 말 중 특별한 종류의 여자가 되려고 노력하지 않는다고 했던 말은 진실이었을 것이다. 그녀는 노력할 필요가 없었다. 그녀의 내면에는 무언가가 있었다. 얼굴에만 있는 것이 아니라 옷을 뚫고 나왔다. 그것은 그녀에게 다가가고 싶은 본능적인 충동을 느끼게 했다. 나는 계속 냉소적이었다. 그러나 냉소주의가 충분치 않을 때가 있다는 사실을 기꺼이 받아들여야 했다.

그녀는 부드러운 숨결을 담아 말했다.

"울프 씨, 왜 늘 제게 날카로운 말들을 던지세요? 제가 마음에 안 드세요? 어제, 그리고 제가 필립이 비소 이야기했던 걸 말씀드렸을 때……. 또 지금 제가 마르코 이야기를 하는데……."

그녀는 몸을 뒤로 기댔다.

"옛날에 마르코가 말한 적이 있어요, 당신은 여자를 좋아하지 않는다고요."

울프는 고개를 가로저었다.

"말도 안 된다는 대답을 또 할 수밖에 없군요. 그 정도로 뻔뻔한 말에 맞설 수가 없어요. 여자를 좋아하지 않는다고요? 여자는 놀랍고 성공적인 동물입니다. 저는 편의상 싫어하는 것 같은 모습을 취할 뿐이에요. 몇 년 전에 필요에 의해 만들어 낸 태도죠. 당신에게 특히 적의가 있다는 건 인정합니다. 마르코 부칙은 제 친구입니다. 당신은 그의 아내였는데 그를 버렸습니다. 그래서 전 당신을 좋아하지 않아요."

"얼마나 오래된 일인데! 어쨌든 전 지금 마르코를 위해서 온 거예요."

그녀는 한 손을 내젓더니 어깨를 으쓱했다.

"그가 당신을 보냈다는 말인가요?"

"아뇨. 하지만 전 그를 위해서 왔어요. 물론 당신이 제 남편을 죽였다는 베린 씨의 혐의를 벗기려 하고 계시다는 건 알고 있죠. 마르코에게 죄를 돌리지 않고 어떻게 그럴 수가 있겠어요? 베린 씨는 자기가 식당에서 나올 때는 필립이 식당에 있었고 살아 있었다고 했죠. 마르코는 자기가 들어갔을 때는 필립이 없었다고 했고요. 그러니까 베린 씨가 아니라면 분명 마르코인 거잖아요. 그리고 오늘 마르코에게 누가 먼저 춤추자고 했느냐, 누가 라디오를 틀어 달라고 했느냐를 물어보셨죠. 그걸 물어보신 이유는 한 가지밖에 없잖아요. 그가 식당에서…… 안에서 무슨 일이 일어날 때 밖에 소리가 들리지 않도록 라디오를 틀어 놓았다고 의심하신다는 것."

"제가 라디오 이야기를 물어봤다는 이야기를 마르코가 당신에게 했군요."

"네. 그는 제가 알아야 한다고 생각했어요. 보세요, 그는 당신이 용서하지 않을 일을 이미 용서했어요."

그녀는 희미한 미소를 지었다.

노크 소리가 나서 나머지 이야기는 듣지 못했다. 울프의 방 밖으로 나가 문을 닫은 뒤 현관으로 가서 문을 열었다. 경고를 들었는데도 복도의 풍경은 내게 충격이었다. 할렘 지역의 흑인 절반이 몰려온 것만 같았다. 너댓 명은 몇 시간 전에 요리사 모임 회장의 만찬을 우리에게 냈던 녹색 재킷을 입은 웨이터들이었고, 나머지는 자기들의 옷을 입은 요리사와 조수 들이었다. 맨 앞에 선 한쪽 귀 아래가 잘려 나간 밝은 갈색 피부의 중년 남자는 포카혼타스 관의 수석 웨이터였는데, 그가 바로 코냑 병을 내 앞에 놓아두었던 사람이라 그에게 친근감이 들었다. 나는 그들에게 들어오라고 하고 밟히지 않도록 옆으로 물러선 다음, 곧장 내 방으로 이끌고 따라 들어갔다.

"여기서 기다려야 할 거예요, 여러분. 울프 선생님 찾아온 손님이 있거든요. 어디 좀 앉아요. 침대에 앉아요. 어차피 당분간은 쓸 일이 없을 것 같으니까요. 잠들면 내 몫까지 우렁차게 코를 골아 줘요."

난 그들을 방에 두고 울프가 좋아하지 않는 여자와 어떻게 지내고 있나 보러 돌아갔다. 둘 다 옆에 앉는 나를 힐끗 볼 생각조차 않았다. 그녀는 이렇게 말하고 있었다.

"……하지만 저는 그에 대해선 어제 말씀드렸던 것 이상으로는 아무것도 모르는걸요. 물론 베린 씨와 마르코 외에 다른 가능성도 있다는 건 알아요. 당신 말씀처럼 누가 테라스에서 식당으로 들어왔을 수도 있죠. 당신이 생각하시는 게 그것 아닌가요?"

"그럴 가능성도 있습니다. 하지만 조금 돌아가 보지요, 라스지오 부인. 제가 라디오에 대해 물어봤다는 걸 마르코가 부인에게 이야기했다는 말이죠. 라디오가 켜져 있었던 것이 당신 남편을 죽일 기회를 주었다고 제가 의심하는 것 같아 그가 두려워하고 있다는 겁니까?"

"음⋯⋯."

그녀는 망설였다.

"꼭 그런 건 아니에요. 마르코는 두려워하는 티를 내지는 않아요. 하지만 그 이야기를 하는 투를 들으니⋯⋯ 분명 두려워하고 있었어요. 그래서 당신이 정말 그를 의심하고 계신지 알아보러 온 거예요."

"그를 변호하러 오신 겁니까? 아니면 라디오가 시의적절하게도 켜져 있었다는 데 대한 추론을 제가 어리석어서 놓친 건 아닐지 확인하러 오신 겁니까?"

"둘 다 아니에요. 당신은 절 화나게 할 수 없어요, 울프 씨. 왜요? 다른 추론을 더 말씀하시게요? 잔뜩?"

그녀는 그에게 미소를 지었다.

울프는 참지 못하고 고개를 가로저었다.

"그런 건 안 됩니다, 부인. 포기하시죠. 태평한 척하시는 것 말입니다. 시간이 있을 때는 괜찮습니다만, 지금은 자정이고 다른 방에 저를 기다리고 있는 사람들이 있습니다. 말을 끝마치게 해 주시죠. 제가 안개를 걷어 들이게 해 주십시오. 당신에 대한 제 적의를 인정합니다. 저는 마르코 부칙을 당신과 결혼하기 전에도, 후에도 알았습니다. 저는 그가 변하는 모습을 보았습니다. 그렇다면 당신이 갑자기 새로운 활동 영역을 찾았을 때 제가 고마워하지 않았던 것은 왜일까요? 당신은 뒤에 잔해를 남겼기 때문입니다. 사람에게 코카인 중독을 유발하는 것은 온당치 못한 일이지만, 중독시킨 다음 갑자기 마약 공급을 끊는 것은 극악한 일입니다. 육체적으로, 그리고 영적으로 남자는 여자의 자양분이 되고 여자는 남자의 자양분이 되는 것이 자연스러운 것입니다. 그러나 당신에겐 그 누구를 위한 자양분도 없습니다. 당신의 눈, 입술, 부드러운 피부, 몸매, 움직임에서 피어오르는 기운은 선하지 않고 악의에 차 있습니다. 내키지는 않지만 당신의 모든 것을 인정한다고 하지요. 자신의 본능과 욕구대로 살던 당신은 마르코를 보자 그를 원했습니다. 당신은 당신의 독기로 그를 감쌌습니다. 그 독기를 그가 호흡하고 싶은 유일한 공기로 만들었지요. 그러고는 갑작스레 변덕을 부려, 예고도 없이 그에게서 독기를 빼앗아 숨 막히게 했습니다.”

그녀는 눈 한번 까닥이지 않았다.

“말씀드렸듯이 저는 특별한 종류…….”

“실례. 제 말이 아직 덜 끝났습니다. 전 유감을 적절히 표현할 기회를 활용하고 있습니다. 갑작스런 변덕이란 말은 잘못됐습니다. 냉철한 계산에 의한 것이었죠. 당신은 당신보다 나이가 두 배 많은 라스지오 씨에게 갔습니다. 한 단계 위였기 때문이죠. 감정적으로가 아니라 물질적으로요. 아마 마르코가 당신 짝이 되기엔 개성이 너무 강하다는 것을 알아차렸는지 모르죠. 뉴욕 같이 넓은 곳에서, 당신 입장에선 어쨌거나 월급을 받는 주방장에 불과한 라스지오 씨보다 높은 사람에게 가지 않은 이유는 악마나 알겠지만. 당신은 젊었죠. 이십 대였으니까. 지금은 몇 살이죠?"

그녀는 울프에게 미소를 지었다.

울프는 어깨를 으쓱했다.

"지성의 문제이기도 하리라 생각합니다. 당신의 지성은 뛰어날 수가 없지요. 사실 본질적으로 당신은 정신병자입니다. 만약 정신병자가 자기 종의 정상적이고 건전한 환경에 위험할 정도로 부적응을 보이는 사람이라면 말이죠. 왜냐하면 인간이 갖추어야 할 것 중에는 이기적이고 포식적인 충동을 누를 수 있는 애정과 의지가 있으니까요. 그래서 제가 당신을 정신병자라고 하는 겁니다."

그는 몸을 일으키고 앉아 그녀에게 손가락을 까닥거렸다.

"이제 들어 보세요. 말을 빙빙 돌릴 시간은 원래 없었습니다. 마르코가 당신 남편을 죽였을 수도 있다는 가능성이 있다는 건 인정하지만, 그의 짓이라고 의심하지 않습니다. 저는 마침 라디오가 켜져 있었다는 데 대한 가능한 모든 추론을 고려해 보았습니다. 지금도 고려하고 있지만 아무런 결론도 내리지 않았습니다. 더 알고 싶으신 게 있나요?"

"당신의 그 모든 말씀은…… 마르코가 저에 대해서 그렇게 말하던가요?"

그녀는 손을 내젓다 다시 의자 팔걸이로 내렸다.

"마르코는 오 년 동안 당신 이름을 입 밖에 낸 적 없습니다. 더 알고 싶으신 게 있나요?"

그녀는 동요했다. 나는 그녀의 가슴이 오르내리는 것을 보았지만 부드러운 한숨 소리는 들을 수 없었다.

"제가 정신병자이니 아무 소용없겠죠. 혹시 말피 군이 젤러타 씨 이야기를 했는지 여쭤 봐야겠네요."

"아뇨. 무슨 일인가요? 그가 누구죠?"

내가 끼어들었다.

"말피 씨는 저에게 말했어요."

그들의 눈이 내게 향했고 나는 이야기를 계속했다.

"보고드릴 기회가 없었습니다. 만찬 후에 응접실에서 말피 씨가 이야기했습니다. 라스지오 씨가 옛날에 젤러타 씨라는 사람에게서 뭔가를 훔쳤고, 젤러타 씨는 라스지오 씨를 죽이겠다고 맹세했다네요. 한 달쯤 전에 그가 뉴욕에 나타나서 말피 씨를 찾아와 일자리를 부탁했고요. 말피 씨는 일자리를 주지 않았지만 부칙 씨가 러스터맨스의 일자리를 줬고, 겨우 일주일 일한 다음 사라졌다고 했어요. 말피 씨가 리겟 씨와 라스지오 부인께 그 이야기를 했더니 두 분은 그 이야기를 선생님께 들려 드려야 한다고 했대요."

"고맙네. 다른 게 있습니까, 부인?"

그녀는 앉아서 그를 바라보았다. 그녀의 눈꺼풀은 너무 처져서 그녀의 눈이 어떤지는 보이지 않았다. 울프에게도 보이지 않았을 것이다. 그러더니 말 한마디 없이 그녀가 한 건 올렸다. 그녀는 천천히 일어나 망토를 의자 등받이에 내버려 둔 채 울프에게 가서 그의 어깨에 한 손을 얹고 쓰다듬었다. 그는 움찔하며 두툼한 목을 돌려 그녀를 올려다보려 했지만, 그녀는 입 양 끝에 미소를 머금고 물러서 망토에 손을 뻗었다. 혹시 나도 쓰다듬어 주지 않을까 싶어서 껑충 뛰어가 망토를 들어 주었지만, 그녀는 하인들 버릇을 나빠지게 하고 싶지는 않은 모양이었다. 그녀는 다정하지도, 심술궂지도 않은 목소리로 울프에게 잘 자라고 인사를 하고 나갔다. 나는 현관으로 가서 그녀를 배웅했다.

나는 돌아와서 씩 웃으며 울프를 내려다보았다.

"음, 기분이 어떠세요? 그녀가 선생님을 학살 대상으로 표시한 건가요? 아니면 저주를 내린 건가요? 독기가 이런 식으로 시작하는 건가요?"

나는 그녀가 두드렸던 어깨를 흘끔 내려다보았다.

"젤러타 씨 일 말인데요, 그녀가 불쑥 찾아왔을 때 말씀드리려고 하고 있었어요. 그녀가 이 이야기를 선생님께 들려 드리라고 말피에게 말했다는 건 눈치채셨죠. 말피와 리겟 씨가 그녀를 달래 주려고 오늘 오후에 같이 있었던 모양이에요."

울프는 고개를 끄덕였다.

"자네도 보다시피 그녀는 슬픔을 가누지 못하고 있군. 이제 그들을 데려와."

010

내겐 가망이 없었다. 나는 울프의 무한한 자만심 때문에 별 소득 없이 하루의 수면 시간 대부분을 잃게 되리라는 데 최소한 열 배의 배당으로 걸 수 있었을 것이다. 내가 보기엔 순전히 바보 같은 짓이었다. 울프가 아프리카인 한 무리와 씨름을 하려는 짓은 탐정의 정상적이고 건전한 환경에 대한 위험한 부적응이었다. 그 모습을 상상해 보라. 리오 코인이 병풍 끝 쪽에서 손가락을 입에 대고 있는 누군지 알 수 없는 녹색 제복의 웨이터 한 명, 식품 저장실과 주방으로 통하는 문 틈으로 내다보는 다른 하인의 얼굴이라기보다 눈을 보았다. 우리가 아는 사실은 그게 전부였다. 그리고 하인들은 이미 보안관에게 아무것도 보고 들은 게 없다고 말했다. 참 잘도 되겠다. 만약 한 명씩 상대했다면 조금이라도 가능성이 있을지 모르지만, 이렇게 모아 놓고 한다면 성공할 것 같지 않았다.

의자 문제는 그들을 바닥에 앉히는 것으로 해결했다. 다 합쳐서 열넷이었다. 울프는 한 명씩 상대하는 듯한 말투로, 바닥에 앉게 해서 미안하다고 사과했다. 흑인들의 이름을 알고 싶어 하더니 모두의 이름을 꼼꼼히 외웠다. 그게 십 분이나 잡아먹었다. 나는 그가 어떻게 일을 풀어 갈지 보고 싶었지만, 예비 단계가 더 있었다. 울프는 그들에게 무얼 마시고 싶은지 물었다. 그들은 아무것도 필요 없다고 웅얼거렸다. 그는 말도 안 된다며 아마 밤 내내 있어야 할지도 모른다고 했다. 흑인들은 그 말에 동요했고 몇 명은 서로 속삭이기도 했다. 그 결과 나는 전화로 맥주, 버번, 진저에일, 탄산수, 잔, 레몬, 박하, 얼음을 주문하게 되었다. 이런 경비 지출을 한다는 것은 울프가 굉장히 진지하게 일하고 있다는 뜻이었다. 다시 모임에 돌아와 보니 울프는 작고 통통한 사람에게 말하고 있었다. 웨이터는 아니었고 턱 가운데에 깊은 골이 있었다.

"이렇게 경의를 표할 수 있는 기회가 생겨서 기쁩니다, 크랩트리 씨. 세르반 씨께 듣자니 청어알 무스는 당신께서 전담하셨다고요. 어떤 주방장이라도 그 요리를 자랑스러워할 겁니다. 몬도 씨가 더 달라고 하는 걸 봤습니다. 유럽에는 청어알이 없지요."

그는 진지하지만 신중하게 고개를 끄덕였다. 그들 모두 상당히 신중했고, 행동을 조심하고 의심스러워하며 과묵하게 굴고 있음은 물론이었다. 대부분 울프를 보지도, 뭔가를 쳐다보지도 않았다. 울프는 그들을 마주하고 앉아 이리저리 살폈다. 마침내 그는 한숨을 쉬더니 이야기를 시작했다.

"여러분, 저는 흑인을 상대해 본 경험이 별로 없습니다. 눈치 없는 말처럼 들리겠지만 모든 사람을 똑같이 상대할 수 없다는 건 분명 진실입니다. 이 지역에서는 백인은 흑인을 대할 때 어떤 분명한 태도를 취해야 하고, 흑인 역시 백인을 대할 때 그렇게 해야 한다고 흔히들 생각합니다. 의심의 여지없이 어느 정도는 맞는 말이지만, 여러분 자신의 경험으로 알듯 거기엔 굉장히 다양한 상황이 있을 수 있습니다. 예를 들면 여러분이 여기 커노 스파에서 뭔가 부탁할 일이 생겼다고 합시다. 매니저인 애슐리 씨나 세르반 씨에게 가서 부탁을 해야 한다고요. 애슐리 씨는 부르주아이고, 짜증을 잘 내고, 구식이고, 조금 거만하지요. 세르반 씨는 온화하고, 너그럽고, 감상적이고, 예술가이고, 또한 라틴계입니다. 여러분이 애슐리 씨에게 접근할 때와 세르반 씨에게 접근할 때의 방식은 상당히 다를 겁니다.

하지만 성격 차이보다 더욱 근본적인 것은 인종적, 국가적, 부족적 차이입니다. 제가 흑인을 상대해 본 경험이 제한적이라고 하는 말은 그런 뜻입니다. 흑인 미국인을 말한 겁니다. 여러 해 전에 이집트와 아라비아와 알제리에서 피부색이 짙은 사람들과 일을 몇 번 해 본 적이 있습니다만 그건 여러분과는 상관이 없죠. 여기 있는 분들은 미국인이죠. 여기서 태어나지 않은 저보다 더욱 완벽한 미국인입니다. 여기는 여러분이 태어난 나라입니다. 제가 여기 와서 살 수 있도록 해 주신 것은 여러분과 여러분의 형제, 흑인과 백인이고, 그에 대해 여러분께 감사드린다는 말을 하고 싶습니다."

누군가 뭐라 중얼거렸다. 울프는 무시하고 계속 말을 이었다.

"저는 여러분께 몇 가지 질문을 하고, 뭔가를 찾아내고 싶어서 여러분을 오늘 밤 이리로 오게 해 달라고 세르반 씨께 부탁드렸습니다. 제가 관심 있는 것은 하나뿐입니다. 얻고 싶은 정보 말이죠. 솔직히 말하지요. 만약 여러분을 괴롭히고 협박해서 정보를 얻을 수 있을 거라고 생각했다면, 잠시도 망설이지 않았을 겁니다. 그러나 육체적 폭력을 사용할 수 있다 하더라도 그러지 않을 것입니다. 저는 물리적 폭력은 인간의 존엄성을 해치고, 물리적 폭력을 통해서 얻는 것이 무엇이든 그보다 잃는 게 더 많다는 낭만적인 생각을 가지고 있습니다. 하지만 만약 여러분께 협박이나 속임수를 써서 제가 원하는 바를 얻을 수 있을 거라 생각했다면, 주저하지 않고 사용했을 거라고 솔직히 말합니다. 저는 이 상황을 숙고해 본 결과 그런 방법은 통하지 않을 거라고 확신했기 때문에 궁지에 몰렸습니다. 저는 흑인에게서 무어라도 얻어 내는 방법은 협박, 속임수, 폭력뿐이라는 말을 백인에게 들은 적이 있습니다. 저는 그 말이 과연 사실일지 의심스럽습니다. 설령 그 말이 일반적으로 사실이라 할지라도 이번 사건에 있어서는 그렇지 않다고 확신합니다. 저는 효과가 있을 법한 협박을 알지 못할뿐더러 먹혀들 만한 속임수를 생각해 낼 수도 없고 폭력도 쓸 수 없습니다."

울프는 그들에게 양손을 들고 손바닥을 펼쳐 보였다.

"저는 정보가 필요합니다. 우린 어떻게 해야 할까요?"

누군가 킬킬 웃자 다른 사람들이 그를 흘깃 보았다. 벽에 기대 쪼그리고 앉은, 키 크고 마른 사람이었다. 광대뼈가 높았고 피부는 어두운 갈색이었다. 울프에게 청어알 무스를 칭찬받은 키가 작은 사람은 계급을 단 병장처럼 주위를 쏘아보았다. 가장 조용히 앉아 있는 사람은 코가 제일 납작하고 덩치가 큰데다 근육질인 젊은 웨이터였다. 나는 그를 별관에서 본 기억이 있었다. 그는 무슨 말에도 대답하려고 입을 여는 법이 절대 없었다. 귀가 잘린 수석 웨이터가 낮고 부드러운 목소리로 말했다.

"물어보시면 말씀드리겠습니다. 세르반 씨가 그렇게 하라고 하셨습니다."

울프는 그에게 고개를 끄덕였다.

"뻔하면서도 가장 간단한 방법이라는 건 저도 압니다, 몰턴 씨. 하지만 우리가 여러 문제를 마주하고 있는 건 아닌가 걱정되는군요."

"네. 어떤 문제입니까?"

걸걸한 목소리가 터져 나왔다.

"그냥 물어보시면 뭐든 말씀드릴게요."

울프는 그 목소리가 들려온 쪽을 보며 말했다.

"그렇게 하시길 바랍니다. 개인적인 이야기를 해도 괜찮겠습니까? 히아신스 브라운이라는 이름을 가진 사람의 목소리가 그렇다니 놀랍군요. 아무도 예상하지 못할 겁니다. 문제에 대한 이야기를 하자면…… 아치, 음료가 왔군. 몇 분만 굿윈 군을 도와주실 수 있습니까?"

십 분, 혹은 그보다 조금 더 긴 시간이 그렇게 지나갔다. 수석 웨이터의 지휘 아래 너덧 명이 따라왔고, 우리는 음료를 들고 와서 벽에 붙은 테이블 위에 늘어놓았다. 울프는 맥주를 받았다. 나는 우유를 주문하는 것을 깜빡했기 때문에 버번 하이볼로 만족했다. 폴 휘플이란 이름의 코가 납작한 근육질 청년은 진저에일을 마셨지만, 다른 사람들은 전부 알코올이 든 것을 마셨다. 마실 것이 모두에게 돌아가고 다시 바닥의 자기 자리에 앉자 다들 조금 느슨해져서 몇 마디씩을 주고받았다. 울프가 빈 잔을 놓고 다시 입을 열자 모두 죽은 듯이 조용해졌다.

"문제에 대한 이야기를 하지요. 가장 좋은 방법은 아마도 문제를 설명하는 게 아닐까 싶군요. 우리가 다루고 있는 일이 라스지오 씨의 살인 사건이라는 것은 물론 아시지요, 여러분이 부안관에게 아는 것이 없다고 말한 것은 알고 있지만 전 세세한 것들을 듣고 싶습니다. 보안관과 이야기할 때는 생각나지 않았던 사건들이 그 후에 떠올랐을 수도 있습니다. 몰턴 씨, 당신부터 시작하겠습니다. 화요일 저녁에 주방에 있었나요?"

"네, 그렇습니다. 저녁 내내 있었습니다. 소스 시식을 끝낸 다음 외프 아 셰발을 내기로 되어 있었습니다."

"저도 압니다. 우린 그건 못 먹었죠. 테이블에 소스 접시를 늘어놓는 것을 거들었나요?"

"네, 그렇습니다. 저희 중 세 명이 라스지오 씨를 도왔습니다. 서빙 카트에 소스 접시들을 놓고 제가 직접 가지고 들어갔습니다. 준비를 마친 다음 라스지오 씨는 딱 한 번 종을 울려 저를 부르셨습니다. 물에서 얼음을 빼라고 하셨지요. 그때를 제외하면 저는 내내 주방 안에 있었습니다. 저희 모두요."

수석 웨이터는 사근사근하고 정중했다.

"주방입니까 아니면 식품 저장실 복도입니까?"

"주방입니다. 식품 저장실에는 갈 일이 없었습니다. 요리사 몇 명은 외프 아 셰발을 만들고 있었고, 어린 친구들은 청소하고 있었고, 몇 명은 오리라든가 다른 남은 요리들을 먹고 있었습니다. 세르반 씨께서 먹어도 좋다고 하셨습니다."

"과연. 최고의 오리였습니다."

"네, 그렇습니다. 그 선생님들의 요리 솜씨는 굉장했습니다. 아주 훌륭합니다."

"세계 최고죠. 모든 예술 중 가장 섬세하고 다정한 예술의 현존하는 최고 요리장들입니다."

울프는 한숨을 쉬고 맥주를 따 잔에 따른 뒤 윗부분에 거품이 이는 것을 지켜보다가 불쑥 물었다.

"그래서 살인에 대해선 아무것도 보지도 듣지도 못했다는 말인가요?"

"그렇습니다."

"라스지오 씨를 마지막으로 본 건 물에서 얼음을 빼러 들어갔을 때였고요?"

"네, 그렇습니다."

"비둘기 고기를 썰기 위한 칼이 두 자루 있었다고 알고 있습니다. 하나는 은 손잡이가 달린 스테인리스 칼이었고, 다른 것은 주방용 고기 써는 칼이었습니다. 물에서 얼음을 뺄 때 두 자루 다 테이블 위에 있었나요?"

그는 일 초 정도밖에 망설이지 않았다.

"네, 그렇습니다. 그렇다고 생각합니다. 저는 책임감을 느껴서 아무 이상이 없는지 테이블을 한 번 둘러보았습니다. 만약 칼 두 자루 중 하나가 사라졌다면 눈치챘을 겁니다. 저는 접시의 표시까지 확인했는걸요. 소스 접시 말입니다."

"번호가 적힌 카드 말씀인가요?"

"아닙니다. 주방에서, 혹은 제가 소스를 가지고 들어갈 때 잘못 놓는 일이 없도록 접시에 분필로 작게 숫자를 적어 놓았습니다."

"저는 못 봤는데요."

"못 보셨을 겁니다. 번호는 반대쪽 접시 가장자리 아래에 작게 적어 놓았으니까요. 제가 카드 옆에 접시를 놓을 때 분필로 쓴 번호가 라스지오 씨 쪽을 향하도록 돌려놓았습니다."

"그리고 물에서 얼음을 꺼냈을 때 분필로 쓴 번호가 제대로 놓여 있던가요?"

"네, 그렇습니다."

"안에 들어갔을 때 시식을 하던 사람이 있었나요?"

"네, 키스 씨였습니다."

"라스지오 씨는 살아 있던가요?"

"네, 기세등등하게 살아 있었습니다. 제가 얼음을 너무 많이 넣었다고 호통을 치셨습니다. 그러면 미각을 얼려 버린다고 하셨습니다."

"그렇지요. 위장은 말할 것도 없고요. 안에 있었을 때 병풍들 중 하나의 뒤를 들여다보지는 않았겠군요."

"그렇습니다. 만찬 후 청소하면서 병풍은 뒤로 밀어 두었습니다."

"그 이후에는 라스지오 씨의 시체가 발견되었을 때까지 다시 식당에 들어가지 않았나요?"

"그렇습니다."

"식당을 들여다보지도 않았고요?"

"그렇습니다."

"확실한가요?"

"물론 확실합니다. 제 행동은 기억하지 않겠습니까."

"기억하겠지요."

울프는 찡그리며 맥주잔을 더듬어 찾고는 입에 대고 꿀꺽 마셨다. 수석 웨이터는 침착하게 하이볼을 홀짝 마셨지만 그의 눈이 울프를 떠나지 않는 것을 나는 보았다.

울프는 잔을 내려놓았다.

"고맙습니다, 몰턴 씨."

그는 몰턴 옆에 있는 사람에게로 시선을 옮겼다. 중간 정도 몸집에, 곱슬머리에는 흰 머리카락이 섞여 있었고 얼굴에는 주름이 있었다.

"자, 다음은 그랜트 씨. 요리사인가요?"

"네, 그렇습니다."

그의 목소리는 조금 쉰 듯했다. 그는 헛기침을 한 뒤 다시 대답했다.

"네, 그렇습니다. 저는 본관에서는 각종 새 요리를 담당하지만, 여기서는 크래비를 돕습니다. 저희 중 가장 솜씨가 좋은 사람들을 세르반 씨가 여기로 보내셨습니다. 요리장분들께 좋은 인상을 드리기 위해서요."

"크래비가 누구죠?"

"저를 말하는 겁니다."

턱에 골이 있는 통통한 사람, 즉 병장의 말이었다.

"아, 크랩트리 씨. 그러면 당신이 청어알 무스 만드는 것도 도왔 겠군요."

그랜트 씨가 말했다.

"네, 그렇습니다. 크래비는 감독만 했습니다. 일은 제가 했지요."

"과연. 존경스럽습니다. 화요일 저녁에 주방에 있었나요?"

"네, 그렇습니다. 짧고 간단하게 말씀드릴 수 있습니다, 선생님. 전 주방에 있었고, 주방에서 나온 적이 없고, 내내 주방 안에 있었 습니다. 이 정도면 되었나요?"

"그런 것 같군요. 식당이나 식품 저장실에는 가지 않았나요?"

"가지 않았습니다. 주방 안에 내내 있었다고 방금 말씀드렸습 니다."

"그러시겠죠. 언짢게 생각하지 마세요, 그랜트 씨. 확실하게 하 고 싶었던 것뿐이니까요."

울프의 시선이 움직였다.

"휘플 씨. 물론 전 당신을 압니다. 당신은 기민하고 유능한 웨이 터죠. 만찬에서 제게 필요한 것을 금세 알아차리고 대응하셨습니 다. 그런 능숙함을 익히기엔 아직 젊은 나이인 것 같은데요. 몇 살 입니까?"

코가 납작한 근육질 청년은 울프를 똑바로 보고 말했다.

"스물하나."

수석 웨이터 몰턴이 그를 노려보며 말했다.

"입니다를 붙여."

그는 울프를 돌아보고 말했다.

"폴은 대학생입니다."

"그렇군요. 어떤 대학에 다니나요, 휘플 씨?"

"하워드 대학입니다, 선생님."

울프는 손가락을 까닥였다.

"존칭을 붙이는 것에 반발심이 든다면 붙이지 마세요. 강요된 예절은 없는 것보다 못합니다. 대학에는 교양을 쌓으러 다니나요?"

"전 인류학에 관심이 있습니다."

"과연. 난 프란츠 보애스•를 만나서 책에 서명을 받은 적이 있죠. 당신은 화요일 저녁에 별관에 있었던 걸로 기억합니다. 만찬 때 제게 음식을 내주었죠."

"네, 그렇습니다. 만찬 후에 식당을 청소하고 소스 시식 준비하는 걸 도왔어요."

"못마땅해하는 말투로군요."

"네. 제 개인적인 생각으로는 그렇습니다. 다 큰 어른들이 자기들의 시간과 재능, 그리고 다른 사람들의 시간을 낭비하는 건 경솔하고 유치한……."

"닥쳐, 폴."

몰턴의 말이었다.

울프가 말했다.

"당신은 젊습니다, 휘플 씨. 우리 모두는 각자 특별한 가치 기준을 가지고 있고, 제가 당신의 기준을 존중하길 바란다면 당신도 제기준을 존중해야 합니다. 폴 로렌스 던바^{••}가 '주머니쥐가 할 수 있는 최고의 일은 빈 배를 채우는 것'이라고 말했다는 점을 상기시키고 싶군요."

대학생은 놀라서 울프를 바라보았다.

"던바를 아세요?"

"물론이죠. 전 야만인이 아닙니다. 화요일 이야기로 돌아가 봅시다. 식당 일을 다 돕고 나서는 주방으로 돌아갔나요?"

"네, 그렇습니다."

"주방에서 나온 것은⋯⋯."

"한 번도 나오지 않았습니다. 무슨 일이 벌어졌는지 전해 듣기전까지는요."

"내내 주방에 있었나요?"

"네, 그렇습니다."

"고맙습니다."

울프의 눈이 다시 옮겨갔다.

"대깃 씨⋯⋯."

그는 계속 질문을 했고 똑같은 대답들을 더 들었다. 나는 하이볼 잔을 비우고 의자를 뒤로 기대 벽에 대고 눈을 감았다. 목소리, 질문과 대답은 내 귀에는 소음에 불과했다. 나는 울프가 무슨 생각

• **프란츠 보애스** _ 북미 원주민을 주로 연구했던 미국의 인류학자.

•• **폴 로렌스 던바** _ 시인 겸 소설가. 흑인 작가로선 최초로 전국적 명성을 얻었다.

을 하는지 알 수 없었다. 아무리 들어 봐도 무슨 생각이 있는 것 같지 않았다. 물론 속임수를 하나도 생각해 낼 수 없으니 속임수를 쓰지 않겠다는 울프의 선언은 기린이 목이 짧아서 높은 곳에 있는 것을 먹을 수 없다고 하는 것과 같은 말이었다. 하지만 내가 보기엔, 만약 울프가 이런 식의 강강수월래가 좋은 속임수라고 생각했다면 웨스트 버지니아의 산 공기에서 되도록 빨리 벗어나 해수면 고도로 돌아가는 게 나을 것 같았다.

질문과 대답은 계속되었다. 그는 단 한 명도 건너뛰지 않았고 계속 개인적인 이야기들을 했다. 심지어 히아신스 브라운의 아내가 돌봐야 할 꼬마 셋을 남겨 두고 도망갔다는 것까지 알아냈다. 나는 울프가 어디까지 진행했는지 보려고 가끔 눈을 떴다가 감았다. 열린 창문을 통해 수탉이 멀리서 우는 소리를 들었을 때 내 손목시계는 1시 45분을 가리키고 있었다.

내 이름을 듣고 나는 의자에서 일어났다.

"아치 군, 맥주 좀 주게."

내 반응이 조금 느려서 몰턴이 일어나 나보다 먼저 맥주를 집었다. 나는 다시 앉았다. 울프는 다른 사람들에게도 술을 더 들라고 권했고, 상당수가 그 말을 따랐다. 잔을 비우고 입술을 닦은 울프는 뒤로 기대앉아 그들이 모두 자기 말을 기다리게 될 때까지 천천히 한 바퀴 훑어보고 다시 반대 방향으로 훑었다.

그는 아까와는 다른 사무적인 목소리로 말했다.

"여러분, 아까 제가 말했던 문제가 어떤 것인지 설명하겠다고 했습니다. 이제 우리는 그 문제에 부딪혔습니다. 원하는 정보를 묻겠다고 했지요. 저는 물었습니다. 여러분 모두 여기서 주고받은 말을 들었습니다. 여러분 중 한 명이 대놓고 고의적으로 거짓말을 했다는 사실을 몇 분이나 알고 있는지 궁금하군요."

완벽한 정적이 흘렀다. 울프는 오 초 동안 정적이 흐르게 놔두고는 이야기를 계속했다.

"화요일 저녁에 베린 씨가 식당에서 나간 다음 부칙 씨가 들어온 순간까지 팔 분에서 십 분이 흘렀다는 것, 베린 씨는 자신이 식당에서 나갈 때는 라스지오 씨가 살아 있었다고 한다는 것, 부칙 씨는 자신이 식당에 들어갔을 때 라스지오 씨는 아예 없었다고 한다는 것, 이 모든 것은 주지의 사실이고 여러분도 틀림없이 알고 있을 겁니다. 물론 부칙 씨는 병풍 뒤를 들여다보지 않았습니다. 그 팔 분에서 십 분 사이에 누가 테라스에서 식당으로 들어가는 문을 열고 들여다보고 흑인 두 명을 목격했습니다. 제복을 입은 한 명은 병풍 뒤에 서서 손가락을 입술에 대고 있었습니다. 다른 사람은 식품 저장실로 가는 문을 살짝 열고 병풍 뒤에 있는 사람을 똑바로 들여다보고 있었습니다. 나는 병풍 뒤에 있던 남자가 누구인지 모릅니다. 식품 저장실 문으로 들여다보고 있던 사람은 지금 제 앞에 앉아 있는 여러분 중 한 명입니다. 그 사람이 제게 거짓말을 하고 있는 사람입니다."

또다시 정적. 아직도 벽에 기대 쪼그리고 앉아 있었던, 키 크고 마른 사람이 크게 킬킬 웃는 소리에 정적이 깨졌다. 이번에는 그는 웃고 난 뒤 코웃음을 치며 이렇게 말했다.

"말해요, 보스!"

검은 머리의 흑인 대여섯 명이 휙 돌며 그를 보았고 크랩트리는 넌더리난다는 듯 "보니, 이 빌어먹을 바보 주정뱅이!"라며 울프에게 사과했다.

"저 젊은이는 농담을 잘 못한답니다. 말씀하신 것 말인데, 저희 중에 선생님께 거짓말을 한 사람이 있다고 느끼신다니 저희 모두 유감입니다. 잘못된 정보를 들으신 것 같습니다."

"아뇨, 그 말은 부정할 수밖에 없군요. 제 정보는 정확합니다."

몰턴은 음악 같은 부드러운 목소리로 물었다.

"문틈으로 모든 광경을 본 사람이 누구인지 여쭤도 될까요?"

"안 됩니다. 어떤 모습을 목격했는지 이미 말했고, 이 이야기가 사실이라는 걸 전 알고 있습니다."

울프의 눈이 그들의 얼굴을 훑었다.

"여러분 모두 제 정보에 이의를 제기할 생각은 버리세요. 여러분 중 식당에서 어떤 일이 있었는지 모르는 분은 무관합니다. 아는 분들은 제 정보가 실제 목격자에게서 나왔다는 걸 알겠죠. 그렇지 않다면, 예를 들어 병풍 뒤의 남자가 손가락을 입술에 대고 있었다는 사실을 제가 어떻게 알겠습니까? 신사 여러분, 이 상황은 단순

합니다. 저는 여러분 중 최소 한 명이 거짓말을 했다는 걸 알고, 그 사람은 제가 그 사실을 안다는 걸 압니다. 제가 생각하는 건, 이렇게 간단한 상황을 간단한 방식으로 쉽게 끝낼 방법이 없을까, 하는 것입니다. 한번 해 봅시다. 몰턴 씨, 식당에서 식품 저장실로 통하는 문을 열고, 병풍 뒤에서 손가락을 입에 대고 있던 남자를 본 사람이 당신이었나요?"

귀가 잘려나간 수석 웨이터는 천천히 고개를 가로저었다.

"아닙니다."

"그랜트 씨, 당신이었나요?"

"아닙니다."

"휘플 씨, 당신이었나요?"

"아닙니다."

울프는 그렇게 한 바퀴 돌았고, 열네 번의 기회에서 열네 개의 부정적인 대답을 들었다. 아주 성공적이었다. 기록을 세운 다음 그는 맥주 한 잔을 따르고, 거품을 바라보며 얼굴을 찡그렸다. 아무도 말하거나 움직이지 않았다. 마침내 울프는 맥주를 마시지 않고 뒤로 기대앉아 참을성 있게 한숨을 내쉬었다. 그는 작은 소리로 이야기를 이어 갔다.

"우리가 오늘 밤 내내 여기 있어야 될지도 모르겠다고 걱정했습니다. 그렇게 말했지요. 협박을 할 생각은 없습니다. 하지만 여러분 전부가 부정했기 때문에 단순한 상황을 복잡한 상황으로 만들었으니 이제 설명을 하겠습니다.

먼저, 여러분이 계속 부정한다고 가정해 보죠. 그럴 경우, 제가 할 수 있는 유일한 일은 경찰 관계자에게 정보를 전달해서, 그들이 테라스에서 식당 안을 들여다 본 사람을 취조하도록 하는 겁니다. 그들 역시 저와 마찬가지로 이 정보가 옳다고 확신할 겁니다. 그러면 그들은 그 사실을 아는 채로 여러분들을 수사하기 시작하겠죠. 여러분 중 한 명이 분명히 병풍 뒤의 남자를 보았다고 생각할 겁니다. 저는 그들이 여러분에게 어떤 일을 할지, 얼마나 오래 붙잡아 둘지 아는 척하지는 않겠습니다만, 상황은 그렇게 될 거고 저는 거기에 관여하지 않을 겁니다."

울프는 다시 한숨을 쉬고 얼굴들을 살폈다.

"자, 여러분 중 누구라도 부정했던 말을 취소하고 진실을 이야기한다면 어떻게 될까요? 마찬가지로 여러분은 조만간 이 지역 경찰 관계자를 만나야 하겠지만 상황은 꽤 달라질 겁니다. 저는 지금 여러분 중 한 사람에게 말하고 있는 겁니다. 그게 누구인지 여러분은 아시지만 저는 모릅니다. 당신과 당신의 동료들이 제 요청에 따라 저를 만나러 오셨다. 그리고 식당에서 본 일에 대한 정보를 자진해서 알려 주었다고 톨먼 씨와 보안관에게 말하면 괜찮은 것입니다. 당신이 진실을 말해 준다면, 처음으로 정보를 준 사람이 누구인지를 밝힐 이유는 전혀 없을 겁니다. 물론 만약 필요하다면 저는 그 사람이 누구인지 댈 준비가 되어 있습니다. 경찰은 당신이 화요일 밤에 그렇게 중요한 사실을 숨겼다는 것을 당연히 좋아하지 않겠지만, 그 점은 관대하게 대하도록 제가 사전에 조치를 취할 수 있을 것입니다. 반드시 그렇게 하겠습니다. 여러분 중 다른 사람들은 전혀 이 사건에 관여할 필요가 없습니다."

"자……."

울프는 그들을 다시 한번 둘러보았다.

"……지금부터가 어려운 부분입니다. 당신이 누구든 간에, 저는 당신이 부정한 것을 이해할 수 있고 공감합니다. 당신은 문틈으로 내다보았죠. 분명 무슨 소리를 들었기 때문일 겁니다. 그리고 당신과 같은 인종의 사람이 병풍 옆에 서 있는 걸 보았고, 사십 분쯤 지나서 어떤 일이 일어났는지 들었을 때, 당신은 그 사람이 라스지오를 살해했다는 사실을 알게 되었습니다. 아니면 적어도 그런 의심이 강하게 들었겠죠. 당신은 살인자가 흑인이라는 걸 알았을 뿐 아니라, 아마 그 사람이 누구인지도 알아보았을 겁니다. 그는 커노 스파 제복을 입은 동료 직원이었을 테니까요. 그리고 문틈으로 내다보았을 때 그가 당신 정면을 향하고 있었으니까요. 그래서 일이 또 한 번 복잡해집니다. 만약 그가 당신과 가깝고 당신이 아끼는 사람이라면, 제가 무슨 말을 하든, 보안관이 어떤 일을 하든 당신은 계속 부정하겠지요. 그러면 여기 있는 당신의 동료들도 상당한 불편을 겪게 되겠지만, 그건 어쩔 수 없습니다.

하지만 그가 당신과 개인적으로 가깝지 않은데 그저 동포라는 이유만으로, 혹은 피부색이 같다는 이유만으로 누구인지 밝히기를 거부한다면, 그에 대해 몇 마디 하겠습니다. 먼저 동포라는 이유, 그건 말도 안 됩니다. 수 세기 전에 사람이 살인에 맞서 스스로를 지키는 것은 불가능하다는 것이 밝혀졌습니다. 사람을 죽이는 것은 극히 쉽기 때문이지요. 그래서 사람들은 서로를 보호해야 한다는 합의가 이뤄졌습니다. 만일 제가 당신을 보호한다면, 당신이 저를 좋아하든 좋아하지 않든 당신 역시 저를 보호해야 합니다. 당신 몫을 하지 않는다면 합의에서 제외되는 겁니다. 그러면 당신은 범법자입니다.

하지만 살인자는 흑인이었고, 당신도 흑인입니다. 그것 때문에 곤란해집니다. 인간 사회의 합의 중엔 살인에서 보호받는 것 외에 다른 합의도 수천 가지가 있고, 다른 대륙은 말할 것도 없이 미국에서 백인들이 이런 합의들 중 일부의 혜택 대상에서 흑인을 제외했다는 건 분명 사실입니다. 이런 제외가 살인에까지 이를 수도 있습니다. 이 나라의 어떤 곳에서는 백인이 흑인을 죽일 수도 있다고 하지요. 처벌을 아예 받지 않는 것은 아니라 할지라도, 합의에 따른 처벌은 피해 갈 수 있습니다. 그건 잘못이죠. 개탄스러운 일입니다. 저는 흑인들이 그에 대해 분노하는 것을 비난하지 않습니다, 하지만 지금 당신이 마주하고 있는 것은 이론이 아니라 사실인데, 이걸 어떻게 바꿀 수 있겠습니까?

전 병풍 뒤의 남자를 본 사람에게 말하고 있는 겁니다. 만약 그 사람이 당신에게 소중한 사람이라서, 또는 그럴 만한 개인적 이유가 있어서 그를 보호해 주는 거라면, 아무 할 말이 없습니다. 전 소용없는 이야기는 좋아하지 않으니까요. 당신은 보안관과 맞서 싸워야 할 겁니다. 하지만 그와 피부색이 같기 때문에 보호하는 거라면 할 이야기가 아주 많습니다. 당신은 당신의 인종에게 큰 해를 끼치고 있는 겁니다. 여러분들이 정당하게 분노하는, 바로 그 제외를 영속시키고 강화하는 것입니다. 이상적인 인간들의 합의는 인종과 피부색과 종교의 차이가 전혀 고려되지 않는 합의입니다. 누구든 차별이 유지되도록 하는 사람은 그런 이상의 실현을 더디게 하는 겁니다. 그리고 당신은 지금 차별이 유지되도록 하고 있습니다. 만약 살인의 경우, 당신의 행동이 살인자의 피부색에 영향을 받는다면 당신이 백인이든 홍인이든 흑인이든……."

"당신 말은 틀렸어요!"

코가 납작한 근육질 청년, 아까의 대학생의 입에서 날카롭게 터져 나온 말이었다. 그들 중 일부는 펄쩍 뛰었고, 나는 놀랐다. 모두 그를 바라보았다.

울프가 말했다.

"저는 제 입장을 정당화할 수 있다고 생각합니다, 휘플 씨. 제가 끝까지 말하게 해 준다면……."

"당신 입장을 말하는 게 아니에요. 당신 논리는 좋을 대로 하세요. 당신이 알고 있는 사실이 틀렸어요. 사실 중에서 한 가지는요."

울프는 눈썹을 치켜 올렸다.

"어떤 사실이죠?"

"살인자의 피부색요."

대학생은 울프의 눈을 똑바로 쳐다보았다.

"살인자는 흑인이 아니었어요. 제가 그를 봤어요. 그는 백인이었어요."

즉시 나는 다른 충격을 받았다. 또 다른 폭발이 있었다. 이번에는 무언가 바닥에 쾅 쓰러졌기 때문이었다. 대학생에게 쏠렸던 우리의 주의는 그게 벽에 기대 있던 키 크고 마른 보니였다는 걸 알게 될 때까지 분산되었다. 울프의 연설 때문에 잠이 들었던 그는 휘플의 발언으로 일어난 흥분에 잠이 조금 깨어 균형을 잃고 넘어졌다. 그는 투덜거리기 시작했는데 크랩트리가 노려보아 조용히 만들었다. 방이 술렁거렸다.

울프가 부드럽게 물었다.

"병풍 뒤의 남자를 보았나요, 휘플 씨?"

"네."

"언제요?"

"그가 병풍 옆에 서 있었을 때요. 문을 열고 들여다본 사람이 저였어요."

"과연. 그런데 그의 피부가 희었다는 얘기인가요?"

"아니요."

휘플은 변함없이 울프를 쳐다보고 있었다. 그는 보니가 넘어지는 소리에도 고개를 돌리지 않았다.

"그의 피부가 희었다고는 하지 않았어요. 백인이라고 했죠. 제가 보았을 때 그의 피부는 검었어요. 검게 칠을 했으니까요."

"어떻게 알죠?"

"제가 봤으니까요. 분장에 사용하는 태운 코르크랑 진짜를 구분하지 못할 거라 생각하세요? 전 흑인이라고요. 하지만 그게 다가 아니었어요. 말씀하셨던 것처럼 그는 손가락을 입술에 대고 있었는데, 손이 달랐어요. 흑인이 아니라도 그건 알아차렸을 거예요. 딱 붙는 검은 장갑을 끼고 있었어요."

"왜 식품 저장실에 가서 문틈으로 들여다봤나요?"

"식당에서 소리가 들렸거든요. 그랜트는 외프 아 셰발 위에 뿌릴 파프리카가 필요했는데, 통이 비어 있어서 제가 새로 가지러 복도의 찬장에 갔어요. 그래서 그 소리를 듣게 된 거예요. 주방에서는 시끄러운 소리가 잔뜩 나고 있어서, 주방에 있던 사람들은 듣지 못했어요. 전 파프리카를 찾느라 사다리에 올라갔다가 파프리카를 찾은 다음에 내려와서 무슨 소리였나 보려고 문을 조금 열었던 거예요."

"식당 안으로 들어갔나요?"

"아니요."

울프는 손가락을 천천히 까닥였다.

"휘플 씨, 진실은 대부분 훌륭하고, 거짓말은 때때로 아주 위대하지만, 둘을 섞은 것은 혐오스럽다는 말씀을 드려도 될까요?"

"전 오직 진실만을 말하고 있어요."

"전에는 그렇지 않았죠. 살인자가 흑인이 아니었는데 왜 그랬나요?"

"우월한 인종의 일에 끼어들지 말라는 교훈을 배웠으니까요. 만약 흑인이었다면 말했을 거예요. 그렇지만 우리 피부색의 체면을 구기는 건 백인에게 맡겨 둬야 해요. 스스로 그래선 안 되죠. 당신 논리가 얼마나 빈약했는지 이제 아시겠죠."

"친애하는 휘플 씨. 그건 제 논리에 의문을 제기하지 못하고, 그저 당신이 나와 동의한다는 걸 보여 줄 뿐입니다. 언젠가 나중에 의논해 봐야겠군요. 그렇다면 당신은 이 일이 백인의 일이고 당신과는 상관없다고 생각했기 때문에, 또한 이 사실을 밝혔다간 곤란해지기 때문에 숨겼던 거군요."

"아주 곤란해지죠. 당신은 북부 사람이라 잘 모⋯⋯."

"나는 사람입니다. 적어도 사람이 되려고 노력하죠. 당신은 날

연구하고 있군요. 인류학자니까요. 당신은 과학자가 되고 싶어 하지 않습니까. 잘 생각하고 대답해 주세요. 그 사람이 백인이었다고 얼마나 확신합니까?"

휘플은 생각해 보았다. 그는 곧 대답했다.

"확신하지는 못해요. 밝은 갈색 피부, 약간 어두운 피부에 태운 코르크로 칠하면 그렇게 보일 거예요. 검은 장갑은 누구나 낄 수 있죠. 태운 코르크나 그 비슷한 무언가를 썼다는 건 확실하고, 장갑을 꼈던 것도 분명해요. 흑인이 왜 그렇게 치장을 하겠어요. 그래서 저는 당연히 그 사람이 백인이라고 생각했지만, 물론 장담은 할 수 없어요."

"안전한 추론 같군요. 당신이 목격했을 때 그는 뭘 하고 있었나요?"

"병풍 끝에 서서 몸을 돌리고 있었어요. 그가 저를 본 건 분명 우연이었을 거예요. 제 소리를 들었을 리는 없어요. 그 문은 소리가 나지 않는데다 저는 문을 손가락 한 개 길이 정도밖에 열지 않았거든요. 응접실 문은 닫혀 있었지만 라디오 소리가 크게 들려왔죠."

"커노 스파 제복을 입고 있던가요?"

"네."

"머리는요?"

"제복 모자를 쓰고 있었어요. 뒤통수는 보지 못했어요."

"모습을 묘사해 보세요. 키, 체중……."

"중간 체격이었어요. 백칠십 센티미터 초반쯤이었던 것 같고, 체중은 칠십 킬로그램을 조금 넘는 것 같아요. 자세히 살펴보지는 않았어요. 보자마자 얼굴을 검게 칠했다는 걸 알 수 있었는데 손가락을 입술에 댔을 때 전 손님 중 한 분이 연기를 하며 장난을 치시는 거라고 생각했어요. 제가 들었던 소리는 그가 병풍을 흔들거나 해서 났던 것이겠거니 생각했죠. 전 문이 닫히게 손을 떼고 돌아가려고 했어요. 그러는 동안 그는 몸을 돌리기 시작했어요."

"테이블 쪽으로요?"

"그보다는 테라스로 향하는 문 쪽이었던 것 같아요."

울프는 입술을 오므렸다가 다시 입을 열었다.

"손님이 장난을 치는 거라고 생각하셨다고요. 만약 그게 누구였는지 한 명을 찍어야 한다면 누굴 고르시겠어요?"

"모르겠어요."

"괜찮습니다, 휘플 씨. 저는 그저 외모의 일반적인 특성을 알아보려 하는 겁니다. 얼굴이 길었나요, 둥글었나요?"

"이름을 대라고 하셨잖아요. 이름은 댈 수 없어요. 얼굴도 알아볼 수 없어요. 얼굴을 검게 칠하고 모자를 눌러쓰고 있었거든요. 눈동자 색깔은 밝았던 것 같아요. 얼굴은 둥글지도 길지도 않고 평범했어요. 전 일 초밖에 못 봤어요."

"느낌은 어땠나요? 전에 본 적이 한 번이라도 있는 사람이라는 느낌을 받았나요?"

대학생은 고개를 가로저었다.

"제가 받았던 유일한 느낌은 백인의 장난에 간섭하고 싶지 않다는 거였어요. 나중에는 백인의 살인에 간섭하고 싶지 않다고 느꼈고요."

울프의 맥주잔 속 거품은 다 사라졌다. 울프는 잔을 들어 보고 찡그리더니 입에 가져가 다섯 번 삼킨 다음 텅 빈 잔을 내려놓았다.

"음."

그는 다시 휘플을 바라보았다.

"제가 이 이야기를 끌어낸 것이 당신 의지와는 반대되는 일이었어도 용서하기를. 당신이 이 이야기에 색을 입히지 않았길 바랍니다. 주방으로 돌아왔을 때 다른 사람에게 이 이야기를 했나요?"

"아니요."

"식당에서 낯선 사람이 얼굴에 검은 칠을 하고 검은 장갑을 끼고 커노 스파 제복을 입고 있는 특이한 모습을 보았는데, 이야기할 만한 거리라고 생각하지 않았습니까?"

"아니요."

"이 바보야."

크랩트리였다. 짜증 난 목소리였다.

"넌 우리가 너만 한 사내가 못 되는 것 같냐?"

그는 울프를 돌아보았다.

"이 녀석 엄청 건방지게 굴고 있어요. 보이지 않는 곳에 착한 마음을 숨겨 두고 머리는 터져 나갈 지경이에요. 짐을 혼자 짊어지려고 하네요. 아닙니다, 저 녀석은 주방에 돌아오자마자 저희한테 이야기했어요. 방금 말했던 것처럼요. 저희는 다 들었고, 저희끼리 이야기했어요. 좀 더 특별한 이야기를 원하시면 저기 몰턴한테 물어보세요."

귀가 잘려나간 수석 웨이터가 그를 휙 돌아보았다.

"다 떠벌이는 거야, 크래비?"

크랩트리는 그의 시선을 맞받았다.

"내 말 들었잖아. 폴이 불었잖아? 누가 자네만 예외로 해 준 것도 아니고 말이야."

몰턴은 꿍 소리를 냈다. 그는 몇 초 정도 더 크랩트리를 노려보다가 어깨를 으쓱하고는 울프를 돌아보더니 다시 사근사근하고 정중해졌다.

"저 친구가 한 이야기는 폴이 이야기를 마치면 들려 드리려고 하고 있었습니다. 저도 그 사람을 보았습니다."

"병풍 옆에 있던 사람 말입니까?"

"네, 그렇습니다."

"어쩌다 보게 되었습니까?"

"폴이 파프리카를 찾는 게 너무 오래 걸린다는 생각이 들어서 식품 저장실 복도로 갔습니다. 제가 갔을 때 폴은 문에서 돌아서던 참이었는데, 엄지손가락으로 식당 쪽을 가리키며 안에 누가 있다고 하더군요. 무슨 뜻인지 몰랐습니다. 당연히 라스지오 씨가 계시다는 걸 알고 있었으니까요. 그래서 저는 보려고 문을 조금 밀었습니다. 그 사람의 등이 제 쪽을 향하고 있더군요. 테라스로 통하는 문으로 걸어가고 있었기 때문에 얼굴은 보지 못했지만 검은 장갑을 낀 건 보았습니다. 물론 제복을 입고 있는 것도 보았죠. 저는 문에서 손을 떼고 폴에게 누구냐고 물었고, 폴은 자기도 모르지만 손님들 중 하나가 얼굴을 검게 칠한 것 같다고 했습니다. 저는 폴에게 파프리카를 주방으로 가지고 가라고 한 다음 문을 한 번 더 열고 들여다보았지만 그 사람은 보이지 않았습니다. 라스지오 씨께 필요하신 건 없느냐고 여쭤 보려고 문을 더 열었습니다. 테이블 옆에는 안 계시더군요. 식당 안에 들어갔지만 어디에도 안 계셨습니다. 시식을 어떻게 진행하기로 했는지 알고 있었기 때문에 이상했지만 크게 놀랐다고 말할 수는 없습니다."

"그건 왜인가요?"

"음, 그건…… 이 손님들이 처음부터 아주 개인적으로 행동하셨다고 말해도 괜찮겠지요."

"괜찮습니다."

"그래서 전 라스지오 씨가 응접실에 가셨거나 했으려니 생각했습니다."

"병풍 뒤는 보셨나요?"

"아뇨, 보지 않았습니다. 그럴 필요가 있다고 생각하지는 않았습니다."

"방에는 아무도 없었습니까?"

"네. 아무도 보이지 않았습니다."

"그다음엔 어떻게 했죠, 주방으로 돌아갔나요?"

"네, 그렇습니다. 제 생각에는……."

"아직은 입 닫지 마."

통통하고 몸집이 작은 주방장이 경고조로 말했다.

"여기 울프 씨는 인정이 많으신 분이고, 알고 계시는 편이 나을 테니 말씀드려. 우리는 네가 했던 말을 모두 정확히 기억하고 있다고."

"그래, 크래비?"

"그래, 너도 알잖아."

몰턴은 어깨를 으쓱하더니 울프를 돌아보았다.

"그가 하는 말은 제가 막 말씀드리려던 겁니다. 주방으로 돌아가기 전에 저는 테이블을 살펴봤습니다. 제가 책임을 지고 있으니까요."

"소스가 놓인 테이블 말인가요?"

"네, 그렇습니다."

"칼 하나가 사라졌던가요?"

"그건 모르겠습니다. 사라졌다면 아마 알아봤겠지만, 비둘기 요리 접시 덮개를 들춰 보지는 않았고, 칼이 그 밑에 있었을지도 모르

니 그건 확실하지 않습니다. 하지만 뭔가 잘못되었다는 걸 눈치챘
습니다. 누가 소스를 가지고 장난을 쳤더군요. 순서가 바뀌어 있었
습니다."

나는 생각할 겨를도 없이 휘파람을 불었다. 울프는 나를 날카롭
게 쏘아보았다가 다시 몰턴을 보며 중얼거렸다.

"아! 어떻게 알았습니까?"

"표시를 보고 알았습니다. 분필로 접시에 써 둔 숫자 말이죠. 제
가 접시를 테이블로 날랐을 때는 분필로 1이라고 쓴 접시를 1번 카
드 앞에, 2를 2번 앞에, 그런 식으로 놓았습니다. 그런데 그렇게 놓
여 있지 않았습니다. 뒤죽박죽이 되어 있더군요."

"몇 개나요?"

"두 개만 빼고 전부였습니다. 8번과 9번은 그대로였지만, 나머
지는 전부 바뀌어 있었습니다."

"맹세할 수 있습니까, 몰턴 씨?"

"아무래도 맹세를 해야 할 것 같군요."

"할 수 있나요?"

"네, 할 수 있습니다."

"그와 함께, 접시들의 순서가 뒤바뀐 것을 알았을 때, 원래 위치
로 되돌려 놓았다고도 맹세하라고 한다면요?"

"네, 그렇습니다. 그렇게 했습니다. 그것 때문에 제가 해고될지
도 모르겠군요. 잘못 놓인 접시를 바로잡는 건 제가 할 일이 아니라

는 것은 알고 있었습니다. 하지만 세르반 씨가 제 이야기를 들어 주신다면 말인데, 전 그분을 위해 그렇게 한 겁니다. 세르반 씨가 내기에서 지는 건 원하지 않았거든요. 그분이 시식자들은 팔십 퍼센트를 맞힐 거라고 키스 씨와 내기를 하셨다는 걸 알고 있었고, 접시가 뒤바뀐 것을 봤을 때 누가 그분을 속이려 한다고 생각했습니다. 그래서 되돌려 놓았죠. 그러고선 서둘러 나왔습니다."

"접시가 정확히 어떻게 바뀌어 있었는지는 기억 못 하실 테죠. 예를 들어, 1번이 어디에 있었는지 기억나나요?"

"모르겠습니다. 그건 기억나지 않습니다."

"상관없습니다."

울프가 한숨을 쉬었다.

"감사합니다, 몰턴 씨. 그리고 휘플 씨도요. 시간이 늦었습니다. 우린 최대한 빨리 톨먼 씨와 보안관을 만나 봐야 하니 잠을 많이 잘 수 없을 것 같군요. 여러분은 호텔 내에 거주하지요?"

그들은 그렇다고 대답했다.

"좋습니다. 사람을 보내도록 하지요. 당신은 해고되지 않을 거예요, 몰턴 씨. 제가 관계자들에게 사전에 말을 잘해 놓겠다고 약속한 것은 기억하시죠. 꼭 그렇게 하겠습니다. 여러분의 참을성에 감사합니다. 여러분 모자는 굿윈 군의 방에 있겠지요?"

그들은 내가 병과 잔을 치워 현관에 쌓는 것을 도와주었다. 전문가들의 도움을 받으니 시간은 얼마 걸리지 않았다. 대학생은 울프와 잠깐 이야기를 나누느라 남았기 때문에 우리를 도와주지 않았다. 마침내 다들 모자를 받았고, 내가 현관문을 열자 그들은 우르르 나갔다. 히아신스 브라운은 보니의 팔을 잡고 있었는데, 보니는 내가 문을 닫을 때까지도 투덜거리고 있었다.

울프의 방 창문 밖에는 관목이 무성했는데도 새벽빛이 새어 들어오고 있었다. 나는 이틀 연속 뜬눈으로 새벽을 맞은 것이다. 우유 배달 노조에 무난하게 가입할 수 있을 것 같다는 생각이 들며 녹초가 되었다. 누가 내 눈꺼풀에 시멘트를 발라 말린 느낌이었다. 울프는 눈을 뜬 채 의자에 앉아 있었다.

"축하드려요. 이제 날개만 있으면 올빼미가 되시겠네요. 정오에 전화하라고 연락해 둘까요? 그러면 만찬 때까지 여덟 시간이 남고, 일정을 무리 없이 소화하실 수 있을 거예요."

그는 얼굴을 찌푸렸다.

"베린 씨를 어디에 가둬 두었지?"

"아마 이 군의 군청 소재지인 퀸비겠지요."

"거리가 얼마나 되나?"

"아, 삼십이 킬로미터 정도요."

"톨먼 씨가 거기 사나?"

"몰라요. 지방 검사니까 분명 사무실은 거기에 있겠죠."

"알아봐 주게, 그리고 전화를 걸어. 톨먼 씨와 보안관을 8시까지 오라고 해. 톨먼 씨한테…… 아냐. 전화를 받거든 나를 바꿔 주게."

"지금요?"

"지금."

나는 양손을 펼쳐 보였다.

"새벽 4시 반이에요. 톨먼 씨도 잠 좀 자게 내버려 두⋯⋯."

"아치. 내 말 듣게. 자네는 내게 흑인 다루는 방법을 가르치려 들었지. 백인 다루는 방법도 가르칠 셈인가?"

나는 전화를 걸러 갔다.

사팔뜨기 보안관 페티그루는 고개를 절레절레 흔들며 느릿느릿 말했다.

"고맙습니다만 괜찮습니다. 진흙탕에 빠져서 한참 버둥거린 뒤라, 제가 앉으면 의자가 몹시 더러워질 겁니다. 전 어차피 잘 서 있는 사람이니까요."

내 친구 배리 톨먼 역시 그다지 단정한 모습은 아니었지만, 진흙은 묻지 않았기 때문에 망설이지 않고 의자에 앉았다. 목요일 아침 8시 10분이었다. 나는 바보같이 7시 30분 모닝콜을 부탁하고 새벽 5시 직후에 옷을 벗고 잠자리에 들었다가 겨우 두 시간 후에 일어났기 때문에 제정신이 아니었다. 주사위 도박의 마지막 남은 오

센트 짜리 동전이 된 기분이었다. 노란 가운 차림에 면도하고 머리도 빗은 울프는 접이식 테이블을 끌어다 놓고 큰 의자에 앉아 아침을 들고 있었다. 우리는 그가 가진 노란 가운 다섯 벌 중 갈색 옷깃과 허리띠가 달린 얇은 양모 가운을 가져왔다. 그는 넥타이까지 매고 있었다.

톨먼이 말했다.

"전화로 말씀드렸던 것처럼, 저는 법정에 9시 반까지 가야 합니다. 만약 필요할 경우 제 조수가 연기를 할 수는 있지만, 가능하면 시간에 맞춰 가고 싶습니다. 서둘러 주실 수는 없나요?"

울프는 롤빵을 한 입 깨물고 코코아를 홀짝이고 있었다. 빵을 삼키자 그는 말했다.

"그건 상당 부분 당신께 달린 문제입니다. 말씀드렸듯 제가 퀸비에 가는 건 불가능했고, 그 이유는 알게 될 겁니다. 서두르기 위해 할 수 있는 일은 모두 하겠습니다. 전 잠자리에 들지도 못……."

"정보를 가지고 있다고 하셨지요."

"그렇습니다. 하지만 상황상 해 두고 넘어가야 할 이야기가 있습니다. 저는 당신이 베린 씨를 체포하신 것은 오직 그가 유죄라고 확신하셨기 때문이라고 알고 있습니다. 그가 범인이기를 특별히 원하는 건 아니지요. 만약 그가 유죄라는 설에 강한 의혹이 드리워진다면……."

"물론이죠. 말씀드렸듯이……."

톨먼은 조급했다.

"말씀하셨지요. 이제 한 가지를 가정해 봅시다. 베린 씨를 대표할 변호사가 수임되었다고 가정하고, 제가 베린 씨를 변호할 증거를 수집하도록 고용되었다 칩시다. 더 나아가 제가 그런 증거를 발견했는데, 당신이 그를 법정에 세웠을 때 확실히 무죄로 만들 수 있는 증거라고 합시다. 그 증거를 적인 당신에게 밝히는 것은 성급한 일이겠지요. 당신이 증거를 밝히라고 합법적으로 강요할 수 없다는 건 사실 아닙니까? 그 증거는 우리가 적절하다고 생각할 때 사용하기 전까지는 우리의 소유지요. 당신이 직접 알아내지 못했을 경우에 말입니다. 그렇지요?"

톨먼은 얼굴을 찡그리고 있었다.

"물론 사실입니다. 하지만 빌어먹을, 말씀드렸잖습니까. 만약 베린의 무죄를 입증할 증거를 주신다면……."

"알고 있습니다. 지금 여기서 그를 풀어 줄 수 있는 증거를 드리겠습니다. 하지만 조건이 있어요."

"뭡니까?"

울프는 코코아를 홀짝이고 입술을 닦았다.

"별로 어렵지 않을 겁니다. 첫째, 만약 제가 드리는 설명이 베린의 유죄에 강한 의혹을 드리운다면, 그는 즉시 풀려나는 겁니다."

"의혹이 얼마나 강한지는 누가 정하는데요?"

"당신이 정하십시오."

265

"알겠습니다. 동의합니다. 법정이 열려 있으니 오 분이면 해결됩니다."

"좋아요. 둘째, 당신은 베린 씨에게 그가 풀려날 수 있도록 한 증거를 제가 발견했다고 이야기해야 합니다. 오직 저 혼자 해낸 일이고, 제가 해내지 못했다면 그에게 무슨 일이 일어났을지 아무도 모른다고 말씀하셔야 합니다."

톨먼은 아직도 얼굴을 찌푸린 채 입을 열었지만 보안관이 끼어들었다.

"잠깐 기다려, 배리. 생각을 해 봐."

그는 찡그린 눈으로 울프를 내려다보았다.

"정말 증거를 가지고 있다면 분명 이 근처에 있겠죠. 우리 웨스트 버지니아 사람들이 느리긴 하지만……."

"페티그루 씨. 제 말씀을 들어 보세요. 저는 저에 대한 세평을 신경 쓰는 게 아닙니다. 전 그런 것엔 관심이 없습니다. 신문 기자들에게는 좋으실 대로 말씀하십시오. 하지만 베린 씨는 제가 한 일이라고 분명히 아셔야 하고, 톨먼 씨가 직접 말씀하셔야 합니다."

톨먼이 물었다.

"어떻게 할까요, 샘?"

보안관은 어깨를 으쓱했다.

"난 상관없어."

"알았어요. 동의합니다."

톨먼이 울프에게 말했다.

"좋아요."

울프는 코코아 컵을 내려놓았다.

"셋째, 전 오늘 밤 12시 40분에 뉴욕으로 떠납니다. 제가 직접 라스지오 씨를 죽였거나 공범이라는 의심이 들지 않는 이상, 어떤 상황에서도 여기에 남지 않는 겁니다."

페티그루 씨는 명랑하게 말했다.

"지옥에나 가세요."

"아뇨, 지옥이 아닙니다. 뉴욕이라니까요."

울프는 한숨을 쉬었다.

톨먼이 항의했다.

"하지만 만약 이 증거가 선생님을 중요 증인이자 참고인으로 만드는 거라면요?"

"그렇지 않습니다. 제 말씀을 믿어 주셔야 합니다. 저는 몇 가지에 있어서는 당신의 말을 믿으려고 하고 있습니다. 삼십 분 내에 당신은 식당에서 있었던 일에 관해 제가 아는 중요한 사실들을 모두 알게 될 겁니다. 내가 쓸모가 있을지 모른다고 기차 시간을 넘기면서 여기 붙들려 있는 일은 없을 거라는 약속을 받고 싶습니다. 어차피 그런 상황에서 저는 전혀 도움이 되지 않을 거라고 장담하지요. 전 견디기 힘든 골칫덩이가 될 겁니다. 어떻게 하시겠습니까?"

톨먼은 머뭇거리다 마침내 고개를 끄덕였다.

"선생님 말씀대로라는 조건하에 동의합니다."

울프는 한숨을 쉬었다. 만약 새장 밖으로 나온 카나리아가 한숨을 쉰다면 그런 한숨일 것이다.

"자, 이제 넷째이자 마지막 조건이 남았는데, 이건 다른 조건들보다는 모호합니다. 하지만 이야기해야겠군요. 제가 당신에게 드릴 증거는 두 남자에게 얻은 것입니다. 효과적인 방법을 사용해서 밝혀냈는데 과연 효과가 있었습니다. 여러분은 그들이 당신에게 이 증거를 줄 수 있을 때 그러지 않았다는 것 때문에 화가 날 겁니다. 그건 저도 어쩔 수 없지요. 제가 당신의 감정을 금지할 수는 없지만, 억눌러 달라고 부탁드릴 수는 있습니다. 그렇게 하겠다고 약속을 했고요. 저는 여러분이 이 사람들을 윽박지르거나 괴롭히거나 학대하지 않겠다고, 자유를 빼앗거나 박해하지 않겠다고 다짐해 주셨으면 합니다. 그들이 그저 증인에 불과하고, 살인에 가담을 하지 않았다는 가정하에 하는 말입니다."

보안관이 말했다.

"젠장, 선생, 우린 사람들을 학대하지 않아요."

"윽박지르거나, 괴롭히거나, 학대하거나, 자유를 빼앗거나, 박해하는 것 전부 안 되는 겁니다. 물론 심문은 원하시는 대로 하십시오."

톨먼은 고개를 가로저었다.

"그들은 중요 증인입니다. 주 밖으로 나갈지도 몰라요. 사실, 분명 그럴 겁니다. 당신도 오늘 나가지 않습니까."

"그들이 주를 떠나지 못하도록 금지령을 내리면 되지요."

"재판 전까지겠지요."

울프는 손가락을 까닥였다.

"베린 씨의 재판은 아닙니다."

"베린 씨를 말한 건 아니었습니다. 이 증거가 선생님 말씀대로 훌륭하다면 말이지요. 하지만 재판이 있을 거라는 건 확신하셔도 좋습니다."

"진심으로 그러길 바랍니다."

울프는 롤빵 하나를 쪼개 버터를 발랐다.

"이 조건은 어떠십니까? 법정에 가고 싶어 하시니까요. 전 많은 걸 바라는 게 아닙니다. 그저 제 증인들을 잘 대해 달라는 것뿐입니다. 아니면 직접 증거를 찾기 위해 애쓰셔야 할 겁니다. 베린 씨를 오래 잡아 놓을수록 마지막엔 더 멍청해 보일 겁니다."

"좋습니다. 동의합니다."

푸른 눈을 한 운동선수 같은 톨먼이 끄덕였다.

"제가 말한 조건대로요?"

"네."

"그러면 서문은 끝이 났습니다. 아치, 데리고 오게."

하품을 억누르며 일어나서 그들을 데리러 내 방에 갔다. 그들은 내가 옷을 입는 동안 방에서 일이 돌아가는 상황을 지켜보고 있었다. 내가 자는 동안 울프가 전화기를 자기 방에 설치하고 스스로 아침 회의를 잡는 것을 본 것이다. 그들은 제복 차림으로 찾아왔다. 폴 휘플은 잠이 다 깬 것 같았고 반항적인 표정이었다. 수석 웨이터 몰턴은 졸리고 불안한 듯했다. 나는 그들에게 준비가 되었다고 하고는 나보다 앞서 걷도록 했다.

울프는 내게 의자를 놓으라고 했고, 몰턴은 나를 도우려 달려들었다. 톨먼은 빤히 노려보고 있었다. 페티그루가 외쳤다.

"세상에, 무슨 이런 일이! 깜둥이들이잖아! 야, 너, 저 의자에 앉아!"

그는 울프를 돌아보며 불만스럽게 말했다.

"잘 들으세요. 전 이 친구들을 다 심문했는데, 맹세컨대 만약 저 놈들이······."

울프는 퉁명스러웠다.

"제 증인입니다. 톨먼 씨는 법정에 가고 싶어 하시고요. 화날 거라고 말씀드리지 않았습니까? 화를 내는 건 좋지만 속으로 삭이십시오."

그는 대학생을 돌아보았다.

"휘플 씨, 당신 이야기부터 듣는 게 좋겠군요. 어젯밤에 한 이야기를 이 신사분들께 들려 드리세요."

페티그루는 사나운 눈을 하고 한 걸음 나와 있었다.

"여기 웨스트 버지니아에서는 깜둥이에게 '씨'자는 붙이지 않아요. 그리고 누구든 우리에게 와서 이래라 저래라……."

"닥쳐요, 샘! 시간 낭비입니다. 자네 이름이 휘플인가? 직업이 뭔가?"

톨먼도 퉁명스러웠다.

"네, 저는 웨이터입니다. 세르반 씨께서 제게 화요일 정오에 포카혼타스 별관에서 근무하라고 지시하셨습니다."

청년의 목소리는 차분했다.

"자네 할 말이 뭔가?"

톨먼이 커노 스파를 나선 것은 9시 반이 넘어서였기 때문에, 결과적으로 그는 법정에 제시간에 가지 못했다. 두 이야기를 전부 자세히 듣는 데는 십오 분밖에 걸리지 않았지만, 그들은 거기서 더 나아갔다. 아니, 뒤돌아서, 빙 돌아갔다고 해야겠다. 톨먼은 심문을 꽤 잘했지만, 페티그루는 너무 화가 나서 별 역할을 하지 못했다. 그는 휘플이 스스로 교육을 엄청 많이 받았다고 생각한다는 둥 휘플에게 진짜 필요한 교육이 뭔지 자기는 알고 있다는 둥 하는 말들을 자꾸 했다. 톨먼은 계속해서 보안관을 밀어내며 상세하게 취조했고, 나는 느긋이 아침 식사를 계속하던 울프가 톨먼의 깔끔한 일처리에 두세 번 고개를 끄덕거리는 것을 볼 수 있었다. 휘플은 끝까지 차분한 목소리를 유지했지만, 보안관이 그의 교육 수준과 그에게 필요한 교육 이야기를 할 때 속으로 참는 것이 보였다. 몰턴은 처음에는 더듬거리며 불안하게 시작했지만 이야기를 하며 나아졌다. 페티그루가 휘플에게 집중하고 있었기 때문에 그는 톨먼의 질문에 자기가 아는 사실대로 대답하기만 하면 되었다.

마침내 톨먼의 심문이 잦아들었다. 그는 울프를 향해 눈썹을 치켜 올리고, 보안관을 흘낏 보았다가 생각에 잠긴 찡그린 표정으로 다시 몰턴을 보았다.

페티그루가 따져 물었다.

"너희 모자는 어디에 뒀어? 퀸비로 데리고 가야겠다."

울프가 즉시 딱딱한 목소리로 말했다.

"아, 안 됩니다. 우리가 합의한 걸 잊지 마세요. 이들은 직장인 여기에 있는 겁니다. 세르반 씨와도 이미 이야기했어요."

"애슐리 씨랑 직접 말했다 해도 난 상관 안 해요. 이동 금지령을 받을 때까지 감옥에 있어야 합니다."

울프의 눈이 움직였다.

"톨먼 씨?"

"음……. 금지령을 받을 수 있다고는 했지요."

"그건 증인이 당신네 관할 구역을 벗어날 것 같은 사람일 경우였지요. 이 사람들은 여기가 직장인데 왜 떠나겠습니까? 몰턴 씨에겐 처자식이 있어요. 휘플 씨는 대학생입니다."

그는 보안관을 보았다.

"당신만 유색 인종을 다룰 줄 알고 저는 모를 거라고 생각하셨다면 무례하고 말도 안 되는 일입니다. 수사의 전문가여야 할 당신은 화요일 밤에 범죄 수사를 맡은 경찰로서 이들을 취조하고 아무 것도 알아내지 못했어요. 의심조차 하지 않았죠. 어젯밤에 저는 이들과 이야기하고 사건에 대한 필수적인 정보를 밝혀냈습니다. 당신도 자신이 얼마나 위신을 잃었는지 알 정도의 머리는 있겠죠. 당신네 군 전체가 그걸 알았으면 좋겠습니까? 흥!"

울프는 두 웨이터에게 돌아섰다.

"두 분은 여기서 나가서 담당 구역으로 가서 일하세요. 아시다시피 톨먼 씨에겐 당신들의 증거가 필요할 겁니다. 톨먼 씨가 적절한 요구를 하면 응하도록 하십시오. 만약 금지령이 내려진다면, 어떤 변호사라도 처리해 줄 수 있습니다. 자, 가요!"

폴 휘플은 벌써 문으로 가고 있었다. 몰턴은 톨먼을 흘낏 보며 잠깐 망설였다가 그 뒤를 따랐다. 나는 일어나 느릿느릿 따라가 그들이 나가고 바깥 문이 닫히는 것을 확인했다.

돌아왔을 때 페티그루는 떠오르는 단어를 마구 사용하며 부족들의 관습과 원주민들의 개인적 습관에 대해 한참 이야기하는 중이었다. 톨먼은 양손을 주머니에 넣고 어깨를 등받이에 대고 앉아 울프를 관찰하고 있었다. 울프는 우아하게 빵 부스러기를 모아 과일 접시에 버리고 있었다. 두 사람 모두 보안관에게는 아무 신경도 쓰지 않았고, 보안관은 혼자 떠들기를 그만두었다.

울프는 시선을 들었다.

"어떻습니까?"

톨먼은 고개를 끄덕였다.

"네, 선생님이 이긴 것 같군요. 진실을 말하고 있는 것 같아요. 그들은 내킬 때면 그럴싸한 이야기를 만들어 낼 수 있겠지만, 이 이야기는 그렇지 않은 걸로 보입니다. 물론 다른 상황도 고려해야 하지요. 선생님은 베린 씨를 풀어 달라는 부탁을 받으셨고, 라스지오 씨가 맡았던 자리에 베린 씨를 데리고 오게 해 달라는 제의도 받으셨다고 들었습니다. 상당한 수수료를 제시했다죠. 클레이 애슐리 씨에게 들은 말입니다. 애슐리 씨의 친구인 처칠 호텔의 리겟 씨가 말해 줬다는군요. 선생님이 베린 씨를 풀어 줄 만한 증거를 찾기 위해 어떤 일까지 하실 것인지하는 의문이 자연스레 생기지요."

그의 푸른 눈이 조금 가늘어졌다.

"섬세한 표현을 쓰시는군요."

울프의 입술 양끝이 조금 올라갔다.

"증거를 만들어 낸다는 말씀이시지요. 저는 낯선 사람들에게 뇌물을 주고 복잡한 거짓말을 하게 할 만큼 멍청하지도 절박하지도 않습니다. 게다가, 제가 뇌물을 썼다면 두 명이 아니라 열네 명에게 써야 했을 겁니다. 이 이야기는 어젯밤 이 방에서 밝혀졌는데, 포카혼타스 별관에 근무하는 요리사와 웨이터 전원이 있는 앞이었지요. 그 사람들을 전부 심문해 보셔도 좋습니다. 이 이야기는 진짭니다."

그는 한 손바닥을 펼쳐 보였다.

"그래도 철저하게 심문해 보십시오. 그리고 법정에 가실 시간에 맞춰 퀸비로 돌아가고 싶어 하셨으니 말인데…….”

“네, 압니다.”

톨먼은 움직이지 않았다.

“살인 사건은 이제 복잡하게 꼬였군요. 만약 흑인들 말이 사실이라면, 그게 무슨 의미인지 알고 계십니까? 그들 말은 사실인 것 같아요. 일단, 자기 방에 있었다고 하는 블랑 씨라는 사람 말고는 요리사들 전부 용의 선상에서 제외되는 겁니다. 그런데 그는 여기 처음 왔는데, 대체 어디서 커노 스파 유니폼을 구했겠습니까? 그를 제외하고 난다면, 남는 것은 온 세상 전체로군요.”

울프가 중얼거렸다.

“네, 문제이지요. 제 문제가 아니라 정말 다행입니다. 하지만 우리가 약속했던 것 말인데, 전 제 몫을 하지 않았나요? 제가 베린 씨의 혐의에 강한 의혹을 드리웠습니까?”

보안관은 콧방귀를 뀌었다. 톨먼은 짧게 대답했다.

“네. 소스 접시가 뒤바뀌어 있었다는 사실은 분명합니다. 하지만 빌어먹을, 누가 바꾼 겁니까?”

“뭐라 말할 수 없습니다. 살인자겠죠. 어쩌면 라스지오 씨 본인이 베린 씨를 바보로 만들려고 했을 수도 있죠. 당신이 할 일이 많군요. 오늘 아침에 베린 씨를 풀어 주시겠습니까?”

울프는 어깨를 으쓱했다.

“달리 어쩌겠습니까? 이젠 그를 잡아 둘 수 없습니다.”

"좋아요. 그럼 괜찮으시다면……. 당신은 급히 가셔야 하고, 전 한숨도 못 잤으니……."

"네."

톨먼은 움직이지 않았다. 그는 주머니에 손을 넣은 채로 계속 앉아서, 다리를 쭉 뻗고 구두 속의 발가락으로 공중에 작은 원을 그리고 있었다.

"완전히 꼬였어요."

잠시 정적이 흐른 뒤 그가 말했다.

"블랑 씨를 빼면 시작할 곳이 없습니다. 흑인이 묘사한 외모는 거의 누구에게나 해당되니까요. 물론 범인이 흑인인데 우릴 따돌리려고 검은 장갑을 끼고 태운 코르크를 썼을 수도 있지만, 여기의 어떤 흑인이 라스지오 씨를 죽이고 싶어 할 이유가 있겠습니까?"

그는 다시 조용해졌다가 갑자기 똑바로 앉았다.

"이것 보세요. 선생님이 이 사건을 꼬이게 했든 아니든 베린 씨가 풀려나는 게 아쉽지 않아요. 선생님이 오늘 밤 여기를 떠난다는 걸 포함해서, 합의했던 모든 조건을 지키겠습니다. 하지만 제게 증거를 넘겨주시는 참이니 묻는데, 또 알고 계신 게 뭡니까? 선생님의 실력을 인정하고, 베린 씨 건으로 저를 바보로 만드셨다는 것도 인정합니다. 여기 보안관은 말할 것도 없고요. 비슷한 성과를 좀 더 올리실 수 있을지도 모르잖습니까. 또 무엇을 알아내셨습니까?"

"전혀 없습니다."

"직원들이 식당에서 본 사람이 누구일지 짐작가시는 건 없나요?"

"없습니다."

"블랑 씨라는 프랑스인의 짓이라고 생각하세요?"

"모르겠어요. 아닐 것 같습니다만."

"밖에 있었던 중국 여자가 관련이 있다고 보십니까?"

"아뇨."

"마침 그 순간에 라디오가 켜져 있었다는 게 관련이 있다고 생각하시나요?"

"물론이죠. 라스지오 씨가 쓰러지는 소리를 라디오가 덮었으니까요. 만약 그가 비명을 질렀다면 비명 소리도 덮었겠지요."

"그 목적 때문에 일부러 라디오를 켜 놓은 것일까요?"

"모르겠습니다."

톨먼은 얼굴을 찌푸렸다.

"베린 씨가 범인이라고 생각했을 때는 라디오는 우연이다, 아니면 그가 마침 라디오가 켜져 있었던 것을 활용했다고 생각했습니다. 이제 원점으로 돌아왔군요."

그는 앞에 있는 울프 쪽으로 몸을 기울었다.

"선생님께 부탁드리고 싶은 게 있습니다. 전 바보라는 소리를 듣고 다니지는 않습니다만, 경험이 부족하다는 건 인정합니다. 선생님은 경험이 많을 뿐 아니라 업계 최고로 통하지요. 전 도움이 필요할 때 청하지 않을 정도로 자존심이 강하지는 않습니다. 다음 할 일은 블랑 씨를 철저히 심문하는 것인데, 함께해 주셨으면 좋겠습니다. 선생님이 직접 심문하시고 제가 앉아서 들을 수 있다면 더 좋겠고요. 해 주시겠습니까?"

"하지 않겠습니다."

톨먼은 깜짝 놀랐다.

"안 하시겠다고요?"

"네. 그 이야기조차 하지 않겠습니다. 빌어먹을, 난 휴가차 온 거란 말이오!"

울프는 얼굴을 찡그렸다.

"월요일 밤, 기차에서 한잠도 못 잤습니다. 화요일 밤에는 당신이 절 새벽 4시까지 붙들어 두었죠. 어젯밤에는 베린 씨를 풀어 주느라 아예 잠자리에 들지 못했고요. 오늘 저녁엔 저명한 사람들 앞에서 그들의 전문 분야에 대해 중요한 연설을 해야 합니다. 전 잠을 자서 원기를 회복할 필요가 있습니다. 저기 제 침대가 보이죠? 블랑 씨 심문에 대해 말하자면, 당신은 제가 증거를 제시하는 즉시 베린 씨를 풀어 주겠다고 합의했다는 걸 상기시켜 드리고 싶군요."

그의 표정과 목소리에서 이걸로 얘기는 끝이라는 느낌이 강하게 났다. 보안관이 으르렁거리기 시작했지만, 문에서 노크 소리가 나서 내가 나가 봐야 했다. 현관으로 가며 원기 회복을 위한 잠을 조금이라도 더 미루게 할 사람이라면 배에다 세게 한 방 먹여 주고 그냥 그 자리에 내버려 두리라 다짐했다.

덩치가 큰 부칙만이었다면 정말 그랬을 수도 있었을 것이다. 하지만 나는 그저 졸리다는 이유로 여자를 때리지는 않는다. 부칙은 콘스탄자 베린과 함께였다. 문을 활짝 열자 그녀는 문지방을 넘어왔다. 부칙은 부탁의 말을 했지만 그녀는 인사 따위는 생략하고 곧장 들어왔다.

나는 그녀를 잡으려 했지만 놓쳤다.

"저기, 잠깐 기다려요! 손님이 와 있어요. 당신 친구 배리 톨먼이 안에 있어요."

그녀는 나를 돌아보았다.

"누구요?"

"들으셨잖아요. 톨먼이라고."

그녀는 다시 몸을 휙 돌려 울프 방의 문을 열고 거침없이 들어갔다. 부칙은 나를 보며 어깨를 으쓱해 보이더니 그녀를 뒤따랐다. 나는 만약 빗자루와 쓰레받기가 필요하면 나중에 가져오면 된다고 생각하며 그들을 따라갔다.

톨먼은 그녀의 모습을 보고 벌떡 일어났다. 이 초 동안 얼굴이 하얘졌다가 분홍색이 되어 그녀 쪽으로 향했다.

"베린 양! 정말 다행입……."

그녀에게 다가가던 그는 얼음같이 찬 바람을 맞고 입을 벌린 채 멈춰 섰다. 뭐라 말을 했던 건 아니었다. 그녀의 표정 말고는 다른 것이 필요 없었다. 그를 얼어붙게 만든 뒤 다른 표정을 지었는데,

그 표정 역시 똑같이 파괴적이었다. 그녀는 그 표정을 네로 울프에게 돌렸다.

"우릴 도와준다고 하시고는! 아버지를 풀어 준다고 하셨잖아요! 아버지 목록을 살펴보라고 제안을 한 사람이 당신이라면서요. 소스 목록 말이에요! 아무에게도 알려지지 않을 거라고 생각하셨던 모양인데……."

그런 경멸을 받아 마땅한 것은 거대한 벌레밖에 없을 것이다.

"친애하는 베린 양……."

"이젠 모두가 알아요! 아버지에게 불리한 증거를 끄집어 낸 건 당신이었어요! 바로 그 증거! 그리고 세르반 씨와 부칙 씨와 저에게 당신은 마치……."

나는 울프의 표정을 알아차렸다. 목소리는 들리지 않지만 그의 입술이 내 쪽을 향해 움직이는 게 보였다. 나는 성큼성큼 걸어가 그녀의 팔을 잡고 몸을 돌렸다.

"저, 일단 이야기를 들어 보시는 게……."

그녀는 팔을 빼려고 했지만 나는 잡고 버텼다. 울프가 날카롭게 말했다.

"히스테리 상태로군. 데리고 나가게."

그녀가 팔에서 힘을 빼자 나는 그녀를 놓아주었다. 그녀는 다시 울프를 마주 보고 섰다.

그녀는 조용하게 말했다.

"히스테리 아니에요."

"히스테리가 맞습니다. 모든 여자는 히스테리 상태이죠. 여자가 차분한 순간은 그저 폭발과 폭발 사이의 회복기에 불과합니다. 당신에게 들려주고 싶은 이야기가 있습니다. 듣겠습니까?"

그녀는 서서 그를 바라보았다.

그는 고개를 끄덕였다.

"고맙습니다. 당신 아버지가 나를 비우호적으로 대하는 것은 원치 않기 때문에 설명을 하는 겁니다. 나는 소스 시험 답지를 정답과 대조해 보라고 제안했습니다. 당신 아버지가 범인임을 시사하는 결과가 나올 줄은 꿈에도 몰랐고, 나는 결과가 그의 무죄를 밝히는 데 도움이 되리라고 생각했습니다. 불행히도 내 생각과 다른 일이 벌어졌습니다. 나도 모르게 초래한 피해를 복구해야 했습니다. 그렇게 할 수 있는 유일한 방법은 그의 무죄를 입증할 다른 증거를 찾는 것이었습니다. 그래서 저는 그렇게 했지요. 당신 아버지는 한 시간 안에 풀려날 겁니다."

울프를 빤히 바라보는 콘스탄자의 얼굴은 그녀를 보았을 때의 톨먼 얼굴만큼이나 희어졌다가, 그가 그랬듯 다시 화색이 돌았다. 그녀는 말을 더듬었다.

"하지만…… 하지만…… 안 믿어요. 전 방금 거기 다녀왔는데…… 아버지를 만나지도 못하게 했는데……."

"다시 가실 필요 없습니다. 그는 오늘 오전에 이곳으로, 당신에게 올 겁니다. 저는 당신, 세르반 씨, 부칙 씨에게 당신 아버지에게 씌워진 이 말도 안 되는 혐의를 벗기겠다고 약속했고, 실제로 그렇게 했습니다. 그 증거는 톨먼 씨에게 전달했습니다. 내가 무슨 말을 하는지 이해가 되지 않나요?"

그녀가 이해함에 따라 내면에서 극적인 변화가 일어나고 있었다. 두 눈은 모이고, 비스듬한 주름들이 코 양 옆에서 입 양 끝으로 나타나고 있었다. 양 볼은 서서히 부풀어 오르고 턱이 움직이기 시작했다. 그녀는 울음을 터뜨릴 것 같았고, 꽤나 요란하게 울 것 같았다. 삼십 초 정도는 자신이 울음을 참을 수 있다고 생각했던 모양이었지만, 갑자기 그럴 수 없다는 것을 깨달은 듯 몸을 돌려 달려가더니 문을 열고 사라졌다. 톨먼은 화들짝 놀랐다. 그는 작별 인사도 하지 않고 그녀가 열어 놓고 간 문으로 냅다 뛰었다. 그 역시 사라졌다.

부칙과 나는 서로를 바라보았다. 울프는 한숨을 쉬었다.

보안관이 시비를 걸며 울프에게 느릿느릿 말했다.

"당신이 똑똑하다는 것은 인정하지만, 그렇다고 해도 내가 배리 톨먼이라면 세부 사항이 확실해지기 전까지는 자정이든 언제든 여기서 벗어나는 기차는 못 탈 텐데."

울프는 고개를 끄덕이고 웅얼거렸다.

"좋은 하루 보내십시오."

페티그루는 나가면서 현관문을 너무나 세게 닫아서 나는 껑충 뛰고 말았다. 나는 자리에 앉으며 떠오르는 생각을 말했다.

"마치 낚시 바늘에 꿰어 있는 벌레가 된 것 같이 신경이 곤두서네요."

부칙도 앉았다.

울프는 그를 보며 물었다.

"웬일인가, 마르코? 아침 인사라도 해야 될 것 같군. 그 말을 하러 온 건가?"

"아냐."

부칙은 손가락으로 머리카락을 쓸어 넘겼다.

"베린 씨의 딸을 옆에서 챙겨 주는 역할이 내 몫으로 떨어진 셈이라, 그녀가 차를 타고 감옥이 있는 도시인 퀸비로 가고 싶다고 했을 때 내가 데려가게 되었네. 갔더니 베린 씨를 만나게 해 주지 않더군. 자네가 벌써 그를 풀어 줄 수 있는 증거를 찾아냈다는 사실을 알았다면……."

그는 몸을 부르르 떨었다.

"그나저나, 그 증거가 뭔가? 비밀이 아니라면 말이야."

"그게 비밀인지 아닌지 난 몰라. 더 이상 내 것이 아니니까. 관계자들에게 넘겼으니 그걸 공개할지 여부는 그들이 정할 일이겠지. 비밀이 아닌 걸 하나 말해 줄 수는 있지. 난 어젯밤에 잠을 전혀 못 잤다네."

"하나도?"

"응."

부칙은 끙 소리를 냈다.

"피곤해 보이지는 않는데."

그는 다시 손가락으로 머리를 쓸어 넘겼다.

"들어봐, 네로. 자네에게 묻고 싶은 게 있네. 라스지오 부인이 어젯밤에 자네를 만나러 왔지. 그렇지?"

"응."

"무슨 이야기를 하던가? 그러니까, 내게 말해도 될 이야기라면 말이야."

"적절한지 아닌지는 자네가 판단하게. 그녀는 자기가 특별한 종류의 여자라고 했고, 내가 라스지오 씨를 죽인 범인으로 자네를 의심하고 있다고 자네가 생각한다고 했어. 그리고 내 어깨를 쓰다듬었지."

울프는 얼굴을 찡그렸다.

부칙은 화난 목소리로 말했다.

"그녀는 정말 바보야."

"그런 것 같네. 아주 위험한 바보지. 그렇지만 얼음에 난 구멍은 스케이트를 타러 가는 사람들에게만 위험하지. 이건 나와는 상관없는 일이지. 자네가 꺼낸 얘기라네, 마르코."

"그건 나도 알아. 내가 라스지오를 죽였다고 자네가 의심한다니, 대체 어쩌다 그런 생각을 하게 된 거지?"

"자네가 그녀에게 그렇게 말하지 않았나?"

"아니. 내가 그랬다고 하던가?"

울프는 고개를 가로저었다.

"그녀는 지름길로 가지 않고 빙 돌아갔어. 내가 라디오와 춤에 대해 물었다는 이야기를 자네에게서 들었다고 하더군."

부칙은 침울하게 고개를 끄덕이더니 잠잠해졌다. 그는 천천히 몸을 부르르 떨었다.

"응, 그녀와 이야기를 나눴어. 두 번. 그녀가 위험한 상황에 있다는 건 의심의 여지가 없지. 그녀는…… 자네는 그녀가 오 년 동안 내 아내였다는 걸 깨달아야 해. 어제 나는 다시 그녀와 가까이 있었어. 그녀를 껴안았네. 그건 그녀의 속임수가 아니었어. 난 그녀의 속임수라면 다 알고 있어. 그녀가 어떤 존재인가 하는 사실의 문제일 뿐이지. 네로, 자네는 보지 못하고 느끼지도 못하겠지. 자네는 스스로 방패막이 뒤에 숨었으니 아무 영향도 받지 않는 거야. 자네 말대로 얼음에 난 구멍은 스케이트를 타러 가는 사람들에게만 위험하지. 하지만 젠장, 위험을 감수하지 않으면 인생에 대체 뭐가 있단 말인가……."

"마르코!"

짜증 난 목소리였다.

"그게 자네의 제일 나쁜 습관이라고 자주 말하지 않나. 자기 자신과 말다툼을 하고 싶으면 속으로 해. 자네가 설득하려는 게 나인 척하면서 뻔한 이야기들을 외치지 마. 자네는 삶이 무엇으로 지탱되는지 잘 알고 있지 않나. 우리 삶이란 인간다움들로 지탱되는 데 그중에는 개와는 달리 품위 있는 지성으로 식욕을 조절하는 능력도 있다네. 사람은 시체를 먹어 치우거나, 황혼에서 새벽까지 언덕가에서 울부짖지 않아. 사람은 잘 조리된 음식을 먹고, 구할 수 있을 때 먹고, 신중하게 먹을 양을 정하지. 그리고 자신의 열정을 현명하고 편리하게 조절해."

부칙은 일어서 있었다. 그는 얼굴을 찡그리고 자신의 오래된 친구를 내려다보며 으르렁거렸다.

"나는 지금 울부짖고 있는 건가?"

"자네도 알다시피 그래."

"음, 미안하네. 정말 미안해."

그는 제자리에서 몸을 휙 돌려 성큼성큼 걸어 방에서 나갔다.

난 일어나서 열린 창문에서 들어오는 바람 때문에 걷힌 커튼을 치려고 창문으로 갔다. 창문 바로 앞의 무성한 관목에서는 새 한 마리가 노래하고 있었는데 그 새를 놀래고 말았다. 그리고 나는 울프 앞으로 가서 앉았다. 그는 눈을 감고 있었고, 내가 가만히 바라보는 동안 그의 거대한 몸은 깊은 한숨 때문에 올라갔다가 다시 내려갔다.

나는 하품을 하고 말했다.

"어쨌거나 다들 빨리 나가 주니 참 고맙네요. 이제 10시가 다 되어 가는데 선생님은 좀 자 두셔야 하고, 저는 말할 것도 없지요."

그는 눈을 떴다.

"아치. 난 마르코 부칙에게 애정을 갖고 있네. 우린 산에서 같이 잠자리를 잡던 사이야. 저 바보를 다른 바보가 또 바보로 만들려고 한다는 걸 자네는 알겠나?"

나는 하품을 했다.

"무슨 말씀이 그래요. 만약 제가 그런 문장을 말했으면 선생님은 절 방 밖으로 쫓아내셨을걸요. 지금 상태가 안 좋으세요. 정말 우리 둘 다 잠을 자야 돼요. 톨먼에게 이 살인에는 더 이상 관여하지 않겠다고 하셨던 건 진심이었어요?"

"물론. 베린 씨는 풀려났어. 더 이상 관심이 없네. 오늘 밤 여기를 떠나는 거야."

"좋아요. 그럼 제발 부탁이니 이제 자요."

그는 눈을 감고 한숨을 쉬었다. 앞서서 조금 더 부칙 걱정을 하고 싶은 모양이었는데, 나는 거기엔 아무 도움도 될 수 없으니 슬쩍 몸을 돌려 나왔다. '방해하지 마시오' 표찰을 거는 것은 물론, 복도의 종업원에게 지시를 내려 둘 생각이었다. 하지만 내가 문손잡이를 잡자마자 울프의 목소리가 나를 멈춰 세웠다.

"아치. 자네는 나보다 잠을 많이 잤잖아. 여기 와서 연설 연습을 해 본 적이 없다는 말을 하려던 참이었네. 최소한 두 번은 미리 연습해 보고 싶어. 연설문이 어느 가방에 있는지 아나? 가져다주게."

만약 뉴욕이었다면 나는 사표를 냈을 것이다.

10시에 나는 열린 창문 옆의 의자에 앉아 내가 직접 타자기로 친 연설문을 보며 하품을 했다. 우린 9페이지에 와 있었다.

울프는 등 뒤에 쿠션 네 개를 대고 내 쪽을 향해 침대에 앉아 있었다. 노란 실크 파자마가 이천 제곱미터 정도 드러나 있었다. 그의 옆에 있는 협탁에는 빈 맥주병 두 개와 빈 잔이 있었다. 연설을 연습하고 있는 그는 내 양말을 골똘히 바라보며 얼굴을 찡그리고 있는 것 같았다.

"……하지만 최상급 조지아 햄의 설명할 수 없는 풍미는 유럽의 어떤 햄보다도 뛰어납니다. 그건 도살 후의 고기 처리와는 전혀 상관이 없습니다. 전문적인 지식과 숙성시의 섬세한 관리는 물론 필수인데, 그건 미국의 조지아보다도 오히려 폴란드의 쳉스트호바와 독일 서북부의 베스트팔렌에서 더 많이 찾을 수 있습니다. 폴란드인과 베스트팔렌인에겐 돼지, 학문, 기술이 있었습니다. 그들에게 없었던 것은 땅콩이지요."

그는 코를 풀려고 잠시 멈추었다. 나는 자세를 바꾸었다. 그는 말을 이었다.

"사료의 오십에서 칠십 퍼센트가 땅콩이었던 돼지는 믿을 수 없을 만치 달콤하고 섬세한 육즙을 지닌 햄이 됩니다. 숙성과 보존과 요리를 잘한다면 이 세상의 어떤 햄보다도 우월한 햄이지요. 이것이 미국의 기여 중 하나입니다. 훌륭한 음식에 대한 미국의 기여가 미국에서 자란 나무에서 이미 익어서 그냥 따기만 하면 되는 것에 한정되어 있지 않다는 하나의 증거이지요. 미국 원주민은 백인이 오기 전부터 칠면조와 감자를 먹고 있었지만, 땅콩을 먹인 돼지를 먹지는 않았습니다. 미국의 잊을 수 없는 햄은 자연의 선물이 아닙니다. 발명가의 진취성, 실험가의 집요함, 미식가의 안목이 만들어 낸 것이죠. 병아리에게 블루베리를 먹이는 것으로도 비슷한 결과를 얻을 수 있습니다. 보통 생후……."

"잠시만요. 병아리가 아니라 가금류예요."

"병아리는 가금류잖아."

"중간에 끊어 달라고 하셨잖아요."

"나랑 말다툼하자고 하진 않았네."

"말다툼을 시작한 건 선생님이지 제가 아니에요."

그는 한 손 손바닥을 펼쳐 보였다.

"계속하지……. 보통 생후 일주일이 되었을 때부터 시작합니다. 병아리 때부터 블루베리를 잔뜩 먹도록 훈련받은 네 달짜리 수탉을 버섯, 타라곤, 화이트 와인과 함께 요리하거나 미국식으로 양파, 파슬리, 계란, 닭고기, 옥수수로 푸딩을 만들면 그 풍미는 특이할 뿐 아니라 유일무이한 맛이고, 단언컨대 최고급 요리입니다. 이건 햄의 경우보다 제 논지를 더 잘 보여 줍니다. 유럽인에겐 땅콩이 없었으니 돼지에게 땅콩을 먹일 수 없었지요. 그들에겐 닭은 있었…… 닭 맞나, 아치?"

"가금류요."

"상관없어. 그들에겐 닭과 블루베리는 있었지만, 수 세기 동안 누구도 둘 중 하나에게 다른 하나를 소화시켜서 그 결과물로 우리를 축복해 줄 생각은 못 했으니까요. 창의력을 보여 주는 또 하나의 사례……."

"앗, 잠깐만요! 단락 하나를 통째로 빼먹으셨어요. '어쩌면 여러분은……'."

"좋아. 자네 가만히 앉아 있을 수 없겠나? 의자가 계속 삐걱거려. 이 모든 것이 요리 이야기가 아니라고 하실지도 모르겠지만, 한편으로는 이것도 요리의 일부라는 데 동의하시리라 믿습니다. 바텔은 자기 농장이 있었고 직접 농사를 지었습니다. 에스코피에는 특정 지역의 가금류는 아무리 통통하고 잘 컸다 해도 거부했습니다. 그 지역의 식수에 든 미네랄 성분 때문이었죠. 브리야사바랭이 여러 번 경의를 표한……."

나는 일어서 있었다. 앉아 있자니 팔다리에 경련이 나서 가만히 있을 수가 없었다. 나는 연설문을 바라보면서 테이블로 가서 유리병을 집어 물을 한 잔 따라 마셨다. 울프는 웅웅거리며 연습을 하고 있었다. 앉지 않기로 하고, 경련을 멈추게 하려고 방 한가운데에 서서 다리 근육에 힘을 주었다가 풀었다가 했다.

무엇 때문에 내가 불안해졌는지 모르겠다. 내 시선은 연설문을 향하고 있었으니 무언가를 보았을 수는 없었다. 열린 창문은 내 왼쪽으로 최소한 삼사 미터는 떨어져 있었고, 내 시선과는 직각을 이루고 있었다. 나는 무엇 때문인지 고개를 옆으로 돌렸지만 그때도 창밖의 관목이 흔들리는 걸 보았을 뿐이었다. 내가 어째서 연설문을 던졌는지 알 수가 없다. 나는 창문을 향해 똑바로 연설문을 던졌다. 동시에 총성이 요란하게 울렸다. 연기와 화약 냄새가 창문으로 들어왔다. 연설문이 펄럭이며 바닥에 떨어졌고 뒤에서 울프의 목소리가 들려왔다.

"이보게, 아치."

돌아보니 그의 얼굴 옆으로 피가 흘러내리고 있었다. 나는 일초 정도 움직이지 못하고 자리에 얼어붙었다. 나는 창밖으로 뛰어나가 그 개자식, 아니 명사수를 잡아서 개인적으로 손봐 주고 싶었다. 울프는 죽지 않았고 여전히 앉은 채였다. 하지만 피가 꽤 많이 났다. 나는 침대 옆으로 뛰어갔다.

그는 입술을 앙다물고 있었지만 내게 질문을 하기 위해 입을 열었다.

"어디야? 두개골인가? 뇌?"

그는 몸을 떨었다.

"웬걸요."

잠시 살펴본 나는 너무나 안도한 나머지 목소리가 갈라졌다.

"갑자기 뇌라니요. 손 치우고 가만히 계세요. 수건 가져올 테니 기다리세요."

나는 득달같이 달려 화장실에 갔다 와서는 그의 목에 수건 하나를 감고 다른 수건으로 피를 닦았다.

"턱뼈에는 전혀 닿지 않은 것 같아요. 그냥 피부와 살을 관통했어요. 어지러우세요?"

"아니. 내 면도 거울을 가져와."

"기다리고 계세……."

"거울 가져와!"

"제발 이 수건을 거기 대고 계세요."

나는 거울을 가지러 다시 화장실에 뛰어갔다 와서 그에게 건넨 다음 전화를 걸러 갔다. 여자가 상냥한 목소리로 아침 인사를 건넸다.

"네. 안녕하세요, 여기 의사 있나요? ……아뇨, 잠시만요, 바꿔 주실 필요 없고요. 당장 여기로 보내 주세요. 엄셔 별관 스위트룸 60호실에서 사람이 총에 맞았어요. ……총에 맞았다고요. 그러니까 얼른 의사를 보내 주시고, 경비원 오델도 보내 주시고, 근처에 할 일 없는 경찰이 있으면 경찰도 보내 주시고, 브랜디도 한 병 가져다 주세요. 아셨죠? ……좋아요, 일솜씨가 대단하시군요."

나는 울프에게 돌아갔다. 언제든 내가 웃고 싶을 때면 그 상황에서 울프가 어떤 모습이었는지만 떠올리면 된다. 그는 한 손으로는 목에 감은 수건이 풀리지 않도록 잡았고, 다른 손으로는 거울을 들었다. 말로 표현할 수 없이 분해하고 역겨워하며 거울을 들여다보고 있었다. 입에 피가 들어가지 않도록 입술을 앙다물고 있는 것을 보고 나는 손수건을 몇 장 가져와 피를 닦아 주었다.

그는 왼쪽 어깨를 조금 올렸다가 내렸다.

"피가 목으로 흘렀어."

그는 턱을 위아래로 움직였다가 양옆으로 움직였다.

"이렇게 움직여도 아무 느낌이 없어."

그는 거울을 침대에 내려놓았다.

"이 빌어먹을 피를 멎게 할 수 없나? 조심해, 너무 세게 누르지 마! 바닥에 저건 뭐야?"

"선생님 연설문이에요. 총알 구멍이 났지만 괜찮아요. 몸을 펴고 옆으로 누우셔야 해요. 젠장, 반항하지 마시고요. 이쪽으로요,

쿠션을 치울 때까지 기다리세요."

　나는 그를 눕히고 베개 두 개를 겹쳐 머리를 올리게 한 다음, 화장실에서 수건 한 장을 찬 물에 적셔 와서 찜질을 해 주었다. 그는 눈을 감고 있었다. 찬 수건을 한 장 더 가지고 오자마자 문에서 큰 노크 소리가 났다.

　안경을 쓴 땅딸한 대머리 의사는 가방 하나를 들고 있었고 간호사도 한 명 함께 왔다. 그들을 데리고 들어가는데 누군가 빠른 걸음으로 복도를 걸어왔다. 커노 스파의 매니저인 클레이 애슐리임을 알고 들어오게 했다. 그는 나에게 더듬거리며 말했다.

　"누가 그랬지? 어떻게 그랬지? 그 사람은 어디로 갔지? 누구지……?"

　나는 질문은 일단 넣어 두시라고 한 다음 의사와 간호사를 따라 안으로 들어갔다.

　대머리 의사는 재빨랐다. 간호사는 의자를 끌어당겨 그 위에 가방을 올리고 열었다. 의사는 내게 한마디도 묻지 않고 울프 위로 몸을 굽혔다. 나는 테이블 하나를 침대 쪽으로 밀었다. 울프는 몸을 돌리려고 했지만 가만히 누워 있으라는 명령을 받았다.

　울프가 저항했다.

　"젠장, 당신 얼굴을 봐야 된단 말입니다!"

　"뭐하려요? 내가 제정신인지 보려고요? 난 괜찮아요. 가만히 계세요."

내 팔꿈치께에서 클레이 애슐리의 목소리가 들렸다.

"대체 어떻게 된 거요? 총에 맞았다고 했소? 무슨 일이 있었던 거요?"

의사는 돌아보지도 않고 권위 있는 목소리로 말했다.

"어떤 상태인지 내가 볼 때까지 이 안에선 조용히 해요."

문에서 큰 노크 소리가 또 났다. 나는 문으로 나갔고, 애슐리가 나를 따랐다. 내 친구 오델과 주 경관 두 명이었는데, 그 뒤에는 복도에 있던 종업원도 있었다. 애슐리가 종업원에게 말했다.

"나가. 입은 닥치고 있고."

"총성을 들었습니다. 그리고 손님 두 분이 뭔지 알고 싶어 하셔서……."

"자넨 아무것도 모른다고 하게. 엔진 폭발음이라고 해. 알겠나?"

"네, 알겠습니다."

나는 4인조를 내 방으로 데리고 갔다. 울프가 애슐리는 부르주아라고 했기 때문에 그는 무시하고 경관들에게 말했다.

"네로 울프 선생님은 침대에 앉아서 오늘 밤에 할 연설을 연습하고 있었어요. 전 열린 창문에서 삼사 미터 거리에 서서 울프 씨가 까먹은 부분을 알려 주려고 원고를 보고 있었고요. 밖에 있던 무언가가 제 주의를 끌었어요. 소리가 났는지 움직임이 있었는지는 모르겠어요. 창밖을 봤지만 제가 의식하면서 본 건 관목 가지 하나가 움직이는 것뿐이었는데도 전 연설문을 창문으로 던졌어요. 동시에 밖에서 총을 쐈고, 울프 씨가 저를 불렀죠. 뺨에 피가 나고 있기에 살펴봤죠. 그다음에 호텔에 전화를 걸고는 의사가 올 때까지 피를 닦느라 바빴어요. 의사는 당신들 오기 직전에 왔죠."

경관 하나가 수첩을 꺼냈다.

"당신 이름이 뭔가요?"

"아치 굿윈이에요."

그는 내 이름을 적었다.

"관목 속에서 사람 모습을 보셨나요?"

"아뇨. 제안을 하나 해도 될까요? 총을 쏜 지 아직 십 분도 되지 않았어요. 제가 아는 얘기는 전부 했고요. 질문은 미뤄 두고 밖에서 바삐 뛰신다면, 바짝 추적할 수 있을지도 몰라요."

"전 울프 씨를 보고 싶습니다."

"내가 그를 쐈는지 물어보려고요? 음, 전 안 쐈어요. 누가 그랬는지는 알아요. 화요일 밤에 포카혼타스 별관에서 라스지오 씨를 찌른 사람이죠. 이름은 모르지만, 그 사람이었어요. 당신들은 그 살인자를 잡고 싶지 않나요? 흔적이 사라지기 전에 얼른 나가서 쫓아요."

"그게 라스지오 씨를 죽인 사람이라는 건 어떻게 아시나요?"

"울프 씨가 그가 숨어 있는 곳에서 너무 가까운 곳까지 다가갔으니 마음에 들지 않은 거죠. 네로 울프 선생님이 죽는 꼴을 보고 싶어 하는 사람은 많지만, 이 근처에는 없어요."

"울프 씨는 의식이 있나요?"

"물론이죠. 저쪽으로 가세요. 현관을 지나서."

"가세, 빌."

그들은 쿵쿵 걸어갔고, 애슐리와 나는 그 뒤를 따랐다. 우리 뒤에선 오델이 따라왔다. 울프의 방에서는 간호사가 테이블의 절반이 꽉 차도록 붕대와 이것저것을 늘어놓고, 전기 살균기의 전원을 꽂고 있었다. 오른쪽 옆구리를 아래로 하고 누운 울프는 우리에게 등을 돌리고 있었다. 의사는 그의 위로 몸을 굽힌 채 손가락을 바삐 움직이고 있었다.

"어때요, 선생님?"

"누구……?"

의사가 우리 쪽으로 고개를 뒤틀었다.

"아, 자네들이군. 뺨 위쪽 살만 다쳤어. 꿰매야겠어."

울프가 따져 물었다.

"누구요?"

"말하지 마세요. 주 경찰이에요."

"아치? 자네 어디 있나, 아치?"

"저 여기 있어요, 보스. 경찰들이 제가 선생님을 쐈는지 알고 싶어 하네요."

난 한 걸음 나섰다.

"그렇겠지, 바보들. 여기서 나가라고 해. 자네와 의사 빼고는 전부 내보내. 난 누구와 같이 있을 상태가 아니야."

경관이 목소리를 높였다.

"울프 씨, 질문을 드리고 싶은데요……."

"누가 창밖에서 날 쐈다는 것 말고는 할 말이 아무것도 없소. 굿윈 군이 이야기를 하지 않던가요? 당신들이 범인을 잡을 수 있을 것 같소? 어디 한번 해 보시지."

클레이 애슐리는 분개하며 말했다.

"그런 자세로 나오면 안 되죠, 울프 씨. 모든 문제는 내 고객이 아닌 사람들이 모이는 걸 내가 허락했기 때문에 비롯된 것 아닙니까. 요리장들은 평범한 숙박객이 아니죠. 내가 보기엔……."

"저건 누군지 알겠군."

울프의 머리가 움직이려 하자 의사가 단단히 잡았다.

"애슐리 씨군요. 자기 고객이라니! 흥! 애슐리 씨도 내보내. 모두 내보내. 내 말 들리나, 아치?"

의사가 단호하게 말했다.

"그만하면 됐어요. 말하면 출혈이 일어나요."

나는 경관들에게 말했다.

"이제 그만 나가 봐요. 범인은 이제 멀리 갔으니 당신들은 안전할 거예요."

애슐리에게 말했다.

"당신도요. 고객들에게 제가 사랑한다고 전해 주세요. 나가세요."

오델은 문간에 있었기 때문에 제일 먼저 나가게 되었다. 애슐리와 경관들이 그의 바로 뒤를 따랐다. 나는 그들을 따라서 현관을 지나 복도까지 나갔다. 나는 복도에서 경관 한 명의 제복 귀퉁이를 잡아서 멈춰 세웠다. 애슐리와 오델은 계속 걸어갔지만, 그가 서 있는 것을 보고 그의 경찰 형제도 옆에 남았다. 애슐리는 분노하며 쿵쿵 걸어갔고 오델은 종종걸음으로 그 뒤를 따랐다.

"이것 봐요. 당장 뒤쫓아 가라는 내 첫 제안을 당신들은 마음에 들어 하지 않았죠. 다른 제안을 하나 할게요. 라스지오 씨를 찌르고 울프를 쏜 사람은 꽤나 활동적인 것 같아요. 같은 곳에서 사격 연습을 좀 더 하겠다는 생각까지도 할지도 몰라요. 오늘은 날씨 좋은 사월이라 울프는 창문을 닫고 커튼을 치고 싶어 하지 않을 거예요. 내가 하루 종일 저기 앉아서 관목을 보고 있을 수는 없잖아요. 우린 살아서 당신네 주에 왔고, 오늘 밤 12시 40분에 이 주를 떠날 때도 살아 있고 싶어요. 뒤에서 창문이랑 관목을 감시할 수 있는 경비를 한 명 세워 주시면 어때요? 멀지 않은 개울가에 앉기 좋은 곳이 있어요."

"정말 황송하네요. 찰스턴에서 대령을 불러와서 대령에게도 지시를 내리고 싶겠군요."

그는 빈정대는 투였다.

나는 한 손을 내저었다.

"전 기분이 좋지 않아요. 밤에 잠도 못 잔데다 보스는 총에 맞아 거의 뇌가 흘러나올 뻔했다고요. 내가 이제까지 이렇게 예의 바르게 굴었다는 게 놀라운걸요. 저 창문을 누가 감시하고 있다면 참 좋을 텐데. 해 주시겠어요?"

"네. 전화로 보고하고 두어 명 보내라고 하지요. 나한테 말한 것 말고 더 본 건 없죠?"

그는 수상쩍다는 듯이 나를 쳐다보았다.

내가 없다고 하니 그는 돌아서서 자기 형제를 데리고 갔다.

울프의 방에서는 치료가 진행되고 있었다. 나는 침대 발치에 서서 몇 분 정도 지켜보다가 돌아보니 연설문이 아직도 바닥에 놓여 있는 것이 눈에 들어왔다. 집어 들어 살펴보았다. 과연 총알이 연설문을 뚫고 지나갔고, 종이를 철하고 있던 금속 철심 하나가 풀어져 있었다. 종이를 잘 펴서 책상 위에 던져 놓고는 침대 발치의 내 위치로 돌아갔다.

의사는 느리긴 했지만 솜씨가 좋았고 꼼꼼했다. 상처를 꿰매기 시작하자 눈을 감은 채 누워 있던 울프는 웅얼거리는 목소리로 부분 마취제 사용을 거부했다고 내게 말했다. 침대 덮개 위의 그의 손은 단단히 주먹을 쥐고 있었고, 바늘이 살을 뚫고 지나갈 때마다 끙끙거리는 소리를 냈다. 몇 바늘 꿰맨 뒤 그가 물었다.

"내가 끙끙거리는 게 방해가 됩니까?"

의사가 그렇지 않다고 하자 끙끙거리는 소리가 더 커졌다. 다

꿰매고 나서 붕대를 감으며 의사는 내게 상처는 얕지만 통증이 좀 있을 것이고, 환자는 방해받지 않고 안정을 취해야 된다고 했다. 그는 우리가 뉴욕에 갈 때까지 다시 손을 댈 필요가 없도록 붕대로 감아 주었다. 그러자 울프는 오늘 저녁에 연설을 할 예정이라 말려 봐야 소용없다고 우겼다. 의사는 그렇게 근육을 많이 움직여서 피가 또 난다면 자신이 와야 한다고 했다. 환자는 만찬 때까지 침대에 있는 것이 바람직하다는 것이 의사의 말이었다.

치료가 끝났다. 간호사는 의사를 도와 장비를 챙기고 피투성이 수건을 포함한 쓰레기를 모았다. 그녀는 울프에게 피 묻은 파자마 상의를 벗고 새 옷으로 갈아입는 걸 도와주겠다고 했지만 울프는 거절했다. 나는 경비 뭉치를 꺼냈지만 의사는 진료비는 호텔 계산서에 올라갈 거라면서 침대 옆으로 돌아가 울프의 얼굴을 정면에서 보며 마지막 충고를 몇 마디 건넸다.

나는 복도에 있는 종업원에게 스위트룸 60호실에 어떤 방문자도 오지 못하게 하라고 말하려고 복도까지 그들과 동행했다. 방에 돌아와 보니 환자는 눈을 감고 오른쪽 옆구리를 아래로 하고 누운 채였다.

나는 전화기로 갔다.

"여보세요, 교환원이죠? 제 말 들으세요. 의사 말이 울프 씨는 조용히 휴식을 취해야 한대요. 교환대로 가서 이 전화가 울리면 안 된다고 전해 주시겠어요? 누가 전화를 걸어도……."

"아치! 취소해."

나는 전화기에 대고 말했다.

"잠시만요. 네?"

울프는 움직이지 않았지만 다시 말했다.

"전화 돌리지 말라는 지시는 취소하라고."

"하지만 선생님은……."

"취소해."

나는 교환원에게 원래대로 하라고 하고 전화를 끊은 다음 환자에게 갔다.

"죄송해요. 선생님 사생활에 끼어들 생각은 추호도 없어요. 만약 저 전화가 울려 대길 원하신다면……."

"그걸 원하는 건 아닐세."

그는 눈을 떴다.

"하지만 사람들과 연락이 닿지 않는다면 우린 아무것도 할 수 없어. 총알이 연설문을 뚫고 지나갔다고? 내게 보여 주겠나?"

그의 어조 때문에 토를 달지 않고 책상 위의 연설문을 가져와 건네주었다. 그는 얼굴을 찌푸리며 연설문을 손가락으로 쓸어보았고, 얼마나 손상되었는지를 보자 얼굴을 더욱 찌푸렸다. 내게 연설문을 돌려주며 말했다.

"자네가 읽을 수는 있을 것 같군. 연설문은 왜 던졌나?"

"손에 들고 있었으니까요. 연설문이 총알 방향을 바꾸지 않았다면 죽었을지도 몰라요. 하지만 아예 빗나갔을 가능성도 있다는 건 인정해요. 그 사람 사격 솜씨가 얼마나 좋았느냐에 달려 있겠죠."

"그렇겠지. 멍청한 자로군. 난 이 일에서 손을 뗀 뒤였으니 수사를 피할 수 있었을 텐데, 이젠 끝이야. 우린 놈을 잡을 걸세."

"아, 잡으세요."

"물론일세. 난 아주 관대한 사람이지만, 총알 과녁 노릇을 하면서까지 관대할 생각은 없어. 붕대를 감는 동안 여러 가능성들을 고려해 봤는데, 우리에겐 시간이 거의 없네. 거울을 주게. 내가 꽤 볼 만한 모습일 것 같은데."

"장식을 많이 달고 계시죠."

거울을 건네받은 그는 입술을 앙다문 채 얼굴을 관찰했다.

"그놈을 잡는 데는 저도 동의하지만요, 선생님 모습과 의사 말을 생각하면……."

"어쩔 수 없어. 창문을 닫고 차양을 내리게."

"어두워질 텐데요. 경찰에게 밖에 경비를 세워 두라고 말했……."

"부탁이니 내 말대로 하게. 난 경비들은 믿지 않아. 게다가 창문을 열어놓으면 자꾸 밖을 보게 될 텐데, 내 정신노동을 방해받는 건 싫네. 아니, 전부 치지는 마. 빛이 충분히 들어올 거야 이제 좀 낫군. 다른 창문들도. 좋아. 이제 옷장에서 속옷, 깨끗한 셔츠, 가운을 가져다줘……."

"침대에 누워 계셔야 해요."

"말도 안 돼. 일어나 앉아 있을 때보다 누워 있을 때 머리에 피가 더 몰려. 빌어먹을 붕대가 이렇게 불룩하니 만약 누가 찾아오면 손님을 맞을 수 있는 모양새는 아니겠지만 적어도 무례를 범할 필요까지는 없지 않나. 속옷 가져와."

그가 큰 몸을 힘겹게 움직여 침대 끝에 먼저 앉고, 이어서 끙끙거리는 소리로 리듬을 맞춰 가며 일어서는 동안 나는 옷을 챙겨 왔다. 그가 피 묻은 파자마 상의를 벗으며 얼굴을 찡그리는 사이, 나는 젖은 수건과 마른 수건을 가져왔다. 옷을 갈아입는 동안 그는 내게 상세한 지시를 내렸다.

"단 한 가지로만 해석할 수 있는 사실을 찾을 때까지 우리는 모든 가능성들을 가지고 운을 시험해야 하네. 난 대안은 아주 싫어하지만 현재 우리가 가진 건 그것밖에 없지. 자네 태운 코르크로 사람 피부를 검게 칠하는 방법을 아나? 음, 한번 해 보게. 코르크를 구해 와. 성냥을 써서 태우면 될 것 같은데. 그리고 보통 치수의 커노 스파 제복도 가져와. 모자까지. 무엇보다 우선 뉴욕에 전화해. 아니, 그 양말 말고 검은 양말로 주게. 만찬 전에 또 갈아 신을 기분이 아닐지도 몰라. 연설 연습을 마칠 시간도 내야 하는데. 자네 솔 팬저와 크레이머 총경 전화번호는 알겠지. 거기서 정보를 얻어 내야 하는데 범인이 우리가 뉴욕에 정보 요청을 했다는 걸 알게 되면 좋지 않아. 그건 피해야 해……."

14

내 친구 오델은 거대한 야자수 잎을 머리 위에 두고 로비의 기둥 옆에 서 있었다. 나를 보는 그의 눈에는 의심하는 빛이 어려 있었는데, 그런 시선을 받을 이유가 없었다.

내가 말했다.

"난 뜨거운 데이트를 하려는 것도, 염탐을 하는 것도 아니야. 그저 사적인 전화 통화가 정말 사적인지 확인하고 싶을 뿐이야. 의심하는 게 아니라 미리 예방하려는 거지. 매니저에게 물어봐야 한다니, 대체 경비라는 사람이 자기 울타리도 스스로 운영을 못 하나? 자네도 나랑 같이 가. 내가 마음에 안 드는 짓을 하기 시작하면 돌을 던져. 그러고 보니 말인데, 이 커노 스파는 손님 대접이 꽤나 거칠군. 돌에 맞지 않으면 총에 맞으니까 말이야. 안 그래?"

의심의 빛을 거두지 않은 채 오델은 움직이기 시작했다.

"알았어. 다음에 누구한테 농담을 할 때는 코미디 영화 이야기를 해야겠군. 따라와, 이 자식아."

그는 나를 데리고 로비를 지나 엘리베이터를 타고 내려가서 좁은 복도를 지났다. 젖빛 유리창이 달린 문들이 있었는데, 그가 오른쪽의 문 하나를 열고 들어가라고 손짓했다. 작은 방이었고 가구라곤 사오 미터는 될 벽 전체를 가득 메운 교환대뿐이었다. 등받이가 곧추선 의자에 앉아 우리에게 등을 돌린 아가씨들이 여섯 명 있었다. 오델은 끝에 있는 사람에게 가서 잠시 이야기를 나누더니, 세 번째 아가씨에게 가라고 엄지손가락으로 손짓했다. 뒤에서 보이는 목은 앙상했다. 하지만 그녀가 우리 쪽으로 몸을 돌리자 희고 매끄러운 피부와 장래가 촉망되는 푸른 눈을 갖고 있음을 알 수 있었다. 오델이 그녀에게 뭔가 말하자 그녀는 고개를 끄덕였고, 나는 그녀에게 말했다.

"전화를 거는 새로운 방법을 하나 떠올렸거든요. 업서 별관 스위트룸 60호실에 계신 울프 씨는 뉴욕에 전화를 걸고 싶어 하시는데, 제가 여기 있으면서 당신이 연결하시는 걸 보고 싶어서요."

"스위트룸 60호실요? 총에 맞으신 분이 계시는 객실이잖아요."

"네."

"제게 일솜씨가 대단하다고 한 사람이 당신이네요."

"네. 그것을 확인하러 왔다고도 할 수 있죠. 연결을 해 주실 수 있으면⋯⋯."

"실례할게요."

그녀는 몸을 돌려 이야기하고 듣더니 플러그 몇 개를 매만졌다. 그녀가 일을 마치자 내가 말했다.

"뉴욕을 연결해 주세요. 리버티 2-3306이에요. 스위트룸 60호실로 연결해 주시고요."

그녀가 씩 웃었다.

"사적으로 거는 전화인가 보죠?"

"맞아요. 전 이렇게 재미있는 일은 정말 오랜만에 해 보네요."

그녀는 분주해졌다. 내 팔꿈치께에서 뭔가 움직이고 있어서 보니 오델이 수첩과 연필을 꺼내 뭔가를 적고 있었다. 그가 뭐라고 끄적이고 있는지 목을 빼어 본 다음, 기분 좋게 말해 주었다.

"난 자네처럼 자기 일을 열심히 하는 사람이 좋아. 다음 번호를 듣는 수고를 덜어 주기 위해 말해 줄게. 스프링 7-3100이야. 뉴욕 경찰청이지."

"이렇게 황송할 데가. 울프는 뭐 하고 있는 거야, 얼굴이 조금 긁혀서 도와 달라고 소리 지르고 있는 거야?"

나는 작업을 지켜보면서 머리 한 구석에서 적절한 대답을 생각해 냈다. 교환대가 구식이었기 때문에 그녀가 통화 내용을 엿듣는지 아닌지는 쉽게 알 수 있었다. 그녀의 손이 교환대 여기저기를 누비며 플러그를 꽂았다가 뺐다가 하더니 불과 오 분 만에 말했다.

"울프 씨? 뉴욕과 연결되었어요. 통화하십시오. 제가 이 이야기를 누구한테 하면 되죠? 여기 계신 오델 씨?"

그녀는 내게 씩 웃어 보였다.

나도 마주 웃어 보였다.

"그런 생각은 아예 하지를 마세요. 착하게 굴어요, 귀여운 아가씨."

"그러면 그에 대한 보답을 받게 되겠죠. 저도 알아요. 그런 이야기는 들어 보셨을…… 잠시만요."

오델은 끝까지 나와 함께 있었다. 그는 꽤 오래 기다렸다. 울프와 솔 팬저와의 통화는 십오 분은 족히 걸렸고, 두 번째 통화의 상대가 크레이머였다고 가정했을 때 크레이머 총경과도 거의 그 정도 걸렸다. 통화가 끝나고 플러그를 모두 뽑았을 때, 나는 그녀에게 보답으로는 어떤 것이 좋은지 물어보는 게 예의라는 생각이 들었다. 그녀의 대답은 자기가 가진 성경이 하도 많이 읽어서 너덜너덜해지고 있으니 성경이 좋겠다는 것이었다. 나는 그녀의 머리를 토닥이려는 시늉을 하는데 그녀가 몸을 휙 숙였다. 오델이 내 소매를 잡아끌고 나왔다.

나는 고맙다는 말과 함께 처칠 호텔에서 일하고 싶다는 그의 열망을 잊지 않고 있다고 오델을 안심시켰다. 울프 씨는 기회가 생기는 즉시 리겟 씨에게 이야기하실 거라고 말해 주고는 그를 로비에 두고 나왔다.

일 분 후에 내가 직접 이야기할 기회가 생기긴 했지만 그러기엔 너무 바빴다. 정문에서 나와 다음 심부름 장소로 가는 길에 말에 탈 때 쓰는 디딤대를 지나게 되었는데, 근처에 말이 몇 마리 있었다. 사람을 태운 말도 있고 태우지 않은 말도 있었다. 녹색 재킷을 입은 마부들도 있었다. 나는 삼 미터 정도 떨어진 거리에서 말을 보는 것을 좋아하기 때문에 그 옆을 지나며 걸음을 조금 늦추었다. 거기서 리켓을 보았다. 빌린 것이 분명한 승마복을 입고 커다란 암갈색 말에서 내리고 있었다. 내가 걸음을 늦춘 또 하나의 이유는 다른 손님이 말에 밟히는 모습을 볼 수 있을지도 모른다고 생각했기 때문이지만, 그런 일은 일어나지 않았다. 내가 손님들에게 악감정을 가지고 있는 것은 절대 아니다. 그저 잠잘 방을 빌리려고 하루에 이십 달러씩을 내는 사람들에 대한 자연스러운 감정일 뿐이다. 그들은 늘 지독하게 부티 나는 모습이거나 불평불만을 타고난 듯한 모습이다. 내가 만약 말이었다면 나는 분명……

하지만 내겐 해야 할 심부름이 있었다. 울프는 벌써 그 방에 삼십 분 넘게 혼자 있었다. 종업원에게 스위트룸 60호실에는 그 누구도 들여놓지 말라고 엄하게 지시했고 문은 잠겨 있었지만, 그렇게 한 것이 내게 큰 의미는 없었다. 그래서 나는 서둘러 포카혼타스 별관으로 갔다. 정문 근처에서 테니스 라켓을 든 리젯 푸티와 발렌코를 만났다. 몬도 아줌마는 베란다에서 뜨개질을 하고 있었다. 자동차 진입로에서는 주 경관 하나와 사복을 입은 건달 같은 녀석 하나가 차에 앉아 담배를 피우고 있었다. 응접실은 두 곳 모두 비어 있었지만 주방 안은 제법 시끄러웠다. 요리사와 도우미, 종업원, 요리장들이 집중한 표정으로 뛰어다녔다. 미국에서 유래한 요리로 구성해서 울프의 연설 주제를 실제로 보여 주기로 되어 있는 오늘 만찬은 말할 것도 없고, 난투극 같은 오찬을 한 번 더 준비하고 있는 모양이었다. 식사 준비는 물론 루이스 세르반의 지시에 따라 진행되었다. 그는 흰 모자와 앞치마 차림으로 움직이며 느끼고, 살피고, 냄새 맡고, 맛을 보고 지시를 내리고 있었다. 코르시카에서 과일을 자르던 앨버트 말피 역시 모자와 앞치마를 하고 세르반의 꽁무니를 따라다니는 것을 보고 나는 씩 웃었다. 세르반에게 말을 건네러 가다가 뛰어오는 도메니코 로시와 하마터면 부딪힐 뻔했다.

나를 보자 세르반의 품위 있게 나이 든 얼굴이 흐려졌다.

"아, 굿윈 씨! 울프 씨에게 일어난 그…… 끔찍한 이야기를 방금 들었습니다. 애슐리 씨가 호텔 본관에서 전화를 걸어 알려 주셨어요. 내가 초대한 손님인데, 주빈인데……. 끔찍합니다! 여길 뜰 수 있게 되는 즉시 찾아뵙도록 하겠습니다. 심하지는 않나요? 우리와 함께하실 수 있을까요?"

나는 그를 안심시켰다. 다른 사람 두세 명도 서둘러 다가왔다. 나는 그들이 보스에게 표하는 동정을 받아들이고, 몇 시간 동안은 일절 찾아오지 않는 것이 좋을 거라고 말했다. 그리고 세르반에게 나도 바쁜 사람을 방해하는 것은 싫지만 이야기를 좀 하자고 하고 함께 작은 응접실로 갔다. 나와 조금 대화를 나눈 뒤 그는 귀가 잘린 수석 웨이터 몰턴을 불러서 지시를 내렸다.

몰턴이 나가자 세르반은 잠시 망설이다 말했다.

"그렇지 않아도 울프 씨를 만나고 싶었습니다. 애슐리 씨 말을 들으니 그가 제 웨이터 두 명에게서 놀라운 이야기를 이끌어 냈다고 하더군요. 그들이 주저했던 건 이해할 수 있지만…… 난 도저히…… 내 식당에서 내 친구 라스지오가 살해당하다니……."

그는 지친 듯 한 손으로 이마를 쓸었다.

"정말 행복한 일이 되었어야 했는데……. 굿윈 씨, 전 일흔이 넘었습니다. 이번 사건은 이제껏 제게 일어난 최악의 일이에요……. 이제 주방에 돌아가 봐야 합니다……. 크랩트리는 좋은 사람이지만 변덕이 심해서 저 안에서 일어나는 모든 소동을 다 믿고 맡기지는 못해요."

"잊어버리세요."

나는 그의 팔을 두드렸다.

"제 말은 살인을 잊으시라는 거예요. 걱정은 네로 울프 선생님에게 맡겨 두세요. 전 늘 그렇게 하는걸요. 오늘 아침에 새 회원 네 명은 뽑으셨나요?"

"네. 왜요?"

"말피가 궁금해서요. 말피가 들어왔나요?"

"말피? 르 캉즈 메트르에? 맙소사, 아닙니다!"

"네. 그냥 궁금했어요. 주방에 돌아가셔도 돼요. 오찬에 대한 말씀은 울프 씨에게 전할게요."

그는 고개를 끄덕이고 터덜터덜 걸어갔다. 업셔 관에서 나온 지 이제 한 시간이 넘었다. 나는 가장 빠른 길을 선택해 잰걸음으로 돌아갔다.

해가 떠 있는 밖에 있다가 들어가니 울프의 방은 음울해 보였다. 그동안 청소부가 침대를 정돈해 놓고 모든 것을 말끔하게 치워 놓았다. 그는 큰 의자를 창문 방향으로 돌려놓고 앉아서 한 손에 연설문을 들고 마지막 페이지를 보며 얼굴을 찡그리고 있었다. 나는 다 잘되었다고 현관에서 외치고 붕대를 살피려 다가갔다. 붕대는 괜찮아 보였고, 새로 출혈이 일어난 흔적도 없었다.

내가 보고했다.

"다 준비됐어요. 세르반 씨가 몰턴에게 세부 사항을 지시했어요. 다들 안부를 전하며, 선생님이 함께 자리해 주시길 바란다고 해요. 세르반 씨가 점심 식사로 요리 몇 접시를 보내 주겠대요. 오늘 바깥 날씨가 아주 좋아서 선생님이 이렇게 틀어박혀 계신다니 안된 일이에요. 우리 고객은 이 기회를 이용해 말을 타러 갔어요."

"우린 고객이 없어."

"리겟 씨 이야기였어요. 그가 탐정 일을 의뢰하고 돈을 주겠다고 했으니까요. 돈을 받아서 그를 기쁘게 해 주는 것도 괜찮을 거라고 전 지금도 생각해요. 물론 베린 씨를 채용할 수 있도록 도와야겠지만요. 솔이랑 크레이머 총경과 통화하셨어요?"

"자네 교환대에 있지 않았나?"

"네. 하지만 누구랑 통화하셨는지는 몰라요."

"그들과 통화했네. 나는 여러 방법을 생각하고 있어."

그는 한숨을 쉬었다.

"이거 아프군. 점심으론 뭘 만들고 있던가?"

"아이구, 전 몰라요. 대여섯 명이 난리를 피우고 있던데요. 당연히 아프겠죠. 그 대가로 한 푼도 못 받으실 거고요."

나는 머리를 세우고 있는 게 피곤해서, 앉아서 등받침에 머리를 기댔다.

"아플 뿐 아니라, 그것 때문에 평소보다도 더 청개구리같이 행동하시는 것 같네요. 총에 맞은 것과 잠을 못 주무신 것 때문에요. 판에 박힌 수사를 경멸하시는 건 알지만, 가끔은 그걸 통해서 결과를 얻어 내시는 것도 봤어요. 선생님이 아무리 천재라도, 이런저런 사람들이 오늘 아침 10시 15분에 뭘 하고 있었는지 알아봐도 해가 될 건 없잖아요. 예를 들어, 레옹 블랑 씨가 주방에서 수프를 만들고 있었다면 저 바깥 덤불에 숨어 있다가 선생님께 총을 쏘기는 힘들었겠죠. 어떻게 하는 건지 설명드리는 것뿐이에요."

"고맙네."

"고맙다고 하시고 계속 청개구리처럼 행동하시겠죠?"

"청개구리 같은 게 아니라 지적인 것뿐이네. 반증을 찾는 건 확증을 찾을 수 없을 때나 하는 절박한 마지막 카드라고 여러 번 말하지 않았나. 알리바이를 모으고 확인하는 건 따분하고 별 소득도 없는 힘든 일이야. 안 돼. 확증을 찾아야지. 만약 신뢰할 수 있는 증거가 알리바이와 반대된다면 그 알리바이는 무너지는 거야. 어쨌든, 난 나를 쏜 사람엔 관심이 없어. 내가 원하는 건 라스지오 씨를 찌른 사람이야."

나는 울프를 노려보았다.

"그게 뭐예요, 수수께끼예요? 선생님 스스로 둘이 동일인이라고 하셨잖아요."

"물론이지. 하지만 나를 쏘게 된 건 그가 라스지오 씨를 살해했기 때문이니, 우리가 증명해야 되는 건 살인이라는 게 당연하지 않나. 그가 라스지오 씨를 죽였다는 걸 우리가 밝혀내지 못하면, 날 죽이려는 동기를 어떻게 입증하겠나? 그리고 동기를 제시하지 못하면, 그가 10시 15분에 어디에 있었는지가 대체 무슨 상관인가? 우리에게 도움이 될 수 있는 건 그가 살인을 저질렀다는 직접적인 증거뿐일세."

"아, 으흠. 그것뿐이라면야. 물론 선생님은 증거를 갖고 계시겠죠."

나는 한 손을 힘없이 내저었다.

"그래. 시험중이야."

"제가 사람을 부를게요. 어떤 증거예요? 누군가요?"

그는 고개를 가로저으려 하다가 얼굴을 찡그리며 멈추었다.

"아직 시험중이야. 확실한 증거는 아닐세. 결정적인 것과는 거리가 멀지. 결과를 기다려야 해. 너무나 미약한 증거라 블랑 씨와 함께 쇼를 준비했어. 우리에겐 시간이 없고 다른 방법도 무시할 수 없으니까. 그리고 어쨌든 가능성은 있어. 그에게 총이 있을 거라고는 생각 못 했지만……. 문 앞에 누가 왔군."

블랑과 함께 하는 쇼에 공을 많이 들였지만 완전히 실패하고 말았다. 이 쇼의 유일한 장점은 나를 점심시간까지 바쁘게 깨어 있게 했다는 것이었다. 나는 결과에 놀라지 않았고, 울프 역시 마찬가지인 것 같았다. 그는 아무것도 간과하지 않고 철저하게 알아보고 있었다.

가장 먼저 온 몰턴과 폴 휘플이 필요한 도구를 가지고 왔다. 나는 그들을 울프 방으로 데리고 가서 설명을 듣게 한 다음 내 방에 두고 문을 닫았다. 몇 분 후 레옹 블랑이 왔다.

주방장과 미식가는 한참이나 수다를 떨었다. 블랑은 울프가 다친 것 때문에 괴로워했다며 한참이나 그 이야기를 했다. 블랑은 자신은 세르반의 부탁을 받고 왔으며, 울프가 묻는 질문이라면 무엇이든 대답하겠다고 했다. 쉬운 부탁은 아니었지만 블랑은 잘 해냈다. 라스지오 부인을 얼마나 잘 알고 있는지에 대한 날카롭고 끈덕진 질문에도 잘 대처했다. 블랑은 그녀가 부칙 부인이었고 자신이 처칠의 주방장이었을 때는 비교적 잘 알았지만, 그가 보스턴으로 옮긴 최근 오 년 동안에는 두세 번밖에 보지 못했으며 애초에 친밀한 사이였던 적은 없었다는 대답을 고수했다. 울프는 화요일 밤에 다른 사람들이 프렝탕 소스를 시식하고, 누군가는 라스지오를 찌르는 동안 블랑이 포카혼타스 별관의 자기 방에 있었을 때 이야기를 했다. 나는 대화의 대부분을 멀리 떨어져서 들었다. 화장실에 들어가 문을 조금 열어놓고, 태운 코르크로 내 손등을 칠하는 실험을 하고 있었기 때문이다. 세르반이 백인이 흑인으로 분장하는 쇼를 위해 알코올 램프와 충분한 양의 코르크를 보내 주었다.

울프가 가장 무도회 제안을 하자 블랑은 조금 꺼렸지만, 격하게 저항하지는 않았다. 나는 화장실 문을 열고 그를 초대했다. 우리는 소풍을 즐겼다. 속옷 차림의 그에게 나는 먼저 콜드크림을 한 겹 바르고 코르크를 칠하기 시작했다. 내가 전문가가 아닌 만큼 전문가의 솜씨는 아니었겠지만 맹세컨대 그를 검게 만들었다. 귀와 머리카락 끝이 문제였는데, 그는 내가 눈에 코르크가 들어가게 했다고 우겼지만 그건 그가 눈을 너무 세게 깜빡였기 때문이었다. 그다음 그는 제복을 입고 모자를 썼다. 몰턴이 검은 장갑을 구할 수 없어 짙은 갈색 장갑을 써야 했던 것만 빼곤 나쁘지 않은 분장이었다.

나는 그를 울프에게 데려가 확인을 받은 다음 포카혼타스 별관에 전화해서 코인 부인에게 준비가 되었다고 말했다.

그녀는 오 분 만에 도착했다. 나는 복도로 나가서 그녀에게 간단한 설명을 해 주고, 그녀가 이 일에서 제외되고 싶다면 입을 열지 않아야 한다고 했다. 그리고 그녀를 현관에 데려다 놓고 기다리라고 한 다음 블랑을 보여 주려고 다시 들어갔다. 블랑은 내가 화장실에서 분장을 마치기도 전에 꽤 짜증이 나 있었지만 울프가 그동안 잘 달래 놓았다. 나는 적당한 거리겠다 싶은 침대 발치에 그를 세우고 모자를 더 눌러 씌운 다음 손가락을 입에 대게 하고 그대로 있으라고 했다. 그리고 현관문에 가서 이십 센티미터 정도 열었다.

십 초 후에 블랑에게 이제 됐다고 하고, 현관으로 가서 리오 코인을 데리고 다시 복도로 나갔다.

"어때요?"

그녀는 고개를 가로저었다.

"아니에요. 그 사람이 아녜요."

"어떻게 아니란 걸 알죠?"

"귀가 너무 커요. 저 사람이 아니었어요."

"법정에서 맹세하실 수 있나요?"

"하지만 당신은…… 그럴 필요 없다고 말씀하셨잖……."

그녀의 눈이 가늘어졌다.

"그럼요, 그럴 일은 없을 거예요. 얼마나 확신하시는 건가요?"

"아주 확신해요. 저 사람은 몸매도 더 날씬해요."

"알겠습니다. 정말 고마워요. 나중에 울프 선생님이 당신과 이야기를 하고 싶어 하실지도 몰라요."

다른 사람들도 똑같은 말을 했다. 나는 블랑을 두 번 더 세웠다. 한 번은 폴 휘플이 볼 수 있도록 문 쪽을 보고 서게 했고, 다음에는 등을 돌리고 몰턴에게 보여 주었다. 휘플은 자기가 본 식당 병풍 옆에 서 있던 남자는 울프의 방에서 본 남자가 아니라고 맹세할 수 있다고 했고, 몰턴은 자기는 등밖에 못 봤으니 맹세는 못 하겠지만 같은 사람이 아니라고 생각한다고 했다. 나는 그들을 포카혼타스 관으로 돌려보냈다.

다음엔 블랑이 몸을 씻는 것을 도와 줘야 했다. 지우는 것은 칠하는 것보다 두 배는 더 힘들었고, 그의 귀가 다시 깨끗해지기는 했는지 모르겠다. 살인자가 절대 아니었다는 점을 고려하면 그는 상당히 관대했다. 울프의 피와 블랑의 태운 코르크 때문에 그날 나는 커노 스파의 수건을 엄청나게 탕진했다.

블랑은 일어서서 울프에게 말했다.

"루이스 세르반 씨가 부탁했기 때문에 이 모든 걸 한 겁니다. 살인자들이 벌을 받아야 한다는 건 알아요. 만약 내가 살인자라면, 나는 벌을 받을 각오를 할 겁니다. 이건 우리 모두에게 무시무시한 경험입니다, 울프 씨. 무시무시해요. 나는 필립 라스지오를 죽이지 않았지만, 만약 내가 손가락 하나를 까딱해서 그를 다시 살려낼 수 있다면, 어떻게 할지 아십니까? 난 이렇게 할 겁니다."

그는 양손을 주머니에 있는 대로 깊이 찔러 넣고 손을 빼지 않았다.

그는 나가려고 돌아섰지만, 다른 사람이 찾아와서 떠나는 것이 몇 분 늦어졌다. 계획이 바뀌어서 복도의 종업원에게 방문객 금지는 해제되었다고 말해야 했기 때문이다. 그날 오후 내내 간간이 찾아올 방문객 중 첫 손님이 등장했다.

내 친구 배리 톨먼이었다.

"울프 씨는 어때요?"

"얻어맞고 공격적이 되어 있죠. 들어가세요."

그는 들어가서 울프를 보고 입을 딱 벌렸다가, 서 있는 사람이 있는 것을 보았다.

"아, 여기 오셨군요, 블랑 씨?"

"네. 세르반 씨의 부탁으로……."

울프가 끼어들었다.

"실험을 하고 있었습니다. 당신이 블랑 씨와 시간을 낭비할 필요는 없을 것 같은데요. 어떤가, 아치? 블랑 씨가 라스지오 씨를 죽였나?"

나는 고개를 가로저었다.

"아닙니다. 삼진 아웃으로 그 가설은 기각되었습니다."

톨먼은 나를 보았다가, 울프를 보았다가, 블랑을 보았다.

"그런가요. 어쨌거나, 나중에 뵈어야 할 수도 있습니다. 포카혼타스 관에 계실 거죠?"

블랑은 별로 상냥하지 않은 말투로 그렇다고 하고, 울프가 만찬

때쯤엔 몸이 더 나아져 있길 바란다고 말한 다음 자리를 떴다. 그를 문까지 배웅하고 돌아와 보니 톨먼은 앉아서 울프의 붕대를 보려고 고개를 한쪽으로 기울이고 있었다. 울프가 말했다.

"저한테는 위험하지 않습니다. 의사 말로는 상처가 얕다는군요. 하지만 이 짓을 한 사람에겐 굉장히 위험하다고 장담하지요. 이걸 보십시오."

그는 훼손된 연설문을 들어 보였다.

"총알이 제게 맞기 전에 여기에 먼저 맞았습니다. 굿윈 군은 제 연설문을 창문에 던져서 제 목숨을 구했지요. 그의 말에 따르면 그 렇습니다. 전 그 말이 맞다고 생각합니다. 베린 씨는 어디 있지요?"

"여기 있습니다. 포카혼타스 관의 그…… 그의 따님과 함께 있 습니다. 방금 제가 직접 모시고 온 참입니다. 퀸비에서 전화로 총에 맞으셨다는 소식을 들었습니다. 라스지오 씨를 찌른 사람의 짓이라 고 생각하십니까?"

"다른 누가 있겠습니까?"

"그가 왜 당신을 덮쳤을까요? 당신은 손을 떼셨는데요."

"그걸 몰랐던 거죠."

울프는 의자에 앉은 채 동요하더니 얼굴을 찡그리고 씁쓸하게 한마디 덧붙였다.

"이제 다시 손을 대게 되었습니다."

"저로선 좋은 일입니다. 당신이 총을 맞은 게 기쁘다는 말은 아닙니다만……. 블랑 씨를 수사하셨나요? 왜 그가 아니라고 결론 내리셨습니까?"

울프는 설명을 시작했지만, 또 다른 방해꾼이 생겨 나는 나가야 했다. 이번에는 점심 식사였다. 루이스 세르반은 거물 행세를 톡톡히 했다. 거대한 쟁반 세 개와 웨이터 세 명이 와 있었고, 문을 열고 길을 틔워 줄 경호원인 네 번째 호텔 직원도 있었다. 안 그래도 배가 고팠는데 덮개를 씌운 쟁반에서 나는 냄새를 맡으니 더욱 허기가 졌다. 경호원 역할은 몰턴이 직접 맡았는데, 한 번 절을 하고 울프에게 식사가 왔음을 알린 뒤 쟁반을 얹을 소형 테이블을 펴고는 손에 냅킨을 들고 테이블로 갔다.

울프가 톨먼에게 말했다.

"실례하겠습니다."

그는 기운차게 끙 소리를 내며 의자에서 일어나 테이블로 갔다. 몰턴은 예의를 갖추며 주위를 맴돌았다. 울프는 덮개 하나를 들추어 고개를 숙이고 바라보며 냄새를 맡았다. 그리고 몰턴을 보며 말했다.

"피로시키?"

"네, 그렇습니다. 발렌코 씨가 만드셨습니다."

"네, 저도 압니다."

그는 다른 덮개들도 벗기고 몸을 숙여 냄새를 맡으며 주의 깊게 혼자 고개를 끄덕였다. 그는 다시 몸을 폈다.

피로시키 Pirozhki

고기, 야채, 잼 따위의 소를
밀가루와 달걀 등으로 반죽한 피로 싸서
기름에 튀기거나 오븐에 구워 만드는
러시아 요리이다.

"아티초크 바리굴인가요?"

"그런 것 같습니다. 몬도 씨는 다른 이름으로 부르셨습니다."

"상관없지. 여기 두고 가 주십시오. 괜찮으시면 저희가 알아서 가져다 먹겠습니다."

"하지만 세르반 씨는 제게……."

"두고 가시는 게 더 좋습니다. 쟁반 위에 두고 가세요."

"한 명 남겨 두고 가겠……."

"아닙니다. 제 말대로 해 주세요. 지금 이야기중입니다. 나가 주세요."

그들은 나갔다. 뭐라도 먹으려거든 내가 수고를 해야 할 것 같았다. 그래서 나는 한 번 더 힘을 쓰려고 근육을 준비시켰다. 의자로 돌아가는 울프에게 물어보았다.

"어떻게 할까요? 뷔페식당처럼 큰 숟갈로 접시에 뜰까요?"

그는 대답하기 전에 일단 앉고는 한숨을 쉬었다.

"아니. 호텔에 전화해서 점심 식사를 주문해."

나는 그를 빤히 바라보았다.

"혹시 의식이 혼미하신가요?"

"아치. 내 기분을 이해할 법도 한데 말이야. 피로시키는 발렌코 씨가 만들었고, 아티초크 바리굴은 몬도 씨가 만들었어. 하지만 그 주방에 누가 있었는지, 무슨 일이 있었는지 내가 어떻게 알겠나? 저게 우리를 위해 만든 음식이라는 사실을 아마 모두들 알고 있었을 거야. 내가 먹을 음식이라는 사실을 말이지. 난 아직도 오늘 밤에 집에 돌아갈 수 있길 바라고 있네. 호텔에 전화해서, 저 냄새를 맡을 수 없도록 쟁반들을 치워. 자네 방으로 옮기고 거기 두게."

그의 목소리는 사나웠다.

톨먼이 말했다.

"맙소사······. 정말 그렇게 생각하신다면····· 음식을 분석할 수도 있습니······."

"전 분석하고 싶지 않습니다. 먹고 싶어요. 하지만 먹을 수 없습니다. 먹지 않을 거예요. 아마 저 음식엔 잘못된 게 전혀 없겠지만요. 절 보세요. 불한당에게 위협당해 겁에 질려 있습니다! 저걸 분석해 봤자 무슨 소용이 있겠습니까? 분명히 말씀드립니다만······ 아치?"

또 노크 소리가 났다. 덮개 밑의 음식에서 나는 냄새 때문에 나역시 울프만큼이나 좋지 않은 상태였다. 찾아온 사람이 저 음식엔아무것도 섞이지 않았다고 증명해 줄 보건국에서 온 감독관이길 바랐지만 복도에 있던 종업원이었다. 그는 네로 울프 앞으로 온 전보를 들고 있었다.

나는 받아 들고 방으로 돌아가 봉투를 열고 울프에게 건넸다.

그는 전보를 꺼내 읽으며 중얼거렸다.

"과연."

어조가 달라져서 나는 그에게 날카로운 시선을 던졌다. 그는 내게 펼친 전보를 건넸다.

"톨먼 씨께 읽어 드리게."

나는 읽었다.

네로 울프 커노 스파 웨스트 버지니아

어느 신문에도 나오지 않았음 크레이머 협조중 진행중 도착지에서

전화하겠음

팬저

울프가 부드럽게 말했다.

"좀 낫군. 훨씬 나아. 이제 저 피로시키를 먹어도 괜찮겠지만,

가능성이…… 아냐. 호텔에 전화하게, 아치. 그리고 톨먼 씨, 당신

이 협조할 기회도 있을 겁니다."

015

제로메 베린이 두 주먹을 흔들어 대서 그가 앉아 있는 의자가 떨릴 정도였다.

"세상에 이럴 수가! 더러운 개 같으니! 빌어먹을……."

그는 갑자기 멈추더니 따져 물었다.

"블랑 씨가 아니라고? 부칙 씨도 아니고? 내 옛 친구 젤러타도 아니고?"

울프가 중얼거렸다.

"제 생각에는 셋 다 아닌 것 같습니다."

"그러면 다시 말하는데, 더러운 개 같으니!"

베린은 몸을 앞으로 기대고 울프의 무릎을 톡톡 두드렸다.

"솔직히 말해서 라스지오를 죽이는 데는 개도 필요 없어요. 누구라도 했을 거요, 누구라도. 그저 쓰레기를 치우다가 일어난 사고로 말이오. 지나가는 길에요. 물론 사람을 뒤에서 찌르는 건 나쁘지만, 사람이 바쁠 때면 세세한 건 그냥 무시해야 하는 법입니다. 아니, 누가 라스지오를 죽였다고 해서 난 그 사람을 개라고 부르진 않을 거요. 심지어 그런 식으로 죽였다고 해도 말이죠. 하지만 창밖에서 당신에게 총을 쐈다니, 르 캉즈 메트르의 주빈인 당신을! 당신이 정의에 관심이 있다는 이유로! 당신이 내 무죄를 입증하는 역할을 맡았다는 이유로! 당신이 내가 아홉 개 소스 중 일곱 개를 틀리지 않았을 거라는 걸 알 정도의 양식을 가졌다는 이유로! 그리고 말씀드릴 게 있는데…… 거기서 그들이 내게 먹으라고 준 게 어떤 음식이었는지 이야기하면 믿으시겠습니까……? 그 감옥에서요."

베린은 계속 말을 했다. 끔찍한 이야기였다. 그는 딸과 함께 울프가 자신을 위해 애써 준 것에 감사를 표하러 찾아온 것이었다. 4시가 가까워졌고 방에는 햇빛이 들어왔다. 톨먼이 창가의 관목 반대편에 경비를 두 명 배치시켜서, 차양을 올리고 창문을 열어 두었기 때문이었다.

호텔에서 보낸 점심 식사는 발렌코가 만든 피로시키에 미치지는 못했겠지만 내가 먹기에는 충분했고, 울프는 씹기가 좀 힘들었지만 먹을 수 있었다. 난 잠시 눈을 붙이겠다는 생각은 완전히 포기한 뒤였다. 그럴 기회가 없었다. 톨먼은 점심 식사를 마칠 때까지 함께 있었다. 식사를 마치자 로시와 몬도와 코인이 울프가 다친 것에 위로를 표하러 찾아왔다. 그들 이후에도 다른 손님이 있었다. 어떻게 주방에서 빠져나올 수 있었는지 이해가 가지 않았지만, 루이스 세르반까지도 몇 분 들렀다 갔다. 또 3시경에 뉴욕에서 걸려 온 전화는 울프가 직접 받았다. 그가 한 말은 주로 끙 하는 소리였는데, 통화를 마쳤을 때 내가 알수 있었던 것은 그가 크레이머 총경과 통화했다는 사실뿐이었다. 전화를 끊고 만족한 표정으로 코 옆을 문지르는 것을 보니 나쁜 소식은 없었다는 걸 알 수 있었다.

콘스탄자 베린은 의자 끝에 걸터앉아 이십 분 동안 한마디라도 끼어들려고 했다. 아버지가 파이프에 불을 붙이려고 잠시 쉬었을 때 마침내 성공했다.

"울프 씨, 제…… 제가 오늘 아침에 너무 무례했어요."

울프는 시선을 그녀에게 옮겼다.

"정말 그랬습니다, 베린 양. 여자, 특히 젊은 여자들은 아름다울수록 비이성적인 발작 증세가 나타나는 경향이 강하다는 걸 종종 깨닫습니다. 객관적 사실이지요. 말씀해 보세요, 그런 발작이 찾아오는 걸 느낄 때 멈출 수 있는 방법은 없나요? 시도는 해 보셨나요?"

그녀는 울프를 보며 웃었다.

"발작이 아니에요. 발작 증세는 없어요. 저는 무섭고 화가 났어요. 그들이 아버지를 살인죄로 감옥에 넣었으니까요. 저는 아버지가 그런 것이 아니라는 걸 알았지만 그들은 아버지가 유죄라는 증거를 가지고 있다고 생각했어요. 그런데 그 증거를 찾아낸 사람이 당신이라는 이야기를 들으니⋯⋯. 제가 그 말을 듣고 어떻게 이성적으로 행동하겠어요? 한 번도 와 본 적 없는 낯선 나라에서⋯⋯. 미국은 끔찍한 나라예요."

"그 말에 반대할 사람들도 있습니다."

"그렇겠죠. 아마 나라의 문제가 아니라⋯⋯ 여기 사는 사람들 때문에⋯⋯ 아, 죄송해요. 울프 씨나 굿윈 씨를 말하는 건 아니에요. 분명 울프 씨는 아주 상냥한 분이시고, 물론 굿윈 씨도 그렇지요. 아내도 있고 아이도 많고⋯⋯."

"과연. 아이들은 어떤가, 아치? 잘 지내고 있길 바라네만?"

울프가 쏘아보는 시선에 나는 주눅이 들었다.

"그럼요, 고마워요. 몹쓸 꼬맹이들, 이렇게 집에서 떨어져 있으면 아이들이 보고 싶어요. 돌아갈 때까지 기다리기가 힘들 지경이라니까요."

나는 한 손을 내저었다.

베린은 입에서 파이프를 떼고 내게 고개를 끄덕였다.

"어릴 때는 참 좋지요. 여기 있는 내 딸은⋯⋯."

그는 어깨를 으쓱했다.

"물론 좋은 아이지만, 날 미치게 해요!"

그는 몸을 기울여 파이프로 울프의 무릎을 톡톡 쳤다.

"돌아가는 이야기가 나왔으니 말인데. 그 개들이 우리에게 가도 좋다는 허락을 내릴 때까지 우릴 계속 잡아 둘 수 있다고 들었는데, 사실인가요? 라스지오가 칼에 등을 찔렸다는 이유만으로? 딸과 나는 오늘 밤에 뉴욕으로 떠날 계획이었고, 그다음엔 캐나다로 가려고 했어요. 난 감옥에서 나왔지만 아직 자유는 아니죠? 정말 그런 거요?"

"유감스럽게도 그런 것 같습니다. 뉴욕으로 가는 자정 기차를 탈 생각이셨습니까?"

"그래요. 그런데 이제 그 개를 죽인 사람이 누구인지 알아낼 때까지는 아무도 여기를 못 떠난다고 하지 않소! 천치 같은 톨먼과 또 한 명, 사팔뜨기…… 그 사람들이 알아낼 때까지 기다린다면……."

그는 파이프를 입에 물고 구름에 휩싸일 때까지 빨아 댔다.

"하지만 우리는 그들을 기다리지 않아도 됩니다."

울프가 한숨을 쉬었다.

"정말 다행입니다. 제 생각에는 짐을 싸 두는 것이 현명할 것 같습니다. 그리고 만약 기차를 예약해 두셨다면 취소하지 마십시오. 다행히 당신은 톨먼 씨가 소스에 대한 진실을 밝혀낼 때까지 기다리지 않으셔도 됩니다. 만약……."

"영영 떠나지 못했을 수도 있죠. 저도 압니다. 이렇게 됐을 수도 있었소."

그는 손날을 사용해 큰 칼로 목을 자르는 시늉을 해 보였다.

"분명 난 아직 감옥에 있었을 거고, 사흘 안에 굶어 죽었을 거요. 우리 카탈루냐 사람들은 죽음이 찾아오는 것은 받아들일 수 있지만, 그 음식을 삼킬 수 있는 사람은 사람이 아니오. 짐승조차 못돼요! 저는 제가 당신에게 진 빚이 무엇인지 알고, 오늘 점심 식사때는 한 입 먹을 때마다 당신의 축복을 빌었습니다. 세르반 씨와도의논을 해 봤어요. 당신에게 얼마나 큰 신세를 졌는지 이야기했고, 나는 누구에게도 빚을 진 채 살지는 않는다는 말도 했소. 당신에게 갚아야 한다고 세르반 씨에게 말했죠……. 그는 우리를 초대한 주인이고, 사려 깊은 사람이지요. 그는 당신이 돈을 받지 않을 거라고했습니다. 이미 제안했지만 당신이 퇴짜를 놓으셨다더군요. 당신의 기분을 이해하고 존중합니다. 당신은 우리의 주빈이니까……."

문에서 또 노크 소리가 나서 나는 울프가 자초한 곤경 속에서 부글부글 끓도록 내버려 두고 방에서 나왔다. 그가 말을 너무 많이 해서 화를 부르는 날이 오리라는 것을 난 언제나 알고 있었다. 현관으로 가는 나는 악의적인 웃음을 지었다. 지금 이 순간 아낌없이 대접받아야 하는 보석이 된 기분이 어떨까 하는 생각이 들었다.

새로 찾아온 사람은 부칙뿐이었다. 대화를 끊고 울프의 수고에대한 보답 같은 천한 주제를 쑥 들어가도록 창밖에서 날아든 또 다른 총알 같은 역할을 했다. 부칙은 기분이 좋지 않았다. 그는 부끄럽고 우울하고 불안한데다 정신이 딴 데 팔린 듯이 행동했다. 그가오자 몇 분 뒤에 베린 부녀는 떠났다. 부칙은 팔짱을 끼고 찡그린 얼굴로 바닥을 쳐다보며 울프 앞에 섰다. 울프가 오늘 아침에 언덕에서 울부짖는다고 한 것은 무례했지만, 찾아와서 부상에 대한 연민과 유감을 전하는 것이 오래된 우정의 의무라고 그가 말했다.

울프가 쏘아붙였다.

"내가 총에 맞은 건 여섯 시간 전이야. 지금쯤 죽었을 수도 있어."

"아, 왜 이러나, 네로. 그럴 리는 없지. 뺨을 다쳤을 뿐이라고 하던데. 그리고 내가 보기에도……."

"피를 일 리터 정도 흘렸어……. 아치! 일 리터라고 했지?"

나는 아무 말도 한 적 없지만, 언제나 충직하다.

"네, 그렇습니다. 최소한 그 정도였습니다. 이 리터쯤 됐을 겁니다. 물론 양을 잴 수는 없었지만, 출혈이 마치 강처럼, 나이아가라 폭포처럼, 마치……."

"그만하면 됐네. 고맙네."

부칙은 여전히 찡그린 얼굴로 바닥을 내려다보며 서 있었다. 머리카락이 눈 앞으로 흘러내렸지만, 팔짱을 풀고 손가락으로 빗어 넘기지 않았다. 그가 으르렁거렸다.

"미안하네. 정말 아슬아슬했어. 만약 그가 자넬 죽였다면……."

잠시 말을 멈추었다.

"이봐, 네로. 누구였나?"

"몰라. 확실하게는 몰라. 아직은."

"알아내는 중인가?"

"응."

"라스지오를 죽인 그 사람인가?"

"응. 젠장. 말할 때 머리를 움직이고 싶은데 움직일 수가 없군."

울프는 손끝으로 붕대를 조심스레 만져보곤 손을 내렸다.

"말해 줄 게 있어, 마르코. 자네의 눈과 내 눈 사이에 안개가 끼었지. 우린 그걸 무시할 수 없으니 의논해 봤자 소용이 없어. 내가 할 수 있는 말은, 이 안개는 곧 사라질 거라는 걸세."

"그게 정말인가. 어떻게?"

"역사의 흐름에 의해서. 운명의 여신 아트로포스와 그녀의 대리인인 나에 의해서. 어쨌든 내가 예상하기로는 그렇네. 그때까지는 우린 서로에게 할 수 있는 말이 없어. 자네는 또 한 번 약에 취했어. 잠깐, 그런 뜻은 아닐세. 우리가 이야기를 할 수 없다는 건 자네도 알겠지. 자네는 내 말을 들으면 불쾌할 테고, 나는 자네의 이야기가 참을 수 없이 지루할 거야. 또 보세, 마르코."

"맙소사. 내가 약에 취했다는 건 부정하지 않겠네."

"나도 알아. 자네는 스스로 뭘 하는지 잘 알면서도 해 버리지. 와 줘서 고맙네."

부칙은 팔짱을 풀고 머리를 쓸어 넘겼다. 손가락으로 천천히 세 번 빗어 넘기더니 아무 말 없이 돌아서서 나갔다.

울프는 한참이나 눈을 감고 앉아 있었다. 그러고는 깊은 한숨을 쉬고 마지막 연습을 할 테니 연설문을 가져오라고 내게 말했다.

연습중 우리를 방해한 것은 몇 통의 전화뿐이었다. 톨먼, 클레이 애슐리, 루이스 세르반의 전화였다. 다른 손님이 찾아온 것은 6시였는데, 문을 열어 보니 처칠 호텔의 레이먼드 리겟이었다. 나는 즉시 수수료의 냄새를 맡고 환영의 미소를 지었다. 울프가 머리를 굴리고, 장거리 전화와 흑인 열네 명의 마실 것으로 돈을 날리고, 이틀 밤 동안 잠을 못 자고, 어쩌면 평생 흉터가 남을지도 모르는 총상을 입는 과정을 지켜보면서 이 모든 일이 은행 잔고와는 무관하다는 데 정말 짜증 났다. 부차적으로는 내 친구 오델의 일자리 문제도 있었다. 그에게 빚진 것은 없지만, 뉴욕에서 탐정 일을 하다 보면 어느 곳에서 친근한 얼굴이 나를 맞아 주는 것이 도움이 될지 예상할 수가 없다. 내 후배가 처칠 호텔의 경비, 하다못해 경비 밑의 직원이라도 된다면 분명 언제든 쓸모가 있을 것이다.

과연 수수료를 받을 가능성이 있었다. 리겟이 자리에 앉아 울프의 얼굴 부상에 적절한 감정을 표현하고 나서 가장 먼저 한 말은 울프가 처칠 호텔의 주방장으로 베린을 데려오는 것을 다시 한번 고려해 볼 의사가 있는지 물어보기 위해서 찾아왔다는 것이었다.

울프가 웅얼거렸다.

"아직도 그를 원하시다니 놀랍군요. 살인죄로 잡혀갔던 사람인데요. 그게 화제가 되리라 생각하시는 건가요?"

리겟은 그렇지 않다는 손짓을 했다.

"그게 어떻습니까? 사람들은 화제를 먹지 않습니다. 음식을 먹지요. 베린 씨의 명성이 어떤지는 아시죠. 솔직히 말해 전 그의 음식보다는 명성에 더 관심이 있습니다. 게다가 저희 주방 직원들은 하나같이 아주 훌륭합니다."

"사람들은 명성은 먹는 거군요."

울프는 부드럽게 자기 배를 두드렸다.

"저는 그런 것에는 관심이 없습니다."

리겟은 특유의 옅은 미소를 지었다. 그의 회색 눈은 수요일 아침만큼이나 짜증 난 것 같았다. 그보다 덜하지는 않았고, 그보다 더 짜증 나는 건 불가능했다. 그는 어깨를 으쓱했다.

"음, 사람들은 좋아하는 것 같더군요. 베린 씨 이야기인데, 어제 아침에 하지 않겠다고 거절하셨던 건 압니다. 그러나 라스지오 씨의 살인 사건을 조사하지 않겠다는 말씀에 대해선 생각을 바꾸셨지 않습니까. 애슐리 씨에게 듣자니 놀라운 일을 해내셨다고 하는데, 무슨 일인지는 듣지 못했습니다."

울프는 머리를 삼 밀리미터 정도 숙였다.

"고맙습니다."

"애슐리 씨가 한 말입니다. 게다가 무엇인지는 모르겠지만 당신이 발견한 것 때문에 베린 씨가 풀려나게 되었죠. 베린 씨도 그걸 알기 때문에 당신은 그에게 제안, 심지어 부탁을 하기에 특히 유리한 입장이죠. 제가 그를 손에 넣기 위해 유난히 안달이 난 이유는 어제 설명해 드렸습니다. 덧붙여, 당신에게만 몰래 말씀드리자면……."

"전 몰래 무언가를 하고 싶지는 않습니다, 리젯 씨."

리젯은 조급하게 그 말을 무시해 버렸다.

"별로 비밀이랄 것도 없습니다. 경쟁자가 이 년째 베린을 노리고 있어요. 알렉산더의 브랜팅입니다. 베린 씨가 내일 오후에 뉴욕에서 브랜팅과 만나기로 했다는 걸 어쩌다 알게 되었습니다. 제가 여기로 급히 달려온 가장 큰 이유가 그겁니다. 그가 브랜팅을 만나기 전에 채용해야 해요."

"그런데 당신이 오자마자 그가 감옥에 갔죠. 안된 일입니다. 이젠 풀려났으니 아마 포카혼타스 별관에 있을 겁니다. 두 시간 전에 여기서 나갔습니다. 왜 당신이 직접 만나 보지 않는 겁니까?"

"어제 말씀드렸습니다만, 제가 그를 설득할 수 없을 것 같아서입니다."

리젯은 몸을 앞으로 기울였다.

"이것 보세요. 지금 상황은 이상적입니다. 당신이 그를 감옥에서 꺼내 주었고, 그는 충동적이고 감정적인 성격이며, 당신에게 고마움을 느끼고 있어요. 당신이라면 이야기 한 번 나누는 것으로 해낼 수 있습니다. 한 가지 문제는 브랜팅이 그에게 어떤 제의를 하고 있는지, 혹은 할 예정인지 제가 모른다는 겁니다. 하지만 얼마가 됐든 제가 더 높은 금액을 줄 겁니다. 사만 달러로 그를 데려오고 싶지만 필요하다면 육만 달러까지 생각하고 있다는 말씀은 어제 드렸지요. 이제 시간이 얼마 없고, 전 칠만 달러까지도 낼 수 있을 것 같습니다. 처음에는 오만 달러로 시작하셨다가……."

"전 그에게 무슨 이야기를 하겠다고 말한 적 없습니다."

"들어 보세요. 연봉 오만 달러를 제의하세요. 그건 지금 그가 산레모에서 받는 돈보다 훨씬 크지만, 어쩌면 거기선 수익의 일부를 배당받는지도 모릅니다. 어쨌거나 뉴욕은 좀 다르니까요. 만약 그를 데려와 주시면 당신에게 현금으로 일만 달러를 드리겠습니다."

울프는 눈썹을 치켜 올렸다.

"그를 원하시는군요, 그렇죠?"

"꼭 데려와야 합니다. 사실 라스지오 씨는 한물갔기 때문에 저희 이사들이 의논을 했었지요. 전 그를 반드시 데려와야 합니다. 물론, 지분을 꽤 갖고 있긴 해도 제가 처칠 호텔의 주인은 아닙니다만. 만찬 시작 전에도 이야기해 보실 시간은 있습니다. 좀 더 이른 오후에 뵙고 싶었습니다만, 베린 씨가 돌아왔을 때 말이죠, 사고를 당하셔서……."

"사고가 아닙니다. 우연한 일에는 의도가 없지요. 이건 누군가 의도한 겁니다. 그보다 더 나쁠 수도 있고요."

울프는 붕대를 만졌다.

"그건 그렇습니다. 물론이죠. 지금 베린 씨를 만나시겠습니까?"

"아니요."

"그럼 오늘 밤에?"

"아니요."

리겟은 고개를 확 쳐들었다.

"젠장, 제정신이십니까? 일만 달러를 벌 기회인데."

그는 손가락을 튕겼다.

"이렇게 간단한데! 왜 안 하신다는 겁니까?"

"요리사를 고용하는 건 제 일이 아닙니다. 전 탐정입니다. 전 제 직업을 고집합니다."

"이걸 사업 삼아 하시라는 말이 아닙니다. 이 상황에선 그저 그와 이야기만 다정하게 나누면 됩니다. 그가 총주방장이 되어 모든 걸 통제하게 될 거고 호텔 측의 개입은 전혀 없을 거라고 말씀하십시오. 저희 비용 배분은……."

울프는 한 손가락을 까닥이고 있었다.

"리겟 씨. 그만하십시오. 이건 시간 낭비입니다. 전 처칠 호텔을 위해서 베린 씨에게 접근하지 않을 겁니다."

침묵. 나는 입을 가리고 하품을 했다. 리겟이 화를 내며 쿵쿵 뛰지 않는 것이 놀라웠다. 그에겐 그런 경향이 있는 것 같았기 때문이었다. 하지만 그는 가만히 앉아서 근육 하나 움직이지 않고 울프를 바라볼 뿐이었다. 울프도 마찬가지로 꼼짝 않고 반쯤 감은 눈으로 그의 시선을 받았다.

침묵이 일 분쯤 흘렀다. 마침내 리겟은 조금도 화나지 않은 차분한 어조로 말했다.

"베린 씨를 설득해 주시면 현금으로 이만 달러 드리겠습니다."

"그걸로 저를 유혹할 순 없습니다, 리겟 씨."

"그…… 그러면 삼만 달러 드리겠습니다. 내일 아침에 현금으로 드릴 수 있습니다."

울프는 조금 동요했지만 눈의 초점을 흩뜨리지는 않았다.

"아니요. 당신에게 그만큼의 가치는 없을 겁니다. 베린 씨는 훌륭한 요리장이지만, 현존하는 유일한 요리장은 아닙니다. 보세요. 이런 유치한 핑계는 우습네요. 이렇게 저를 찾아오신 건 경솔했습니다. 당신은 타고난 감각이 있는 사람입니다. 본인의 이익만 생각하고 당신의 생각과 판단에만 따랐다면 이런 일을 결코 하지 않으셨으리라 확신합니다. 당신은 누군가 보내서 여기에 온 겁니다, 리겟 씨. 저는 알고 있습니다. 누구의 발상인지 생각하면 이건 예정된 실수네요. 흥! 돌아가서 실패했다고 보고하십시오. 하지만 앞으로도 더 머리를 굴리시려거든, 자기 자신만 믿으시는 것이 백배 나을 겁니다."

"무슨 말씀을 하시는지 모르겠군요. 전 툭 터놓고 제의를 드린 겁니다."

울프는 어깨를 으쓱했다.

"제 말을 알아들으실 수 없다면 대화는 끝입니다. 그러면 실패했다고 자기 자신에게 보고하시지요."

"전 누구에게도 실패했다고 보고하지 않을 겁니다. 제가 당신을 찾아온 건 그저 이게 현실성이 있다고 생각했기 때문입니다. 성가신 일을 피하기 위해서죠. 제가 원하는 게 무엇이든 당신 없이도 할 수 있습니다."

리겟의 눈빛은 딱딱했고 어조 역시 마찬가지였다.

"그럼 부디 그렇게 하시지요."

"하지만 성가신 일을 생략하고 싶다는 마음은 여전합니다. 오만 달러 드리겠습니다."

울프는 천천히, 거의 알아보기 힘들 정도로 고개를 가로저었다.

"실패했다고 보고하셔야 할 겁니다, 리겟 씨. 부정적인 사람들은 돈으로 매수할 수 없는 사람은 없다고 하지요. 하지만 제가 원하는 건 당신이 돈으로 살 수 있는 게 아닙니다."

전화가 울렸다. 사람이 냉정해지며 조용해질 때 나는 만약에 대비해서 그 사람에게서 시선을 떼지 않는다. 그래서 리겟의 의자 뒤에서 옆으로 걸으며 그에게 등을 돌리지 않고 전화를 받으러 갔다. 수화기에서 들린 목소리는 푸른 눈의 아가씨 같았는데 그녀는 뉴욕에서 전화가 왔다고 했다. 네로 울프를 바꿔 달라는 걸걸한 목소리가 들려왔고, 크레이머 총경이 그와 통화하고 싶어 한다고 이야기했다. 나는 돌아섰다.

"선생님을 찾는 전화입니다. 퍼디 씨입니다."

그는 끙 소리를 내며 힘겹게 의자에서 일어섰다. 그는 일어나 우리의 손님을 내려다보았다.

"이건 기밀 전화입니다, 리겟 씨. 그리고 우리 일은 결론이 났으
니……. 괜찮으시다면……?"

리겟은 이 상황을 받아들였다. 말 한마디 없이, 서두르지도, 주
저하지도 않고 일어나 밖으로 나갔다. 나는 그를 따라 현관까지 갔
고, 그가 나가고 문이 닫히자 문을 잠갔다.

울프와 크레이머의 대화는 십 분 이상 이어졌다. 이번에는 앉아
서 귀를 기울이니 끙 하는 소리 외에 다른 내용도 들려왔지만, 전체
내용을 파악할 수 있을 정도는 아니었다. 울프는 나의 시치미 떼는
능력을 불신하는 것 같았다. 전화를 끊은 뒤 나는 자세히 이야기해
달라고 물어볼 참이었지만, 그가 의자에 앉자마자 다시 전화가 울
렸다. 이번에 그녀는 찰스턴에서 온 전화라고 했다. 딸깍 딸깍 소리
가 몇 번 나더니 광고 음악 만큼이나 친숙한 목소리가 내 귀에 들려
왔다.

"여보세요. 울프 씨?"

"아닙니다. 여긴 대법원이에요."

"아, 아치! 어떻게 지내나?"

"끝내줘. 잘 쉬고 있지. 잠시만, 울프 씨 바꿔 줄게."

나는 수화기를 건넸다.

"찰스턴의 솔 팬저예요."

또다시 십 분 동안 통화가 이어졌고, 울프가 선택한 방법이 무

엇인지 드문드문 들어 가며 실마리를 조금 더 얻을 수 있었지만 몇 몇 부분은 아직도 전혀 알 수가 없었다. 통화가 끝나자 울프는 천천히 의자로 돌아와 조심스레 등을 기대고, 원형 돔 같은 그의 배 위에 양손을 깍지 꼈다.

그가 물었다.

"몇 시인가?"

나는 손목을 흘낏 보았다.

"6시 45분이에요."

그는 신음 소리를 냈다.

"만찬까지는 한 시간 남짓밖에 남지 않았군. 만찬장에 갈 때 잊지 말고 내 주머니에 연설문을 넣어 주게. 적지 않고 몇 가지 기억할 수 있겠나?"

"그럼요. 양이 많아도 가능해요."

"다 중요한 것들일세. 먼저 난 톨먼 씨와 이야기를 나눠야 해. 예정대로 지금 호텔에 있을 걸세. 그리고 세르반 씨와 통화를 해야 해. 그건 좀 어려울 수도 있어. 마지막 날 저녁에 손님을 초대하는 관습은 없을 테지. 이번 경우엔 전통을 어겨야만 해. 내가 통화하는 동안 자네는 우리에게 필요할 것들을 전부 꺼내 짐을 싸서 기차까지 날라 놓도록 해 두게. 자정쯤에는 시간에 쫓길지도 몰라. 그리고 호텔에 우리 계산서를 달라고 하고 돈을 내게. 자네가 권총을 가져왔다고 했던가? 좋아. 필요하지는 않겠지만 몸에 지니도록 해.

그리고 빌어먹을, 이발사를 불러. 직접 면도를 할 수가 없으니 말이
야. 그리고 톨먼 씨를 부르고, 짐을 싸. 저녁의 계획은 옷을 입으며
말해 주지……."

16

우리는 전통을 어겼다. 식당 문이 활짝 열리고 루이스 세르반이 문간에 나타나 우리를 맞이하기 전 큰 응접실에서 몇 명이 투덜거리는 것을 우연히 들을 수 있었다. 하지만 여기저기 몇 명씩 모여서 셰리주나 베르무트를 홀짝이며 투덜거리는 대상은 주로 다른 주제였다. 당국의 허가가 있기 전까지 그들 중 누구도 웨스트 버지니아의 관할권을 떠나서는 안 된다는 결정이 내려졌기 때문이었다. 도메니코 로시는 배리 톨먼이 들을 수 있을 만큼 연설하듯 크게 떠들었다. 라디오 옆에 선 미남 톨먼은 걱정스러운 표정이었다. 램지 키스는 이 지독한 처사에 대한 의견을 우렁차게 외쳐 댔다. 제로메 베린은 맙소사, 야만적인 일이다, 하지만 이 일 때문에 소화에 차질이 생기게 한다면 바보짓이라고 했다. 앨버트 말피는 조금 가라앉은 모습이었지만 눈은 아직도 번득이고 있었고, 몬도 아줌마에게 잘 보이는 것이 1942년 선거 운동을 위한 합리적인 첫 단계라고 결론 내린 듯했다. 레이먼드 리겟은 소파에 앉아 마르코 부칙과 조용히 대화를 나누고 있었다. 내 친구 톨먼은 벌을 받고 있었다. 아니, 어떻게 보면 아무 일도 없었다. 콘스탄자 베린이 들어왔을 때 그는 단단히 결심한 표정으로 그녀에게 다가가 말을 했다. 그녀는 그를 전혀 보지도, 듣지도 않았기 때문에, 순간 나는 그가 그 자리에 존재하지 않는 건 아닐까, 내가 톨먼이 있다고 상상했던 건 아닐까 생각했을 정도였다.

식당으로 들어가기 몇 분 전에 디나 라스지오가 들어왔다. 소음이 잦아들었다. 그녀의 아버지인 로시는 서둘러 그녀에게 갔고, 부칙이 멀지 않은 거리에서 그의 뒤를 따랐다. 다른 사람들 몇 명도 미망인에게 경의를 표하러 다가갔다. 내가 춤추는 이슬람 교인을 닮은 만큼 그녀는 애도하는 미망인을 닮았다. 물론 여자가 남편과 짧은 여행을 가며 짐을 쌀 때마다 남편이 살해당할 가능성을 고려해 상복을 챙길 수는 없는 법이다. 그리고 그녀가 만찬에 나타났다고 해서 못마땅해할 수도 없었다. 네로 울프가 세르반에게 그녀를 개인적으로 만나고 싶다고 우겨 댔다는 걸 알기 때문이었다.

테이블에서 다시 콘스탄자의 옆 자리에 앉게 된 것은 그럭저럭 나쁘지 않았다. 울프는 세르반의 오른쪽에 있었다. 아래쪽에 앉은 부칙은 디나 라스지오의 옆 자리였다. 리켓과 말피는 내 바로 맞은 편에 나란히 앉았다. 베린의 자리는 울프 맞은편, 세르반의 왼쪽이 었는데 내가 보기엔 방금 감옥에서 나온 사람치곤 꽤나 영예로운 자리였다. 베린 옆의 클레이 애슐리는 상냥한 척했지만 별로 성공 을 거두지는 못했다. 다른 사람들은 여기저기 앉아 있었고, 몇 명 안 되는 숙녀들이 드문드문 끼어 있었다. 우리가 앉은 자리의 접시 에 메뉴가 놓여 있었다.

르 캉즈 메트르

커노 스파, 웨스트 버지니아

1937년 4월 8일 목요일

미국식 만찬

껍질째 구운 굴

메릴랜드 테라핀과 바삭한 남부식 비스킷

그릴에 구운 새끼 칠면조

모과 잼을 곁들인 쌀 크로켓

크림 소스 리마 콩과 달고 폭신한 빵 샐리 룬

아보카도 토드헌터

파인애플 셔벗과 스펀지케이크

위스콘신산 치즈와 블랙커피

몰턴이 감독하는 웨이터들이 원활하게 음식을 가져오고 빈 접시를 치우는 동안, 루이스 세르반은 엄숙하고 불안한 표정으로 식당 안을 살폈다. 첫 번째 코스는 불안함을 누그러뜨리는 데 도움이 되었을 것이다. 굴은 향긋한 것은 물론이고 통통하고 맛있어서, 누가 손으로 땅콩과 블루베리를 먹여 주며 키운 게 아닐까 싶은 정도였다. 굴 요리에는 의식과 볼거리가 곁들여졌다. 웨이터들은 굴 열두 개씩이 든 금속 통을 늘어놓고 물러나서 사십팔 시간 전에 필립 라스지오의 시체를 가리고 있던 병풍 앞에 한 줄로 섰다. 식품 저장실 문이 열리더니 티 하나 없이 깨끗한 흰 모자와 앞치마 차림의 갈색 피부 요리사가 나타났다. 그는 앞으로 몇 걸음 나섰다가 쑥스러운지 곧바로 물러섰지만 세르반이 일어나 그를 손짓해 부르고는 테이블을 돌아보며 모여 있는 사람들에게 말했다.

"여러분께 커노 스파의 생선 요리사 히아신스 브라운 씨를 소개하고 싶습니다. 우리가 이제 먹게 될 구운 굴 요리는 그가 만든 겁니다. 르 캉즈 메트르에게 내는 영광을 누릴 가치가 있는지는 여러분이 판단하십시오. 브라운 씨는 이 영광에 감사하고 있다는 말을 제가 여러분께 해 드리길 원합니다. 안 그런가, 브라운?"

"네, 그렇습니다. 정말 영광입니다."

잔잔한 박수갈채가 일었다. 브라운은 어느 때보다도 쑥스러워하며 절을 하고는 돌아서서 나갔다. 요리장들은 포크를 들고 굴을 공격했고, 다른 사람들도 요리장들을 따랐다. 감탄하는 낮은 목소리들이 들려왔다. 로시는 긴 테이블의 반대편으로 무어라 말했다. 피에르 몬도는 조용하고 권위 있는 목소리로 말했다.

"굉장히 훌륭하군요. 오븐에서 고열로 익히는 조리법인가요?"

세르반은 엄숙하게 고개를 끄덕였고, 포크들은 계속해서 움직였다.

테라핀을 낼 때도 같은 의식이 있었는데, 이번에는 크랩트리를 소개했다. 요리를 다 먹고 나자 폭동에 가까운 열광적인 반응이 있었고 요리장들은 크랩트리를 다시 불러내라고 요구했다. 그들 대부분은 일어나서 크랩트리와 악수를 했다. 그는 기쁜 것이 분명했고 조금도 쑥스러워하지 않았다. 흑인 두 명이 칠면조를 날라 왔다. 한 명은 얼굴에 주름이 지고 흰 곱슬머리의 그랜트였고, 다른 한 명은 내가 모르는 키 크고 피부가 검은 사람이었다. 수요일 밤의 파티에 왔던 사람이 아니라서 누구인지 알 수 없었다. 나는 그보다 맛있는 칠면조를 먹어 본 적은 한 번도 없었지만, 다른 음식들도 양이 많았기 때문에 1인분밖에 먹을 수 없었다. 식사하는 요리장들은 마치 트렁크에 짐을 싸는 여자 같았다. 얼마나 들어갈 수 있느냐가 문제가 아니라 자기가 얼마나 넣어야 하는지가 중요한 여자 말이다. 그들이 음식과 함께 마셔 대는 보르도 와인은 말할 것도 없었다. 만찬이 진행됨에 따라 그들은 점점 더 명랑해졌고, 늙은 세르반까지도 행복한 미소를 사방에 지어 보였다.

의심할 나위 없이 일 등급의 먹이였다. 나는 와인은 조금만 마셨다. 어차피 머릿속이 멍했기 때문에 만약 또 울프의 생명을 구해야 한다면 얼마 남지 않은 지혜라도 필요할 것이다.

긴장된 분위기는 전혀 아니었다. 모두 배를 든든히 채웠고 앞에 놓인 좋은 커피와 브랜디에서는 향기가 피어오르는 즐거운 파티였다. 10시를 조금 넘겼을 때, 울프가 연설을 시작하려고 일어섰다. 그는 만찬 후의 연설자보다는 정장을 입고 피해 보상을 요구하는 고소인에 더 가까워 보였다. 그도 분명 그 사실을 알고 있겠지만 신경 쓰지 않는 것 같았다. 우리는 그를 좀 더 편하게 지켜볼 수 있도록 모두 의자를 옮긴 다음 말없이 자리를 잡았다. 그는 편안한 일상적 말투로 연설을 시작했다.

"세르반 씨, 숙녀 여러분, 요리장 여러분, 저와 같은 손님들. 전 조금 바보가 된 듯한 기분입니다. 다른 상황이었다면 제가 최고급 요리에 대한 미국의 기여를 논하는 것을 들으시며 여러분은, 최소한 여러분 중 몇 분은 유익하고 즐거운 경험을 하셨을 것입니다. 그리고 저는 여러분에게 그러한 기여가 무시할 것이 아니며 빈약하지도 않다고 말씀드리는 것이 바람직했을 겁니다. 이 주제로 발표를 해 달라는 초대를 받았을 때는 저는 무척이나 기뻤고 으쓱해졌습니다만, 연설을 할 시점에서 이런 연설이 얼마나 불필요하게 될지는 미처 깨닫지 못했습니다. 음식 이야기를 하는 것은 즐겁습니다만, 먹는 것은 그보다 한없이 더 즐겁습니다. 그리고 우리는 이미 먹은 뒤입니다. 예전에 어떤 남자가 삶에 있어 최고로 강렬한 기쁨 중 하나는 눈을 감고 아름다운 여자들을 떠올리는 일이라고 제게 이야기한 적이 있습니다. 제가 눈을 뜨고 여자들을 본다면 더욱 즐겁지 않겠느냐고 제안하자, 절대 그렇지 않다고 하더군요. 그가 꿈꾸는 여자들은 모두 아름답고, 실제로 본 그 어떤 여자보다도 훨씬 아름답기 때문이라 했습니다. 그와 비슷하게, 제가 달변이라면 제가 이야기하는 음식이 여러분이 방금 드신 음식보다 더 낫다고 주장할 수 있을지도 모릅니다. 하지만 그런 허울만 그럴듯한 핑계마저도 댈 수가 없습니다. 최상급 미국 요리 몇 개를 묘사하고 찬사를 보낼 수는 있지만, 바로 방금 전까지만 해도 여기에 있다가……."

그는 테이블을 가리켰다.

"……이제는 여기에 있는……."

그는 부드러운 손바닥으로 조심스레 적절한 곳을 두드렸다.

"……굴과 테라핀과 칠면조를 능가할 수는 없습니다."

그들은 박수를 보냈다. 몬도가 "비앙 디(옳소)!"라고 외쳤다. 세르반은 활짝 웃었다.

이 말은 연설문에는 없었으니, 사실 아직 연설을 시작하지 않은 것이었다. 울프는 연설을 시작했다. 처음 십 분 정도는 불편했다. 내게 있어 이 세상에서 네로 울프가 당황하며 뒹구는 모습을 지켜보는 것보다 더 즐거운 일은 없지만, 외부인이 있는 곳에서 보고 싶지는 않았다. 아직 찾아오지 않은 그 행복한 때가 되면, 다른 사람들은 아무도 없는 곳에서 열리는 아치 굿윈만을 위한 특별 공연이 되길 바랐다. 기차에서 고생하고 잠도 못 자고 총을 맞은 것 때문에 그의 몸 상태가 나빠져서 빌어먹을 연설 내용을 잊어버릴 수도 있겠다 싶어 불안했지만, 십 분이 지나고 나자 걱정할 것은 전혀 없다는 걸 알 수 있었다. 그는 순조롭게 나아가고 있었다. 나는 브랜디를 한 모금 더 마시고 긴장을 풀었다.

연설이 절반 정도 진행되었을 때 나는 다른 걱정이 들기 시작해서 손목을 흘깃 보았다. 늦어지고 있었다. 찰스턴은 여기서 백 킬로미터 정도밖에 되지 않았고, 톨먼은 도로가 좋아서 한 시간 반이면 충분히 갈 수 있다고 했다. 우리 계획이 얼마나 복잡한지 아는 나는 그날 밤 안으로 빠져나갈 수 있을 가능성은 별로 없지 않을까 하는 생각이 들었다. 솔에게 무슨 일이라도 생긴다면 우리가 꾸민 계획은 수포로 돌아간다. 그래서 복도에 있던 종업원이 지시를 받았던 대로 응접실에서 식당으로 부드럽게 들어와 내게 비밀 신호를 보냈을 때 두 번째로 크게 안도했다. 나는 최대한 소리를 내지 않고 의자에서 빠져나와 살금살금 걸어 나왔다.

작은 응접실에는 키가 작고 코가 큰 사내가 앉아 있었다. 면도가 필요한 얼굴이었다. 낡은 갈색 모자는 무릎에 걸쳐 놓고 있었다. 그가 일어나서 내민 손을 나는 씩 웃으며 잡고 말했다.

"안녕, 멋쟁이. 당신 얼굴이 잘생겨 보이는 때가 오리라곤 생각도 못 했어. 돌아서 봐, 뒷모습은 어때?"

솔 팬저가 물었다.

"울프 씨는 어때?"

"훌륭하지. 안에서 내가 가르친 연설을 하는 중이야."

"정말 괜찮은 거 확실해?"

"안 괜찮을 리가 있나? 아, 다친 걸 이야기하는 거구나."

나는 한 손을 내저어 보였다.

"아무것도 아니야. 울프 씨는 자기가 영웅이라고 생각해. 난 울프 씨가 잘난 척 못 하게 다음번엔 제발 내가 총에 맞게 해 달라고 신께 빌고 있어. 뭐 가져온 것 있어?"

솔은 고개를 끄덕였다.

"전부 가져왔어."

"울프 씨가 시작하기 전에 미리 설명해 줘야 될 게 있어?"

"그럴 필요 없을 거야. 울프 씨가 요청한 건 전부 가져왔어. 찰스턴 경찰 전체가 이 일에 달려들었던데."

"응, 알아. 내 친구 톨먼이 준비한 일이지. 사람들에게 돌을 던지는 오델이라는 친구도 있는데, 언젠가 이 이야기를 해 달라고 나한테 잊지 말고 말해 줘. 여긴 즐거운 곳이야. 그럼 부를 때까지 여기서 기다리고 있어. 난 다시 들어가 봐야겠어. 뭐 좀 먹었어?"

그는 배는 알아서 채웠다고 했고, 나는 그를 두고 들어갔다. 다시 식당에 돌아가서 나는 콘스탄자 옆자리에 앉았다. 울프가 마지막 단락 전에 잠시 말을 멈췄을 때, 나는 속주머니에서 손수건을 꺼내 입술을 문지른 다음 다시 넣었다. 그는 신호를 알아보았다는 뜻으로 나를 아주 잠깐 쳐다보았다. 연설은 이제 라콤 늪지의 촉토 인디언들이 뉴올리언스 시장에 사사프라스 나무의 잎을 말리고 갈아서 만든 허브를 소개한 대목에 이르러서, 14페이지까지 왔다는 걸 알 수 있었다. 연설을 꽤 잘하고 있는 모양이었다. 연설 중 한 대목에서 울프는 최고급 요리에 대한 미국의 기여에 있어 가장 중요한 세 곳인 루이지애나, 사우스 캐롤라이나, 뉴잉글랜드에는 이탈리아의 영향이 조금도 없었다고 분명히 말했는데도, 도메니코 로시조차 연설에 빠져든 모습이었다.

연설이 막바지에 이르렀다. 나는 그의 계획을 알고 있었기 때문에 시간이 얼마 없다는 것도 알았다. 그래도 루이스 세르반에게 연설에 대한 찬사를 몇 마디 할 기회는 줄 거라고 생각했다. 그러나 울프는 연설이 끝났음을 알아차릴 만큼의 시간도 주지 않았다. 그는 둘러앉은 사람들의 얼굴을 휙 한 번 돌아보고 계속해서 말을 이었다.

"제가 이야기를 계속해도 여러분이 지루해하지 않길 바랍니다. 하지만 주제는 다릅니다. 제가 해야 할 이야기는 제가 관심이 있는 만큼 여러분도 관심이 있으신 내용이니, 너그럽게 이해해 주시리라 생각합니다. 이제 살인 이야기를 하겠습니다. 필립 라스지오의 살인입니다."

사람들은 동요하며 중얼거렸다. 리젯 푸티는 끽 소리를 냈다.

루이스 세르반은 한 손을 들었다.

"부탁드립니다. 울프 씨는 사전 계획에 따라 행동하시는 겁니다. 르 캉즈 메트르의 만찬을 이런 식으로 마치자니 고통스럽지만…… 피할 수가 없을 것 같습니다. 우린 심지어…… 하지만 어쩔수가 없……."

톨먼, 말피, 리겟, 애슐리를 바라보던 램지 키스는 불친절한 목소리로 으르렁거렸다.

"그래서 이 사람들이 와 있었군……."

"네, 그래서 오신 겁니다."

울프의 목소리는 사무적이었다.

"여러분 모두에게 부탁드립니다. 축제 행사에 고통스러운 주제를 들고 와 방해했다고 저를 비난하지는 말아 주십시오. 방해한 사람은 라스지오 씨를 죽임으로서 즐거운 모임을 재난으로 만들고, 저명한 사람들의 모임에 의심을 드리워 침울하게 하고, 저와 여러분의 휴일을 망쳐 놓은 사람입니다. 그러니 저만 그자를 증오할 특별한 이유가 있는 것이 아니라……."

그는 한 손가락 끝을 붕대에 얹었다.

"우리 모두에게 보편적인 이유가 있습니다. 게다가 만찬 시작전에 여러분 중 몇 분이 당국에서 풀어 줄 때까지 모두 여기에 묶여 있게 되어 불평하시는 걸 들었습니다. 하지만 여러분께 닥친 불행한 일의 자연스러운 결과라는 건 아실 겁니다. 당국은 여러분 중

한 분이 살인자라고 의심할 만한 이유가 있다면, 여러분들이 세계 곳곳으로 흩어지도록 내버려 둘 수는 없습니다. 여러분이 너그럽게 이해해 주시리라고 말하는 이유가 바로 그것입니다. 죄를 지은 사람이 누구인지 찾아낼 때까지는 여기를 떠날 수 없습니다. 제가 지금 여기서 하려는 일이 그겁니다. 저는 우리가 이 방을 나서기 전에 살인자를 밝혀내고 그의 죄를 입증하려 합니다."

리젯 푸티는 다시 끽 소리를 내고 손바닥으로 입을 막았다. 웅얼거리는 소리는 사라졌다. 몇 명은 주위를 둘러보았지만, 대부분 시선을 울프에게 고정하고 있었다.

그는 계속해서 이야기했다.

"우선 여러분께 여기, 바로 이 방에서 화요일 밤에 무슨 일이 있었는지 이야기하고 범인이 누구인지 말씀드리는 것이 좋을 것 같습니다. 몬도 씨, 코인 씨, 키스 씨, 세르반 씨가 들어와서 소스를 맛봤을 때까지는 별다른 일이 전혀 없었습니다. 세르반 씨가 방에서 나가자마자, 라스지오 씨는 테이블로 손을 뻗어 두 접시만 빼고 다른 접시들의 위치를 모두 바꿨습니다. 문이 열리고 베린 씨가 들어오지 않았다면 분명 그 두 접시도 바꿨을 겁니다. 베린 씨에게 불명예를 안기려는 유치하고 악의적인 속임수였습니다. 부칙도 그 대상이었을 가능성이 있습니다. 베린 씨가 나가고 나서 라스지오 씨가 접시 위치를 되돌려 놓으려 했을지도 모릅니다만, 그 전에 살해당했기 때문에 그러지는 않았습니다.

베린 씨가 여기 들어와 있는 동안 응접실의 라디오는 켜져 있었습니다. 밖의 관목 속에서 라디오 소리를 기다리고 있던 남자에게 보내는, 미리 계획된 신호였습니다. 그는 응접실 창문에 가까이 있었기 때문에……."

"잠시만요!"

외침은 크지도, 폭발적이지도 않았다. 차분한 목소리였다. 하지만 모두 놀라서 그렇게 말한 디나 라스지오를 돌아보았다. 그녀의 목소리처럼 그녀의 행동도 침착했지만, 눈이 평소보다도 더 길고 좁려 보였다. 눈은 울프를 향하고 있었다.

"당신 말이 거짓말일 경우 끼어들어도 되나요?"

"그러지 않는 게 낫겠습니다, 부인. 제가 거짓말을 한다는 전제를 받아들인다 해도 말입니다. 제 말 한마디 한마디에 이의를 받다간 우린 아무 이야기도 못 하게 됩니다. 말을 마칠 때까지 기다려 주시지요. 그때까지 만약 거짓말을 한 게 있다면, 명예 훼손죄로 고소하셔서 저를 파산시키면 됩니다."

"제가 라디오를 켰어요. 그건 다들 알아요. 그게 미리 계획된 신호라고 하셨는데……."

"그랬지요. 죄송하지만 티격태격 말다툼하지 말기로 합시다. 저는 지금 살인 이야기를 하고 있고, 사람을 중죄로 고발하려는 참입니다. 이야기를 끝마치고, 제 논리를 들어 보고 나서 반박할 수 있으면 하십시오. 그러면 제가 신용을 잃고 망신을 당하거나, 여기 있는 누군가가……. 웨스트 버지니아에서는 교수형을 집행하나요, 톨먼 씨?"

시선을 울프의 얼굴에 고정하고 있던 톨먼은 고개를 끄덕였다.

"누군가가 밧줄에 매달려 죽게 되겠죠. 아까 얘기했듯이, 저 바깥 관목 속에 숨어 있던 사람은……."

그는 테라스로 나가는 문을 가리켰다.

"열려 있는 응접실 창문에 가까이 있었기 때문에, 라디오 신호를 듣고 베린 씨가 응접실로 돌아오는 것을 볼 수 있었습니다. 그는 즉시 테라스로 가서 저 문을 통해 이 방으로 들어왔습니다. 여기서 혼자 테이블 옆에 서 있던 라스지오 씨는 제복을 입은 종업원이 들어와서 놀랐습니다. 왜냐하면 그 사람은 커노 스파 제복을 입었고 얼굴이 검었기 때문입니다. 그는 테이블에 가서 자신이 왔음을 알렸습니다. 라스지오 씨가 잘 아는 사람이었으니까요. 그 남자는 미소 지으며 말했습니다.

'이것 봐, 자네 나 알잖아, 나 화이트야.'

일단은 그 사람을 화이트 씨라고 부르죠, 원래는 백인이니까요.

'나 화이트야, 변장을 했지. 하하. 저 친구들한테 장난 좀 치자고. 아주 재미있을 거야, 하하. 라스지오 이 친구야. 자넨 저 병풍 뒤에 가 있어. 내가 테이블 옆에 있을 테니…….'

이 말, 그 밖에 다른 말들을 들은 사람은 라스지오 씨밖에 없다는 걸 고백합니다. 실제로 했던 말은 상당히 달랐을 수도 있지만 무슨 말을 했든 간에 그 결과로 라스지오 씨가 병풍 뒤로 갔고, 화이트 씨는 테이블에서 칼을 집어 그를 따라가 뒤에서 그의 심장을 찔렀습니다. 상당히 솜씨 있게, 효과적으로 찌른 것이 분명합니다. 저항도 없었고, 식품 저장실까지 들릴 정도로 큰 비명 소리도 나지 않았으니까요. 화이트 씨는 칼이 제 역할을 했음을 확인하고, 칼을 라스지오 씨의 몸에 꽂힌 채로 두고 병풍 뒤에서 나왔습니다.

그때 그는 우연히 식품 저장실의 문이 살짝 열려 있는 것을 보았고, 흑인 남자 하나가 문틈으로 자기를 보고 있다는 것을 알게 되었습니다. 그런 비상사태에 어떻게 할지를 미리 정해 두었는지, 대단한 침착성을 보인 건지는 알 수 없지만 그는 병풍 끝 쪽에 그대로 서서 자기를 훔쳐보는 시선을 똑바로 받으며 손가락 하나를 입술에 댔습니다. 간단하면서도 아주 훌륭한 신호입니다. 그는 그 순간 자기 뒤에 있는 테라스로 통하는 문도 열려 있었고, 한 여성이 자기를 보고 있다는 걸 알았을 수도 있고 몰랐을 수도 있습니다. 아마 몰랐을 겁니다. 하지만 그의 분장은 양쪽 모두에게 통했습니다. 흑인은 그가 가짜 흑인, 얼굴을 검게 칠한 백인이라는 걸 알았고, 손님 한 명이 장난을 치는 거라고 생각해서 캐묻지도 방해하지도 않았습니다. 여성은 그가 종업원이라고 생각하고 그냥 넘어갔습니다. 화이트 씨가 방에서 나가기 전에 그를 목격한 사람이 한 명 더 있습니다. 수석 웨이터 몰턴입니다. 몰턴이 문틈으로 내다보았을 때는 화이트 씨는 밖으로 나가는 중이었고 등을 돌린 상태여서 그의 얼굴은 보지 못했습니다.

이야기를 하면서 이름을 대는 편이 낫겠군요. 처음으로 저 문틈으로 들여다본 사람은 폴 휘플입니다. 여기 웨이터 중 한 명이죠. 덧붙이자면 하워드 대학에서 인류학을 공부하고 있는 학생이죠. 화이트 씨가 나가는 걸 본 사람은 몰턴입니다. 테라스의 문으로 들여다본 여성은 로렌스 코인 부인입니다."

놀란 코인은 자기 아내를 돌아보았다. 그녀는 울프를 향해 턱을 들었다.

"당신은…… 저한테 약속하셨잖아요……."

"아무것도 약속한 적 없습니다. 죄송합니다, 코인 부인. 하지만 하나라도 빼놓지 않는 것이 훨씬 낫다고 생각했습니다……."

코인은 화난 듯 식식거리며 말했다.

"난 아무 얘기도 못 들었는데……. 아무것도……."

"진정하십시오."

울프가 한 손을 들었다.

"당신과 당신 부인께서 걱정하실 이유는 전혀 없다고 장담합니다. 정말이지, 우리 모두는 그녀에게 감사해야 합니다. 만약 그녀가 문에 손가락을 끼어 다치지 않았다면, 제가 들을 수 있는 곳에서 당신께 손가락에 키스해 달라고 말하지 않았다면, 벌을 받아야 할 사람이 아닌 베린 씨가 목 매달렸을 겁니다. 하지만 그 이야기는 하지 않아도 되겠죠.

이것이 화요일 밤에 일어난 일입니다. 라디오 이야기를 더 분명하게 하겠습니다. 미리 약속해 둔 신호로 라디오를 켰고, 그때 베린 씨가 여기 안에서 소스 맛을 감정하고 있었으니, 의심이 베린 씨에게 돌아가게 하려고 한 것은 아니었을까 하고 생각할 수도 있습니다. 그러나 그렇지 않습니다. 특정인에게 의심을 겨누게 하려는 의도가 만약 있었다면 그 사람은 마르코 부칙이었습니다. 계획은 그때 시식을 하고 있는 사람이 누구인지와는 상관없이, 부칙이 식당에 들어가기 몇 분 전에 라디오를 켠다는 것이었습니다. 그게 베린 씨가 된 것, 라스지오 씨가 베린 씨를 속이려고 접시 순서를 뒤바꾼 것 모두 우연입니다. 그리고 우연의 덫에 베린 씨가 걸리게 된 것은 몰턴 씨 때문입니다. 몰턴 씨는 부칙이 들어오기 전에 테이블로 갔다가 순수한 의도로 접시 순서를 원래대로 바꾸어 놓았습니다. 이 이야기는 아직 드리지 않았죠.

제 이야기의 요점은 부칙이 식당에 들어가기로 예정된 시각 몇 분 전에 라디오 신호를 보냈다는 겁니다. 왜냐하면 부칙은 라스지오 부인이 응접실에 붙들어 둘 수 있다는 확신이 있는 단 한 사람이니까요. 부칙이 식당에 들어가는 것을 미루고, 화이트 씨가 라스지오 씨와 단둘이 있으면서 자기 목적을 이룰 시간을 줄 수 있기 때문이었습니다. 우리 모두 알다시피, 그녀는 춤을 추려고 부칙의 품에 계속 안겨 확실하게 시간을 벌었습니다."

"거짓말이에요! 거짓말인 것 아시잖……."

"디나! 닥쳐!"

도메니코 로시가 자기 딸을 노려보며 외쳤다. 부칙은 입을 꾹 다문 채 그녀를 응시했다. 다른 사람들은 그녀 쪽을 흘낏 보았다가 다시 시선을 돌렸다.

"하지만 저 사람이 거짓말을……."

"닥치라고 했지! 만약 거짓말을 하는 거라면, 끝까지 하도록 내버려 둬."

로시는 싸움을 걸 때보다 훨씬 차분했고 더 인상적이었다.

"감사합니다."

울프는 고개를 일 센티미터쯤 숙였다.

"이제 우리는 화이트 씨가 누구인지 결론을 내려야할 것 같습니다. 그는 화요일 밤에 이 방에서 엄청난 위험을 감수했던 것 같지만 실제로는 대단치 않았습니다. 그가 라스지오 씨의 등에 칼을 꽂기 전까지는 어떤 위험에도 처해 있지 않았습니다. 그는 그저 분장만 했을 뿐 아무 잘못도 저지르지 않았지요. 그리고 만약 그 이후에 목격된다면, 음, 실제로 목격이 되었지만, 검게 분장을 했는데 목격된다 해도 뭐 어떻습니까? 화요일 밤에 그를 보았던 사람들은 전부 그 이후 그를 다시 보았지만, 검은 칠과 제복이 없는 모습을 본 그들은 아무도 의심하지 않았습니다. 그는 자신이 결코 의심받지 않으리라는 확신이 있었기 때문에 안전하리라 믿었습니다. 그 확신에는 몇 가지 이유가 있는데 가장 큰 것은 화요일 저녁에는 그가 커노 스파에 있지 않았다는 겁니다. 그는 뉴욕에 있었죠."

베린이 불쑥 외쳤다.

"맙소사! 만약 여기 없었다면……."

"제 말은 여기에 없었던 것으로 되어 있었다는 뜻입니다. 혹시 다른 곳에 있었던 게 아닐까 하는 의혹이 제기되기 전까지는 사람은 응당 있을 곳에 있겠거니 하고 추정되지요. 화이트 씨는 그런 의혹이 일어나는 건 불가능하다고 생각했습니다. 하지만 너무 자신만만했고 너무 부주의했습니다. 그는 저와 대화를 나누던 중 자기 입으로 의혹을 만들었지요.

모두 아시다시피, 저는 이 방면의 일에 폭넓은 경험을 지니고 있습니다. 제 전문 분야이지요. 저는 화요일 밤에 톨먼 씨에게 베린 씨의 짓이 아니라고 확신한다고 말했지만, 확언의 가장 강력한 증거는 밝히지 않았습니다. 제가 맡은 사건이 아니었고, 저와 상관없는 일에 사람들을 연관시키는 건 좋아하지 않기 때문입니다. 그 이유란 이겁니다. 저는 라스지오 부인이 라디오를 켜서 살인자에게 신호를 주었다고 확신했습니다. 그와 관련된 다른 세세한 일들은 우연의 일치일 수 있지만, 그녀가 부칙과 꼭 붙어 춤을 추면서 자기 남편이 살해당하는 동안 부칙이 식당에 들어가는 걸 늦췄다는 것은 우연이라고는 도저히 믿어지지 않았습니다. 특히 저처럼 그 모습을 직접 봤을 경우는 더욱 그렇지요. 그녀가 저지른 큰 실수입니다. 일반적인 수준의 지성이 있었다면 그녀는 제가 옆에 있다는 것, 그러니 더 조심스러울 필요가 있다는 걸 깨달았을 법도 한데요.

　베린 씨가 체포되었을 때는 제가 관심을 가졌지만, 그를 풀어 주고 난 뒤엔 다시 무관심해졌습니다. 그래서 다시 한번 믿기 어려운 멍청한 실수가 저질러집니다. 화이트 씨는 제가 너무 많은 것을 파헤쳤다고 생각해서 손을 뗐다는 걸 알아볼 생각조차 않고 제 방 창문 앞의 관목에 숨어들어 총을 쐈습니다. 그가 어떻게 업셔 별관에 접근했는지 알 것 같습니다. 제 조수인 굿윈 군이 사건 후 한두 시간 뒤에 그가 호텔 본관 앞에서 말에서 내리는 걸 봤습니다. 오솔길은 업셔 뒤쪽에서 오십 미터도 떨어져 있지 않습니다. 말을 묶어 두고 오솔길을 떠나서, 관목을 통해 제 방 창문까지 오는 건 쉬웠을 겁니다. 총을 쏘고 나서는 다시 말을 둔 곳으로 가서, 남의 눈에 띄지 않고 길을 따라 달렸겠죠. 제게 총을 쏜 건 실수였습니다. 그로 인해 저를 제거하는 대신 저를 상대하게 되었습니다. 저는 사건에 다시 관심이 생겼지요.

　말씀드렸듯이, 이 사건은 범인이 라스지오 부인과 짜고 한 일이라고 생각했습니다. 그녀 혼자 꾸민 일이고 살인자는 그녀에게 고용된 사람일 가능성은 제외했습니다. 그렇다면 분장이 무의미해지니까요. 게다가 라스지오 씨가 모르는 사람인 청부 살인자가 방에 들어가 식탁에서 칼을 집어 들고 라스지오 씨를 병풍 뒤로 유인한 뒤 죽였는데, 비명도 저항도 없었다는 건 믿기가 어렵습니다. 어제 베린 씨가 체포되고 제가 그를 풀어 줄 수 있는 증거를 찾기로 했을 때, 제게는 가느다란 단서가 하나 있었습니다. 어제 코인 부인이 문에 끼어 손가락을 다치고 남편에게 키스해 달라고 했던 것이죠. 제가 오늘 살인자를 잡기로 했을 때, 저는 그만큼이나 희미한 다른 단서를 또 하나 가지고 있었습니다. 바로 이겁니다. 어제 2시쯤 말피씨와 리겟 씨는 뉴욕에서 직행 비행기를 타고 커노 스파에 도착했습니다. 그들은 하인들 외에 누구와도 이야기를 나누지 않고 곧바로 저를 찾아와 대화를 나누었습니다. 대화중에 리겟 씨는 이렇게 말했습니다. 한 글자도 틀리지 않고요. '이 범행을 저지른 자는 프렝탕 소스를 맛보는 것 외에 다른 재간을 부릴 수 있는 자로 보입니다'라고 하셨죠. 기억하십니까?"

"맙소사. 이런 바보 같으니, 나를 끌어들이려는 겁니까?"

리겟은 콧방귀를 뀌었다.

"유감스럽게도 그렇습니다. 당신도 라스지오 부인과 함께 저를 명예 훼손으로 고소하셔도 좋습니다. 그런 말씀을 하신 걸 기억하십니까?"

"아뇨. 당신도 기억 못 하잖소."

울프는 어깨를 으쓱했다.

"지금은 중요하지 않습니다. 그때에 단서로써 기능했다는 점에서 아주 중요했습니다. 조사해 볼 만하다고 생각되었습니다. 뉴욕으로 타전된 살인 사건의 간략한 첫 번째 보고 안에 우리가 맛보던 소스의 이름 같은 세부 사항이 들어가 있을 것 같지 않았거든요. 저는 뉴욕에 있는 제 고용인과 크레이머 총경에게 전화를 걸었습니다. 크레이머 총경에게 드렸던 부탁은 좀 폭이 넓었습니다. 예를 들어, 정규 노선이든 특별 전세기든 화요일에 비행기로 뉴욕을 떠난 비행기 탑승객 전원을 확인해 달라고 했죠. 탑승객이 화요일 저녁 9시까지 커노 스파에 도착할 수 있다면 이 근방 어디에 도착한 비행기라도 상관없다고 했습니다. 9시라고 한 것은 화요일 만찬 뒤에 우리가 응접실로 갔을 때, 라스지오 부인이 즉시 사라져서 한 시간 동안 보이지 않았기 때문입니다. 그리고 제 이론이 조금이라도 그럴싸하다면, 그녀의 부재는 자신의 협력자와 접선을 했던 것으로 봐야 합니다. 또한 크레이머 총경에게 라스지오 부인의 뉴욕 생활을 조사해 달라고 부탁했습니다. 친구들과 지인들 말이죠. 자, 부인, 부탁합니다. 이따 말씀하실 기회가 있을 겁니다. 왜냐하면 그 시점에서 의심을 리겟 씨만으로 한정지을 수는 없었기 때문이죠. 심지어 여기 계신 여러분 중에서도 완전히 무죄라고 확신할 수는 없는 분도 계셨습니다. 저는 블랑 씨께 공개적으로 감사를 표하고 싶습니다. 블랑 씨를 용의 선상에서 제외하게 해 준 실험 과정에서 참을성과 온화한 성품을 보여 주셨습니다. 분명히 어처구니없는 일이라고 생각하셨을 텐데도요.

오늘 오후 1시에 화요일 아침 뉴욕의 어떤 신문도 프렝탕 소스를 언급하지 않았다는 전보를 받았습니다. 리겟 씨는 10시가 되기 전에 비행기를 타고 뉴욕을 출발해서 다른 곳을 경유하지 않고 여기로 왔고, 저를 만나기 전에 누구와도 이야기를 나누지 않았다면 시식을 한 것이 프렝탕 소스라는 걸 어떻게 알았단 말입니까? 아마 누군가와 얘기를 했겠죠. 그는 화요일 저녁 9시 반쯤에 이 건물 근처 어디선가에서 라스지오 부인과 이야기를 나누며 라스지오 씨를 살해할 계획을 꾸민 겁니다."

나는 리겟의 손을 볼 수가 없어 마음이 불편했다. 그는 내 맞은편에 있었는데 손이 테이블에 가려 보이지 않았다. 그의 눈도 울프를 향하고 있어 보이지 않았다. 나를 향하고 있는 그의 입가에 떠오른 옅은 미소, 입을 꽉 다물고 있느라 목에 튀어나온 힘줄밖에 보이지 않았다. 그가 앉은 자리에서는 디나 라스지오를 볼 수 없었지만 나에겐 보였다. 그녀는 아랫입술을 깨물고 있었다. 그녀가 울프의 어깨를 쓰다듬었을 때만큼 태연하지 않다는 걸 드러내는 한 가지 신호였다.

울프는 이야기를 계속했다.

"3시에 크레이머 총경의 전화를 받았습니다. 그에게 들은 이야기 중에는 제 고용인인 솔 팬저가 제 지시에 따라 찰스턴행 비행기를 탔다는 소식도 있었습니다. 그리고 이 사실도 언급하는 게 좋겠는데, 6시에 또 다른 어리석은 실수가 있었습니다. 리겟 씨에게 공평하게 말하자면, 저는 이 실수는 리겟 씨의 뜻이 아니라고 생각합니다. 라스지오 부인이 생각해서 리겟 씨에게 해 보라고 설득한 것 같아요. 리겟 씨는 저를 찾아와 베린 씨를 처칠 호텔 주방장으로 모셔

오게 해 주면 오만 달러를 현금으로 주겠다고 제의하셨습니다."

리젯 푸티는 다시 끽 소리를 냈다. 제로메 베린이 폭발했다.

"그 도둑놈들 소굴에! 그 냄새 나는 구멍가게에! 나를? 차라리 내 손톱 위에다 달걀을 부치겠……."

"그렇지요. 저는 제의를 거절했습니다. 리젯 씨가 그런 제의를 한 건 어리석은 일이었습니다. 저는 적이 자백해 오는데 좋아라 하며 제안을 받아들일 만큼 자신감이 넘치지는 않거든요. 터무니없는 금액을 제안해 왔다는 것은 물론 죄책감의 고백입니다. 리젯 씨는 부정할 겁니다. 아마 제안을 했다는 사실 자체를 부정할 겁니다. 상관없습니다. 저는 또 다른, 더 중요한 증거를 입수했거든요.

크레이머 총경이 전화를 또 걸어 왔습니다. 시간이 많지 않으니 세세한 것까지 말씀드리지는 않겠습니다만, 이 년 전에 리젯 씨와 라스지오 부인이 서로 관심이 있었다는 소문을 입수했다는 정보였습니다. 제가 요청했던 다른 점도 확인했더군요. 월요일 밤에 기차로 이곳에 오면서, 베린 씨는 지난 주 토요일에 처칠 호텔의 리조트룸에 다녀오셨던 이야기를 제게 들려주셨습니다. 웨이터들이 다른 유명 리조트의 제복들을 입고 있었다고 하시더군요. 그중 한 곳이 커노 스파였습니다. 크레이머 총경의 부하가 일 년쯤 전에 리젯 씨가 커노 스파 제복을 한 벌 복제해서 가장 무도회에서 입은 적이 있다는 사실도 알아냈습니다. 그가 제복을 이미 가지고 있었다는 사실은 이번 일을 위해 사용한 기술을 떠올리게 하지요.

보시다시피 저는 큰 그림을 잘 짜맞춰 가고 있었습니다. 리겟 씨는 프렝탕 소스를 알 길이 없었는데 알고 있었습니다. 라스지오 부인과 친했고요. 자기 옷장에 커노 스파 제복을 넣어 두고 있었습니다. 다른 사항들도 있습니다. 예를 들면, 그는 화요일 정오에 호텔을 나섰습니다. 표면상으로는 골프를 치러 나갔다지만, 그가 늘 골프를 치곤 하는 클럽 두 곳 중 어디에도 나타나지 않았습니다. 하지만 몇 가지는 건너뛰어야겠죠. 톨먼 씨가 리겟 씨를 체포한 다음에 수집하시면 됩니다. 이제 우리는 솔 팬저로 넘어가야겠군요. 크레이머 총경이 전화를 건 직후에 솔 팬저가 찰스턴에서 제게 전화를 했다는 이야기는 아직 말씀드리지 않았지요. 작은 응접실에 있는 그를 데리고 와 주겠소?"

몰턴이 종종걸음으로 나가자 리겟은 차분한 목소리로 말했다.

"당신 거짓말 중 가장 영리했던 건 내가 당신에게 뇌물을 주려고 했다는 거요. 그리고 그 안에는 진실 역시 담겨 있기 때문에, 가장 위험한 거짓말이죠. 나를 위해 베린 씨에게 접근해 달라고 부탁하러 당신 방에 간 건 사실입니다. 당신 부하는 내가 당신에게 오만 달러를 주려고 했다는 거짓말을 준비했겠지……."

"그만하시죠, 리겟 씨."

울프는 그에게 한 손을 펼쳐 보였다.

"제가 당신이라면 즉흥적으로 지어낸 말은 하지 않겠습니다. 입을 열기 전에 주의 깊게 생각해 보셔야…… 아, 왔군, 솔! 이렇게 보니 반갑네."

"네. 저도 반갑습니다."

솔 팬저는 다가와서 내 의자 옆에 섰다. 그는 바지를 한 번도 다린 적이 없는 낡은 회색 양복을 입고 낡은 갈색 모자를 손에 들고 있었다. 울프를 한 번 보고 나서 그의 날카로운 눈은 둘러앉은 얼굴들을 쏘아보았다. 그 짧은 순간에 이 모든 얼굴들이 초상화 갤러리에 등록되고 있음을, 영원히 남을 것임을 나는 알고 있었다.

울프가 말했다.

"리겟 씨께 말씀드리게."

"네, 알겠습니다. 만나서 반갑습니다, 리겟 씨."

솔의 눈은 즉각 목표물에 고정되었다.

리겟은 돌아보지 않았다.

"흥. 빌어먹을 연극이군."

울프는 어깨를 으쓱했다.

"우린 시간이 별로 없네, 솔. 필수적인 것들만 이야기하게. 리겟 씨가 화요일 오후에 골프를 쳤나?"

"아닙니다."

솔은 목소리가 쉬어 있어 헛기침을 했다.

"화요일 오후 1시 55분에 리겟 씨는 뉴어크 공항에서 인터스테이트 항공의 비행기에 탔습니다. 저도 오늘 같은 비행기에 탔고, 기내 승무원도 같은 사람이었습니다. 그녀에게 리겟 씨의 사진을 보여 주었습니다. 비행기가 6시 18분에 찰스턴에 착륙하자, 리젯 씨는 내렸습니다. 저도 오늘 똑같이 했습니다. 6시 30분경에 그는 말린 스트리트의 리틀스 자동차 정비소에 나타나 1936년 형 스튜더베이커를 빌리고, 이십 달러 지폐로 보증금 이백 달러를 냈습니다. 저는 오늘 저녁에 똑같은 차를 빌렸습니다. 지금은 밖에 세워 두었습니다. 오는 길에 몇 군데 들러 물어보았지만, 어디에 멈춰서 얼굴의 검은 칠을 지웠는지는 알 수 없었습니다. 11시 전까지 오라고 하셨기 때문에 서둘러야 했거든요. 리젯 씨는 화요일 밤 1시 15분쯤에 다시 리틀스 자동차 정비소에 나타났고, 펜더에 흠이 나서 십 달러를 내야 했습니다. 차고에서 로럴 스트리트까지 가서 알 비셀이라는 사람이 모는 C3428 번호의 택시를 타고 찰스턴 공항으로 갔습니다. 거기서 인터스테이트 항공 야간 급행을 탔고, 수요일 오전 5시 34분에 뉴어크에 도착했습니다. 거기서부터는 저도 모르지만, 아마 뉴욕으로 갔을 겁니다. 앨버트 말피 씨가 전화를 걸었던 8시 몇 분 전에 자기 아파트에 있었으니까요. 8시 30분에 그는 뉴어크에 전화를 걸어 자신과 말피 씨가 커노 스파까지 타고 갈 전세기를 준비해 달라고 했고, 9시 52분에……."

"그만하면 됐네, 솔. 그 이후 그의 움직임은 다들 알고 있으니. 자네는 오늘 저녁에 리젯 씨가 화요일에 빌렸던 바로 그 차를 빌렸다고 했나?"

"네, 그렇습니다."

"흠. 확인 사살이군. 그리고 리겟 씨의 사진을 가지고 사람들에게 모두 보여 줬겠지? 비행기 승무원, 차고 직원, 택시 기사……."

"네, 그렇습니다. 차고에서 나올 때는 얼굴이 희었습니다."

"분명 중간에 멈춰서 분장을 했겠지. 분장은 별로 어렵지 않아. 오늘 오후에 내 방에서 한 사람을 검게 칠해 봤어. 닦아 내는 게 더 어렵지. 차고 직원이나 택시 기사가 차에 검은 칠이 남은 걸 알아보지는 못했지?"

"네, 그렇지는 않았습니다. 그것도 물어보았습니다."

"그래, 그랬겠지. 물론 귀를 살펴보지는 않았을 거야. 자네, 짐 이야기는 아직 하지 않았는데."

"리겟 씨는 중간 크기 여행 가방을 가지고 있었습니다. 어두운 색의 무두질한 소가죽으로 되어 있고, 놋쇠로 된 잠금장치가 있으며 끈은 달리지 않았습니다."

"목격된 곳 전부에서 그 가방을 들고 있었나?"

"네, 오는 길과 가는 길 둘 다 그랬습니다."

"좋아. 만족스럽군. 그거면 될 것 같아. 벽 앞의 저 의자에 앉게."

울프는 사람들의 얼굴을 둘러보았다. 요리에 대한 연설을 할 때도 집중했지만, 사람들은 지금 더욱 집중하고 있었다. 핀을 던지면 빛을 받아 반짝이기 전에 공기를 가르는 소리가 들렸을 것이다. 그가 말했다.

"이제 이야기가 진척이 되는군요. 리겟 씨가 프렝탕 소스를 언급했다는 것 같은 사소한 사실이 더 이상 중요하지 않다고 제가 말씀드렸던 이유를 이해하시겠지요. 그가 살인과 같이 치명적인 범죄를 믿을 수 없을 정도로 경솔하게 다뤘다는 것은 명백하지만, 우리는 두 가지를 기억해야 합니다. 첫째, 그는 자기가 커노 스파에 없었다는 사실을 아무도 의심하지 않으리라 생각했습니다. 둘째, 그는 사실 지각이 없는 상태였습니다. 마약에 취해 있었죠. 라스지오 부인이 채워 준 잔을 마신 뒤였던 겁니다. 리겟 씨 이야기는 이것으로 끝났습니다. 톨먼 씨가 체포하고, 사건을 정리하고, 재판을 받게 하고, 유죄를 선고하는 것밖에 남지 않은 것 같아요. 하실 말씀이라도 있습니까, 리겟 씨? 저는 아무 말도 하지 않는 것이 좋다고 충고합니다."

"아무 말도 안 할 거요."

리겟의 목소리는 여느 때와 다름없었다.

"만약 톨먼이 여기에 넘어가 당신이 꾸며 낸 말을 믿고 행동한다면, 그가 당신만큼이나 후회하게 될 거라는 것만 말해 두지."

리겟의 턱이 조금 올라갔다.

"난 당신을 알아, 울프. 당신 이야기를 들었어. 이 일에서 왜 나를 골랐는지는 신만이 아시겠지만, 난 당신을 끝장내기 전에 그 이유를 알아내겠어."

울프는 진지하게 고개를 갸우뚱했다.

"당신이 지금 취할 수 있는 유일한 태도로군요. 당연하죠. 하지만 이제 당신이랑은 끝났습니다. 당신을 경찰에 넘기겠습니다. 가장 큰 실수는 방관자에 불과한 나에게 총을 쏜 겁니다. 이걸 봐요."

그는 주머니에 손을 넣어 연설문을 꺼내 펼쳤다.

"총알이 지나간 자리입니다. 나를 맞히기 전에, 이 연설문 한가운데를 꿰뚫었어요. 톨먼 씨, 당신네 주 살인 사건 배심원 중에 여자도 있나요?"

"아뇨. 남자뿐입니다."

"과연."

울프는 시선을 라스지오 부인에게 돌렸다. 그는 리겟의 혐의를 밝히기 시작한 이후로 그녀를 보지 않았다.

"당신에게는 한 가닥 행운인 셈입니다, 부인. 남자 열두 명을 설득해 당신에게 사형 선고를 내리도록 하기란 만만치 않을 테니까."

다시 톨먼을 돌아보았다.

"리겟 씨를 라스지오 씨 살인죄로 기소할 준비가 되어 있나요?"

톨먼의 목소리는 또렷했다.

"네."

"음, 그렇습니까? 베린 씨 경우에도 당신은 망설이지 않았죠."

톨먼이 일어났다. 그는 딱 네 걸음만 걸으면 되었다. 그는 리겟의 어깨에 한 손을 얹고 큰소리로 말했다.

"레이먼드 리겟, 당신을 체포합니다. 살인에 대한 공식 기소는 내일 아침에 하겠습니다."

그는 몰턴을 돌아보며 날카롭게 말했다.

"바로 앞에 보안관이 와 있어요. 들어오라고 해요."

리겟은 고개를 틀어 톨먼의 눈을 바라보았다.

"이 일로 신세 망칠 거요, 젊은 양반."

울프는 몰턴에게 멈추라고 손짓한 다음 톨먼에게 부탁했다.

"괜찮다면 보안관은 잠시 기다리라고 해도 될까요? 전 그 사람 별로 안 좋아해요."

그는 다시 라스지오 부인의 눈을 보았다.

"아직 당신을 어떻게 할지 정하지 않았죠. 리겟 씨에 대해서는, 음…… 보시다시피……."

그는 톨먼이 리겟의 어깨 옆에 서 있는 것을 한 손으로 가리켰다.

"이제 당신입니다. 아직은 체포되지 않았어요. 뭔가 하실 말씀이 있습니까?"

마성의 여인은 아파 보였다. 내 생각에는 그녀가 거짓말에 능해서 보통은 전문가만이 그녀의 말 중 어느 정도가 거짓인지 알 수 있을 것 같았다. 하지만 지금과 같은 비상사태에 대처할 수 있을 정도는 아니었다. 그녀의 얼굴은 얼룩덜룩했다. 아랫 입술을 너무 씹어 댄 나머지 위아래 입술이 맞물리지 않았다. 어깨는 솟아 있었고 가슴은 들어가 있었다. 그녀는 마성을 지닌 풍부한 목소리와는 전혀 다른 얇은 목소리로 말했다.

"전 아니…… 그저…… 그저 제가 말했던 대로, 거짓말, 거짓말이에요!"

"제가 리겟 씨에 대해 했던 말이 거짓말이라는 뜻인가요? 솔 팬
저가 했던 말이? 부인, 증명할 수 있는 것은 거짓말이 아닙니다. 거
짓말이라고 하셨죠. 뭐가 거짓말인가요?"

"전부 거짓말이에요……. 저에 대한 건요."

"리겟 씨에 대한 건요?"

"모…… 모르겠어요."

"과연. 부인 이야기를 하죠. 부인은 분명 라디오를 켰습니다. 그
렇지 않나요?"

그녀는 말없이 고개를 끄덕였다. 울프가 쏘아붙였다.

"그렇지 않나요?"

"맞아요."

"우연히든 계획적이었든, 남편분이 살해당하는 동안 부칙을 잡
아 두고 춤을 추셨죠?"

"네."

"그리고 화요일 저녁 만찬 후에, 거의 한 시간 동안 모임에서 자
리를 비우셨죠?"

"네."

"이제 남편분이 돌아가셨으니…… 만약 불운하게도 리겟 씨 역
시 곧 죽게 되는 상황이 아니었다면, 당신은 그와 결혼할 생각이었
지요? 그렇지 않나요?"

"저는……."

그녀의 입이 일그러졌다.

"아니에요! 그런 말씀을 하시면…… 아녜요!"

"자, 라스지오 부인. 진정하세요. 진정하실 필요가 있습니다."

울프의 목소리가 갑자기 부드러워졌다.

"당신을 윽박지르고 싶지는 않습니다. 저는 당신이 관련된 한, 밝혀진 사실들을 굉장히 다른 두 가지 방식으로 해석할 수 있다는 걸 알고 있습니다.

한 가지는 이런 식입니다. 당신과 리겟 씨는 서로를 원했습니다. 적어도 그는 당신을 원했고, 당신은 그의 명성과 지위와 부를 원했습니다. 하지만 당신 남편은 자기 소유물에 집착하는 사람이고, 그래서 상황이 어려워졌지요. 마침내, 욕망은 너무나 크고 장애물이 너무나 완고해서, 당신과 리겟 씨는 극단적인 방법을 택하기로 합니다. 르 캉즈 메트르의 모임은 당신 남편을 제거할 좋은 기회였습니다. 그를 증오하는 사람이 세 명이나 있으니 의심의 표적이 될 사람이 충분했죠. 그래서 리겟 씨는 비행기를 타고 찰스턴에 온 다음 차로 여기에 왔고, 사전에 약속한 대로 화요일 저녁 9시 반에 바깥 어디에선가 당신을 만났습니다. 그제야 계획의 세세한 것까지 모두 완성되었죠. 리겟 씨는 그 전까지는 세르반 씨와 키스 씨가 내기를 걸었고, 내기 결과를 알아내기 위해 프렝탕 소스 시식을 준비하고 있다는 걸 알 수가 없었으니까요. 리겟 씨는 관목 속에 자리를 잡았습니다. 당신은 응접실로 돌아갔고, 적절한 때에 라디오를 켰습니다. 그리고 리겟 씨에게 식당에 들어가 당신 남편을 죽일 기회를 주기 위해 부칙과 춤을 춰서 입장을 늦추기로 했죠. 빌어먹을, 부인, 그런 눈으로 보지 마십시오! 말했듯이, 당신 행동을 설명할 수 있는 방법의 한 가지입니다."

"틀린 말이에요. 거짓말이에요! 저는……."

"이야기를 하게 해 주세요. 너무 많이 부정하지 마십시오. 이 설명에 틀린 점이 있을 수도 있다는 점은 인정합니다. 다른 해석도 가능하니까요. 하지만 제 말을 이해해 보시고, 잘 생각하세요."

그는 한 손가락으로 그녀를 가리키고, 그녀 쪽으로 목소리를 집중했다.

"리겟 씨가 여기 왔다는 것, 누군가에게 소스 시식 이야기를 들었다는 것, 누군가 불쑥 들어올 위험 없이 안전하게 식당에 들어와 라스지오 씨를 죽일 수 있는 시점을 정확히 알았다는 것은 입증이 될 겁니다. 일이 끝나기 전에 부칙이 들어와서 방해하지 않을 거라는 것을 이미 알고 있었다는 말이지요. 그렇지 않다면 그가 했던 일련의 행동들은 무의미하니까요.

제가 너무 많이 부정하지 말라고 했던 이유가 그겁니다. 만약 당신이 리겟 씨를 밖에서 만나지 않았다, 그와 아무 약속도 하지 않았다, 라디오를 그때 켰던 것은 우연이다, 그 치명적인 순간에 부칙과 춤을 춰서 식당에 들어가지 못하게 했던 것 역시 우연이었다고 계속 우기신다면, 전 부인이 걱정됩니다. 배심원이 남자 열두 명이라고는 해도, 그리고 그들이 피고인석에 선 당신을 바라본다고 해도, 전 그들이 그 말을 곧이곧대로 믿을지 의심스럽습니다. 노골적으로 표현하자면, 저는 당신이 살인죄로 유죄 판결을 받으리라 생각합니다.

하지만 전 당신이 살인자라고 말하지는 않았지요."

울프의 목소리는 거의 달래는 듯했다.

"범행이 일어난 이후 당신은 리켓 씨를 보호하려 했습니다. 최소한 침묵을 지킴으로써요. 여자의 마음이라는 것이 원래 그렇다 보니……."

그는 어깨를 으쓱했다.

"어떤 배심원도 그것 때문에 당신을 유죄로 하지는 않을 겁니다. 당신이 화요일 저녁에 리켓 씨와 꾸몄던 계획이 당신 입장에서는 나쁜 의도가 없었다는 걸 보여 줄 수 있으면 당신은 위험하지 않을 겁니다. 만약 예를 들어 당신은 리켓 씨가 그저 장난을 꾸미고 있다고 생각했을 뿐, 누군가에게 해를 끼치려고 했던 게 아니라고 알고 있었다 칩시다. 저는 장난을 치는 사람이 아니라서, 그냥 가설이라고 해도 세세한 것까지는 생각할 수가 없군요. 어쨌든 그 장난을 치려면 리켓 씨는 부칙이 들어오기 전에 라스지오 씨와 몇 분 정도 둘이서만 이야기를 해야 했다고 칩시다. 그러면 모든 것이 설명됩니다. 라디오를 켠 것, 부칙을 붙잡아 둔 것. 당신이 했던 일을 설명할 수 있고, 당신도 죄를 짓지 않은 것이 되지요. 도피의 방법으로 제안하는 말이 아니라는 것은 아시겠지요, 라스지오 부인. 제가 하는 말은, 이미 일어난 일을 부정할 수는 없지만 당신을 구원할 수 있는 설명 방법을 찾을 수는 있다는 겁니다. 그럴 경우 리겟 씨까지 구하려고 노력하는 건 비현실적입니다. 당신은 그렇게 못 해요. 그리고 만약 그런 설명을 찾을 수 있다면, 저라면 오래 기다리지 않겠어요……. 너무 늦으면……."

리겟은 더 이상 버틸 수 없었다. 그의 머리는 마치 거대한 펜치에 잡힌 것처럼 저항하지 못하고 천천히 움직여, 구십 도를 돌아 디나 라스지오 쪽을 향했다. 그녀는 그를 보지 않았다. 그녀는 다시 입술을 씹고 있었고, 매혹된 그녀의 눈은 울프에게 고정되어 있었다. 그녀가 자신의 뇌까지 씹는 것처럼 보일 정도였다. 삼십 초 동안이나 그러고 있다가, 그녀는 미소를 지었다. 묘한 미소였지만, 분명 미소였다. 그녀의 눈이 리겟으로 옮겨 갔다. 그 미소는 예의 바른 사과를 의미했다. 그녀는 낮지만 조금도 떨리지 않는 목소리로 말했다.

"미안해요, 레이먼드. 아, 미안하지만……."

그녀의 목소리가 흔들렸다. 리겟의 두 눈은 그녀를 뚫어져라 바라보았다.

그녀는 시선을 울프에게 돌리고 단호하게 말했다.

"그 말씀이 맞아요. 물론 당신 말씀이 맞고, 저도 어쩔 수가 없네요. 약속했던 대로 만찬 후에 밖에서 그를 만났을 때……."

"디나! 디나, 제발……."

푸른 눈의 운동선수 톨먼은 리겟을 밀어 의자에 앉혔다. 마성의 여인은 이렇게 말하고 있었다.

"그는 자기가 무얼 할 건지 이야기했고, 전 그 말을 믿었어요. 장난이라고 생각했어요. 나중에 그는 필립이 자기를 공격했다고 하더군요. 자기를 때렸다고……."

울프가 날카롭게 말했다.

"지금 무슨 말을 하고 계신지는 아시죠, 부인. 한 사람을 교수대로 보내는 일을 돕고 계신 겁니다."

"알아요. 어쩔 수 없어요! 제가 어떻게 그를 위해 계속 거짓말을 하겠어요? 그는 제 남편을 죽였다고요. 제가 그를 밖에서 만났을 때, 그가 자기 계획을 말해 줬을 때……."

"이 개 같은 사기꾼 놈아!"

리겟은 버럭 떨치고 일어났다. 그는 톨먼의 손길을 뿌리치고, 몬도 다리 위를 거꾸러지며 넘고, 블랑을 앉아 있던 의자째로 넘어뜨리며 울프를 잡으려 했다. 내가 다가갔지만 베린이 먼저 잡아 양팔로 붙들었다. 리겟은 발길질을 하며 광인처럼 소리 지르고 있었다.

소음과 난리 때문에 디나 라스지오는 말을 멈추었다. 그녀는 조용히 앉아 길고 졸린 눈으로 바라만 보았다.

제로메 베린은 자신 있게 말했다.

"그애는 그 이야기를 고수할 거야. 위험을 최대한 멀리 밀어내기 위해서는 뭐라도 할 테고, 그 이야기를 고수할 거요."

화창한 금요일 아침, 기차는 뉴저지를 가로질러 갈매기처럼 달리고 있었다. 필라델피아 동쪽 어딘가였다. 육십 분 안에 우리는 허드슨 강 아래의 터널을 지날 것이다. 나는 다시 침대차 벽에 기대앉았고, 콘스탄자는 의자에, 울프와 베린은 사이에 맥주를 놓고 창가에 앉아 있었다. 울프는 지저분한 행색이었다. 설령 붕대로 얼굴을 감지 않았다 할지라도 그는 결코 기차에서 면도를 하려 하지는 않을 것이다. 하지만 한 시간 안에 이놈의 기차가 멈추리라는 것을 알

고 있었기 때문에 그의 얼굴에는 희망이 기색이 조금 비치기 시작
했다.

베린이 물었다.

"그렇게 생각하시지 않소?"

울프는 어깨를 으쓱했다.

"전 모릅니다. 관심도 없습니다. 중요한 건 리겟 씨가 화요일 저
녁에 커노 스파에 있었다는 사실을 확실히 해서 그를 꼼짝 못 하게
하는 거였고, 우리에게 그렇게 해 줄 수 있는 사람은 라스지오 부인
한 사람뿐이었으니까요. 당신 말씀대로 그녀는 분명히 리겟 씨만큼
이나 큰 죄를 지었고, 기준에 따라서는 더 큰 죄일지도 모른다고 생
각합니다. 전 톨먼 씨가 그녀를 살인죄로 재판에 세울 거라고 생각
합니다. 어젯밤에 주요 증인으로 데려갔어요. 리겟 씨가 저지른 사
건을 성사시키기 위해 주요 증인으로 계속 둘 수도 있고, 공범으로
기소할 수도 있죠. 크게 상관이 있을까 싶습니다. 그는 그녀를 유죄
로 만들지는 못할 겁니다. 그녀는 특별한 종류의 여자죠. 자기 입으
로 제게 그렇게 말했습니다. 만약 리겟 씨가 그녀에게 너무나 화가
나서 교수대에 함께 데려가려고 모든 일을 고백한다고 해도, 열두
명의 남자를 설득해서 그 여자를 데리고 할 수 있는 최선의 일이 죽
이는 것이라고 믿게 하기는 보통 일이 아닐 겁니다. 톨먼 씨가 그럴
능력이 있을지 모르겠네요."

베린은 파이프에 담배를 채우고 얼굴을 찡그렸다. 울프는 한 손

으로 의자 팔걸이를 잡고 다른 손으로 맥주잔을 들었다.

콘스탄자는 내게 미소를 지었다.

"전 저 대화를 듣지 않으려고 해요. 사람을 죽이는 이야기라니."

그녀는 우아하게 몸을 떨었다.

나는 투덜거리듯 말했다.

"이런 상황치고는 많이 웃고 계신 것 같네요."

그녀는 짙은 보랏빛 눈 위의 눈썹을 치켜 올렸다.

"어떤 상황인데요?"

나는 그냥 한 손을 내저었다. 파이프에 불을 붙인 베린은 다시 이야기하고 있었다.

"거참, 속이 뒤틀리더군요. 불쌍한 로시, 로시를 봤소? 불쌍한 친구. 디나가 어린아이였을 때, 이 무릎에 여러 번 앉혔을 때도 아주 교활했지만 조용하고 착한 아이였지. 물론 모든 살인자들도 한때는 어린아이였죠. 정말 믿기 어려운 일이오."

그는 작은 방 안에 연기가 가득 찰 때까지 뻐끔거렸다.

"그나저나 부칙이 이 기차에 탔다는 것 알고 있습니까?"

"아뇨."

베린은 고개를 끄덕였다.

"마지막 순간에 달려와 올라타더군요. 내가 봤는데, 벼룩 떼에 쫓기는 사자 같더군. 오늘 아침에 왔다 갔다 했는데도 못 봤지만. 내가 아침 8시경에 여기 당신 방에 들렀다는 말은 분명 굿윈 씨에게서 들으셨겠죠."

울프는 얼굴을 찌푸렸다.

"옷을 입고 있지 않았습니다."

"그렇다고 하더군요. 그래서 지금 다시 온 거요. 마음이 편치 않았어요. 나는 빚을 지면 절대 마음이 편하지 못해서, 당신에게 얼마나 빚을 졌는지 알아내고 갚아야겠어요. 커노 스파에서 당신은 손님이라 그런 이야기는 하고 싶지 않다고 했지만, 이제는 할 수 있죠. 당신은 수렁에 빠진 나를 구해 주었고, 어쩌면 내 생명의 은인일지도 몰라요. 그리고 내 딸이 당신에게 전문적인 도움을 요청한 걸 들어준 셈이지요. 난 빚을 졌으니 갚아야겠습니다. 물론 당신의 수임료가 꽤 높다는 건 압니다. 하루 일당을 얼마 받으시나요?"

"당신은 얼마 받으십니까?"

"뭐라고요? 세상에. 나는 일당으로 일하지 않아요. 나는 예술가이지 감자 껍질 벗기는 사람이 아니오."

베린은 노려보았다.

"저도 마찬가지입니다."

울프는 한 손가락을 까닥거렸다.

"이것 보십시오. 제가 당신의 목숨을 구했다고 가정해 봅시다. 만약 그랬다면, 저는 그 일을 우호와 친선의 표현으로 간주하고 대가를 받지 않을 용의가 있습니다. 이런 방식을 받아들이시겠습니까?"

"아니요. 난 당신에게 빚을 졌소. 내 딸이 당신에게 부탁을 했어요. 나, 제로메 베린이 그런 신세를 지는 건 안 될 말입니다."

"그러면……."

울프는 한숨을 쉬었다.

"우정의 표시로 받아 주지 않으시겠다면 어쩔 수 없지요. 그렇다면 제가 할 수 있는 유일한 일은 청구서를 드리는 겁니다. 간단하지요. 제가 제공해 드린 전문적 서비스에 어떤 가치를 매겨야 한다면, 아주 특출한 서비스였으니 가격 또한 높아야 할 겁니다. 그러니…… 지불하시겠다고 우기셔서 드리는 말씀인데…… 가격은 소시스 미뉘이의 조리법입니다."

"뭐라고요! 하! 말도 안 돼!"

베린은 울프를 쏘아보았다.

"왜 말이 안 됩니까? 가격이 얼마냐고 물어보셔서 말씀드린 겁니다."

베린은 화가 나서 말을 더듬었다.

"언어도단이오, 젠장!"

그는 불꽃과 재가 튈 정도로 파이프를 흔들었다.

"그 조리법엔 값을 매길 수가 없어! 그걸 알려 달라고……. 맙소사, 난 오십만 프랑 제의도 거절했소! 그런데 뻔뻔하게도, 건방지게도……."

"진정하시지요."

울프가 쏘아붙였다.

"소란을 떨지 않기로 합시다. 당신은 당신의 조리법에 가격을 매깁니다. 그건 당신의 특권입니다. 저는 제 서비스에 가격을 매깁니다. 그건 제 특권이죠. 당신은 오십만 프랑을 거절한 적이 있습니다. 만약 당신이 제게 오십만 프랑 수표를 보내신다면 저는 그걸 찢어 버릴 겁니다. 어떤 금액이라도 마찬가지입니다. 저는 당신의 목숨을 구했거나, 최소한 당신을 사소한 짜증 나는 일에서 구해 드렸습니다. 둘 중 어떤 것을 택하셔도 좋습니다. 당신은 제게 대가를 물었고, 저는 대가가 조리법이라고 말씀드리는 겁니다. 그 외의 다른 것은 아무것도 받아들이지 않겠습니다. 지불하거나 말거나 좋을 대로 하십시오. 적어도 한 달에 두 번 정도 제 식탁에서 소시스 미뉘이를 먹을 수 있게 된다면 형언할 수 없는 기쁨일 겁니다. 하지만 가끔, 아마 한 달에 두 번보다는 자주, 제로메 베린이 내게 빚이 있는데 갚기를 거부했다는 생각을 떠올리는 것 역시 다른 종류의 만족감을 주겠지요."

"하! 사기꾼!"

베린은 콧방귀를 뀌었다.

"전혀 그렇지 않습니다. 저는 강요하는 게 아닙니다. 당신을 고소하지 않을 겁니다. 그저 제 재능을 발휘하고, 잠을 오랫동안 자지 못하고, 총까지 맞았는데도 불구하고 우정 어린 너그러운 행동을 했다는 인정도, 받아야 할 대가도 받지 못했다는 사실이 유감스러울 뿐이지요. 제가 그 조리법을 아무에게도 알리지 않겠다고 보장했다는 걸 상기시켜 드려야겠군요. 소시지는 우리 집에서만 만들 것이고 우리 식탁에만 올릴 것입니다. 손님들에게 대접할 권리는 있었으면 좋겠군요. 그리고 저와 함께 살고 제가 먹는 것을 먹는 굿원 군도 물론 먹을 수 있어야겠고요."

베린은 그를 노려보며 중얼거렸다.

"당신 요리사는……."

"요리사는 모를 겁니다. 저도 주방에서 보내는 시간이 상당합니다."

베린은 말없이 계속 노려보았다. 마침내 그가 으르렁거렸다.

"적어 줄 수는 없소. 단 한 번도 종이에 쓴 적은 없어요."

"적지 않겠습니다. 저는 기억력이 좋습니다."

베린은 파이프를 보지도 않고 입에 가져가서 뻐끔거렸다. 그리고 조금 더 노려보았다. 드디어 그는 부르르 떨며 크게 한숨을 내쉬곤 콘스탄자와 나를 돌아보았다. 그는 무뚝뚝하게 말했다.

"이 사람들 앞에서는 말할 수 없소."

"한 명은 당신 따님인데요."

"젠장, 내가 딸인 줄 몰라서 이러겠소. 둘 다 나가야 해요."

나는 일어나 콘스탄자에게 눈썹을 치켜 올렸다.

"갈까요?"

기차가 휘청거리자 울프는 빈손으로 팔걸이를 잡았다. 이 순간 사고가 난다면 정말 애석한 일일 것이다.

콘스탄자는 일어나서 아버지의 머리를 가볍게 두드려 준 다음 내가 잡고 있는 문으로 나왔다.

울프가 조리법을 알아냈으니 우리 휴가에 적절한 마무리라고 생각했지만 한 가지 반전이 있었다. 아직 한 시간이 남아 있었기 때문에 나는 콘스탄자에게 식당차로 가서 음료를 마시자고 했다. 그녀는 내 뒤를 따라 세 량을 지나가며 비틀거리고 휘청거렸다. 식당차에는 여덟에서 열 명의 손님밖에 없었고, 대부분 조간신문에 얼굴이 가려져 있었다. 자리는 많았다. 그녀가 진저에일을 마시겠다고 해서 옛날 생각이 났고, 나는 울프가 대가를 받게 된 것을 축하하기 위해 하이볼을 주문했다. 몇 모금 마시지 않았는데 통로 맞은편의 승객 한 명이 일어나서 신문을 내려놓고, 우리에게 다가와 콘스탄자 앞에 서서 그녀를 내려다보고 있다는 것을 눈치챘다.

그가 말했다.

"저한테 이러실 수는 없어요, 이러면 안 됩니다! 전 이런 대접을 받을 짓을 하지 않았고 당신은 이러면 안 돼요. 이해하셔야 합니다. 알아주셔야 해요……."

그의 목소리는 다급했다.

콘스탄자는 내게 귀엽게 재잘거렸다.

"아버지가 누구한테라도 그 조리법을 알려 주는 날이 올 줄은 몰랐어요. 산레모에서 굉장히 중요한 사람이라는 영국인에게 하시는 말씀을 들었는데…….”

끼어든 사람은 우리 사이에 들어올 정도로 다가와서 무례하게 그녀의 말을 끊었다.

“안녕하세요, 굿윈 씨. 부탁하고 싶은 것이…….”

“안녕하세요, 톨먼 씨. 어떻게 된 거죠? 신참 죄수 두 명이 당신 감옥에 있는데, 여기서 뛰어다니고 있다니…….”

나는 그를 올려다보며 씩 웃었다.

“뉴욕에 가야 했어요. 증거를 가지러요. 너무 중요한 일이어서……. 이것 봐요. 베린 양이 날 이런 식으로 대할 권리가 있는지 당신에게 묻고 싶군요. 편견 없는 당신의 의견을 말해 주십쇼. 내게 말을 하지 않으려 해요. 날 보지도 않으려 해요. 난 내가 해야만 했던 일을 한 것 아니었나요? 제가 할 수 있는 다른 일이 있었을까요?”

“물론이죠. 사임할 수 있었죠. 하지만 그러면 실업자가 될 테고, 그러면 당신이 언제 결혼할 수 있을지는 아무도 모르게 되겠죠. 정말 큰 문제라는 건 이해해요. 하지만 나라면 걱정하지 않겠어요. 불과 조금 전에 나는 베린 양이 왜 저렇게 자주 미소를 지을까 궁금했어요. 그럴 만한 특별한 이유는 없어 보였거든요. 하지만 이제 이해가 되네요. 베린 양은 당신이 기차에 타고 있다는 걸 알았기 때문에 웃었던 거예요.”

“굿윈 씨! 그건 사실이 아니에요!”

“하지만 이렇게 나한테 말도 하지 않으려 하는데…….”

나는 한 손을 내저었다.

"말할 테니 걱정 말아요. 당신은 어떻게 해야 하는지 모를 뿐이에요. 내가 최근에 본 방법 중에서는 베린 양 본인이 사용하는 방법이 나쁘지 않더군요. 내가 하는 걸 봐요. 그러면 다음엔 당신도 할 수 있을 거예요."

나는 하이볼 잔을 기울여 그녀 스커트의 무릎 부분에 아주 조금 쏟았다.

그녀는 소리를 지르며 홱 움직였다. 톨먼은 소리를 지르며 몸을 굽히고 손수건을 찾았다. 나는 일어나서 그들을 안심시켰다.

"괜찮아요. 얼룩은 넘지 않으니까."

나는 통로 건너편으로 가서 톨먼이 읽던 조간신문을 집어 들고 그가 앉아 있던 자리에 앉았다.

작 가
정 보

●

렉스 스타우트
Rex Stout

미국 탐정 소설에서 중요한 위치에 있는 네로 울프와 아치 굿윈 콤비를 창조한 렉스 스타우트는 미국의 위대한 탐정 소설 작가 중 한 명이다.

렉스 스타우트는 1886년 12월 1일 미국 인디애나 주 노블즈빌에서 아홉 남매 중 한 명으로 태어났다. 1906년 해군에 입대한 스타우트는 당시 대통령인 시어도어 루스벨트의 군함에 배정받아 하사관으로 근무했고 군 복무 후, 1908년부터 사 년간 담배 가게 점원, 관광 가이드 등 다양한 직업을 전전하고 여러 지역을 떠돌며 자유롭게 지냈다.

탐정 소설 작가

자신의 즐거움을 위해 꾸준히 글을 써 온 스타우트는 1910년부터 잡지에 단편 소설, 시 등을 발표했다. 어린 시절부터 탐정 소설을 좋아했던 그는 1938년부터는 온전히 미스터리 작품만을 썼다. 1966년까지 적어도 일 년에 한 권씩은 작품을 발표했고 1966년부터 1975년에 89세로 사망하기 전까지 네 권의 '네로 울프 시리즈'와 요리책을 출간했다.

스타우트는 엄청난 에너지의 소유자였다. 이 에너지가 글쓰기에만 쓰인 것은 아니다. 가족의 증언에 의하면 그는 일 년에 두 달 정도만 글을 썼다고 한다. 남는 시간에는 자신이 사용할 가구를 직접 제작하고 살 집도 직접 만들고 채소와 꽃을 키웠다.

1959년에는 에드거 상 그랜드 마스터에 헌정되었으며, 미국 추리 작가 협회, 전시 작가 연맹 등 여러 단체의 수장을 맡아 작품 바깥에서도 활발하게 활약했다.

네로 울프 시리즈

렉스 스타우트는 1934년에 네로 울프와 아치 굿윈이 등장하는 『독사^{Fer-de-Lance}』를 발표한다. 《아메리칸 매거진 ^{American Magazine}》에 축약판으로 실렸던 『독사』는 곧 단행본으로 출간되었는데, 비평가와 독자 양쪽의 호평을 받으며 베스트셀러가 되었다. 네로 울프와 아치 굿윈 콤비는 큰 인기를 끌어 다음 작품인 『겁쟁이들의 모임 ^{The League of Frightened Men}』(1935)에도 출연한다. 렉스 스타우트는 사망하기 전까지 46권의 '네로 울프 미스터리' 장편 소설을 창작했다.

네로 울프는 미국을 대표하는 탐정으로 전 세계 미스터리 독자들의 사랑을 받고 있다. 그가 등장하는 작품이 훌륭하고, 조수 아치와의 티격태

격하는 모습이 재미있기 때문이다. 셜록 홈스가 왓슨을 데리고 다니듯이, 네로 울프도 굿윈을 데리고 다닌다. 그러나 굿윈의 역할은 탐정 보조에 그치지 않는다. 굿윈은 발로 뛰고 부딪치며 울프가 하지 못하는 일을 처리한다. 사건 수사에 있어 네로 울프가 전통적인 영국 탐정이라면, 아치 굿윈은 미국의 하드보일드 탐정이다. 렉스 스타우트는 미국의 하드보일드 장르와 영국의 탐정 소설을 절묘하게 혼합했다.

네로 울프라는 인물이 유달리 기억에 남게 되는 이유는 그의 개성적인 외모에 있다. 뉴욕 맨해튼 웨스트 브라운스톤 저택에 거주하는 울프는 키가 180센티미터이고 체중은 약 140킬로그램이다. 허벅지가 두꺼워서 다리를 꼬아 앉을 수 없으며, 자택의 온실로 가기 위해서는 엘리베이터를 이용해야만 한다. 주로 집에서 나가지 않으며 대신 아치 굿윈이 네로의 눈과 발이 되어 집 밖에서 벌어지는 모든 일을 담당한다. 네로 울프가 활약하던 시기에 그는 가장 무거운 탐정이었다.

네로 울프의 취미는 자택 옥상의 온실에서 난초를 돌보는 것, 맛있는 요리를 먹는 것과 직접 요리하는 것이다. 그의 취미 생활을 위해 아치 굿윈 이외에도 집사 겸 요리사 프리츠 브레너, 난초 관리인 시어도어 호스트먼을 고용하고 있고 몸집 때문에 거동이 어려워 수사를 할 때는 프리랜서를 고용한다. 그러다 보니 생활을 유지하는 데 비용이 많이 들고 따라서 고객에게도 많은 액수를 요구하지만 그럼에도 네로 울프의 능력이 탁월해서 의뢰가 끊이지 않는다. 주인공의 독특한 취미와 거대한 몸집은 시리즈의 재미를 더한다.

해 설

●

맛있는 요리 미스터리의 세계

'네로 울프 시리즈'의 다섯 번째 작품이자 1938년에 출간된 『요리사가 너무 많다』는 팬들에게 가장 인기 있는 작품으로 꼽힙니다. 이 작품은 네로 울프(진짜 명탐정!)와 아치 굿윈(진짜 주인공?)의 만담 같은 대화, 단순하면서도 세련된 플롯, 정통 추리 소설에서 볼 수 있는 범인 찾기의 즐거움이 어우러져 있습니다.

이런 상투적이고 따분한 소개만으로는 『요리사가 너무 많다』의 진정한 맛을 제대로 표현할 수가 없습니다. 작품의 주된 배경을 살펴볼까요? 5년에 한 번씩 열리는 15명의 세계적인 요리장들의 행사에 네로 울프가 초대됩니다. 요리의 거장들이 모이는 만큼, 이야기만 하는 것이 아니라 처음 듣는 이름의 특급 요리들이 등장합니다. 주빈으로 초대된 울프 역시 일정 마지막 날에 '최고급 요리에 대한 미국의 기여'라는 연설을 할 예정입니다. 이런 거창한 행사에서 요리장 중 한 명인 필립 라스지오가 살해되고, 용의자로 지목된 제로메 베린은 울프에게 도움을 요청합니다. 여기까지는 일반적인 추리 소설에서 볼 수 있는 흐름이지요. 그런데 울프는 사례금 대신 그가 젊은 시절에 맛보고 수십 년이 지나도록 잊지 못하는 베린의 소시지 조리법을 요구합니다. 결국 베린은 울며 겨자 먹는 심정으로 응낙하지요.

『요리사가 너무 많다』에서는 요리가 대단히 중요한 역할을 합니다. 요즘 자주 볼 수 있는 '맛있는 추리 소설', 혹은 '요리 미스터리'의 초기 작품이자 대표 작품이지요.

먹는 행위는 인간에게 꼭 필요합니다. 따뜻하고 날씨 좋은 곳에서 산다면 옷과 집이 없어도 그럭저럭 버틸 수 있겠지만, 먹을 것이 없다면 언젠가는 쓰러지고 말테니까요. 사람이 먹지 않고서는 살 수 없는 것처럼 추리 소설과 요리의 관계도 끊을 수 없습니다.

음식에 독을 넣는 사건을 다룬 작품은 셀 수 없이 많이 나왔고, 조리법을 알기 위해 애를 쓰는 작품도 드물지 않습니다. 또한 음식 재료 자체가 사람을 죽이는 흉기로 사용되거나 극단적으로는 사람이 사람을 요리해서 먹는 끔찍한 이야기도 있습니다. 물론 이러한 끔찍한 이야기까지 '요리 미스터리'에 포함시키기는 어렵겠죠.

18~19세기를 살아간 미식가 브리야사바랭은 그의 저서 『미식 예찬』(홍서연 옮김, 르네상스, 2004)에서 "당신이 무엇을 먹는지 말해 달라. 그러면 당신이 어떤 사람인지 알려 주겠다"고 이야기했습니다. 그가 범죄

를 해결했다는 기록은 남아 있진 않지만, 음식 취향만으로도 인간성을 파악할 수 있다는 장담은 훗날 등장할 명탐정 뒤팽의 직관과 대담성을 보는 듯합니다.

자, 그럼 어떤 작품이 '요리 미스터리'일까요? 임의로 두 가지 갈래로 나눌 수 있습니다. 첫 번째는 '요리'가 줄거리의 핵심이 되는 작품, 두 번째는 요리사(혹은 애호가)가 탐정 역할을 하거나 주인공인 작품입니다. 물론 이 두 가지가 섞인 작품도 포함됩니다.

추리 소설의 초창기에는 식사 장면이 간결했습니다. 뒤팽이나 홈스 같은 주인공이 활약하던 시절만 해도 음식은 그저 일상생활의 한 장면일 뿐이었지요. 홈스 시리즈에는 아침 식사 장면이 자주 나오고, 하숙집 주인인 허드슨 부인이 만든 아침 식사를 칭찬하기도 합니다.

홈스는 배가 부르면 머리가 돌아가지 않는다고 식사를 거르기도 했으며 범인을 잡기 위해서는 사흘간 꼬박 굶기도 할 정도였습니다. 네로 울프는 절대로 이렇게 할 수 없겠죠. 그런 후에는 영양 보충을 하러 고급 식당에 가기도 했지만, 홈스가 평상시 미식가였는지는 의문스럽습니다. 그래도 홈스가 무엇을 먹는가에 대한 관심은 매우 깊어서, 패니 크래덕의 『셜록 홈스 요리책The Sherlock Holmes Cookbook』(1976), J. C. 로젠블랫과 F. H. 조넨슈미트 공저 『셜록 홈스와의 식사Dining with Sherlock Holmes』 (1976), 윌리엄 S. 돈의 『셜록 홈스와 왓슨 박사를 위한 요리 Cooking for Sherlock Holmes and Dr. Watson—British Recipes for Two Persons』(2004) 등의 요리책이 계속 나오고 있습니다.

홈스의 뒤에 나온 탐정들의 모습은 약간 달라졌습니다. 홈스가 활약하고 얼마 후, 즉 20세기 초반에 등장한 탐정들을 '셜록 홈스의 라이벌들'이라 부르는데, 그중에서 눈에 띄는 인물이 있습니다. 빅터 화이트처치가 1912년 발표한 『철도의 오싹한 이야기들Thrilling Stories of the Railway』을 통해 첫선을 보인 영국의 탐정 소프 헤이즐은 유복한 집안 출신으로 다양한 취미를 가졌는데, 철저한 채식주의자라 음식에 대해서 무척 까다롭습니다. "소화할 수 있을지 식사 전에 숙고해야 한다"고 주장하는 그는 멸균 우유, 건강 비스킷 등 건강식품만 먹으며 손수 만든 도시락을 챙겨 다닙니다. 식전 식후에는 소화를 돕는 체조도 빠뜨리지 않을 뿐만 아니라 누군가에게 붙잡히더라도 반드시 때맞춰 식사를 하려고 노력할 정도이니, 이 정도면 괴벽에 가깝습니다.

1920년대 중반, 미국에서는 역대 최고의 현학적 탐정인 파일로 밴스가 등장하여 대단한 인기를 구가했습니다. 밴스는 놀라운 추리력뿐만 아니라 미식가로서도 선구적인 모습을 보였는데, 『벤슨 살인 사건』에서 "먹는다는 것은 사람의 지적 향상에 있어 반드시 필요한 안내인의 한 사람이지. (중략) 요리 예술이 최고조에 이르렀을 때 문화적 영광도 최고가 되었지. 음식 예술이 저하하면 인간 문명도 쇠퇴한다네"라는 말로 요리에 대한 각별한 시각을 보여 줍니다. 밴스는 움직이는 것을 별로 좋아하진 않지만 다행히 운동선수처럼 날씬한 체격을 가지고 있습니다.

그 뒤를 이어 등장한 네로 울프는 자타가 공인하는 최고의 미식가다운 모습을 보여 줍니다. 집에 일급 요리사인 프리츠 브레너를 고용하고 있고 그 자신도 상당한 요리 실력을 갖추어서 항상 고급 요리를 즐기고 있지요. 그 역시 파일로 밴스처럼 움직이는 것을 별로 좋아하지 않는 공통점이 있습니다만 체중이 0.1톤을 넘는다는 것이 큰 차이점입니다.

비슷한 시기에 등장한 하드보일드 탐정의 식생활은 대조적입니다. 그들은 대개 술을 즐기고 우아한 요리보다는 든든한 음식을 택하는 편입니다. 대실 해밋의 작품에서는 하드보일드 탐정인 샘 스페이드가 스테이크를 즐기곤 하는데, 그가 자주 찾는 '존스 그릴'은 해밋이 상상해 낸 가공의 산물이 아니라 1908년에 개업하여 백 년의 전통을 가진 샌프란시스코의 식당입니다. 이곳은 스테이크와 해산물 요리가 전문인데, 메뉴에 스페이드가 『몰타의 매』에서 먹는 장면이 나왔던 '샘 스페이드의 양갈비'가 있습니다. 레이먼드 챈들러가 탄생시킨 필립 말로는 토스트와 베이컨, 커피 등으로 이루어진 '미국식 아침 식사'를 일상적으로 먹습니다. '요리 예술' 같은 느낌은 전혀 들지 않는, 그냥 '아침밥'입니다.

현대로 넘어오면 달라집니다. 20세기 후반의 하드보일드 작가였던 로버트 파커의 작품에 등장하는 탐정 스펜서는 혼자 식사를 할 때도 제대로 된 요리를 할 정도로 음식을 즐기고 늘 조깅과 복싱으로 몸을 단련하고 있어 중년의 나이에도 탄탄한 몸을 지니고 있습니다.

다시 영국 쪽을 살펴보면, 애거사 크리스티가 작품 속에 요리 이야기를 종종 집어넣었습니다. 인상적인 요리로는 『살인을 예고합니다A Murder Is Announced』(1950)에 나왔던 '맛있는 죽음'이라는 이름의 케이크를 첫손으로 꼽겠네요. 요리법은 인터넷에서 찾을 수 있는데, 이름만큼 위험해 보이지 않는 초콜릿 케이크입니다. 에르퀼 푸아로도 역시 만만찮은 미식가로, 『장례식을 마치고^{After the Funeral}』에서 집으로 손님을 초대하여 푸아그라로 만든 파테를 비롯한 풀코스 요리를 대접하는 장면이 나옵니다.

크리스티가 이끈 코지 미스터리는 현대 여성 작가들이 계속 이어 쓰고 있는데, 그중에는 본격적인 요리 미스터리도 많이 포함되어 있습니다. 우리나라에 소개된 작가로는 조앤 플루크, 로라 차일즈, 다이앤 모트 데이비드슨 등이 있는데, 제목부터 요리가 언급되는 경우가 많고 요리법이 함께 실려 있는 작품도 많습니다.

코지 미스터리가 아닌 작품 속에도 요리는 빼놓을 수 없습니다. 세라 패러츠키의 작품 주인공 V. I. 워쇼스키는 집안일에 그다지 열성적이지 않아 며칠간 설거지를 하지 않고 지낼 때도 있지만 이탈리아 출신 어머니를 둔 덕에 파스타 요리 솜씨는 수준급입니다. 퍼트리샤 콘웰의 작품 속에 등장하는 케이 스카페타는 "일이 잘 풀리지 않을 때 요리를 할" 정도입니다.

1990년대 후반에는 아예 '미식 탐정'이 등장합니다. 피터 킹의 작품에 등장하는 인물은 이름도 나오지 않는 무명씨인데, 의뢰를 받아 진기한 식재료를 찾거나 모종의 의뢰를 받고 요리법을 알아내는 일을 하는 전직 요리사입니다. 어쨌든 그는 살인 사건에 말려들고 어찌어찌하다가 사건을 해결하니 '탐정'의 반열에 올랐다고 할 수 있겠네요.

요리 미스터리는 무궁무진하게 많고 아직 번역되지 않은 작품들도 수두룩합니다. 이런 '맛있는 미스터리'는 읽으면서 출출해지는 부작용(?)이 있지만, 맛있는 음식처럼 다 읽어 가는 것이 아쉬워 또 다른 맛있는 미스터리를 찾게 되곤 하지요.

마지막으로 작품 속에서 울프가 매우 집착하는 요리 '소시스 미뉘이'에 대한 소개를 하겠습니다. 1980년대 중반쯤 이 작품을 처음 접했을 때만 해도 작품에 나오는 요리나 재료는 맛을 상상하기는커녕 이름마저 제대로 읽고 있는지 아리송할 정도여서 문자 그대로 '그림의 떡'에 그칠 수밖에 없었습니다. 그저 이름만 보고 소시지의 일종이겠거니 했지만 궁금증은 남아 있어서 훗날 『네로 울프 요리책The Nero Wolfe Cook Book』 원서를 주문해서 요리법을 알아보았습니다. 재료는 다음과 같습니다(아쉽게도 분량은 나와 있지 않으며, 요리법은 인터넷을 검색하면 찾을 수 있습니다).

양파 / 쇠고기 육수 / 정향 / 꿩고기 / 마늘 / 타임 / 빵가루 / 소금

거위 기름 / 로즈메리 / 베이컨 / 후추 / 브랜디 / 생강 / 돼지고기

피스타치오 / 적포도주 / 육두구 / 거위 / 고기 / 돼지 창자

이 요리법이 있는 페이지를 펼치기 전까지만 해도 호기롭게 직접 해 먹겠다는 각오였습니다만, 재료를 구할 수 없다는 사실을 깨닫고 금방 포기하고 말았습니다. 하지만 뜻이 있는 분은 도전해 보시길 바랍니다.

박광규(추리 소설 해설가. 전《계간 미스터리》편집장)

요리사가 너무 많다
TOO MANY COOKS
/

초판 발행 2013년 2월 8일

지은이 렉스 스타우트 / **옮긴이** 이원열 / **펴낸이** 강병선

책임편집 이현 / **편집** 임지호 지혜림
아트디렉팅 이혜경 / **본문조판** 강혜림 / **그림** 황성원 / **요리 감수** 차유진
저작권 한문숙 박혜연 김지영 / **마케팅** 정민호 김도윤 박보람 / **온라인마케팅** 김희숙 김상만 이원주 한수진
제작 서동관 김애진 임현식 / **제작처** 영신사

펴낸곳 (주)문학동네 / **출판등록** 1993년 10월 22일 제406-2003-000045호 / **임프린트** 엘릭시르

주소 413-756 경기도 파주시 문발동 파주출판도시 513-8
문의 031-955-1906(편집) 031-955-3576(마케팅) 031-955-8855(팩스)
전자우편 editor@elixirbooks.com / **홈페이지** www.elixirbooks.com

ISBN 978-89-546-2042-0 (03840)

엘릭시르는 출판그룹 문학동네의 임프린트입니다.